光文社文庫

肌色の月
探偵くらぶ

久生十蘭
日下三蔵・編

光　文　社

目次

探偵くらぶ

久生十蘭　肌色の月

金狼

一

市電をおりた一人の男が、時計を出してちょっと機械的に眺めると、はげしい太陽に照りつけられながら越中島から枝川町のほうへ歩いて行った。左手にはどす黒い溝渠《ほりわり》をへだてて、川口改良工事第六号埋立地の荒漠たる地表がひろがっていて、そのうえを無数の鷗が舞っていた。

その男は製粉会社の古軌条《レール》置場の前で立ちどまると、ゴミゴミした左右の低い家並を見まわしながら、急にヒクヒクと鼻をうごめかしはじめた。なにか微妙な前兆をかぎつけたのである。

斜向《すじむか》いの空地のまんなかに、バラック建ての、重箱のような形の二階家があって、大きな柳の木が、その側面をいっぱいに蔽うようにのたりと生気のない枝を垂れていた……

男はひどく熱心にその家《うち》を眺める。それから、入口のガラス扉《ど》のそばへ近づいて行って、ほとんど消えかけているペンキ文字のうえへかがみこんだ。

《10銭スタンド、那覇《なは》》と書いてある。

しばらく躊躇《ためら》ったのち、その男は思い切ったように扉《ドア》をおして、酒場のなかへはいって行った。

うす暗い酒場のなかにはまだ電灯がついていて、土間のうえの水溜りが光っていた。ぷんと、それが臭《にお》った。番台では汚れ腐った白上衣を着た角刈の中僧が、無精な科《しぐさ》でコップをゆすいでい、二人の先客がひっそりとその前の卓《テーブル》に坐っていた。

一人は縮みあがった綿セルの服を着た五十歳位いの、ひどく小柄な小官吏風の男。まるで顎というものがなく、そのうえ真赤に充血した眼をしているので、ちょうど二十日鼠がそこに坐っているように見える。もう一人は四十歳位で、黒いソフトをあみだに冠った、すこしじだらくな風態だが、一見して高等教育を受けた男だということがわかる。酒のみだと見えて、鼻のあたまが赤く熟しかけている。

たった今はいって来たほうは、夏帽を窮屈そうに膝に抱えたまま、見るからに落ちつかないようすで街路《とおり》のほうを眺めている。なるほど、こういう場末町の不潔な酒場にはそぐわない男である。凄いほどひき緊った、端麗な顔をした二十四五歳の青年で、すっきりとした薄《うす》鼠《ねず》の背広に、朱の交った黄色いネクタイをかけ流していた。銀座でもあまり見かけないような美しい青年である。

青年も二人の先客も、互いの眼をはばかるように背中合せに坐ったまま、さっきから身動きしようともしない……。こんな風にして時間がたつ。

それから二十分ほどすると、急に扉《ドア》があいて、二人の男が前後《あとさき》になってはいってきた。

一人は小鳥のようにうるさく頭を動かし、キョトキョトと酒場のなかを見まわしながら、なにかしばらく躊躇っていたが、やがて、逃げるように出てゆくと、たちまち街路《とおり》のむこうへ見えなくなってしまった。

もう一人は、菜葉《なっぱ》服を着た赧《あか》ら顔の頑丈な男で、番台に凭《もた》れかかると、そこからじろじろとしつっこく三人を眺め、それから、

「オイ、鶴さん、米酒《ピイチユウ》」

と、酒棚のほうへ顎をしゃくった。

このほうは、どうやらここの常連らしい。発動機船の機関士か造船所の旋盤工というところ。チャップリン髭をはやしているのが異彩をはなつ。

手の甲で唇を拭うと、妙にきこえよがしに、

「おう、今朝だれか俺をたずねて来なかったかよ、鶴さん……」

と、男《ボーイ》にきいた。男《ボーイ》は頭をふった。（この問答をきくと、三人の客は一斉にちょっと身動きしたようであった。）

菜葉服は、ふうん、といくども首をかしげてから、こんどは低い声で、

「……じゃあな、俺はまたちょっと機械場へ行ってくるからよ、古田《ふるだ》……古田子之作《ねのさく》ってたずねて来たやつがあったら、子之はじきまたここへ戻ってくると言ってくんなヨ。……おい、頼んだぜ、鶴さん。……すぐ戻ってくるってナ、いいか」

くどく念をおすと、バットに火をつけながら出ていった。

酒鼻《あかばな》はそのあとを見送りながら、思い出したように時計をひきだして眺め、おや、十一時か……と、つぶやく。すると二十日鼠はつぶっていた眼を急にパッチリとあけて、

「失礼ですが、いま何時でございましょう。正確《たしか》なところは……」

と鹿爪らしい声でたずねた。

「十一時十分。……正確にいえば、十一時九分というところですかな」

二十日鼠は頭をさげると、また壁に凭れて眼をとじてしまった。酒鼻《あかばな》は時計をしまいながら、青年に、

「あなたもここは始めてでしょう。……私はひとを待っているんですが、どうもたいへんなところ……」

「始めてです」

にべもない返事だった。酒鼻《あかばな》はいまいましそうに、男《ボーイ》のほうへ向きなおると、

「オイ、ときに、ここのマダムはどうした」

と、声をかけた。男《ボーイ》はせせら笑って、

「マダム？……大将ならまだ二階で寝てまさ。……昨夜《ゆんべ》すこしウタイすぎたんでねえ」

「喧嘩か」

「なあに、……昨夜《ゆんべ》妙な女《あま》がひとり飛びこんできてねえ……なにしろ大将はスキだから、いきなりそいつとツルんでだいぶひっかぶったらしいんでさ。……もっとも、あっしゃ昨日は昼番で、その時はいなかったが、いっしょに浴びたテアイのはなしでは、なにしろ女《テキ》あ大した豪傑で、……お相手しましょう、てな調子で割りこんでくると、あとはもう、奴《やっこ》、酌《つ》げ酌げ、さ。……さすがの大将も、しまいにはオッペケペになって、とうとう兜をぬいじまったんだそうだ。……あっしゃ、すらっとした後ろ姿を拝見しただけだったが、連中の話じゃ、二十三四のモダン・ガールで、こいつがどうもやけにいい女だったそうでさア。……なんでも洲崎のバーの女給だってえこったが、いってえどういうんだろうねえ、その女《あま》。……」

この時、また扉《ドア》があいて、すらりと背の高い、二十二三の娘がはいってきた。

蓮色の服に、黒いフェルトの帽子をかぶった、明るい顔つきの、いかにも美しい娘だった。酒場のなかを見まわすと、青年のとなりの椅子にぎこちなく掛けて、ものおじしたようにうつむいてしまった。

ポート・ワインを酌いで、また番台へ戻って来ると、男《ボーイ》は新聞をとりあげて、

「おや、また人殺しだ」と、とってつけたように言った。

「……えー、薪割りようのものにて、……滅多打ちにしたものらしく、六畳の血の海の中で、……よく流行るねえ、このごろは。……こないだも野銭場の砂利仲仕が、小名木川の富士紡の前で、どてっぱらを割られて倒れていたが、……どうもひでえもんだねえ、大腸《ひやくひろ》をすっかりひろげちゃって、……苦しいのか、せつねえのか、そいつを自分の両手で手繰りだすようにして死んでいるんでさ。……いやになっちゃったア、あっしゃあ」

あちらこちらの工場のサイレンが鳴り出す。すると、それが合図のように、さっきの菜葉服が戻って来た。つかつかと番台の前へ行って、

「なに、だれも来ねえ?……そんな筈はねえのだが……。(首をかしげながら、)じゃ、おやじが知ってるかも知れねえな。……おい、鶴さん、おやじはまだ寝てるのか。……ふうん、……じゃ、すまねえが、ちょっと起してきてくんな。子之がきてえことがあるってヨ。大至急な用なんだからよウ」

「大将はまだ夜中だぜえ、子之さん。それに、ゆんべは……(と、いいかけて、急に二階のほうへきき耳をたてると、)おう、だれか二階をあるいてら……。へ、へ、大将が正午《ひる》まえに起きたためしはありゃしまいし、して見ると、……(酒鼻《あかばな》のほうへにやりと下素っぽく笑って見せ、子之に、)起すのはよしなよ、殺生だぜ。女《テキ》がきている」

と、小指をだしてみせた。

二十日鼠がついと立ちあがった。が、それは帰るのではなくて、

「甚だつかぬことをお訊ねするのですが、みなさん、ひょっとしたらあなたがたも、わたくしと同様、未知の男から手紙をもらって、それで、……その、誰れかわからん人間をここで待っておられるのではないのですかな。たいへん失礼ですが……」

二十日鼠がこういうと、ほかの四人の顔にさっと血の色がさして、たがいに狼狽したように眼を見あわせた。

「……じつは昨日《さくじつ》、わたくしは未知のひとから、遺産相続の件で、内密にくわしい相談をしたいという手紙をもらいまして、それでここへやって来たのです。……わたくしには、南米のサン・パウロで働いておる年齢《とし》をとった叔父があるにはあるのですが、しかし、どうもありそうもないことでね。……はじめは冗談か詐欺かと思った、だが、人間、慾にかけるとたわいのないもので、そう思いつつ、結局、まあこうしてやって来たというわけです。……どうです、みなさんもそういうわけではなかったのですか」

そういって、四人の顔を見まわすと、ずいぶんひとを喰った笑いかたをした。たれも否定するものはなかった。途方に暮れたような色がみなの顔にあった。二十日鼠は、

「……ははあ、（と、苦笑しながら）やっぱりそうでしたか。その手紙をここに持っておりますが、……ひとつ念のために読んで見ましょうかしらん」

と、言いながら、もぞもぞとポケットを探して、邦文タイプライターでうった紙きれをとり出すと、ひどく朗詠風に読みはじめた。

一、火急に就き小生の身分は申上げず、御面晤《めんご》の折万々御披露可致候《いたすべく》
二、小生は貴殿が相続の資格を有せらるる未知の遺産につき、至急御通知申上ぐる義務を有し候
三、右は不動産、有価証券並に銀行預金にて、財産目録は御面晤の折御一覧に可供候
四、右は貴殿に於て当《まさ》に失格せんとするものにて、至急資格申請並に諸般の手続を了する必要あり、猶々以上の外公表を憚る錯雑せる事情之有《これあり》、御面晤の上篤《とく》と御説明申上ぐる外無之《これなき》に付、左記場所まで日時相違なく御来駕給り度願上候　敬具

六月四日

一、六月五日、午前十時。
一、深川区枝川町二三五番地。
「那覇」、糸満南風《はえ》太郎方。

二十日鼠は椅子にかけると、不機嫌な顔をしてだまりこんでしまった。青年はすこし顔を赧らめながら、
「……僕も幼稚なんですねえ。……その手紙はここに持っていますが、……でも、僕にも多少そういうこころあたりがあるので。……もっとも、半分は好奇心ですが。……（そして、

微笑しながら娘に）あなたもそうですか」

と、優しくたずねた。

娘はやっと顔をあげると、もの悲しげにつぶやいた。美しい声であった。

「……あたし、半月ほどまえに、はじめて東京へ出てきまして、いま、新宿の《シネラリヤ》ではたらいておりますの。……きのうの朝、十時頃、あたしのアパートへ女のひとから電話がかかってきて、いまの手紙とおなじことを言って、あたしにぜひきてほしいうのやし。……男の声のようなところもあるし、あたし、店のお客さんがいたずらをしてるのだと思うて、いややゝ、いうて、笑いながら電話をきりましてんの。（すこし笑って、）でも、ゆうべは、いろいろ空想をたくましゅうして、とうとう朝までよう寝られんのでした。……子供のとき生別れした父が、まだどこかに生きているはずなんですの。……今朝、そんな馬鹿なことないといくども思いかえしましてんけど……」

菜葉服は辛抱しきれない風で、横あいからひったくった。

「俺のほうもそうなんだヨ。……富岡町の支那屋《チャンや》で雲呑《ワンタン》を喰ってると、そこへ電話がかかってきたんだ。上品な女の声でねえ……、こいつあ、たしかですぜ。（じろりと娘の顔を見ながら）嘘もまぎれもねえ女の声だったんで。……それで、なにしろそういううめえ話だから、あっしゃ喜んで、承知した、きっとお伺いしましょう、って返事をしたんだ。……もちろん、初《はな》は……、あっしだっていろいろ気をまわして見たさ。だがねえ、あっしの考えじゃ、どうも冗談たあ思われなかったんだ。ちゃんとすじが通っているからねえ」

二十日鼠が、ふふ、と苦笑した。菜葉服はむっとしたようすで立ちあがった。

「おい、妙な笑いかたをするじゃねえか」

二十日鼠が言いかえす。菜葉服がいきり立つ。男《ボーイ》までそれに加わって、おい追い手のつけられないようすになって行った。

娘は眼にみえないほど、すこしずつ青年のほうへ寄っていった。初対面の男たちが下素っぽく罵りあっている、この不潔な酒場のなかでは、青年の端正な美しさは、たしかにひとつの救いであった。

娘は青年の耳元でささやいた。

「……ここがわからんで、あたし、ずいぶん探し廻りましてんの。……しょむない……あたし、やっぱり慾ばり女なんですわ」

彼女のいいかたは、いかにもあどけなかったので、青年は微笑せずにいられなかった。

「でも、今のところまだ、担がれたんだときまったわけでもありませんし……」

腕組みをしながら、隅のほうで超然と三人の論争をきき流していた酒鼻《あかばな》が、急に口をきりだした。

「小生もこれを冗談だときめてかかる必要はないと思う。要するに、手紙の差出人がまだやってこないと言うだけのことなんだからねえ。……一年もたってからなら、やっぱり担がれたんだと思うがいいさ。しかるに、約束の時間よりまだ二時間しか経っていないんだ。どういう余儀ない事情で遅刻してるのか知れやしない。それに、小生ひそかに、これは冗談ではない。なにか重大なわけがあるとにらんでいるんだ。……そもそも、われわれ五人をこんな酒場によびだしてなんの利益がある。たいして面白い観物でもありゃしないからねえ。……また、ことによれば、あの手紙の差出人は、実にここのおやじ、すなわち、糸満南風太郎君それ自身かも知れないということだ。……あるいは、そうでないかも知れん。……しかし、たぶん、……多分、彼はこれについてなにか知っている。すくなくとも、彼はわれわれを釈然とさせるに足る説明の材料を、持っている筈だと小生は思う」

菜葉服がうなるように言った。

「だから、俺あさっきからそう言ってるじゃねえか。ここのおやじにきかなきゃあ話がわかるってヨ。……それをこの先生が、（と、露骨に二十日鼠を指《ゆびさ》して）おっひゃらかすようなことを言うから、俺あ腹をたてるんだ。（こんどは酒鼻《あかばな》に）どうです、こんなことをしてるより、ひとつ、おやじを起してきいて見ようじゃありませんか。（また、二十日鼠にむかって、）おめえ、冗談だと思うなら、こんなところにまごまごしていることはなかろう。さっさと帰《けえ》んなヨ」

「さよう。そろそろ失敬しよう。……なあに、どうせ話はわかってるんだ」

そのくせ、腰をあげるようすもなかった。

酒鼻《あかばな》は男《ボーイ》にむかって、

「オイ、若い衆、ハエ太郎君を起して、ここまでつれてきてくれ。……おやじがなにか知ってるなら、われわれに説明する義務があるんだ。……反対に、もしなにも知らないてえなら、せっかくのご休息をお妨げしたについて、われわれ一同は、謝罪のために、大いにここで飲むことにする。……すくなくとも、小生は大いに飲む。…もう正午《ひる》もすぎてるんだ。とっと行って起してこい！」

男《ボーイ》は頭をかきながら、

「大将を起すんですかい。……いやだなア。またがみつかれらア」

「だからヨ、みなであやまってやらあナ」

すると、酒鼻《あかばな》は大きな声で叫んだ。

「わかったぞ！……やい、ボーイ。……そういう風にぐずつくところを見ると、貴様も同類だな。あの手紙は、酒場の人集《よ》せにやった仕事だろう。……どうだ、白状しろ」

「じょ、冗談いうねえ。うちの大将はそんなんじゃねえや。……おめえらのような貧乏人を集《よ》せたって切手代のほうがたかくつかあ、馬鹿にするな。……うちの大将ぐれえ寝起きのわるいのはねえんだからよ。それさ、あっしがいやなのは。……だがまあ、それほどいうんなら起してきまさ」

男《ボーイ》は板裏を鳴らしながら、酒場の奥の狭い階段を、バタリ、バタリと、のろくさくのぼ

っていった。やがて、足音は五人の真上へくる。男《ボーイ》はこんどは
男《ボーイ》はそっと扉《と》を叩いている。階下《した》では五人が、音のする方へ耳をすます。

やや強く叩きながら、どなっている。

「大将……大将……もう正午《ひる》すぎですぜ」

みな返事をまっている。……が、返事がない。

割れるように扉《と》をたたく音が、酒場じゅうをゆすぶる。

「大将……大将、工合でも悪いんですか」

返事がない……

男《ボーイ》がころがるように階段を駆けおりてきた。酒鼻《あかばな》がボーイを抱きとめる。

「返事をしない……（顔をしかめながら、うわずったような声で、）ああ、こいつあ妙だ。

……こんなことははじめてなんで……どうしたってんだろう……あっしゃ、もう……」

酒鼻《あかばな》がいった。

「よし！　一緒に行ってやろう。……とにかく見てみなくては……」

そこで、硬《こわ》ばった顔をしながら、二人が階段をのぼってゆく。糸満の部屋の前へくると、
酒鼻《あかばな》は鍵口からなかをのぞいた。

「……雨戸がしまってるんだ。真っ暗でなにも見えやしない」

二人で力一杯に扉《と》を叩く。……依然として返事がない。なにかひどく臭う。

「……オイ、いやな臭いがするじゃないか……（なにか考えていたが、急に顔色をかえると、おしつけるような声で）俺は知ってるぞ、この臭いを……。おい、若い衆！　早く、交番へいって巡査をよんでこい！　早く！」

ボーイが駆けだす。酒鼻《あかばな》は男《ボーイ》のあとからのっそりとおりて来た。すこし震える声で、

「巡査をよびにやった。……扉《と》がしまっていて、……それに妙な臭いがするんだ」

「どんな臭いですか」

と、二十日鼠がたまげたような顔できいた。

「……行って、かいでごらんなさい。すぐわかるから……」

二十日鼠は動かなかった。

「いつもこんなによく寝こむのか」力一杯扉《と》を叩いてから、巡査が男《ボーイ》にたずねた。「そうじゃない？……じゃ、ひとつ、開けて見よう。……鉄槓杆《かなてこ》があるかね？……なかったらどこかへ行って借りて来い」

男《ボーイ》が鉄槓杆を担いできた。巡査は槓杆をうけとると、扉《と》の下へそれを差込んで、ぐいともちあげた。蝶番がはずれた。錠の閂子《した》がまだ邪魔をしている。うん、と肩でひと押し。扉《と》は内側へまくれこんだ。

むっとするような重い臭いが鼻をつく。手さぐりで壁の点滅器《スイッチ》をおす。……照明がはいって、そこで虐殺の舞台装置が、飛びつくように、一ぺんに眼の前に展開された……敷布のくぼみの血だまり、籐椅子の上の金盥《かなだらい》には、赤い水が縁まで、なみなみとたたえられている。血飛沫《ちしぶき》が壁紙と天井になまなましい花模様をかいている。……そのすべてから、むせっかえるような屠殺場の匂いがたちのぼっていた。寝台と壁の間の床の上に、裸の人間の足……乾いて小さくしなびた老人の蹠《あしのうら》がつきだされていた。

「おや！　あそこにいた。……ひどいことをしやがったな」

巡査はハンカチで首のまわりを拭いた。

気抜けしたような男《ボーイ》のうしろには、五人の客が、明るい電灯の光の下で、ねっとりとかがやく血だまりを見ていた。藁蒲団をしみ通した血が、ポトリ、ポトリ、と床のうえにしたたるのがはっきりときこえる。

二十日鼠は背中を丸くして、歯の間から荒い呼吸をしていた。草笛のように甲高くヒュウヒュウ鳴る音は、血の滴る陰気な音と交りあって、ひとの気持ちをいらいらさせた。

娘は青年の方をふりかえると、溺れかかるような眼つきをした。青年は急いで娘の傍へよると、腕のなかへ抱えた。娘は蒼ざめた額をおさえながら、夢のさめきらないひとのような声で、どうぞ……階下《した》へ……と、いった。

その声で巡査がふりかえる。五人を見ると、はじめて気がついたように、男《ボーイ》にきいた。

「この連中はなんだね」

「店のお客です。始めてのひとばかりなんで……」

「ふうん。……さ、みんな、おりた、おりた。帰らずに階下《した》で待っていろ。……もうここへあがって来ることはならんぞ」

巡査はみなを階下《した》へ追いおろすと、あたふたと街路《とおり》へ出て行った。

自動車がとまり、警部の一行がはいって来て二階へあがって行った。一人の巡査は、こらこら、と言って店先の弥次馬を追いはじめる。

検証は四十分近くもかかった。警部は低い声で二人の部長とささやきながら降りて来た。酒場の卓《テーブル》の前へ坐ると、じろじろと五人の顔を見廻した。手帖を出しながら、

「そこで、……(二十日鼠を指して)ちょっと……、君から始めよう。……なんだい君は。ここへなにしに来たんだね、今朝?」

「わたくしども五人は、ある不明な人物から、今日の十時までにここへくるように指定されまして、それでやってまいったのでございますが、……しかるに、当の告知人は、とうとう姿をあらわさなかったというわけで……。手紙とは、すなわちこれでございます」

二十日鼠はポケットから、さきほどの手紙をとりだすと、うやうやしく叩頭して警部に渡した。

「姓名は？」

「乾《いぬい》峯人《みねと》。……高等官七等。元逓信省官吏。只今は恩給で生活いたし、傍ら西洋古家具骨董商を営んでおるのでございまして、住居は、淀橋区角筈二丁目二十七番地。……五十二歳。はい、まったくの独身でございます」

「それから、そちらの婦人……」

「雨……雨田あおい。……只今、新宿の《シネラリヤ》で働いております。……四……四谷区大木戸二ノ一文園アパート。二十三歳。独身でございます」

「よろしい。……つぎ」

「西貝計三《にしがいけいぞう》（酒鼻《あかばな》が無造作にこたえる）東都新聞の演芸記者。四谷区新宿二丁目五十八。当年三十七歳」

警部は菜葉服のほうへ顎をしゃくった。

「古田子之作。深川区富岡町二一七。《都タクシー》で働いております」

「運転手か」

「へえ、運転もいたしますが、いまはおもに古自動車をなおす方をやってるんで。……住居は、そこの二階で寝泊りしております。（頭をかきながら、）まだ嬶《かかあ》はございません。へえ、三十三でございます」

警部は手帖をしまいながら、もう自由にひきとってよろしい、といった。青年が警部の前へすすみでた。

「私はまだすんでおりません」

警部は、すこしてれながら、

「ああ、……君は?」

「私は四日前に台北から上京いたしまして、只今は麴町《南平ホテル》に泊っております。もとは青島《チンタオ》の貿易商会につとめておりました。現在は無職……失業中なのです。……久我千秋。明治三十五年生れ……」

そういって、上品なおじぎをした。

五人はわいわいいう弥次馬をおしわけながら街路《とおり》へでた。

久我が片手をあげる。久我と葵をのせて、自動車は走り去った。

二

御苑裏の暗い街路《とおり》に、《シネラリヤ》が夜の花のようにほの明く咲いていた。

階下は喫茶店になっていて、白い紗のカーテンをすかして、椰子の葉と常連の顔を見ることが出来る。しかし、二階のダンシング＝バーの方は、さように開放的ではない。肉色のカーテンが、薄い下着《シュミーズ》のようにその肉体を蔽いかくしている。

ここに集まるひとびとは、いわゆる、大東京の通人《ラフイネ》たちである。この都会の最も装飾的な要素であり、東京の「遊楽街《リユ・デ・プレエジール》」の伝説口碑に通暁しているすぐれた土俗学者たちだ。多少は互いの身分を知り合い、いくらずつかは、互いに肉親的なものを感じている連中である。

バーの広間の中央は、「踊り場」になっていて、通人《ラフイネ》たちは、そこで非合法的に踊る。この愛すべき秘密は、ある素朴《プリミチフ》な方法によって保たれていた。

「常連」以外の男がはいってくる。（これは風紀巡査かも知れないのだ。）すると、信号の蟬鳴器《ブザ》が低くうなりだす。階下《した》からの合図だ。二階のタンゴは、そこで、片足をあげたままで停まらなくてはならない。……この冒険が、《シネラリヤ》の魅力になっているのであった。

その日の夜十時頃、久我千秋は《シネラリヤ》の扉《と》をおす。入口の勘定台《レジスター》には柔和な顔をした老人がいて、久我を見ると丁重に頭をさげた。久我は気おくれがして、ちょっと階段の下でためらっていたが、やがて、決心したように狭い階段をのぼって行った。

久我はホールの端口《とぼぐち》に立って、しずかにその内部《なか》を見まわした。やや広い四角な部屋の壁にそって、チューブ製の小卓《テーブル》が十五六置かれ、三十人ほどの男と女が、飲物を前にして、そこにかけていた。久我がはいってゆくと、ホールのひとびとは、検べるような眼つきで、一斉に久我のほうへふりかえった。ひとびとの見たものは、すこし贅沢すぎる服をスマートに着こなした、二十五六の、ちょっと例のないような美しい青年であった。

久我は入口の近くの小卓《テーブル》につくと、もう一度念をいれて広間のなかを見廻した。しかし、そこには葵の顔は見あたらなかった。

一人の女が立っていって蓄音機をかける。ささやくようなルンバのメロディがそこから流れだした。四五人の男が立って行って踊りはじめた。踊り場の中央には大きな磨硝子が嵌めこまれてあって、下からの照明が、フット・ライトのように、その上で踊る男と女の裾を淡く照らしあげた。

鮭色のソワレを着た十七八の若い娘が久我の傍へきて坐ると、びっくりしたような眼つきをしていつまでも久我の横顔を眺めていた。

酒棚の上の蟬鳴器《ブザ》が、むしろ、愛想よくジイ、ジイ……と、鳴りだす。

踊りは急に止み、男と女は急いでおのおのの小卓《テーブル》に駆けもどると、へんに空々しい顔をした。一人の女が蓄音機をとめる。床の照明が消されると、たちまちその上に小卓《テーブル》と椅子が押し出されて、そこで一組の男女がジンジャー・エールを飲みだした。このすべての動作は、めざましくも一瞬のうちに行われた。まるで、芝居の「急転換《どんでんがえし》」のようであった。

はいって来たのは、四十歳位いの、医者のような風態の男で、入口の傍に坐っている久我を見ると、急に顔をそむけるようにして、奥まった小卓《テーブル》の方へ行ってしまった。

鮭色の娘は、右手を彼の腕に巻きつけながら、踊ってちょうだい、といった。久我は優しくその肩に手を置きながら、葵というひとに、友達からのことづてがあってきたのだが、もしここにいるなら逢いたいものだ、といった。

娘は、まじめな顔をつくりながら、

「あら、そんな方、ここにおりませんわ。(すぐ自分で笑いだして、)うそよ。……葵さん、いま階下《した》にいるのよ。よんで来たげましょうね。……そのかわり、あとで、あたしと踊ってちょうだい」

気軽るに立ちあがると、階下《した》へ駆けおりていった。

葵があがって来た。ホールの入口に立って、奥のほうを見まわしている。酒場台《コントワール》のほうからくる琥珀色の光が、ほとんど子供じみた彼女の横顔を浮きあがらせていた。脆《もろ》そうな首筋。白い芥子のようなうすい皮膚。三十でいて、そのくせ子供のようにも見える、あの不思議な、典型的な「東京の女」の顔であった。

久我を見つけると、葵は瞬間立ち悚《すく》んだようになって、それから、あまり劇しく身動きすると、幻が消えてしまうとでも思っているように、そろそろと用心深い足どりで近づいてきた。

「……まあ、……でも、よく……あたし……」

顔をかがやかせ、感動のために口もろくにきけない風であった。久我は、言葉をさがしな

がら、けっきょく、

「今晩は……」

と、それだけいった。いかにもまずい挨拶であった。

葵をアパートまでおくり届けると、久我はこころがときめいて、とてもこのまま眠られそうもなかったので、自分も自動車からおりると、上衣をぬいで腕にかけ、快い初夏の夜風に胸を吹かせながら、あてもなく、またぶらぶらと新宿の方へ戻りはじめた。

久我はこの東京にひとりの知人もなかった。都会の孤独は、久我にとっては、じつにやりきれないものだったので、今晩の葵のやさしさは、こころの底まで沁みとおるようであった。

(……葵も東京でひとりぼっちだと言っていたようだった、と、彼はかんがえる。……あんな美しい娘が、どうしてひとりぽっちなのだろう。そういえば、病身らしいところはある。……あまり子供っぽい顔をしているかしら。すこし、明るすぎる。……あの種類の顔は、見るひとに、いつも郷愁を感じさせる顔だ。二年前なら、このテーマでおれは詩をつくっていたろう。……しかし、いまは、すくなくともおれは詩人じゃない。……おっと、これは失礼)

久我がこんなことを考えながら歩いていると、そこの露路から出て来た男に突あたった。

「や、これは失礼」

と、その男も帽子をとりながら、久我の顔を見ると、急に剽軽な調子で、

「これはこれは、なんたる奇遇！」

酒鼻《あかばな》……西貝計三だった。

久我も驚いて、

「おう、これは意外でした」

「こんなところで出っくわそうとは思わなかった。……どうです、もしよかったら、そのへんでビールでも……。ついそこに、腹を減らしたわれわれ同業がやってくる、夜明しのおでん屋があるんだ。社会部の若い連中も大勢やってくるから、今朝の事件のニュースがきけますぜ。……どうです、よかったら……」

久我は高い笑い声を立てながら、

「勿論ですとも。……結構です、お伴します」

「すぐそこ。……二丁目の鉄砲屋の裏。……《柳》というんだ。……われわれ称して《聯合通信社》。それはそうと、今日の夕刊を見たかい」

「ええ。……でも、われわれが知ってる以上のことは載っていなかったようですね」

「そう。……那須ってやつがいまやってくるから、そいつにきくと、もうすこしはくわしいことがわかるだろう。……さあ、ここだ」

西貝は久我の腕をとって、小粋な表がまえのおでん屋へつれこんだ。

卓《テーブル》はほとんどみなふさがっていて、湯気と煙草のけむりがもやもやしているなかで、真っ赤な顔が盛んに飲食いしていた。蜻蛉玉《とんぼだま》の首飾をいくつも腕にかけた中国人が、通りみちに立ちはだかって、女給たちのひと組にしつっこく押売りしている。

西貝はそれを押しのけるようにして奥まった卓《テーブル》にすすんで行った。押しだされた中国人は、入口のところで久我にすれちがうと、急に彼の顔を指さしながら、甲高い声で、

「ロオマ！　ロオマ！」

と、二声ばかり叫んで出ていった。

客は一斉に不審そうに久我の顔を見あげた。

久我が卓《テーブル》につくと、西貝がたずねた。

「あいつ、いま、なんていったんだね」

「僕がおしのけたと思って悪口をいったんです。……老鰻《ロオマ》ってのは、台湾語で鰻のことですが、悪党、とか、人殺し、とかっていう意味でもあるんです」

「へえ、君は台湾語をやるのかね。（と、いってから、大きな声で、）オイ、日本盛《にほんざかり》」

と、叫んだ。

「僕は台湾で生れたんです。……でも、両親は日本人ですよ。……大阪外語の支那語科を出ると、青島《チンタオ》の大同洋行へはいったんですが、どうもサラリーマンてのは僕の性にあわないんですね。また台湾へ舞い戻って、コカの取引ですこし金をこしらえたので、思いきりよくサ

ラリーマンの足を洗って、新聞記者になるつもりで東京へやって来たんです。……僕は上海《シャンハイ》語も北京《ペキン》語も台湾語も話せるんですが、どこかの新聞社へもぐりこめないものでしょうか」

西貝はコップで盛んに呷《あお》りながら、無責任な調子で、

「いいだろう、なんとかなるだろうさ。ま、飲みたまえ。……（そう言って、久我のコップに、またなみなみと酌ぎながら、）それでなにか書いたことがあるの、君は」

「これでも、むかしは詩をつくったことがあるんです。おちかづきのしるしに一冊献上して、大いに悩ませるつもりです。覚悟していて下さい」

西貝は酒と暑気で真っ赤になった顔を、ぶるん、と、なでながら、上機嫌に笑いだした。

「愉快なやつだな、君は。……小生のほうは、これで坊主の子さ。本来は坊主になるはずだったんだが、小生のような、俗気のない高潔な人間は、あの商売に向かないんだよ。……そこで、大学を出ると、志を立てて新劇俳優になった。そもそもの最初は……（と、いいかけて、入口のほうを見ると、急に椅子の上で腰を浮かせて、）お、那須がきた！……あいつ、またなにか摑んできたぞ。……すこし想像力《イマジネーション》を要する事件になると、警察なんてものは手も足も出ないんだからな。新聞社の若い連中のほうがずっとましなんだ。（そして、手を高くさしあげると、）オイ、那須……」

と、叫んだ。

那須というのは、頭髪《かみ》をべったりと頭蓋骨にはりつけた、背の高い痩せた青年で、西貝を見るとうれしそうな微笑をうかべながら、急いで近づいてきて、掛けるやいなや、オイ、菊正！　と、怒鳴った。

西貝は久我のほうへ顎をしゃくって、

「こちらは、久我君。……このひとも怪人Xから手紙をもらったひとりなんだ。ときになにかニュースがあるか」

那須は頭をかかえこんで、

「駄目、駄目。……（それから、顔をあげると、身体《からだ》をゆすぶりながら、）昼からいままで、僕は永代橋と荒川の放水路の間を駈け廻っていたんだ。それから、《那覇》の常連とあのへんの地廻りを、ひとりずつ虱っ潰しにして見たんだ。……ちょっと面白いことがあるんだね。富岡町の《金城《きんじょう》》ってバーの女給に、朱砂《すさ》ハナ、ってのがいてね。これが、殺された南風太郎と同じく、琉球の糸満人なんだ。東京へそれを連れてきたのも南風太郎だし、一時は夫婦のように暮していたこともあるんだ。こいつは、琉球で小学校の先生までしたことがあるんだが、いまはもうさんざんでね。バーの二階で大っぴらに客をとるんだ。チョイト小綺麗でね、モダン・ガールみたいな風をしているんだ。……こいつをききこんだときはうれしかったね。……ほら、前の晩に《那覇》へ酒をのみにきたモダン・ガールがあったろう。……てっきり、これだ、と百パーセントに見込みをつけて、おしかけて行って、いきなり一本槍につっこんで見たんだ。……ところがねえ、（と、また頭をかかえこんで、）こんな馬鹿なはなしはないです。……密淫売で、洲崎署に十八日喰いこんでいて、今朝の十時にようやく出てきたばかりだってんだからねえ。話にもなにもなりゃしないさ。……しかし、南風太郎の身元だけは調《あら》ってきたよ。調べてみると、糸満南風太郎ってのはエライやつなんだねえ。いままでのうちに、二度も三度も万という字のつく金をもうけたらしいんだが、こいつをしっかり抱えこんで、爪に火をともすような暮しをしていたんだねえ。だから、この殺人は金が目的《めあて》だってことは確かなんだ。ともかく加害者は空手で帰りやしなかった。いや、それどころか、しこたま摑んで引あげたんだ。……この糸満南風太郎ってのは懐疑的なやつで、その何万って金をみな自分の部屋にしまいこんであったんだねえ。……部屋の隅に、紫檀で作った、重い頑丈な支那長持《サマアチユウ》があるんだが、金はこのなかにあったんだと見えて、このなかが、いちばんひどく引っかきまわされているんだ。……金はそのほかに嚢鼓《フンコ》というのかな……、台湾人がつかう太鼓の胴の中にも、文字通りザクザク隠してあったんだが、さすがに、これには気がつかなかったと見えて、そいつだけは助かったんだが、太鼓の中に隠してあった金だけでも、紙幣《さつ》で八千円からあったんだ。……犯人は十二時から三時までの間に、……つまり南風太郎が部屋へ寝に来る少し以前《まえ》に、家《うち》の傍《かたわら》の柳の木をつたって二階の窓からはいりこみ、衣裳戸棚の中に隠れて待っていたんだな。……二時、……或いは三時近くに、南風太郎がぐでんぐでんになってあがってきて寝台へ寝る。そいつをおさえつけて、ものもいわずに、肉切庖丁のようなものを、三度ばかり心臓のあたりへ突っ通す。……苦しがって、寝台から転がり落ちたやつを、こんどは呼吸《いき》の根をとめるつもりで、ずっぷりと頸動脈へ斬りこんだ、というわけだ」

「それは、ひどい」

と、美しい眉をしかめながら、久我がいった。西貝は、那須に酒を酌いでやりながら、せっこむような調子で、

「それで、どうなんだ。犯人《ほし》の足どりは判らないのか。まだ見当《みこみ》もないのか」

那須は、酌がれたのを、ひと息でのみほすと、ますます大きな声で、

「その方は署からのききこみがすこしあるんだ。……はじめはなかなかシラを切ってね。ところがどうして、なかなか、本庁と洲崎署が車懸りになってやってるんです。昨夜は十時から、小松川の川っぷちと洲崎のバー、カフェ、円宿ホテルを一斉に非常臨検をやったんです。……その例のモダン・ガールってのを狩りたてているんだね。もっとも、その女が直接の加害者だと思っているわけではない。本庁では琉球か朝鮮の人間の犯行だと見当《みこ》んでいるし、洲崎署では区内の前科者の仕業だとにらんでいる。いまのところ意見は二た手に分れているんだが、なにしろ、女が一枚のってるんで、非常に事件をややこしくしている。とにかく、その女をつかまえると、もうすこし輪廓がはっきりするはずなんで、警察でもいまのところ、こいつを追及するのに躍気となってるんだね。《那覇》のボーイのほうは、いかんせん、す

こし低能でね、自分が見た女の印象を申立てることが出来ない。ちょっと上品な、すらりと脊の高い女だっていうんだが、これだけじゃなんの足しにもなりゃしない。……そこで、その晩のいきさつてえのは、次のあさ九時頃、和倉町二丁目の自分の下宿から、店へ出掛ける途中、一二度《那覇》へ顔をみせたことのある、山瀬組の小頭ってのに逢って、……昨夜はどうも偉えことだったぜ、という調子で、はじめて女の一件をきいたんだが、その小頭ってのも、ボーイが自分でそう承知しているだけで、ほんとうに山瀬組の一家だかどうだか判ったもんじゃない。このほうも、しきりに追っかけているんだが、いまのところ、まだ消息不明なんだ。……なんでも、ボーイの話では、そのモダン・ガールがふらっとはいってきたのは、ちょうど十時頃で、そのすこし以前《まえ》から、南風太郎と小頭と二人で、もう始めていたということだった。……（といって、額をなでながら、）ああ、酔った、酔った。……空《すき》っ腹へ早駕《さんまい》でのんだら……眼がくらんで来た」

となりの卓《テーブル》で、空になったビール瓶を前にして、さっきからもじもじしていた、二十四五の若い男が、このとき三人の方へ声をかけた。

「ねえ、那須さん。……僕ああの糸満南風太郎ってのを知ってるんです。（と、愛想笑いをしながら、）……僕が深川の浜園町に住んでいた頃、よくあそこへ飲みに行ったことがあるんです。……あいつはね、もと毎年カムサッカや択捉《エトロフ》へ出稼ぎに行っていたんですよ。なにしろ、もとは糸満の漁師ですからね。……それで、そんなことをやってるうちに、北海道の北端の、例の留萌《るもい》築港の大難工事が始まった。すると、南風太郎は自分の郷里《くに》から、二百人あまりの琉球の人間をだまして連れだしてきて、これを道庁の請負の大林組へ、一人八十円パで売り飛ばしたんだそうです。それで南風太郎は、かれこれ二万円ばかりの金を懐中《ふところ》にいれたわけなんですが、一方、売り飛ばされた方は、なにしろ気候が違うのと仕事が荒いので、第二期の突堤工事が出来たときには、二百人のうち生き残ったのは、わずか五七人だけだったそうです。……南風太郎は、そのほか西貢《サイゴン》やシンガポールあたりへ、ひどい女の沈めかたをしているそうだし、……あいつには、ひとのうらみもずいぶんかかっているわけで、僕の想像じゃ、こんどの事件は、必ずしも金だけの目的《めあて》じゃなかったんじゃないかと思うんですよ。なにしろ、廻《めぐ》る因果の小車で……」

那須は、ドスンと卓《テーブル》を叩いて、

「お、この餓鬼のいうことは気にいった。……サンキュウ、サンキュウ！……こいつあ、いいツルだ。……感謝する……君、君。まったく感謝する。(立って行って、若い男の首を抱きながら、)オイ、……ときに、何か飲め！」

若い男は、待ちかねていたように喉をならしながら、

「え。……じゃ、ビールと貝巻き、を」

「よしきた。……オーイ、ビールと貝巻きだ。……束にして持って来いよ」

「こっちは日本盛だ。(と、もうだいぶろれつが廻らなくなった西貝が、だみ声をはりあげ

た。）……オイ、久我千秋……久我千！　おめえは高粱酒《コウリャン》なんて、藁からとった酒ばかり飲んでいたんだろうが、わが日本の米の酒をのんで見ろ。……ぐっと一杯のんでみろ。……やい、那須一《はじめ》……那須一《いち》……、ここにいるこの若いのは、こんな風に化けているが、もとをただせば、タイヤール族なんだぞ。霧社《むしゃ》の頭目だぞ。わかったか。那須、飲め！……やい、駆出しの名探偵……」

店のなかは、がんがんするような、やかましさだった。だれも相手のいうことなんかきいていない。めいめい自分勝手に、出放題なことを、大声でわめきちらしていた。

二人連れの男が、戸をあけはなしたまま出ていった。そこから、黎明《よあけ》のほの白いひかりと、すずしい朝風がはいってきた。三人はもうものを言わなかった。ひどい眠気が襲ってきた。西貝は財布をだして、いった。

「もう帰ろう……」

「……僕、……僕にやらしてくれ、……いくら……」

がくがく、と卓《テーブル》のほうへのめりながら、久我がポケットへ手をつっこんで、裸の紙幣をつかみだした。

丁度その頃、雨田あおいは、文園アパートの貧しい寝床のなかで眼をさます。

あおいは苦しい夢を見ていた。どんな夢であったか、思いだすことは出来なかったが、多分それは、自分の過去の、酸苦なある一日の出来ごとらしかった。……彼女の過去には、ここではふれぬことにしよう。

彼女の過去は陰鬱な雲にとざされ、嗟嘆の声にみちみちてはいたが、しかし、彼女がはじめて久我千秋に逢ったときは、東京でのある悪夢のような一日を除くほかは、やや幸福であった（と思える）十二三歳の頃の彼女と、すこしも変ってはいなかった。

彼女の横顔には、いまもなおその頃の、童女《おさなご》のおもかげをのこし、こころも肉体も、そのころのままに無垢であった。

あおいの愛嬌のいい、明るい顔つきは、ほとんどすべての男性に好かれた。《シネラリヤ》で働くようになってからも、すぐに五六人の男友《アミ》が出来た。そのうちの三人は結婚を申込んだ。（その中にはひとりの公使さえいたのである。）しかし、彼女はそのいずれをも愛してはいなかった。（彼女の二十三年を通じて、彼女は、嘗ってなにびとも愛しはしなかった。）

あおいが《那覇》で、はじめて久我のとなりに坐ったとき、彼女はまず、端正な久我の美しさに狼狽せずにはいられなかった。つづいて久我に話しかけられたとき、とりのぼせた彼女の耳は、なにを語られているのか、ほとんど理解することが出来なかった。

彼女の知覚がようやく恢復したとき、こんどは、彼女は阿呆のようになっていた。……正確に言えば、彼女は臆病になり、粗野になり、相手の気にいりそうなことすらひとつ言えない、もの悲しい、不器用な娘になり切っていた。

久我がはじめて《シネラリヤ》を訪れたとき、はじめ、葵には現実だとはどうしても信じられなかった。それほど思いがけなかったのであった。この喜びは彼女を溺らせて、狂人《きちがい》のようにしてしまうほどであった。

久我がアパートまで葵をおくり届けたいと申出でたとき、彼女は不覚にも涙を流したのだった。

あおいは自分の部屋へはいると、いそいで着物をぬいで、スキーヤーのように白い寝床のスロープへ辷《すべ》りこんだ。そして、《あたしは、もうひとりではない》と、うかされたようにいくどもつぶやいた。いま、あおいの部屋の薄いカーテンを通して、朝の光がしずかにほほえみかける。

彼女はまだ四時間位いしか眠っていなかったが、もう充分に寝足りたような気持ちだった。身体《み》のうちが爽やかで、頭のなかを風が吹きとおるように思われた。

あおいは、右の腕を頭の下に敷いて、夕方までの時間をどこで暮らそうかと考えた。空には一片の雲もない。青い初夏の朝空。あおいは幸福にたえかねて眼をとじた。

たれかが扉《と》をたたく。多分、アパートの差配の娘だろう。それにしても、こんなに早くどうしたというのか……

はいってきたのは、差配の娘ではなかった。

揃いのように、灰色のセルの脊広を着た二人の紳士であった。もう一人のほうは厳めしい口髭を貯えていた。

慇懃にスマートに、出来るだけ気軽に話そうとしながら、

「……お手間はとらせませんから、ちょっと、洲崎署までいっしょに行ってください。……たいしたこっちゃないんですよ。……ちょっとね。あなたも、とんだかかりあいで、ほんとにお気毒《きのどく》です」

あおいは両手で顔を蔽うと、後《うしろ》へぐったりからだを倒してしまった。

三

人影のない長い廊下には、警察署特有の甘い尿の臭が漂っていた。喰い荒した丼や箱弁の殼がいくつも投げだされていて、そのうえを蠅が飛びまわっていた。遠くで、劇しく撃ちあう竹刀《しない》の音がしていた。

《司法主任》という標札のかかった扉《ドア》があいて、分厚な書類の綴込《とじこみ》をかかえた丸腰の巡査のあとから、葵がそろそろと出てきて、窓ぎわのベンチへ腰をおろした。

面《おも》やつれがして、まるで違うひとのように見えた。服は寝皺でよれよれになり、背中に大きな汗の汚点《しみ》をつくっていた。首すじや手の甲はいちめんに、南京虫にやられた、ぞっとす

るような赤い斑点で蔽われていた。

巡査がつぎの扉《ドア》へきえると、葵はぼんやりした眼つきで窓のそとを眺めながら、無意識のようにぽりぽりと手の甲を掻きはじめた。

窓のそとは空地になっていて、烈しい陽ざしの下で、砂利が白くきらめいていた。

葵は急に眼をとじた。瞼のあいだから涙が流れだしてきた。泣いているのではない。烈しい光が、睡眠不足の眼を刺戟したのだ。

葵は三日目にようやく留置をとかれた。極度の疲労と緊張のあとの麻痺状態が頭を無感覚にして、なにも考えることが出来なかった。なんのためにここへ坐りこんだか、それさえもあまり明白ではなかった。ただ、むやみに痒かった。

葵は辛辣な取調をうけた。参考人としてではなく、殺人嫌疑で訊問されていたのだった。警察では、殺人の前夜に《那覇》へ現れた女も、古田子之作へ遺産相続通知の電話をかけた女も葵だときめてかかっているのだった。

《那覇》の男《ボーイ》が、どうもこの女《ひと》ではありません、と証言し、葵にもたしかな不在証明《アリバイ》があったので、このほうの嫌疑だけはまぬかれたが、電話のほうは、古田が、こんなによく響く声ではなかった、と、明瞭に申し立てているのに、どうしても納得しないのだった。最後には、二人で共謀してやったんだろうなどと言い出した。こうなれば、弁明するだけ無駄のようなものだった。

殊に、葵には、過去の経歴のうちに、明白にしたくない部分があったので、いきおい、答弁は曖昧にならざるを得なかった。係官は、そこへのしかかってきた。

葵は、電話をかけたのは私ではない、というほか、どう言う術も知らなかった。しまいには、言うことがなくなって黙ってしまう。すると、いままで温顔をもって接していた司法主任は、急に眼をいからせ、顔じゅうを口にして、なめるな、この女《あま》と、大喝するのだった。

二日目の昼には、強制的に検黴《けんばい》された。もし病毒でももっていたら、その点で有無をいわせないつもりらしかった。警察医が指にゴムのサックをはめて、葵の肉体を調べた。

結果は思いのほかよかった。警察医は妙な笑いかたをしながら、君、あいつは処女《ユングフラウ》だぜ、といった。これが係官の心証をよくした。

できるなら、葵はなにもかも告白して、ここから逃げだしたいと思った。こころがなげやりで、この世の幸福などは、すっかりあきらめていた今迄の葵ならば、たぶん、そうしたであろう。しかしいまは違う。久我の優しい眼ざしを透して、その奥に、おぼろげながら、幸福な自分の未来を見いだしているのだった。二十三年の半生を通じて、いま、ようやく葵は幸福になろうとしている。この夢だけは失いたくないのだった。

検黴室の鉄の寝台にねかされたとき、葵は憤りと悲しみで心がさし貫かれるような気がした。このときばかりは、さすがになにもかも告白しようと思った。それさえすれば、この恥辱は受けないですむのだ。だが、それをいえば、葵はもう終生久我に逢うことが出来ないであろう。久我への劇しい愛情が、この屈辱に甘んじさせた。涙があふれてきて、止めようがなかった。

乏しい木立の梢をわたって、涼しい風がふきこんできた。葵はうとうとしかけた……

廊下のはしに久我があらわれた。大股で近づいてくると、おしだすような声で、

「やあ……」

と、いった。唇がぴくぴくと動いた。咄嗟に、なにもいえない風だった。

葵は、とろんとした眼を半分ひらいて久我を見る。いっぺんに眼がさめた。

「ひどかったでしょう」

「なんでもなかった。……もう、きょうは帰ってもいいんですって」

わざと投げやりな調子で、いった。こんな風にでも言わなければ、わっ、と泣きだしてしまいそうだった。

久我は、撫でさするような眼つきで葵を眺めていたが、急に葵の手の甲を指《ゆび》さすと、驚いたような顔で、たずねた。

「どうしたんです、これは」

「……虫づくし、よ。……蚤、蚊、虱、南京虫。……辛かってんわ」

そして、微笑してみせた。……うまく笑えなかった。

久我は、少し険しい顔になって、

「それは、ひどい。……それで、どうだっていうんです、警察じゃ」

「虫も殺さないような顔で大それたことをしやがって……」

「ひどいことをいう！」

「慾ばりのむくいよ」

久我は、葵のそばへ並んで坐りながら、

「……もっとも、あなたばかりじゃありません。あの朝、《那覇》へ集った連中は、みんなよばれているんですよ、新聞記者の西貝君まで。……あっちの部屋には、警視庁の連中ががんばっていて、いま、《那覇》の男《ボーイ》と、乾と、古田を調べています」

「あなたも」

「ええ、もちろん、僕も。……だが、あなたが案外元気なんで安心しました。……心配してたんですよ、本当に。ひどいことをされやしないかと思って。……それに、この暑さだし……。せめて、なにか冷いものでもと思って、いろいろ奔走してみたんです。でも、警察では、迂散くさそうな顔をするばかりで、なんといっても受けつけてくれないんです。かんべんしてください、ほっておいたわけじゃないんだから……」

葵は、もうひとたまりもなかった。掌で顔を蔽うと、身体をふるわして泣きだした。

久我も、うるんだような眼になって、

「疲れてるんだ。はやく帰っておやすみなさい。……送っていってあげたいけど、僕ももうすぐ呼び込まれるでしょうし……」

そういって、葵にハンカチを渡した。すぐ泣きやんだ。きれいに眼を拭うと、

「ごめんなさい。……いいえ、いいのよ。……それより、うち、ここで待ってます、あなたがすむまで……」

「いや、そんなことをしないで、もういらっしゃい。疲れてないわけはないんだから。……でも、もしよかったら、今晩……、（すこし調子づいて、）じつはね、さっき向うで相談したんですが、今晩、『糸満南風太郎の参考人の会』をやろうってことになったんです。……新聞記者の西貝君、乾老人、古田君、それから、僕……。あなたは疲れてるでしょうから、お誘いはしないけど……」

このまま、ここへ倒れてしまうのではないのか。……葵は気が遠くなりかけている。しかし、今晩久我に逢えるなら……。葵は、しずかに、いった。

「こんなの……三十分も眠ったら……なおるでしょう……。今晩……どこで？」

「七時。……新宿の《モン・ナムウル》」

葵が立ちあがる。

「お伺いします。……じゃ、さよなら」

「じゃ、七時に」

廊下のはしで、いちどふりかえると、夢の醒めきらないひとのような足どりで、そろそろ

と右のほうへ曲っていってしまった。

久我は、そのほうへ手を振った。時計を出して眺め、それから、落ち着かなそうに、コツコツと廊下を歩きはじめた。

間もなく、下手の扉《ドア》があいて、乾が出てきた。紗の羽織の裾をくるりとまくって、久我のまえに立ちはだかると、

「やっとすみましたよ。……馬鹿な念のいれようだ、下らん。……それはそうと、せっかくの会合だが、古田は来られんでしょう。上衣に血がついてるのが見つかった。……さもあるべきはずさ。見るからに悪相だからねえ、あいつは」

そういうと、唇を歪めて、能面の悪尉《あくじよう》のような顔をした。久我の脊すじがぞっとした。

返事も出来ないでいると、乾はゆっくり煙草に火をつけながら空嘯《そらうそぶ》くようにして、

「この事件もこれで一段落か、おや、おや。……さりとは飽気《あつけ》なかったね。……あたしは公判がすきで、よく傍聴にゆきますが、刑事事件は面白いですな。……ちょいと関りあって見たいようなのもありますからねえ。……今度のなんざ、いささか関係が濃厚で、大いに楽しんでいたんですが、こう飽気なく幕になっちゃ、仕様がない。……それにつけても、いったい、日本の警察は迂闊ですよ。市民にもっと協力を求めなくっちゃいけない。……密告制度を設けて、大いに投書を奨励するようにすれば、現在《いま》よりはかならず能率があがるようになりましょう。……（にやりと笑って、）もっとも、最近はすこしよくなったが……。（と、い

って、急に声をひそめると）実はね、古田子之作を密告したのはあたしなんです。……ふ、ふ、ひとに言っちゃいけませんよ。……うらまれますからな。警察に協力するのは市民の義務でさ。……生意気に！　ひとを馬鹿にしやがるから。……ざまあ見ろ、人殺しめ。……では、今晩定刻に……」

吸いさしの煙草を、火のついたままポイと廊下に投げだすと、踊るような足どりで、歩いていった。

久我があっけにとられて、そのあとを見おくっていると、また扉《ドア》があいて、こんどは、西貝が出てきた。ひどくはしゃいだ声で、

「おつぎの番だよ」

と、いった。荒い息づかいをしていた。

巡査が扉《ドア》から首だけ出して、思いのほか丁寧な声で、久我さん、と呼んだ。

久我がベンチから立ちあがろうとする拍子に、膝から麦稈《むぎわら》帽子が落ちた。どこまでもコロコロと転げていって、はるか向うの壁にぶつかると、乾いた音をたてて、そこでとまった。

久我は、なぜかひどくうろたえて、帽子をとりあげると、よろめくような足どりで戻ってきた。

「おい、久我君、待ってるぞ、記者溜《だまり》で」

久我は、ちょっとふりかえると妙に印象に残るような微笑をうかべて肯《うなず》いた。扉《ドア》がしま

った。

「おお、どうでした、西貝さん」

西貝が記者溜へはいってゆくと、ひどい煙のなかから、いきなり那須がこう声をかけた。三人ばかり立ちあがって、どやどやと西貝のそばによってきた。

西貝はテーブルの上へ腰をかけると、怒ったような口調で、いった。

「小生なんざ、どうでもいいのさ。小生がいろいろと有益な進言をするんだが、まるで聴いちゃいないんだ……ひとに喋らせて置いて夢中になって古田の聴取書を読んでいるんだ。……そら、あのチャップリン髭の……。なにかまた新しい証拠があがったんだな。……きいたか、那須」

那須は書きかけの原稿を、鞄のなかへ突っこみながら、

「そう。……いろいろやってみると、あいつの行動に曖昧《シンジヨウ》なところが出てきたんだ。……《那覇》の奴《やつこ》が、ようやく今日になって言いだした。……そういえば、人殺しのあった前の晩の八時頃、古田が若い女をつれて酒をのみにきた。このほうは、はっきり見たから顔は覚えている。二十二三のいい女だった。……声にきき覚えはないか、と、係がきくと、あまり口数をきかずにつんとすましていたから、どうも、声はよく覚えていない、と、いうんだがね。それで……」

「それで、その女は古田のなんだ?」

「それが、窮してるんだよ、古田のいうことは。……小柳橋の袂でその女に逢って、姐《ねえ》さん、一杯いこう、と声をかけたら、イエス、といってついて来た、てんだ。……だが、おおよその捜査方針《スンポウ》はきまったらしい。本庁の意見も一致した。現場の証拠は少《ウス》いが部屋の手のつけかたから見て、初犯の手口だということになった。犯人《ホシ》は、いまのところ女だという予想《ミコミ》なんで、懸命《ガセイ》にその女の行衛《アシドリ》を捜《ヒロ》ってるんだね。……結局」西貝がひったくった。

「結局さ、そんなものを追いまわす必要がないんだ。……葵をもっとひっぱたけば、いやでもその女が出てくる。……つまり、AはBなり、さ。……しかし、こういう方法論を、あの男《ボーイ》がわかるはずはない。……もっとも、あんなうす馬鹿に観破されるような、幼稚な証明の仕方はしなかったろうが……、要するに、生物変化の過程を、あの低能児は、個々の現象としか眺め得なかった。西貝計三は、白髪になっても西貝計三だ、という理窟がわからんのだ。……そんなウンテレガンの証言を捜査の基礎にしてるんだから、こりゃ、いつまでたったって解決する筈がない。……電話の声にしたってそうだ。声の音色なんざ問題じゃない。古田と葵の二人だけが、特別の方法で通知を受けたという点が重大なんだ。……これだけで、二人の間に、なにか共通の劣性因子があることが、充分察しられるじゃないか。うっかり口をすべらしたばっかりに、これがいま、あいつらの弱点になっている。……現にその点で、さかんに共同製作をやってるじゃないか。……片っぽうで、こんな声じゃなかった、といえば、片っぽうじゃ、こんな正直な方はありません、なんて、ぬかす。……おい、那須。……なにしろ、あの女は馬鹿じゃないんだ。しっかりしろよ。よ、名探偵」

「さよう。そこが、トウシローと名探偵のちがいさ。(那須が笑いながら、やりかえす)

……葵はね、西貝さん。その、九時って時間には、ちゃんと《シネラリヤ》で働いていたんですぜ。しかも、ひと晩じゅう、葵のそばにへばりついてたのは……、(と、いいながら、となりのモダン・ボーイ風の記者を指《ゆび》さして、)なにを隠そう、こいつなんだから話はたしかだ。……こいつはね、一名、ダニ忠といって、女のそばにへばりついたら、雷が鳴ったって離れやしないんだから……。それに、あの晩はこいつが……」

べつの一人が、あとをひきとって言った。

「アパートまでお送り申しの、ていよく戸口で断わられの、赤電を追っかけてスッテンコロリンの、……やだナ」

みなが、どっと笑う。西貝がいった。

「ひとごろしは午前三時だ」

「でもね、葵は朝まで部屋にいたんですよ。……葵が帰ると、かならず差配の娘が起きて玄関をしめることになっている。……あの晩も、玄関をしめてから、五分ばかり立ち話をして、それから二人が寝にいった」

「窓に非常梯子がついている」

那須は、やりきれない、という風に苦笑しながら、

「そいつあ下らない。……若い女が、夜半《よなか》に非常梯子をおりて、新宿から深川までゆき、人を殺してきて、またそこから部屋へはいる。……これを、だれの眼にもかからずに、始めからしまいまでやってのける。……やってやれないことはなさそうだ……が、まず、ほとんど絶対に不可能だ。……可能内に於ける不可能の部分……。日常生活内における虚数《イマジナル・ナンバー》だ。……安全率が微小すぎて、実用に耐えんのですな。嘘だと思ったら実験してごらんなさい。あなたの窓にも非常梯子がついてるでしょう」

「できる」

「午前二時頃？」

「そうだ」

「おやおや、実験ずみとは知らなかった」

「実験したとは言ってやしない。しかし、実験して見せてもいい。これはね、一人の人間を二つに割って使えばわけなくできる。……不可能内に於ける可能の部分さ……たとえば……」

横あいから、一人が、頓狂な声で口をはさんだ。

「それはそうと、西貝さん。……あんたこそ、あの晩どこにいたんです」

きつ、とそっちへふりかえると、厳しく眉をひそめながら、

「なんで、そんなことをきく」

「なんで、ということはないが、あの晩、僕あ《柳》で金を足らなくして、二時頃あんたんとこを起したんです。……あんたがいないんで僕あ弱っちゃった。……あそこはあんまり馴染じゃ……」

「銀座にいた」

斬りつけるような返事だった。

壁の大時計が、三時をうつ。

那須が立ちあがって、欠伸をしながら、

「お茶を飲みに出ませんか、西貝さん。そこで、つづきをやりましょう」

「もう、やめだ。かまわず行ってくれ。俺はここで久我を待ってる」

すると、ダニ忠が、いった。

「久我、ってあの若い男、……ありゃあ、特高の第二係じゃないか。……僕あたしかに本庁で見かけたことがある」

狼狽したような眼つきで、相手を見つめながら、西貝がいった。

「第二係?……そ、そんな馬鹿なことはないだろう」

西貝をのこして、みなが、がやがや言いながら出ていった。

久我が、まず先にやってきた。みなの来るまえに、すこしでも葵と二人きりで話したかったのだ。広間《ホール》のまんなかの卓《テーブル》について水を貰った。なま温《ぬる》い水だった。

広間《ひろま》には、むやみに人がつまっていて、みな申し合せたようにジョッキをひかえていた。大きな扇風器が、いらだたしく天井で羽搏いていた。

葵がやってきた。富士絹のブルウゼに薄羅紗のスカートをつけ……、まじめな百貨店の売子のように、さっぱりと地味ないでたちだった。駆けつけるように寄ってきて、久我のとなりへ坐ると、苦しそうに息をきった。

「はあ、はあ、いってますね、どうしたの」

ふ、ふ、と笑うばかりで、返事しなかった。

「お腹は明けてあるでしょうね」

小供のように、いくどもうなずいた。

広間《ホール》の入口のところで、西貝と乾がうろうろしている。葵がそのほうへ両手をあげて、それを手旗のように振った。

二人は、遠くから、やあ、やあ、いいながら近づいてきた。乾は黒い上衣を着、その下へ固苦しく白チョッキをつけていた。扇子で手首へ風を入れながら、

「苛酷なる司直の手より脱免し、四十ここに無事再会。こうして一杯のめるというのは、まずまず祝着のいたり。(と、べらべら喋ってから、葵のほうへ短かい顎をつきだし、)……ね

え、葵嬢。なにかと、ずいぶんうるさかったでしょう。いや、お察ししますよ。こんどは、どうもあなたがいちばん歩が悪かった。美しく生れると、とかく損をするて……」

西貝は、露骨にいやな顔をして、

「警察のはなしはよしましょう。なにはともかく、とりあえず喉を湿《し》めそうじゃないか。……ちぇっ、誰れも寄って来やがらない。(劇しく卓《テーブル》を叩きながら、)おい、給仕！　給仕はみな、死に絶えたのか！」

と、叫んだ。乾は三人の顔を見まわしながら、

「……ときに、今夕の散財は、どなたのお受持でございますか。……いや、それとも？……こういうことは、予めはっきりして置くほうがいいので……」

久我が、こたえた。微笑しながら、

「失礼ですが、今日は私にやらせていただきます。……東京に馴れぬので、こんな殺風景なところを選びましたが。……」

乾は、それは、それは、と、卑しい笑《えみ》をうかべながら、

「このたびは、じっさい不思議なご縁でした。……しかしながら、こういう結着になりますなら、不幸、かならずしも不幸ではない。なにとぞ、今後ともご別懇に願いましょう。……殊に、こういうお催しは、将来もたびたびやって頂きたいもんで……。では、ひとつ、寛ぎますかな」

と、いうと、上衣をぬいで、ワイシャツの袖をまくりあげた。葵は、うつむいて、くっくっ、と笑いだした。笑いがとまらない風だった。

乾は、いっこう意に介せぬようすで、うるさく、ピチャ、ピチャと舌鼓をうちながら、

「……諸氏の顔を見るにつけ、思いだされるのは、遺産相続の件ですて。……あたしはね、最近、あれこれと考えあわせて、糸満氏《うじ》さえ殺されなければ、かならず、いくばくかの遺産を手にいれていたろう、と思って、糸満氏の下手人が憎くて憎くてならんのです」

「面白いですね。それはどういうんですか」

と、まじめに、久我が、たずねた。西貝も葵も、フォークを休めて、顔をあげた。

「あの遺産相続の通知は、洒落でも冗談でもない。正真正銘のことだったのです。……告知人は、すなわち糸満南風太郎そのひとだったんで。……あの朝、五人を自分の店へ招んで、それぞれ財産を分与するつもりだった。……思うに、そのひとは、癌かなにかを病んで、みずから余命いくばくもないことを知っていた。しかも、手紙の文面から察すると、病態はすこぶる険悪だったのですな」

西貝がふきだした。

「……乾老。あんたも新聞を読んだろうが、糸満って男は、古今未曽有のあかにしだったんですぜ。……その男が、どこの馬の骨かわからないやつに、自分の財産を……」

しずかに、乾がこたえる。

「たぶん、そう言われるだろうと思っていました。……あたしも新聞を読みました。新聞で糸満氏の性行を知るにおよんで、いよいよ、あたしの想像がまちがっていないことがわかったのです。……西貝氏《うじ》、あなたがそういわれるのは、吝嗇漢というものの心情を解していないからです。されば、あたしには、糸満氏の気持がじつによくわかる。いったい、吝嗇漢というものは、そういう絶対境に追いこまれると、得てして非常に飛びはなれたことをやりだす。……絶体絶命だ、どうしても天命には勝てん、なんていうことになると、いままで、圧しつけに圧しつけていたものが、一ぺんに爆発させる。……唯物凝固の世界から、一躍にして、虚にして無なる境地に直入する。あかにしであればあるほど、反動も大きければ爆発も異常だ。……ご承知の通り、あの前夜、糸満氏は見知らぬ女に大盤振舞をし、自分もしたたかに飲んだといいますが、糸満氏を知っている連中の話では、そんなことは何十年来なかったことだそうです。……これなどはじつに、その辺の消息を雄弁に物語っているじゃありませんか。……どうです。これでもまだご異存がありますか。……（急に調子をかえて、）だからさ、どの位あったか知らないが、当然手にはいっていたものを、むざむざ横あいからひっ攫《さら》われたかと思うと、あたしゃそれが残念で、いても立ってもいられないんだ。……（卓《テーブル》の上へ両手をついて、三人のほうへ身体をのりだすと、）あたしゃ、巳年生《みどし》れでね。これで、嫉妬心もつよければ、また、ずいぶん執念も深い性《たち》なんだから、こんな目に逢わされてだまって引っこんでるわけはない。……あたしの手で、いまにきっと、そいつをとっちめてやるつもりなんだ。……なアに、どうせ長いあとのこっちゃアありゃしない。……いまに見てろい、どんな目を見るか！……ぬすっとめ！」

そういうと、急にぐったりと、卓《テーブル》の上へ頬杖をついて、うわごとのように、なにかぶつぶつ、ぶつぶつやきはじめた。酔態としても、これはかなり異様なものだった。

西貝が、久我に、ささやいた。

「恐ろしい精神状態だ」

久我が、ささやきかえす。

「むしろ、奇抜ですね」

西貝がいった。

「……乾老。……性格のちがいというのはえらいものだね。……小生は寅年《とらどし》生れだが、遺産のことなんか、とうに忘れていたよ」

「忘れるのは、あんたの勝手だ」

乾が、うなるように言いかえした。

「ま、立腹したもうな。……しかしながら、糸満の加害者が、あんたの血相を見たら、たいてい悚《すく》みあがるだろう。……なにしろ、凄かったぜ」

乾は、ふふん、と、せせら笑っただけで相手にならなかった。

久我がにやにや笑いながら、

「同感ですね。……私はついさっき取調室から出てきたばかりですが、帰りがけに、司法主任がこういってました。……だいぶご機嫌でね、……君、加害者はやっぱり、あの朝《那覇》へきた五人のうちの一人なんだ。見てたまえ、誰れだか明日になればわかるから、って……。(いかにも面白そうに、三人の顔をながめながら、) ……して見ると、加害者はこの一座のなかに、いるのかも知れないんですね。……私かも知れない。いや、殊によったら、乾老それ自身かも……」

久我が、まだ言い終らないうちに、乾が、すっくと立ちあがった。いまにも投げつけるように、ジョッキの把手を握りしめ、眼をくわっと見ひらいて、久我を睨《にら》みつけながら、

「なんだと！……もう一ぺんいってみろ、畜生！」

と叫んだ。洲崎署の廊下で見た、あの悪尉の面《めん》になっていた。

西貝は、これさ、これさ、芝居がかりに手をふりながら、乾に、

「大きな声はよしたまえ。……みなきいてるじゃないか」

乾は、久我を睨みすえて、もう一度、

「畜生！」と叫ぶと、急に、崩れるように椅子の中へ落ちこみ、両手で顔を蔽って、啜り泣きをはじめた。しゃくりあげて泣くのだった。

西貝は、手がつけられない、という風に、頭を掻きながら、

「ちぇっ、泣き出しちゃいかんなあ。……（卓《テーブル》ごしに手をのばして、乾の肩を叩きながら、）乾老……。これさ、乾老。君の酒もあまりよくないねえ。……泣くほどのこたあ、ありゃしない、冗談じゃないか。……（そして、久我のほうへ片眼をつぶって見せた。）久我氏《うじ》、貴殿もすこし慎しまっせえ。老人《としより》にからかうなんざ、よくないよ」

久我は、てれくさそうに笑いながら、乾に、

「かんべんしてください。冗談なんですから」

乾は、ようやく顔をあげると、涙で濡れた眼で、うらめしそうに久我を見ながら、

「いけないよ。冗談にしても、あんなことをいうのは。……とうとう、あたしを、泣かせてしまって……」

そして、掌で眼を拭った。もう泣いていなかった。

久我が、いった。

「つい、なんでもなく言ったんですが……。かんべんしてください。……いまのは、私の冗談ですが、……でも、司法主任がそういったというのは嘘じゃありません。……こんなことを言ったら、また気を悪くなさるかも知れませんが、……現に、あそこに……、（そう言いながら、卓《テーブル》の上へ低く顔を伏せると、ささやくような声で、葵にいった。）葵さん、そのまま、しずかに顔をあげてください。（葵は顔をあげて、怯《おび》えるような眼つきをした。）……いや、なにも恐いことじゃありません。……奥から三番目の柱の横の……椰子の鉢植のそばの

卓《テーブル》に、男が一人坐ってるでしょう。……見えましたか?……(葵がうなずいた。)そう。……あれは警察の人間です」

葵は、眉をひそめながら、ほとんどききとれぬような声で、いった。

「……もう、すんだと思ってたのに。……いややわ」

久我が、つづけた。

「あの男を、私は洲崎署の刑事室で見たんです、二度ばかり。……(西貝と乾に、)さっきお二人が、あの男の傍をとおりぬけようとすると、あの男は、お二人のほうを顎でしゃくって、誰れかに合図してました」

西貝が、高っ調子でいった。

「じゃ、たぶん小生の知っとるやつだろう。……小便しながら面《つら》を見てくる。大きなことをいったら、とっちめてやる」

虚勢を張っているようなところもあった。乾は、子供のように手をうち合わせながら、叫んだ。

「そう、そう。……おやんなさい、おやんなさい!」

西貝は、立ちあがると、どすん、どすんと足を踏みしめながら、そのほうへ歩いていった。

乾は、眼をキラキラ輝やかせながら、熱心にそっちを眺めていた。西貝は、皿のなかへうつむいている男のそばへ近づく。そこで歩調をゆるめて、じろじろと、しつっこくその顔を眺め、それから、広間《ホール》の奥の手洗所《トイレット》へはいって行った。

食事がすむと、西貝と乾は、ひと足さきに帰る、と、いいだした、もう、大ぶいい機嫌で、仲よく肩をならべながら出て行った。

しばらくの後、葵は、臆病そうに口をきった。

「送ってちょうだい。……ひとりでは、うち、恐ろし……」

久我は、それに返事せずに、笑いながら、

「さっきの司法主任の話、あれ、出まかせです。乾老が、つまらないことをいつまでも喋言《しゃべ》ってるから、ちょっと黙らして見たんです。……これで、なかなかひとが悪いところもあるでしょう。……（すこし真面目な顔になって、）葵さん、あなたはもう喚びだされることはありませんから、心配しなくても大丈夫です」

と、いうと、上衣の内ポケットから、金色の紋章のはいった警察手帳をとりだすと、はじめの頁をめくって見せた。《久我千秋》と、彼の名が書いてあった。

「安心してください。……私がこう言うんだから……」

そして、やさしく葵の手をとった。

どうしたというのか。……葵は急に蒼ざめて、低く首をたれてしまった。久我の掌のなかで、葵の小さな手が、ぴくぴくと動いた。早くそこから逃げだしたいという風に。

四

事実は小説よりも奇なり、ということは、たしかに有り得る。しかし、それが奇にすぎ、すこし通常の域をこえていると、もう一般からは信じられなくなってしまう。小説の場合と全く同じである。

糸満南風太郎の殺人事件も、《謎の女》とか、《未知の財産遺贈者》とかいう工合に、偶々過剰な架空的要素を含んでいたので、小説嫌いの、実直な世間からは、いささか小馬鹿にされているかたちだった。

しかし、一方には好奇的傾向の強烈な連中もいて、(これは、いつも案外に大勢なのだが……)その方面で、一週間以来、この事件はさまざまに論議されていた。

加害者が若い女で、しかも、初心者の手口だというところから、いうまでもなく、これは情痴の犯罪だ、などと、うがった批評をするものもいた。……早合点をしてはいけない。では、遺産相続通知のほうはどうだというのか。情痴説は、そこで、ぐっ、と、つまってしまう。

《その女》については、新聞もいろいろと奇抜な想像を加えて書きたてたが、一般が最も知りたがっている、《謎の遺産相続通知》の真相については、たぶん、警察の捜査方針を混乱させるための犯罪者のトリックであろう、という以外に、満足な説明をすることが出来ないのだった。

犯罪の前夜、《那覇》へ現れたという、二十二三の、すらりとした断髪の《その女》は、その後、杳として行衛が知れないのだった。しかし、その存在は肯定されていた。智能不全な《那覇》のボーイの幻視ではなかったのである。《その女》を認めた人間が、ほかにもう一人いた……

ある警官が、その夜、越中島の帝大航空試験場の前を右へ折れて、古石場町四丁目のほうへ歩いてゆく女を見た。もう、間もなく午前三時という時刻だった。非常に急いで歩いておりました。店を仕舞ってきた女給のような風態か。いや、そういう種類の女ではありません。上品な身なりの、……どこかの令嬢といった風態だったのであります。時間も時間でありますので、私は訊問しようと思い、おい、おい、と、声をかけようとする途端に、四丁目一番地の角を曲ってしまいました。丁度その時、私は、その道とT字形に交わる露路の奥を巡回して居りましたので、急いでそこを飛びだし、その角を曲って見ましたが、その時はもう姿が見えなかったのであります。……ご承知の通り、あの辺は小さな露路が錯綜している場所でありまして、いかんとも手の下しようがなかったとはいえ、完全に職務を遂行し得なかったことに対し、甚だ自責の念を、感じているのでありまして……

その警官は、夕刊で南風太郎の殺害事件を読むと、報道された《その女》の風態が、前夜見た女のそれと、まさしく一致しているので、恐惶して、早速そのよしを上官に報告した。捜査の重点は、直ちにこの部分へ移され、警視庁捜査第一課と、洲崎署の全力は、古石場町を出発点《スタート》にして、全市域に亘って、その足跡を追跡しはじめた。《その女》は、牡丹町三丁目から右折して平久町へはいり、曲辰《かねたつ》材木置場の附近まで行ったことが判ったが、足跡は、そこでバッタリとどだえてしまった。突然、大地へとけこんでしまったのである。

なんの手がかりもないままで、それから一週間たった。今朝のある新聞は、警視庁が女尊主義《フェミニズム》の傾向におちいるのは、捜査のために、あまり有益なことはあるまいと、揶揄していた。

葵は寝床のなかで、それを読んでいた。

久我が予知したように、その後、葵は召喚されることもなかったので、毎朝、ゆったりした気持で、新聞に読みふけることが出来るようになった。

葵は、この事件の記事が眼にふれるたびに、はじめて久我と逢った朝のことを、いつも、こころ楽しく思いだす。いろいろな記憶の細片《デブリ》……。とりわけて、特高刑事だと明されたときの、強烈な印象を思いかえす。

あのとき、葵が蒼ざめて首をたれたのは、これほどまでに真率な久我にたいし、あくまでも偽りとおさねばならぬ、いまわしい自分の経歴を悲しんだからだった。

葵が久我に、一ケ月ほどまえに、はじめて東京へ来たといったのは嘘である。彼女は東京で生れ、そして、そこで育った。

葵はある大名華族の長女に生れた。西国の和泉高虎の一門で、葵の家はその分家だった。代々、木賀に豊饒な封地をもち、瓦壊前は鳳凰の間伺候の家柄だった。

旧幕時代の分家というものは、親戚であっても、だいたい、家臣同様の格に置かれたものだが、和泉藩に於ける分家とは、あたかも、主人にたいする奴僕の関係にひとしかった。葵の家の家憲には、つぎのような一章があったのである。

《……ひたすらご本家さまに恭順し、いかなるご無態のおん申しいでにても、これに違背せざるを家憲の第一といたすべく、子々孫々……》。この家憲は、現代もなお、違背なく固く遵守されているのだった。

葵の父は、生来羸弱《るいじやく》な、無意志な人物だった。母は美しいひとだったが、劇しい憂鬱症《ヒポコンデリー》で、葵のものごころがついた頃には、もう、ひとり離れた数寄屋のなかで起居し、いかなる人間にたいしても口をきかなかった。

和泉家のさまざまな慣例のうち、本家の二男三男は、分家の女子と縁組するのが、代々の規定《さだめ》になっていたので、葵もその例に洩れることは出来なかった。実情を明かせば、本家の家系は、いわゆる劣性家系であって、屢々手のつけられぬ不適者をだした。こんな家に嫁の来手はないのだから、強制的に分家の女子を、それらの癈疾にめあわす必要があったのである。

　このようなわけで、葵は先天的に夫をもっていた。葵の夫とさだめられていたのは、正明《まさあき》という本腹の四男であった。これは純粋の痴呆で、のみならず、眼球震盪症といって、眼球が間断なく動いている、無気味な病気を持っていた。

　葵の十五の春に、父が喉頭癌で死ぬと、分家を立てるという名目で、二十一歳の正明が、急遽、葵の家へおくだりになることになり、葵はその夜から、この阿呆と同室で、夫婦のように起居することを強いられるのだった。本家から正明に附属してきた老女が、（これは、言いようない愚昧な女だったが）初心《うぶ》な娼婦をなやす遣手婆のように、心得顔に万事をとりしきって、分家のなにびとにも有無をいわせなかった。

　つぎの夜、正明は猛然と葵の前に立った。彼は異常な Satyriasis の傾向をもっているのだが、実際のことは知らなかった。老女が教えても、それを了解することが出来ない風だった。しまいに懊《じ》れてくると、爪をのばして、ところ嫌わず老女を掻きむしるのだった。

　忠義一途なこころから、老女が力いっぱいに葵をつかまえる。その近くで、白痴面が、れいの眼玉をたえずギョロギョロと動かし、鼻翼《こばな》をふくらませながら、夢中になって無益な身動きをつづけているさまは、なんといっても、この世のすがたとは思われなかった。

　しかし、結局は、いつも葵のほうが勝つ。力いっぱいにはねのけると、母のいる数寄屋まで逃げてゆくのだった。すると、老女は、この家には、たれ一人自分に手を貸すものはない。言語道断な不忠ものばかりだ、といって、さんざんに猛りたち、あげくは、大声で泣き出すのだった。この格闘は、ひと月に五六度は、きまってくりかえされるのだった。

葵はこの環境から逃げだすことばかり考えていた。もとより母は廃人でたのみにならない。ここから逃げだして、世の中で生きてゆくには、自ら営々とその力を養うほかはないことを覚った。ただひとり、彼女に力をあわしてくれたのは、一週に三度ずつやってくる、若い女の家庭教師だった。葵は、あらゆる方法を、感情を、手芸を、世間を、孜々《しし》としてこの婦人から学びとった。葵は十八歳の秋に家をすてた。五島列島の福江島へゆき、そこの、加特力《カトリック》信者の漁師の家に隠れた。(これは家庭教師の生家だった。)二十一の春までそこで暮らし、神戸のダンス・ホールで二年ちかく働き、二月ほど前に東京へ帰ってきて、〈シネラリヤ〉へ通いはじめた。

葵が警察で自分の過去をうちあけなかったのは、こんどひき戻されると、もう、久我に逢うすべがなくなるからであった。(正明は健全で、しきりに彼女の帰宅を待ちわびている。)こういう場合、警察が彼女の味方をするべきいわれはない。六年前の捜索願を適用して、完全にその職能をはたすであろう。

久我を偽っているのは、ひとえに、彼女の劣性家系を知られたくないからだった。たぶん久我は彼女の血のなかにも、不適者の因子を想像して、たちまち、面《おもて》を蔽って逃げだすであろう。真実を言うために、久我を失うのは、耐えられないことだった。……それに、すでに嘘をいいすぎている。もう、とりかえしがつかないのだった。葵は告白しないことに決心している。

それにしても、久我は美しかった。恋人として見るときは、不安を感ぜずにいられないほど、端麗な顔をしていた。こんな青年が警視庁にいるとは信じ難いほど、優雅な挙止をもっていた。《シネラリヤ》へ集ってくる最も貴族的な青年たちですら、久我ほどの典雅《エレガンス》さはもっていないのであった。

いまでは、葵は久我の真実と、愛情にいささかの疑も持っていなかった。彼は葵を警察から《釈放》さえしてくれたのである。これが愛されている証拠でなくてなんであろう。たぶん、そう信じていいのに違いない。

その美しい容貌にかかわらず、久我の性情は堅実だった。そのうえ、彼はすぐれた詩人だった。もう五年……、すくなくとも、四十になるまでには、彼は、なにかひとかどの仕事を成しとげるであろう。家庭にいて、自分がそれに協力するのは、楽しいことに違いなかった。一日もはやく、ダンサーなどはよさなくてはならない。彼のために、そうするのが至当である……

葵は、アパートの差配の娘や、《シネラリヤ》の仲間に久我のことを話すときは、彼を(許婚者《フィアンセ》)とよんでいた。彼女に好意をもつほどのものは、一日もはやく、その披露式を見たいと望むのだった。たれよりもそれを望んでいるのは葵自身であるが……

葵は、ほとんど毎晩（許婚者《フィアンセ》）に逢っていた。久我が《シネラリヤ》へ葵を迎いに来、それから、角筈の界隈で、なにかしら、二人で夜食をたべるのだった。西貝もときどき仲間をつれて、二人の夜食に加わった。乾老人の骨董店も、すぐその近くにあったので、迎えにやれば一議に及ばず駆けつけてきた。

葵は、久我と二人きりでいるときも、大勢で卓《テーブル》についているときも、同じように楽しそうだった。殊に、そういう時は、久我のそばによりそっていて、初心の主婦のように、いろいろと細かい心づかいをするのだった。西貝が、酔って猥談をしても腹を立てなかった。乾がコップから酒をこぼして胸をぬらすと、そのたびに立って行って、やさしく拭ってやるのだった。すると、乾は、葵嬢よ、あんたを最初に警察に密告したのは、このあたしなんだが、なんとも、かんとも申しわけのない次第で……、と、顔じゅうを涙びたしにして、繰かえし巻かえし詫びるのだった。

「……つまり、ひがんでるんだねえ。……これが、あたしの悪い病さ。……ひねくれた書記根性ってのは、一朝一夕ではなかなかぬけきらない。……そこへもってきて、五十二年の鰥寡《やもめ》孤独さ。意地悪をするのが楽しみになるのも無理はなかろう。……しかし、まあ、かんべんしてくださいよ。あなたにゃ、まったく、すまないと思ってるんだから……」

二時ごろまで、……時には、こんな風にして、たのしく夜をあかすのだった。

暗い空で稲光りがしていた。久我は、いつものように葵をアパートまで送ってきた。なかへはいろうとする葵を、ちょっと、と、いって呼びもどすと、聴きぐるしいほどどもりながら、いった。

「……葵さん、どうか、僕と結婚してください。(そういうと、逃げるように、すこし身体をひいて)じゃ、おやすみ。……いや、いますぐ返事しないで……、一晩よく考えて、あすのひる、僕のところへやってきて下さい、一緒に食事をしましょう。……(そして、つぶやくような声で)……もし、承知してくれるなら、……手袋をはめてきてくれたまえ。……あの、レースのついたほうを……」

久我と葵は結婚した。

糸満南風太郎の殺人事件は、はしなくも、とうとう一組の幸福な夫婦をつくることになった。

二人ながら両親がなく、親戚というものも、この東京に持っていないので、披露式の祝いの席に連るものは、いきおい、あの朝、《那覇》で逢った連中のそれ以外ではなかった。西貝計三、乾老人、……それに、若い新聞記者の那須が一枚それに加った。新宿の、《天作》という小料理店《や》の離れ座敷だった。

西貝と那須は、大理石の置時計を贈って、大いにきばったところを見せた。乾は大きな地球儀を贈った。これで、どうしろというのだ。……その詮議は、どうでもいいとして……西貝が、立ちあがって祝辞をのべた。人差指で、鼻の孔をほじりながら、

「……要するに、結婚の功利的方法というのは、一日も早くガキを産んで、自分らの責任を、全部ガキどもになすりつけてしまうことなんだ。七つになったら、どんどん尻をひっぱたいて、小銭を稼がせろ。……いくら出来の悪いガキでも、(歌わせてよ)位はやれるからな。……偶々、出来のいいのをヒリ出したら、じつにその効用計りしるべからず。……すえは芸者かネ、花魁《おいらん》か、サ、なにも、おやじがあくせくして稼ぐものはねえ、功利的結果が、よってたかって、飯を喰わしてくれらアね。……さればさ、無数のガキを産んで、老後、ますます安泰に暮らされんことを、謹んでいのります」

そして、両手をあげて、万歳! と叫んだ。那須が、キンキラ声で、それに和した。みな、もうだいぶ酔っているのだった。そんな祝辞があるものか、真面目にやれ、真面目に! 乾老が、泳ぎだしてきて、抗議した。

「……ちょっと伺うがね、そいで、喰わせるほうはどうするのかね」

「わけアないさ。ガキ同志で、相互扶養をやらせるのだ。……兄はすぐその下の弟を養う義務がある。……その弟は、すぐまた下の弟を……。こんな工合に順ぐりにやって行く。……一番ビリのガキは一番上の兄を養う。……要するに、久我夫妻は、手を束ねて見ていりゃあ

いいのさ」

乾が、憎々しい口調で、つぶやいた。

「ふん、新聞記者の頭なんて、たわいのないもんだ」

これがキッカケになって、二人は口論をはじめた。那須までそれに加って、追々手のつけられないようになって行った。

葵は、そんな騒ぎも、ほとんど耳にはいらないようすで、うっとりと眼をほほえませていた。……暗澹たる過去の残像も、記憶も、夏野の朝露のようによろめきはじめる。霧がはれて、野のうえに、いま、朝日がのぼりかけようとしている。快活な、新しい生活の寝床では、むかしの夢さえ見ないであろう。……なにより、自分はもうひとりではない。赫耀たる詩人の魂をもった、このアドニスは、自分をひいて、人生の愉楽の秘所にみちびいてくれるのであろう。……葵は、そっと卓《テーブル》の下をまさぐった。そこに、久我の手があった。それが葵の小さな手を、そのなかに温く巻きこんだ。葵の脊すじを、ぞっ、と幸福の戦慄が走った。

口論がひと句切になったとみえて、西貝が、亀の子のように首をふりながら、葵のほうへ近づいてきた。

「……人殺しイがア、とりイもつ縁かいな、と。……愉快ですなア、奥さん」

と、いいながら、いやらしく、葵の肩にしなだれかかった。葵は、微笑しながらうなずいた。

那須が、むこうのはしから、葵君、葵君、と、いいながら立ちあがってきた。

「ねえ、葵君。……ダンサー稼業に袂別の夜だ。記念のためにタンゴを踊ろう。……（久我のほうへ顔をつきだしながら。）ね、いいだろう、久我。……妙な面アするなよ。……亭主なんか、どんな面をしたって、かまうもんか。……葵君、さ、踊ろう、踊ろう……」

葵の手をつかみ損ねて、卓《テーブル》の上へのめり、勢いあまって、喰べ荒した皿小鉢といっしょに、乾の膝の上へころがって行った。それで、またひと騒動がはじまった。

纏いつくように、夫に寄りそって、中野の、二人のアパートまで帰りながら、葵は、歌いだしたいほど幸福だった。

久我が、いった。

「……今週の終りごろ、僕は公用で台湾まで行かなくてはならない。……（葵の肩を抱きよせながら。）もちろん、君もゆく。……龍眼と肉色の蘭の花のなかで、結婚するんだ、ね」

返事をするかわりに、葵は、眼をつぶって唇をさしだした。木立が影をひく、蒼白い路のうえに立って、二人はながい接吻をした。

十一時零分、東京駅発、下関行急行。

二人は大雨のなかを、東京を発っていった……

乾が、息せききって駆けつけてきて、大阪寿司に一箱のキャラメルを添えて、二人の窓のなかへ押しこんだ。

「すぐ帰って来ますわ」

葵が、乾にいった。そして、そのほうへ子供のような、小さな、嫋《たお》やかな手をさし出した。

汽車が出て行った。

五

乾が帰ってきた。夏羽織の肩も裾もぐっしょりと濡らして、まるで、川へはまった犬っころのようなみじめな風態だった。

ぬれた内懐から気味わるそうに鍵をひきだして、鍵孔にさしこもうとすると、思いがけなく、すうっ、と扉《ドア》が内側へあいた……

急に眼つきを鋭くして首をかしげる。しめ忘れたはずはない。……だれか内部《なか》にいるのだ。扉《ドア》のすき間に耳をあてて息をころす。それから、二三歩身をひくと、きっと二階の窓を見あげた。

西洋美術骨董、と読ませるつもりなのだろう、《FOREIGN ART OBJECTS》と書いた看板のうしろで、窓の鎧扉がひっそりと雫をたらしていた。飾窓《ショー・ウインドー》も硝子扉《ガラスど》もない妙に閉めこんだ構《かまえ》の苔のはえたような建物だった。

　扉《ドア》をあけてそっと店のなかへはいり、身体をまげて板土間の奥のほうをすかして見る。

　足のとれた写字机《ビューロー》、石版画、セーブル焼の置時計、手風琴、金鍍金《きんめっき》の枝燭台、古甕……鎧扉の隙まからさしこむ光線のほそい縞のなかで、埃をかぶった古物が雑然とその片鱗を浮きあがらせている。その奥のうす闇のなかで、ちらと人影らしいものが動いた。

　入口の扉《ドア》に鍵をかけると、乾はづかづかとそのほうへ進んでいった。

「誰だ、そこにいるのは！」

　闇のなかの人物は身動きしたのであろう。かすかに靴底の軋む音がした。どうやら長椅子のうしろにいるらしい。

「出てこい、こっちへ！」

　古物のなかから三稜剣《エペ》をぬきだして右手に握ると、スイッチをひねる。長椅子にむかって身構えをしながら、乾が鋭い声で叫んだ。

「出てこないと、これで突っ殺すぞ！」

　十八九の、小柄な娘がひょっくりと顔をだした。眼だまをくるくるさせながら、おどけた調子で、いった。

「泥棒《ヌストドーィ》だゾ」眼の窪んだ、つんと鼻の高い、すこし比島人《フイリッピンじん》じみているが、愛くるしい健康そうな娘だった。伸すぎた断髪をゆさゆさとゆすぶり、小粋な蘇格蘭《エコッセエ》土縞のワンピースを着ていた。力の抜けたような声で、乾がいった。

「……お前《イヤー》、……鶴《チル》……」娘は背凭せを跨《また》いでどすんと椅子のなかへ落ちこむと、おかしな節をつけて唄った。

「……天《テン》から落《オチ》たる糸満小人《イチユウマングワー》、幾人揃《イクタイソロ》うて落《オテ》たがや！」

そして、嗄れた声で、は、は、と笑った。

突っ立ったまま、乾はひどく険しい顔で、

「鶴《チル》！ どんな風にしてはいってきた」と、怒鳴った。

鶴《チル》が口を尖らして、こたえる。

「開いてたよ《エーテタンドー》」

「嘘言だろう《ユクシデンアラノ》、錠がおりてた筈だ《ジョウナウチトッタファズド》。（そういうと、つかつかとそばへ寄っていって、ギュッと鶴《チル》の耳をひっぱった。）おい！ ここへやって来てはならんと言っておいたろう、どんなことがあっても！」鶴《チル》は平気な顔で、うん、とうなずいた。

「それから、琉球言葉《オチナワコトバ》をつかってならんと言っといた。……そういう約束だったな、鶴《チル》」

鶴《チル》はそっぽをむいて、西洋人がするように、ぴくん、と肩を聳やかした。乾はまじまじとその横顔を見つめながら、

「よしよし、いつまでもそんな風にふくれていろ。お前達《ウイダ》にはもう加勢せんから《カサビランドーイ》……」

くるりと向き直ると、急に鶴《チル》は大人びた顔つきになって、

「いつもの伝だ。……いちいちそんな風に言わなくたっていいじゃないか。来ちゃいけないことは言われなくたって知ってるよ。……来る用があるから来たんだ。……この雨にさ、薄馬鹿みたいに戸口に突っ立ってたら、かえって可笑しかろうと思って入ったまでなんだ。悪かったらごめんなさい」

「きいたことに返事をしろ」

「野暮なことをきくなよ。……だから、いってるじゃないの、天から降ってきたって……」

横をむいて髪の毛をいじりはじめた。すると、なぜか乾は急にやさしくなって、

「……お前がここへ出はいりするのを見られると、じつにやりにくくなるのだ。それもこれも、お前たちのために……」

鶴《チル》が、ぴょこん、と頭をさげた。

「……悪かった。……だって、いきなり怒鳴りつけたりするから……」

「それですんだら結構だと思え！……それで、ここへ来たとき通にどんなやつがいた」

「……第五府立のほうから、風呂敷《ウチコビヅツ》包み……、風呂敷包みを抱えた女学校の先生がひとり……。紙芝居のチョンチョン……。子供が三人……。それだけ」

「露路の入口には？」

「だれもいなかった」

乾は、ふむ、ふむ、とうるさく鼻を鳴らしながら、

「……ま、いなかったとしておこう……」

と、いって、入口のほうへ歩いてゆき、ほそ目にあけた扉《ドア》のすきから頭だけだして、あちらこちらと通をながめると、また鶴《チル》のそばへ戻ってきた。

「それで、どんな用事だ」

鶴《チル》がむっつりと、こたえる。

「電報がきたんだ」

キラリと眼を光らせて、

「なんといって」

「シヤンハイニユクモヨウ。コウベ、トア・ホテル」

乾は膝の上へ頬杖をついて、しばらく黙っていたのち、藪から棒にたずねた。

「いま、何時だ」

腕時計に眼を走らせて、鶴《チル》がこたえる。

「七時十分」

乾が急にたちあがる。鶴《チル》の手首を握りしめながら、

「いいか、これからすぐ神戸へ発つのだ。七時三十分の汽車。あと二十分。金は?」

「五十円ばかし」

「よかろう。……(じっ、と鶴《チル》の眼を見つめながら、)……それから?」

ハンド・バッグを顎でさしながら、

「あの中にはいっている」

「よし！」

そういうと、机へはしり寄って、ペンの先を軋ませながら、せかせかと手紙のようなものを書きだした。間もなく、二つの封筒を持って鶴《チル》のほうへもどってくると、それを渡しながら、

「この茶色のほうを神戸まで持って行くのだ。渡したらすぐ帰ってこい。こっちの白いほうは、行きがけに西貝のアパートへおいて行け。手紙受へ投げこんでおけばいい」

無言のままで立ちあがると、鶴《チル》は手早くゴム引のマントを着、頭巾をま深く顔のうえにひきおろした。こうするとまるで小学生のように見えるのだった。

乾は先にたって戸口までゆくと、また念いりに通をながめ、それから鶴《チル》の肩へ両手をかけて前へ押しだすようにした。

「行ってこい」

ふりかえりもせずに、鶴《チル》は雨のなかへ出て行った。

露路の角をまがって見えなくなると、乾は扉《ドア》をしめて奥の階段の下までゆき、そこで立ちどまったまま、なにかしばらく考えているようすだったが、やがて踊るような足どりで二階

へあがって行った。

二十畳ほどの広さの部屋で、その奥のほうにこれもどこかの払下品《でもの》なのであろう、天蓋のついた物々しい寝台がどっしりとすわっていた。窓のそばに桃花心木《マホガニ》の書机《つくえ》がひとつ、椅子がひとつ。床の上には古新聞や尿瓶や缶詰の空缶や金盥……その他、雑多なものが、足の踏みばもないほど、でまかせに投げちらされている。

それを飛びこえたり、足の先で押しのけたりしながら、机のそばまでゆくと、乾は思いだしたように懐から夕刊をとりだして、拾い読みをしはじめた。

糸満事件の五日ほど前に起った銀行ギャングの犯人の一人が、けさ名古屋で捕ったというので、全市の夕刊の三面はこの事件の報道で痙攣を起していた。犯人の自供によって、事件の全貌が明かになろうとしている。警視庁高等課の予想通り、思想関係者の仕業だったのである。

さすがの糸満事件も、この激発《パロクシズム》のためにはねだされて、甚だ影のうすい存在になってしまった。夕刊には、古田子之作が証拠不充分で今朝《こんちょう》釈放された、という記事が、申訳のように十行ばかり載っているだけだった。

乾は眉をよせてしばらく考えこむ。それから、いまいましそうに舌打ちすると、夕刊を小さく折りひしいで、濡れた羽織といっしょに寝台の上へ投げだした。

風が強くなって、鎧扉のすきまから雨がふきこんできた。乾はガラス窓をしめ、重そうなカーテンをひくと、どっかりと椅子の上へあぐらをかいた。机の曳出しから大きな紙挟みを出す。夥しい新聞の切抜きのなかから四五枚の写真をえらびだすと、一枚ずつ丁寧に机の上に並べ、頬杖をつきながら一種冷酷な眼つきでそれを睨《ね》めまわしはじめた。西貝、古田、久我、葵、《那覇》のボーイ……、糸満事件の参考人や容疑者たちの写真である。

いったい、人間がひとりでいるときは、だれでもふだんとすこし人相が変るものだが、いまの乾の顔は、いつもの卑しい眼尻の皺も、人を喰ったような冷笑もなくして、まるで、ちがうひとのようにみえる。いささか崇高にさえ見えるのである。なにか考えあぐねているらしく、ときどき呻《うめ》き声のようなものをもらす。ながいあいだそんな風にしていたのち、

「……けっきょく、このなかにはいない、のかも知れん……」

と、呟きながら、古田の写真をとりあげた。古田は軍服を着て、二十人ばかりの輜重《しちょう》自動車隊のまん中で得意そうに腕組みをしていた。

つくづくと眺めたのち、急に顔を顰《しか》めると、ずたずたにひき裂いてそれを床の上へ撒きちらした。

階下《した》のどこかで、なにか軽く軋るような音がした……。乾は気がつかぬらしい。こんどは久我の写真をとりあげる。写真の面《おもて》をていねいに掌で拭うと、その端に書かれた横文字を妙なアクセントで読みあげた。

「ウイズ・ベスト・レスペクト……、最上なる敬意を以て、か……。ふふん、肚のなかじゃ

ひとを小馬鹿にしてるくせに。顔も辞令もすこし美しすぎるよ、こいつのは……。要するに得体の知れない人物さ。……だが、いまに化の皮がはげる。……こんな風にすましてると、いかにも愚直らしいが、この眼だけは胡魔化せない。そういえば、なるほど岡っ引の眼のようにも見える。……が、しかし……」

階段がミシリと鳴る。乾は腰を浮かせて、キットそのほうへふりかえる。鼠がひどい音をたてて天井裏を駆けていった。

「ふん、鼠か……」

安心したように机へ向きなおろうとすると、また、ゴトリと鳴った。かすかに靴底の擦れる音がきこえる。……そっと誰れか階段をあがってくるのだ。抽出《ひきだし》のなかへ手早く写真をさらえこむと、ふりかえりざま、

「どなた」

と、叫んだ。……返事がない。

《そうそう、さっき西貝を迎えにやったっけ。……畜生め、なんだって黙ってあがって来やがるんだ》

立ちあがりながら、乾が声をかける。

「西貝君かね」

扉《ドア》がしずかに明いた。

はいってきたのは古田子之作だった。蒼ざめて、ひどく兇悪な顔をしていた。唇がピクピクとひきつり、その間から白い歯が見えたり隠れたりしていた。後ろ手で扉《ドア》をしめると、くわっと見ひらいた眼で乾を見すえたまま、のっそりと近づいてきた。帽子をぬいで雫をきりながら、

「よう、今晩は」

と低い声で、いった。

乾は眼に見えないほど、すこしずつ寝台のほうへ後しざりをする。古田は椅子をひきよせて掛けると、ニヤリと凄く笑った。

「今日は、お礼にやってきた」

乾はわざと驚いた顔で、

「……お礼……、何ですか、そりゃ……、あたしはべつにあんたから……」

「やかましい！」

ピタリ、と口を封じられてしまった。

「その前《めえ》にすこしききてえことがある。突っ立ってねえで、そこへ掛けろ」

乾は用心深く寝台にかける。

古田はがっちりと腕組みをして、

「ときに、お前《めえ》の商売はなんだ」

「……ごらんの通り、古家具をやっておりますが……」

「そうか。……じゃ、お前《めえ》はべつに警察《サツ》の人間というわけでもねえのだな」

「飛んでもない……」

「じゃア、なんのためにおれを密告《サシ》た。……洒落か。……それとも、酔狂か」

古田の歯が、カチカチと鳴った。

乾は扉《ドア》のほうへチラリと眼を走らせる。

(こりゃ、助からないことになった。……本当のことをいったら、なにをしでかすかわかったもんじゃない。……ひとつ、なんとか胡魔化して切り抜けるか……)

古田が叱咤した。

「なんとか吐《ぬ》かせ!」

乾はどういう工合に切り抜けたものかと考えながら、

「……サス?……なんのことだか、一向どうも……、あたしは、ひとさまに迷惑をかけるようなことは、ついぞ……」

「野郎! しらばっくれやがって!」

古田が立ちあがった。乾は腰をかがめてバタバタと扉《ドア》のほうへ逃げる。壁のところですぐ追いつめられてしまった。

古田は乾の襟がみをつかみ、ずるずると寝台のところまで引ずってきて、あおのけにその上へ圧えつけると、左手で乾の喉を〆《し》めながら、右手を上衣の衣嚢《かくし》に突っこんで匕首をひきぬいた。乾の鼻の先でドキドキとそれが光った。いまにもグサリと喉元へきそうだった。

「助けてくれ」

「ぬかせ！」

首すじにヒヤリと冷たいものがさわった。

「そりゃあ……無理だ……あたしはなにも……」

「殺《や》るぞ！」

力まかせに喉をしめる。

「く、……くるしい……」

「てめえが密告《サシ》たと教えてくれたやつがある。……言え！」

(こんな気狂いとやりあったって仕様がない。まあ、する通りさせておけ。……まさか殺すまでのことはしやすまい。……それにしても、どいつが言やがったんだ)

わざと怒ったような調子で、

「だれだ、そりゃあ。そんな、余計なことを……言いやがったやつは！」

「久我だ」

乾は歯がみをした。

《ちくしょう》それから、まるで唄でもうたっているような憐れぽい口調ではじめた。

「……ああ、それで、わかった。……あいつ、あんたを煽《おだ》てて、……あたしを、殺さすつもりなんだ。……あたしを殺し、それから、あんたをのっぴきならぬところへ、追いこもうという、こりゃあ一石二鳥の詐略なんだ……。ここの理窟を……よく考えて見て、ください。……して見ると、糸満をやったのは、……やっぱり、久我だったんだ。……いまにして、思えば、あたしも、やっぱり煽てられて、いたんです。……まったく、あいつに教唆《しゃく》られ、やったことなんです……」

《われながら巧いことを言った、と思った》果して、喉がすこし楽になった。

古田の顔が、ぐっと近くなる。

「てめえ、そりゃあ本当か」

そう言えば、すこし思いあたることもある、といった風だった。

「けして、嘘などは申しません。……いい齢をして、あんな青二歳に教唆《しゃく》られたかと思うと、……あたしゃあ……」

なんだか泣けそうになってきた。

《よし、泣いてやれ》……工合よく涙が流れだしてきた。しゃくりあげて泣いた。

古田は乾をぐっと引き起すと、

「嘘か本当か、いまにわかる。……嘘だったら、その時あ……」

そういって、じろりと睨《にら》みをくれた。

（糞でもくらえ。貴様こそ用心しろ。いまに思い知らせてくれるから……）

乾はていねいにおじぎをした。

「どうか、ひらにごかんべん願います」

古田はパチリと鞘音をさせて匕首をしまうと、乾をこづきまわしながら、

「やい！　おかげでおりゃあクビになったんだ。……妹は離縁《しくじ》るしさ、おっ母アは揮発をのむ……まるで、地獄だ。……それもこれも、みなてめえのした業だぞ。……やい、あやまれ！　土下座して、すみませんでしたと言え！」

乾は前をはだけたまま、みじめな恰好で床の上に坐ると、ペコペコと頭をさげた。

「なんともどうも、お詫のしようも……」

ようやく顔をあげたとおもうと、顎の下へ猛烈な勢いで古田の靴の先が飛んできた。乾は、ぎゃっ、といって、あおのけにひっくりかえった。這いずりながら扉《ドア》のほうへ逃げようとすると、また脇腹へ眼の眩むようなやつがきた。思わず、うむ、と呻き声をあげた。古田は乾を床へねじ倒す、こんどは胸の上へ馬乗りになって、力まかせに、止めどもなく擲りつづけるのだった……

戸口に西貝の姿があらわれた。

呆っ気にとられて、突っ立ったままぼんやりとこの光景を眺めていた。

最後にひとつ、猛烈なやつを横っ面へくれておいて立ちあがると、古田は西貝を手荒くおしのけ、肩をふりながら出ていった。

長く伸びている乾のそばへよると、西貝はその顔のうえへしゃがみながら、

「おい、どうした」

と、ふざけた調子で、いった。

上唇から顎へかけて、夥しい鼻血が流れ、暗がりで見ると、急に髯がはえたようにみえるのだった。むくんだように顔は腫れあがり、熱をもってテラテラと光っていた。

西貝の声をききつけると、乾は腫れあがった瞼をおしつけながら、

「やられましたよ。（と、案外に元気な声でいいながら、そばにころがっている金盥を指さし）すまないが、階下《した》へ行ってそれに水を汲んできてくださいな。……それから、台所に手拭いがあるから……」

西貝が水を汲んで二階へあがってみると、乾は寝台に腰をかけ、新聞紙をひき裂いては、しきりに鼻孔につめをかえていた。

「おい、乾老、……いったい、どうしたってんだ」

乾は手拭いをしぼって鼻梁《はなすじ》にあてながら、

「……あたしが密告したのをききこんでやってきたんです。……どうも、ひどい目にあわせやがった」

するとと、西貝はせせら笑って、

「……ふん、そうか。それなら、ま、仕様がなかろう。……いずれ一度はやられるんだ。因果応報だと思ってあきらめるさ。……しかし、妙な面《つら》になったねえ、歪んでるぜ」

乾は大げさに額をおさえながら、

「……どうも頭の芯が痛んでならない。顔なんざどうでもいいが、一時はだいぶ物騒でしたよ。匕首なんかひけらかしやがってねえ。（と、いって、あとは独言《ひとりごと》のように、）ふ、ふ、ああいう風に向っ腹をたてるところを見ると、やはりあいつが殺《や》ったのじゃなかったかも知れん」

西貝は、どたりと机の上へ両足をのせながら、

「……あの勢いなら糸満ぐらい殺《や》りかねないじゃないか。……しかし、案外あれで堅気なのかな。……いや、そんなことはあるまい。この二三年、糸満などと悪く仲間《グル》になってたそうだから、なんだかわかったもんじゃないさ。……それに五人のなかじゃ、なんといっても、あいつだけが糸満の地理に明るかったのだからな。……すると、今日は貴公の口をひっ撲《ぱた》きにきたのかな」

乾はうるさく肯《うなず》きながら、

「そうそう、あたしもそう思ってるんです。……だがねえ、脅かしてあたしの口を塞ごうたって、そううまくゆきやしない。……してみると、どうせあいつも、何か弱い尻をもっているのにちがいないのさ。……いまに見てろい。ひどい目に逆ねじを喰わしてくれるから……。それに、あいつは……」

遮ぎりながら、西貝が、いった。

「それはそうと、新婚旅行の久我夫妻は、溌剌たる威勢でしたよ。……昨夜《ゆうべ》無事に発っていったかね」

「ふん、一等になんか乗りこんでね、ちょっと感じたことがあるんだ」……(急に声をひそめると、)それについてね、あたしゃあ、ちょっと感じたことがあるんだ」

「どう感じた？……羨ましくでもなったか」

チラリと上眼をつかって、「……ねえ、西貝さん。まさか久我は逃げたんじゃないんだろうねえ。……もし、そうだとすると……」

「殺《や》ったのは久我だというのかね」

乾が空嘯《そらうそぶ》いて、いった。

「あんたは知ってるさ」

西貝がはねかえす。

「そんなことおれが知るもんかい。……へへえ、古田と葵で足らずに、こんどは久我を密告《サス》つもりなんだな。……まるで縁日の詰将棋だ。あの手でいけなきゃこの手か。……おいおい、頼んどくが、小生だけは助けてくれよ」

乾はニヤリと笑うと、

「……いつぞやもいいましたが、遺産をひっ攫《さら》ったやつをこの手でとっちめるまでは、死んだってあたしゃあきらめないんだ。……用心なさいよ、おいおいそっちへもお鉢がまわるかも知れないからねえ。……ま、これは冗談だが……。（いつものねちねちした調子で、）ねえ、西貝さん、あんたいったいどう思います。あたしゃあ、もう久我は帰ってこないと思うんだが……。たぶん、上海《シャンハイ》あたりへ逃げちまったのさ。……若造のくせにいやに舞台ずれがしてやがるから、どうせ只もんじゃないと睨んでいたんだ。……それにね、あたしのことを古田にいいつけたのは久我の野郎なんですぜ。……だから、あたしにゃあこうも思われるんです。古田はただ張扇《はりおうぎ》を叩いただけで、きょうの修羅場を書下したのは、じつは久我なんじゃないか、ってねえ。……古田を煽《おだ》てて、あたしを殺……」

西貝はうるさそうに舌打ちをすると、

「はやく殺されちまったらいいじゃないか。（と、つけつけと言って、立ちあがると、）さっき手紙で呼びよせたのは、こんな用だったのか。……なら、俺《おら》あもう帰るぜ」

乾は慌てて、泳ぐような手つきをしながら、

「いや、そうじゃない。こないだ、あんたが言ったものを用達《ようだて》ようと思って、今日用意しておいたんです。……いま出しますから、まあ、もうすこし坐っててくださいよ」

「そうか、それはサンキュウ。……証文は書くが、しかし、利息をとるとは言うまいな」

「その心配はいりませんよ。なにしろ、あたしとあんたの仲だからね。(そういうと、身体をのりだすようにして、)ねえ、西貝氏《うじ》。それで、久我の正体はいったい何です。……青島《チンタオ》にながくいたというだけで、一向なにもわかっていないんだが……」

西貝は、呆れかえったという風に、まじまじと乾の顔を眺めながら、

「……どうも根強いもんだねえ。じつに恐れいっちまうよ。……だから、言ってるじゃないか、なにも知らないって」

「いや、それは嘘だ。……あんたはなにか知ってるくせにあたしに隠してる。(急に憐っぽい声をだして、)ねえ、そう言わずに教えてくださいよ。あたしゃあ……あかにしだが、これで、いちめん純情なところもある男さ。……盗《と》るわけがあって盗ったのなら、密告《サス》の返せのといいやしない。ただねえ、白ばっくれていられると我慢がならないんです。ご覧のとおり、無利子無担保で金を貸そうって位いの心意気はもってるんだ。……また、きいたからって、決してあんたには迷惑をかけませんよ。……(薄笑いをして、)ねえ、殺《や》ったのは久我でしょう?」

「そうならそうと勝手にきめとけばいいじゃないか。なにも俺に念をおすことはなかろう。……(大きな声で、)執拗《しつこ》すぎるよ、君は」

「ま、そう腹をたてずにおしえてくださいよ。(脅《おど》かすような眼つきをして、)さもないと

……」

キッとして、

「さもないと、なんだ」

「へ、へ、あたしは手も足も出ないんです。……それはそうとねえ、西貝さん。久我が刑事だという噂もあるんだが、あんた知ってますか」

「警視庁の高等課で会ったことがあるって、だれか言ってたが……」

「やっぱり知ってたのか。……ひとが悪いねえ、あんたも。……しかし、それは本当ですか」

「大阪府警察部の思想係だというんだが、本当かどうか俺は知らん」

乾はわざとらしく首をひねりながら、

「……すると、台湾へは糸満の身元調査に行ったのかな。……それとも犯人でも追いこんで……」

「ばかな。思想係だといってるじゃないか。……そうだとすれば、ちょっと思いあたることがある。……あいつ、あの朝《那覇》で、なにげなく四日前に東京へきたと口をすべらしたろう。……大阪で銀行襲撃があったのは、糸満事件のちょうど五日前だ。……事件が起きるとすぐ足どりをたどって東京へやってきたんだよ。……こんども台湾なんぞじゃない、関西へ飛んで行ったんだ。……ひとりは今朝捕まったが、共犯の中村はまだ関西辺を逃げまわってるというから……」

「……なるほど、そう聞けば尤もらしいところもあるが、しかし……、ワイフをつれて捕物にむかうなんてえのは前代未聞だね」

「このごろは警察も開化《ひらけ》てらあね。そんなこともあると思えばいいじゃないか。……だがな、乾老……久我はともかく、あの葵ってやつこそ曲物《くせもの》なんだぜ。……那須にだけは話したが、あいつは糸満が殺《や》られた晩の午前一時ごろ、非常梯子をつたって、そっと戸外《おもて》へ抜けだしてるんだ。……ちょうど葵の下の部屋におれの大学時代の友達がいる。そいつが見つけて、妙なこともあるもんだと、おれに話してくれたんだ。……ふふん、刑事の嬶《かかあ》が人殺しじゃ、こりゃ、すこし行きすぎてると思ってねえ……」

乾は、へえ、と顎をひいて、

「そりゃ、……ほ、ほんとうに葵だったのかね？」

「ほんとう、たあなんだ。……葵がひとりしかいない部屋から女が出てくりゃあ、そりゃあ葵にきまってるだろうじゃないか」

「あんたそれを警察でもいったのかね」

「だれがそんなお節介をするもんか。おれの知ったこっちゃありゃしまいし……。おれが云わなくたって時がくればわかる。……いわゆる、天網恢々、さ」

乾はなにかしばらく考えこんでいたが、やがて、勢いこんで、

「しかし、こんな風にも考えられるねえ。……あの晩、葵の部屋にもうひとり女がいて、出て行ったのは葵でなくて、そいつ……」

西貝がふきだした。

「おい、乾老、……評判どおり君は葵に惚れてるんだな。……なるほど、君のブラック・リストから葵の名が消えてるわけだ。……するてえと、あとに残ったのはだれだれだね？（妙に探ぐるような眼つきをして、）久我……、古田……」

乾がぽつりと口をはさんだ。

「それから、あなた」

西貝の膝がピクリと動いた。急に顔いろを変えると怒鳴るように、いった。

「おれ？冗談いうな」

乾はおちつきはらって、

「いや、大いに理由があるんですよ。（西貝の眼を見つめながら、）西貝さん、あの晩の午前二時頃あんたどこにいました？」

……返事がなかった。

「……午前二時ごろ、《那覇》の、……いやさ、越中島であんたを見かけたってやつがあるんだがねえ。……いったい、あの辺にどんな用があったんです」

六

葵はホテルの窓ぎわに坐って、落着かないこころで空を眺めていた。

神戸へついて六日以来、この空は灰色の雲にとざされ、夕方になるときまって小雨を落した。その雨のなかでときどきゆるく汽笛が鳴る。それが葵のこころを茫漠とした悲しみのなかへひきいれるのだった。

すこしひろすぎる部屋のなかは、森閑として昼でもうす暗く、大きなダブル・ベッドもソファも卓《テーブル》も、花瓶の花も……、なにもかもみな乾き、しらじらとしらけわたっていた。

この二三日、葵はなにか得体の知れない感じにつき纏われ、わけもなく焦だったり憂鬱になったりしていた。時には涙までながれだすのだった。それがなんであるか、葵自身もはっきりと言い解くことが出来なかったが、強いていえば、不吉な予感というようなものだった。

葵は幸福だった。彼女は思いがけなく愛するひとを獲、しかもこれがその新婚旅行なのだった。久我はいつも優しく、彼女を喜ばすために、なにものも惜しまぬ風だった。

久我は葵のために露台《バルコン》と浴室《バス・ルーム》のついた広い部屋をえらび、毎朝夥しい花を届けさせ、どこもかしこも花で埋めるのだった。毎朝葵は花のなかで眼をさます、この楽しさはたとえようがなかった。

二人は外出もせずに一日中部屋のなかで暮していた。食事も部屋へとりよせて長い楽しい時間をかけて喰べた。葵はとりとめのないことを熱心に喋りつづけ、久我は葵のために小説や詩を読んできかせた。葵はこんな小説の題をみたことがある。……「花の中の生活《ラ・ヴィ・ダン・レ・フルール》」。そして彼女はかんがえる。《その小説のなかには自分と同じように幸福な娘が住んでいるのであろう……》

ところが、この楽しい生活に、なに気ない風ですこしずつ翳がさしかけてきた。

着いてから三日目の朝、ボーイが久我に手紙をもってきた。差出人の名がない白い贅沢な封筒だった。葵が受取ってなに気なく鼻にあてると、ほのかにヘリオトロープの匂いがした。久我は封をきると、チラリと眼を走らせただけで、そそくさとポケットへおしこんでしまった。なにか妙な気がした。葵が、なんの手紙か、とたずねると、久我は顔をすこし赧らめて、

「公用だ」

と、それだけいうと、ついと立って、露台《バルコン》のほうへ行ってしまった。あわてて逃げだしたとも思われるのだった。

《ヘリオトロープの匂いのする公用》……そんなことがあるべきはずがない。しかし、久我のうろたえかたがあまり際だっていたので、おしかえしても訊けなかった。

もしかしたら……。それだっていいではないか。この美青年《アドニス》を見て、どの女が愛さずにい

られるであろう。仮りに彼のうしろにどれほどの女が横たわっていようと、それは自分にとって関係はない。この現在の真実に自分を愛してくれるなら、彼の過去の経歴などはどうでもいい。まして、自分こそ過去を偽っている。久我をとがめ立てする権利は自分にはない。手紙の主をうちあけてくれぬのはすこし情けないが、それなら、それでもいいのだ……

しかし、この二三日葵につきまとっている不安というのは、そんなたわいのないことではなかった。いささか奇異な、もっと捕捉しがたいものだった。

久我はいいようなく優しく、のみならず、ときにはすこし度をこえたようなところさえあるのだった。葵にとってこれが嬉しくないわけはない。が、同時にまた、なにか奇妙な感じも起させるのだった。この優しさは夫が妻にたいするそれでなくて、不幸な人間にたいする憐憫の情にちかいように葵には思われるのである。思いあわせると、いろいろとそんなところが気につくのだった。

このホテルへついてから、葵を慰めいたわるために、久我はさまざまと骨を折っているようすだった。時にはふだんの慎みも忘れて、ひどく軽い調子でふざけてみせたりした。それが身につかず、努力して振舞っていることがありありとみえ透いた。当然触れなければならぬはずの葵の過去についても、ただの一度も触れようとせず、それを故意に避けているようすさえ見えるのだった。そして、われわれの文法に必要なのは、現在形と未来形だけだ、といく度もくりかえしていった。一度は葵も尤もだと思い、二度目も肯《うなず》いた。しかし三度四度となると、へんな気がしてくるのだった。

久我がなぜこんなことを口にし、なんのためにこんな振舞をするのか、どうしても葵には了解することが出来なかった。最初は葵が劣性家系の出であることを知って、それをそれとなく慰撫するために、こんな態度をとるのかと思った。しかし、葵と偽名しているこの娘が、じつは大名華族の、和泉家の長女であることを東京で知っているのは、彼女自身とむかしの家庭教師、志岐《しき》よしえだけである。よしえは東京にはいない。いま失踪中なのである。

（……すると、もしかしたら久我は、あたしが糸満を殺したと信じているのではないだろうか。と、彼女はかんがえる。……久我はそう信じ、いやな思い出を忘れさせようと、いろいろに慰めている……）

葵の想像がそこに行きつくと、彼女はなぜかひどく感傷的になって悲哀とも感激ともつかぬ涙をながすのだった。

（……あたしを東京からひき離して、こんなところへ押し隠すようにしておくのは、すると、あたしを検挙の手から逃避させるためなのだ。台湾へ行くといったのも、じつは公用でなく、あたしをそこまで逃がすつもりだったのだ。こうするために彼は地位さえも抛《なげう》つ気かもしれない。もしそうなら……、こんな無益な犠牲と努力をやめさせなくてはならない……）

しかし、またもうすこし考えすすめると、必ずしも葵のためにやっているとばかし思われない節もあるのである。

久我の過去についても、葵はなにも知らなかった。高等刑事だということと、その以前は詩人であったということのほか、ほとんどなにも教えられていなかった。しかも、彼が警察官だとすると、その行動はまったく腑に落ちないところがあった。

東京を出発するときは公用で台湾まで行くといい、途中で上海に変更されたといい、神戸へつくと、すこし重大な事件が起きたからここですこし活動しなくてはならない、という。そのくせ、電報をうったり電話をかけたりするほか、めったに外出もせずに贅沢なホテルで妻と遊びくらしている。なにかしらひとに顔を合わしたくないようすで、このホテルでは山田と偽名さえしているのである。東京以来、ことにここへきてからの金のつかい方は、すこし度をこえている。(こんなたくさんなお金はいったいどこから出てくるのだろう。……もしかしたら、警察官などというのは嘘なのではなかろうか。……そして、事によったら……糸満の……)

ここまで考えてくると、葵の背すじをぞっと寒気に似たものが走るのだった。……ひとつ疑惑をもちだすと、つぎつぎと新しい疑惑がわき起って、葵のこころを責めたてるのである。(たぶん、と、葵はかんがえる。……結婚生活による急激な生理的変化が、こんなふうにあたしを神経過敏にしてるのであろう。……あとで考えると、なにもかにも、みなとるにたらない心配だったということになるのかも知れない……)

葵はすこし息苦しくなり、掌に雨をうけてそれを額にあてた。

隣りの部屋で劇しく水の流れる音がし、まもなく生々と血のいろに頬を染めた久我が浴室《バス・ルーム》から出てきた。おどけたような顔をしながら、

「……そんなところでなにを考えてる。……郷愁《ホーム・シック》かね」

と、いった。葵はつとめて元気な声で、

「反対よ。……汽笛の音をきいてたら、どこか遠いところへ行きたくなってんの」

久我は葵のそばへ椅子をひいてきて掛けながら、

「……（風には龍眼の香り、雲にはペタコのこえ、酷熱のいいようなき楽しさ）……僕はもういちど亜熱帯で暮したい。僕の感情はあの空気に触れると、どういうものか、潑剌と昂揚《エグザルテ》してくるんだね。健康にさえなる。……上海はつまらないが、せめてそこまででもよかったのに……。君には気の毒なことをした。期待だけさせて……」

葵はとりなすような調子で、いった。

「上海も台湾もきらいよ。……この花のなかでじっとしてるほうが、あたし楽しいの」

久我は葵の顔を眺めながら、

「そんなこともあるまい。……君はこのごろお上手をいうよ。……なぜだろう」

思わず眼をふせて、

「……でも、これがあたしの自然《ナチユール》よ」

「いや、そうじゃない。君が変化を見せだしたのは、この二三日来だよ。……それに葵、君

はなぜそんなに眼を伏せる？」

あわてて顔をあげると、葵は、

「なぜ？　あたし、なにしたん？」

「……君はこの二三日なにか考えてるね。……どんなことを考えているか、だいたい僕にはわかってるさ。……（天井をながめながら、）たとえば、君はこんな風にかんがえる。……僕の行動が警察官にふさわしくない、なんてね」

度を失って、葵は口ごもった。

「……そんな」

「うそじゃない。そう考えるほうが至当なんだ。さもなけりゃ薄情さ。……君が疑問に悩まされているのを、だまって見すごしているのは、友人としても亭主としてもあまりほめた態度じゃない。……しかし、われわれの職業にはひとつの倫理的な掟《タブー》がある。……黙秘すべきものを守る。……責任感とか義務とか、そんな観念的なものでなくて、もっと高い……たとえば良心というような……。だから、これを冒すと非常にこころが痛むんだね。……古風だと思うかも知れないが、僕がそういう掟《タブー》に誓っている以上、君もやはりそれを認めてくれなくてはいけない。……僕の行動をいちいち君にうち明けなくとも、まさか愛情の点で、どうのこうのと考えやしまい……」

「よくわかってますわ。……いままでだって、お仕事のことをおたずねしたおぼえはなくてよ」

　久我は微笑しながら、

「そうさ。君は質問しない。……だけど、君の眼はいつもききたがっている」

　葵はすこし赧くなって、

「悪い眼ね。……これから気をつけますわ」

「それはそうとして、すこし釈明しておくかな。(葵の顔を見ながら、)……六月一日に大阪で起った銀行襲撃事件ってのを知ってるかね?」

「えッ、それが?」

「それが、無政府共産党の仕業だったんだね。(それから、眼をつぶりながら、)その、共犯の一人がすぐま近にいる」

「ええ、それで?」

「あとは言えないのだから訊かないでくれ。……要するに、そういうわけだ。想像にまかせる」

　ボーイが名刺を持ってはいってきた。葵はほとんど本能的に立ちあがって名刺を受けとると、その名の上へす早い一瞥をくれた。名刺には厳《いかつ》い四号活字で、

《兵庫県警察部特別高等課　山瀬順太郎》

　と刷ってあった。

久我は名刺を見ると、急に顔をひきしめて、そのひとに階下《した》の控室《ロビー》ですこし待っていてくれるように、と、ボーイにいうと、手早く服を着換えはじめた。

葵のこころに明るい陽のひかりがさしこんできた。しらじらとした部屋の趣も、どんよりとした空のいろも、さっきほどにわびしくは思われなくなった。

久我は葵を糸満の加害者だと信じているわけでも、彼が身分を偽っていたのでもなかった。すこし厳格すぎる警察官のひとりに過ぎなかったのである。葵にはすこし放埒にも見えた彼は、じっと銀行ギャング事件の犯人をつかまえるために、目に見えぬ活動をつづけていたのだった。

疑惑のない心の状態とはこんなにも快活なものであろうか。……葵は紗《うすぎぬ》のカーテンをいっぱいにおしあけると、晴ればれとした声で唄いだしてしまった。

雨雲が破れて、そのあいだに新月が黄色く光っていた。久我は、栄町通りでタキシを拾うと、すこしドライブをしたいのだから、どこでもかまわず走ってくれ、と運転手に命じた。自動車はかなり速いスピードで、阪神国道のほうへ走りはじめた。自動車が走りだすと、陽やけした、軍人のような厳い顔をほころばせながら、山瀬が、いった。

「……お目でとう。結婚したそうだね。……それで、お嫁《ブラウト》さんはどんなひとか」

「美人《ネット》だよ。……だが、内面的にすこし暗《トラウリッヒ》なところがある。……なにかそういう風にさせるものが過去にあったのだろう。……要するに薄命的《ファタール》な性格なんだね。どうも、そんなものを感じさせる」

「なるほど。……だが、敏腕だったね。逢ってから二十日ぐらいで結婚したんだそうじゃないか」

「いや《ネー》、十五日《アム・フユンフツエーンテン》だよ」

「それはまた素ばやかったな。どんな戦術《タクテイク》を用いたんだ」

「逆撃《ゲーゲンアングリッフ》さ」

「それならいつも賛成だ。……われわれの側の戦術《タクテイク》だからな。それで、捜査区域《ドュルヒゾーフングスフイアテル》はいまどんな風になってるか」

「要するに、……敦賀を頂点にした三角形の内部だ」

「それで、交通哨《シュナルポステン》は？」

「全部に配置している」

「上海への道《ヴエク》は？」

「まず、絶対に駄目だ」

「青島《チンタオ》は？」

「それも駄目だ。どの通路《ヴエク》もみな閉塞《シュペレン》している。どんなことをしても逃しっこはない。それで君のほうはどうだった？」

「野外勤務《フェルトディインスト》さ。……今日まで白浜温泉にいた」

「それで、これからの作戦《オペラチオン》は？」

「こんな風に関西へ陣地《スュテルング》をひいたら、こんどは東京のほうが手不足《シュヴァッハ》だろう。……ひとつ、東京へひきあげるか」

「それがいいだろう。……では、僕も今晩帰還しよう。…それで、東京へ行ってからの行動《ハンデルン》は？」

「独立射撃《アインツェルシーセン》さ」

「携帯糧《アイゼルネ・ポルテイオン》は？」

「いまのところ、大丈夫だ。……（そして、煙草に火をつけると、）それはそうと、君は面白い事件に関係したそうだな。糸満事件か。なかなか面白い装飾がついてるじゃないか」

「あの装飾的な部分は面白いのじゃなくて、もっとも危険な部分なんだ。……四人の遺産相続者のなかに乾という老人がいるがね、僕の睨んだところでは、これがいちばん闇黒《ドウンケル》なんだ。（と、いうと、なんともつかぬ微笑をうかべながら、）それから、……その葵という、僕の……、ま、これについてはいずれゆっくり話すが、僕はちょっと手をつけた。だがね、やはり探偵小説は僕の手に合わない。結局得るところはなにもなかった。それで、僕はこれからすぐ……十時二十分《ツワンツツヒ・ナツハ・ツエーン》で発つが君は？」

「僕はあすの十一時十八分《アハツエーン・ナツ・エルフ》」

山瀬のほうへ手をさし出しながら、久我がいった。

「それでは、僕はここでおりる。もう時間がないから、この辺からちょっとホテルへ電話をかけて仕度をさせておくつもりなんだ」

ちょうど尼ケ崎のちかくだった。

山瀬は久我の手を握りかえしながら、

「じゃ、また東京で……」

「どうか、お大事に」落着いた口調で、山瀬がこたえた。

「大丈夫だ。どんなことでもしてやる。解除《エントワツフヌンク》の時を待てばいいだけのことだから……じゃ……」

久我は片手をあげて山瀬のタキシに挨拶すると、停留場前の明るい喫茶店へはいっていった。いりちがいに、なかから若い娘がひとり出てきた。窪んだ眼、高い鼻……、典型的なこの南島人の顔は、たしかにどこかで見たことがある……

ようやく思いだした。はじめて《シネラリヤ》へ葵をたずねていったとき、そばへよってきて、踊ってちょうだい、といった、あの鮭色のソワレを着た娘だ。それにしても、もうこんなところまで流れてきているのか。

久我は珈琲《コーヒー》を注文すると、すぐ立ちあがって電話室へはいって行った。

電話がかかってきたときは、葵はちょうど風呂からあがったばかりのところだった。用事はほとんどひと言ですんだ。が、受話器をもとへもどすと、葵の顔は突然蒼ざめてしまった。

葵がいまきいた声は、まぎれもなく、最初葵に遺産相続の通知をした《あの女》の声だった。葵のこころには、また雲のように疑惑がわき起ってきた。しかし……

《しかし……、そんなことがあろうはずはない。と、かんがえる。……たったいちどだけきいた（あの女）の声を記憶している筈はない。それなのに、どうして久我の声と似ているなどと思うのだろう。たしかにこれは神経衰弱なのにちがいない》

それにしても、理窟ではない。久我の声は《あの女》の声だ……。葵は立ちあがって、鞄へ入れるために久我の服をそろえはじめる。なに気なくそれを振った拍子に、白い封筒がひとつヒラリと床へ落ちた。……差出人の名前がない。手がふるえた。手紙にはこう書いてあった。

《雨田葵君は、糸満が殺害された夜の一時頃、非常梯子をつたって、ひそかに戸外へ抜けだしているという事実があります。これはどういうことを意味するか知りませんが、こういうことを承知していられるのもお便利と思い、一寸《ちよつと》ご注意までに申上げました。　一友人より》

葵は床の上へ坐りこむと両手で顔を蔽った。

あの晩、非常梯子をつたって出て行ったのは葵ではなかった。葵の母とも姉ともいうべきむかしの家庭教師、志岐よしえである。六月一日の銀行ギャング事件の迸《そばづえ》を恐れて東京へ逃避し、三日のあいだ葵の部屋に潜伏していた。

葵にはそういう思想運動には同情も興味もない。ただよしえへの愛情のためにしたことだったが、かりにこれを久我に告白したとしても、その通りに信じてもらえるであろうか。また、たとえ、久我からどのように考えられようとも、もうしばらく、これを告白するわけにはゆかない。よしえの信頼だけは裏切りたくないのだ。

それにしても、こんな陰険な振舞をするのは誰だろう。……ふと、かんがえついた。西貝……。そういえば、披露式の夜、葵にたいするそれとない無礼な態度、人殺しといわんばかりのあてこすりも、いまにしてみればその意味がわかるのである。

葵は床の上へ長く寝て眼をとじた。

だれか、扉《ドア》をノックする。

七

神戸から帰ってくると、久我と葵は新聞記者の那須の紹介で、淀橋の浄水場裏にある《フレンド荘》という安アパートへひき移った。派手すぎる久我のやり方に不安を感じていたので、相応にひきしめて暮すことは葵としてはむしろ賛成だったが、それにしても、このアパートはすこしひどすぎた。

うす暗い露地の奥に、悪く凝った色電気の軒灯などをつけ、まるで安手のチャブ屋のような見かけの家だった。壁には縦横に亀裂《ひび》がはいり、家具はどれもこれもぞっとするようないやらしい汚点《しみ》をつけていた。露地の片側はトタン塀で、いち日中そこから劇しい照りかえしがきた。

このアパートは、いわゆる源氏宿のひとつで、百貨店の売子やダンサーや女給などを、うまく足どめしてあるのはいうまでもないが、猶そのほか、実直な薄給のサラリーマンを驚くほど安い間代で止宿させていた。これは警察の注意や近所の評判をそらすためで、それら真面目な連中も、うすうすはこの事情を知っているが、無料にちかい間代のゆえに、思いきってここを動きかねているのだった。

アパートの女将《おかみ》の朱砂ハナというのは、琉球の糸満の生れで、ついこの頃まで洲崎のバーで女給をしていた。もと小学校の先生をしていたというのが自慢なのだが、それは嘘ではないらしく、いかにも抜目のない感じのする女だった。額の抜けあがった浅黒い陰険相な顔つきをし、夕方になると事務室の奥で、生意気なようすでオルガンなどを奏いていた。

商売のほうの連絡は四通八達らしく、だまって坐っていても電話でまいにち相当の申込があるようすだった。琉球訛のある甲高い声でテキパキと応待し、話がきまるとすぐ女の部屋へあがってゆく。女がいなければそのカフェへ電話をかけて行先を知らせた。

仲介だけを専門にやり、アパートへ男を連れ込むことを絶対に禁じていたが、体操学校の女学生というのだけはなぜか大目に見ていた。十七八の猫のような顔をした娘で、五人の中学生の共同出資で囲われていた。若い旦那《パトロン》たちは毎朝ここへおち合って娘のつくった朝飯をくい、元気よく揃って学校へ出かけて行くのだった。五日目ごとに順番が廻ってくるのらしく、夕方になると、まいにち違った顔がひとりだけ娘の部屋へやって来た。ちょうど、この隣りが葵たちの部屋になっているので、憚《はばか》るところのない猥《みだ》らなもの音が、薄い壁をとおして手にとるように聞えてきた。

久我がなぜこんなアパートへ引越してきたか葵にはよくわかっていた。なに気ないふうをしているが、久我には金がないのだ。新婚旅行のために月給の前借をしたのらしく、先月の末に持って帰ったのはたった五円だけだった。葵にはもともと貯えなどはなかったので、いきおい身の皮をはいで喰うよりほかはなかった。新聞紙に服を包んでは質屋の暖簾をくぐった。いくらも貸してくれなかった。久我にみすぼらしい思いをさせまいと思って、毎日の生活は豊かすぎるくらいにやっていたので、みるみるうちにゆきづまっていった。葵の持ちものといっては、いま着ている古いアフタヌンだけになってしまった。

葵は部屋の隅の瓦斯《ガス》焜炉のまえで新聞を読みながら朝食の仕度をしていた。

糸満南風太郎の殺人事件がいわゆる迷宮に入ってから、もう三ケ月の余にもなる。新聞の三面はその後この事件を忘れていたが、昨日の夕刊から新しい展開にしたがって、また活潑な報道をはじめていた。警視庁の捜査第一課はとうとう真犯人を袋小路《アンパッス》へ追いつめてしまったようだ。《那覇》の前の空溝のなかから思いがけない手懸りが発見されたのである。浅草馬道の、松村という貸衣裳屋の保証金の受取証で、《金二十円也、薄鼠、クレープドシン、アフタヌン一着、保証金》と書いてあり、その裏に血痕と思われる拇指頭大の丸い褐色の汚点《しみ》がついていた。クレープドシンか縮緬《ちりめん》をかぶせた釦《ボタン》を、血溜りのなかから拾いあげてこの紙に包んだのにちがいない。釦の丸さなりにはっきりと布目がうつっているのである。鑑識課へ持ちこんで験べて見ると、果してそれは糸満の血だということが判った。

刑事がさっそく馬道へ飛んで行った。松村というのは女給やダンサー専門の貸衣裳屋で、その方面ではかなり有名な店だった。店員の話では、フリのお客で、年齢《とし》のころは十八九、怒り肩のそばかすだらけなみっともない女で、四寸ぐらいのアフタヌンという註文で、それ位いのを二三着出して見せたところ、碌に身体へもあてずに持って行った。なるほどそれ位いは着そうな大柄な女でした。バンドつきのワンピースで、脊中にとも布の釦が三つついております。衣裳はとうとうかえってまいりませんが、保証金を預ってありますから、手前どもではべつに損害はございませんので……

もうやまが見えた。世間を騒がせた糸満事件の真犯人も、この数日中にかならず逮捕されるであろう、と書いてあった。

「いよいよ捕まりそうね。……どんな女かしら。いい迷惑をかけてくれたわ」

久我は本を閉じて、のっそりと机から立ちあがってくると茶碗をひきよせながら、

「衣裳を借りに来たからって、それが犯人だとは限らない。……使いを頼まれるということもあるしね」

そう言って、チラリと葵の顔を見あげた。それはお前がよく知ってるじゃないか、というような眼つきだった。葵の胸が震えた。

「でも、それだってすぐ判るでしょう。四寸を着る女なんかそうザラにいないし、それに釦のこともあるし……」

久我はひどく無感動な顔つきで、

「その位いの女は沢山いる。だいいち、君だって四寸着るしね。……それに、君のアフタヌンも脊中の釦がひとつとれている」

葵の喉が、ごくりと鳴った。

「これはずっと以前に《シネラリヤ》のホールで失くしたのよ。それがどうして？」

「どうしたなんてきいてやしない。これだってひとつの暗合だというんだよ」

頭に血がのぼって、眼のまえが暗くなった。支離滅裂な考えが、ピラピラといくつも頭のなかを走りすぎた。

《……久我はあたしを愛していたのではない。……この証拠を握るためにあたしと結婚したのだ。……卑劣な刑事根性……》

握りしめていた茶碗が、思いがけなく葵の手を離れて壁のほうへ飛んでゆき、そこで鋭い音をたてて微塵に砕けた。

卓《テーブル》のむこうに飽気にとられたような久我の顔があった。

葵はその顔を、キッと睨《にら》みつけながら、

「そんなにしてまで、あたしを人殺しにしたいんですか。……罠にかけるようなことをして、それを手柄にするつもりなんですか。……卑怯だわ。あなたがそういうなら、……」

《……あたしにも言いたいことがある。あたしこそ、あなたが犯人じゃないかと思っている。でも、いちどだってそれを口にだしたことがあるか。それなのに、あなたは……》

耐えがたい孤独感が葵のこころをつよく緊めつけた。卓《テーブル》にうち伏すと、声をあげて泣いた。久我が立ってきて葵の肩へ手を置いた。

「……葵君、君は疲れているんだよ。それで、なんでもないことが癇にさわるんだ。すこし休養しなくては駄目だね。……そういう僕も、つくづくこの稼業がいやになった。このごろはやめることばかり考えている。……（それから葵の顔を覗きこむようにして、）どうだ、葵君、二人で山奥へ行く気はないか。……僕の友人が上高地のずっと上で、たくさん牛を飼っている。やってこい、やってこいと、この間からしきりに言ってよこすんだ。山にこそ直接な自然がある。牛や巒気《らんき》と交わりながら、しばらく悠々とやってみようじゃないか。いまの君にはなによりそういう生活が必要なんだ」

優しそうないい廻しのなかに感じられる冷酷さは、なにか、ぎゅっと胸にこたえた。涙にぬれた顔をあげると思いきって久我の手を払いのけた。

「あたしのためなら、どうぞ放っておいてちょうだい。……いらしたかったら、あなたひとりでいらしていいのよ」

これで、言いたいことをいった、と思った。久我は暗い眼つきをして、葵のそばから身体をひくと、

「……いまは、いろいろに言うまい。……僕は本庁へ行ってくる。……ひとりで、よく考えておいてくれたまえ」

つづいて、イライラと立ちあがると、投げつけるように、いった。

「考えることなんか、なにもありゃしないわ。警視庁だろうが、検事局だろうがあたしはもう恐わくはないんです。……いつでも行って見せてよ。あたしの過去さえ告白する気なら、びくびくすることはいらないの。……そうしたらもう、あなたともそれで……」

久我はとりあわずに、ゆっくりと扉《ドア》をしめて出て行った。

カーテンをおし開けて事務室へはいってゆくと、薄暗い隅の長椅子に乾と朱砂ハナが並んで、なにかこそこそと話をしていた。

葵を見ると、乾は、ついと立ちあがって、あざとい愛想笑いをしながら、

「お、葵嬢。……いまお部屋へ推参しようと思っていたところです。その後、ますますご濃厚の趣で、まことに大慶至極です」

ハナも長椅子の上で腰を浮かせながら、

「……すこし話していらっしゃいまし。……それともなにか御用でしたか」

と、いった。用事がなかったら早く出てゆけ、といわんばかりであった。

葵はそれどころではなかった。頁を繰るのももどかしいようにして、ようやく特高課の番号をさがし出すと、久我千秋を出してくれ、とたのんだ。すると、そんな人間はこっちにいない、ほかの課のまちがいではないか。庶務課へかけてきいて見るがいい、という返事だった。庶務課へかけると、本庁にはそんな名のひとはいない。ほかの署へたずねて見なさい、といって、電話を切ってしまった。

葵は電話室の壁に凭《もた》れてぼんやりと立っていた。ほかの署などに聞き合わす必要はない。久我は毎朝、警視庁へゆくといって出てゆくのだ。久我は警官ではない。……いままであたしを欺していたのだ。しかし、いったいなんのために……。頭が麻痺したようになって、なにひとつ満足な答を得られなかった。

電話室のカーテンをまくって、乾が首をさしいれた。

「……葵嬢、そんなところでなにしてる。……おや、ひどく蒼い顔をしてるが、気分でも悪いんじゃないのかね。……まあ、こっちへ、こちらへ」

と、いいながら、葵の手をとって長椅子に掛けさせた。ハナは、すっと立ちあがると、ものも言わずに出て行ってしまった。乾はそのほうをチラリと見送ってから、葵のそばへすり寄るようにして、

「ちょっと居ないたって、そんなにしょげるテはないでしょう。……どうも、濃情極まれりですな。身体に毒ですぜ。……愛妻に気をもませてさ、久我さんもよくないよ。……いったいどこへ行ったんだろう」

そして、へ、へ、へ、と人を喰った笑いかたをした。なにもかにも、すっかり察してしまったらしい口吻《くちぶり》だった。

「……ひとの知らない苦労てえのは、だれにもあるもんだねえ、ここの開業のとき、あたしはだいぶ古家具を周旋したんだがねえ、どうしても金をよこさない。こんな……てあいにかかったら、まったく手も足も出やしない。……じっさい、泣かせますよ」

慰めるつもりなのか、額を叩きながら、とめ途もなく、べらべらと喋言《しゃべ》りつづけた。

電話室でベルが鳴った。葵は本能的に立ちあがって受話器をとった。果して久我だった。きょうの午後、那須たちと新宿の《磯なれ》で逢うことになったたから、晩飯にはすこし遅れるかも知れない、という電話だった。

葵は出来るだけ快活な口調で、

「え、わかってよ。ご用はそれだけ？……それで、いまどこにいらっしゃるの？」

と、たずねた。思わず声が震えた。久我は、いま本庁の特高課にいると、こたえた。葵は泣きだしたいのをこらえながら、息をつめてとぎれとぎれに、いった。

「……それから、さっきはごめんなさい。あたし、どうかしてたんです。ゆるしてちょうだい。……どうぞ、あたしをいやになったりしないでね。……それから、上高地へ行きましょうね。出来るだけはやく。……こんなに神経質では、あなたを困らせるばかりだから……え、そうよ。明日でもいいわ。たくさんお話ししたいことがありますから、なるたけ早く帰ってちょうだい」

久我は、そうときまったら明日にも発とう。旅費は、不愉快だが乾に借りてもいいのだから……。そういって、電話を切った。

⸨この声は、どこかでいちど聴いたことがある。と、葵はかんがえた。……そうだ、葵に遺産相続の通知をした「あの女」の声だ。神戸のトア・ホテルでもそう思った。あの時は気のせいだろうと打ち消したが、こんどはもう紛れもない。……おしだすようなこの錆声、すこし訛のあるずの音《おん》、舌が縺れるようなこの早口な言いかた……。「あの女」の声だ。……すると、糸満を殺したのは、やはり久我だったのだ。すくなくとも、なにかの関係をもっている。……久我がひとごろし……⸩

こう考えながら、不思議にも葵は悲しくも恐ろしくもなかった。反対に、なにか穏やかな感情のなかにひきいれられてゆくのを感じた。

《……いとしいひとよ。ひとこと打ちあけてくれたら、どんなに嬉しかったでしょう。そうすれば、あたしが逃げだすとでも思っているのですか。……あたしはごく普通な倫理《モラル》でしかものを考えることが出来ないけれども、あなただけは別です。いまでは、あなたがあたしの倫理《モラル》なのです。あなたがいまの百倍も悪人だっても、あたしの愛情は濃くこそなれ、けっして薄らぎはしないのです。たとえなんであっても、あたしはもうあなたの血族なのだから、あなたから離れることは出来ないのです。……ただ、たったひとつ情けなく思うのは、あたしたちが過去を偽って結びついていることです。告白し合う機会を、二人ながら、永久に失ってしまいました。互いの胸に秘密を抱きながら、これからいく年も幾年も生活してゆかなければならない。悲しいことだが、しかし耐えてゆくより仕様がないのでしょう。……たぶん、これが二人の運命なのです……》

しかし、そうだとすれば、めそめそしてはいられない。とにかく久我を逃さなくては。……乾にきかれてしまったから、上高地はもう駄目。……むかしあたしがいた五島列島の福江島……、あそこがいい。

葵は電話室を出て、つかつかと乾のそばまで行くと、藪から棒に、いった。

「あたしに、すこしお金を貸してくださらない？……すこしばかりでいいんですけど……」

えっ、といって、急に用心深い顔つきをすると、口を尖らして、いった。

「金？　あたしに金なんざありませんや、せっかくだけど……」

とりつく島もないようすだった。

「ぽっちりでいいんですの。……どうぞ、……五十円ほどあればいいんですから……」

知らず知らず胸の上で掌《て》を合していた。気がついて顔を赧らめた。

乾は急に横柄なようすになって、

「……たち入ったことをきくようだが、それで……その金でどうしようてんです。いまきいてると、上高地へ行くという話だが、その旅費にでもするつもりなのかね」

もう羞《はず》かしいもなにもなかった。

「……いいえ、そればかりではないの。おはずかしい話ですけど、もう売るものもなにもない有様なんです。……あたし、着のみ着のままなのよ。これをぬいでしまったら、それでおしまいなの。……みなあたしが悪いんですわ。久我が馬鹿な使いかたをするのを、いい気になって手伝っていたようなもんだから……」

乾は勿体らしく首をふって、

「へえ、それほどまでとは知らなかった。……野放図な亭主に連れ添うばっかりに、あんたも苦労するねえ。(と、いって額を睨むようにしてなにか考えていたが、やがて、突然に、)よろしい、用達てましょう。……だが、断っておくが、これは久我さんに貸すんじゃないよ。あんたに貸すのだ。あんまりあんたが気の毒だから……。そのかわり、といっちゃなんだが、じつは、あたしのほうにもすこし頼みがあるんだ。……というのは、近々久我さんのところへ、山瀬順太郎という、軍人のような体格をした男がたずねてくる。……六尺ちかい大男で、陽に焼けたまっ黒けな顔をしている。一眼見てそれとわかる男なんだが、あたしゃその男に、去年の秋二百円ほど金を貸してある。……そいつは最近おやじの遺産を相続して、このごろはだいぶ羽ぶりをきかして遊んでるという噂なんです。本来なら、角樽の一挺もさげて、まっさきにお礼にやってこなくちゃならねえところなんだが、逃げ廻るてえその了見が太いから、ひとつとっつかまえて油をしぼってやろうと思うんです。……そういうわけだから、もしそいつが久我さんを訪ねてきたら、そっとあたしんとこへ知らせにきてくださいな。……ねえ、葵嬢、すこしあざといようだが、それを教えてくれたら、お金を渡すということにしようじゃないか。……どうです」

山瀬順太郎……、きいたことのある名前だ。が、どこで逢ったのか、葵にはどうしても思いだせなかった。それに、うしろめたい気もする。すぐには返事が出来なかった。しかしこの場合、それを断りきる勇気は葵にはなかった。

乾は満足そうに手をすり合して、

「いや、そうあるべきが当然なのさ。この世は持ちつもたれつだからね。……だが、このことは久我さんにはそっとしておいてくださいよ。……なにしろ、あのひとは頑固だからね。横合いからじゃじゃ張《ば》られると困るんだ。……それに、こう言っちゃなんだが、久我さんてえのはなるほどいい男だが、なんにしても得態が知れないからねえ。(そう言いながら、すこしずつ葵のほうへすり寄って行って、その肩に手をかけると、）ねえ、葵嬢、那須ってあの新聞記者がね、職員録を繰って見たが、京大阪はおろか、北海道庁の警察部にも、久我千秋なんて特高刑事はいないそうですぜ。官名詐称を承知でやってるてえのには、そこになにか相当のわけがあるのさ。……葵嬢、逆上《のぼせ》をしずめて、すこし考えなくちゃいけないねえ。うっかりしてると泣いても追っつかないことになりますぜ。……なにものか判らないやつにしがみついてるなんてテはないよ。（葵の手を握りながら、）そりゃ、もちろん、いざってときには、及ばずながらあたしが加勢する。正直にぶちまけると、あたしゃあんたが好きだ。あんたのためならなんでもする。だがねえ、あとの騒動を待つまでもなく、いまのうちに別れちまうのがいちばんいいのだ。……あたしゃ悪い事あ言わない。別れるなら、いまなんですぜ。ねえ、葵嬢、思いきって、すっぱりと……」

カーテンの隙間から、ハナが顔をのぞかせた。急に険しい顔つきになって、裾をひるがえしながらつかつかとはいってくると、懐手のままで葵のまえへ立はだかって怒鳴った。

「オイ、ふざけるな」

葵はあっけにとられてその顔を見あげた。

「なんだ、その面《つら》あ。……とぼけると、なぐるぜ。知ってもいようが、ここは源氏宿だ。裾を売るなら割前《わり》を出せ。無代《うんと》で転ばれてたまるものか。てめえのような……」

辛抱しきれずに口をきった。

「失敬ね。……あたしここでなにをして？」

「しらばっくれると、ひっくりかえして験《あらた》めるぜ。……おい、やって見せようか」

と、いって、葵の裾に手をかけた。葵は身もだえをしながら、喘ぐように、いった。

「ゆるして、ちょうだい」

乾はゆっくり立ちあがると、ハナの手を逆手にとって、

「冗談じゃない。ちょっと世帯話をしてたんでさ。……ま、かんべんしてやってくださいよ。（というと、急に顔をそむけて、）ぷう、……飲んでるんだね。……弱るなあ」

なるほど、眼をすえて、抜けあがった蒼黒い額から冷汗を流していた。

ハナは手をふり解《ほど》こうともがきながら、

「おう、飲んでるよ。……見ちゃいられねえから、いままで角の桝屋でひっかぶっていたんだ。……あ痛《て》……、私《ワー》の前《メー》もはばからず乳くり合っておきながら、ひと《ワーガ》の手《テーヲ》を……ちくしょう、離しやがれ、……やい、離せてえのに……、助平《イラー》……そんならそうと、はっきりいって見ろ。……いつでもツルましてやらア……、なんだ、こそこそと……」

するとと、乾は急にすさまじい顔つきをして、

「狂人《フリモン》！　勝手にしろ《イヤーカッテセー》！」

と、いいながら、力一杯に長椅子のほうへハナを突きとばした。ハナは脊凭せに強く頭をうちつけて、瞬間、息がとまったような眼つきをしていたが、やがて猛然と起きあがると乾

の喉へ飛びついて行った。

「ちくしょう……ちくしょう……」

もう、人間のような顔をしていなかった。

八

ひと束ほどの庭の胡麻竹が、省線が通るたびにサヤサヤと揺れる。新宿劇場の近くで《磯なれ》という小料理屋の、いかにも安手な離れ座敷だった。

擬物《まがいもの》の大きな紫檀の食卓を挟んで、那須と古田が腕組をしている。すこし離れたところで、西貝は床間を枕にしてまじまじと天井を眺めていた。妙に白らけたけしきだった。

しばらくの後《のち》、古田は腕組をとくと、焦《いら》っぽくバットに火をつけながら、

「……野郎、感づいてスカシを喰わしたんじゃねえのか。……やっぱり寝ごみを押えたほうがよかったんだ。（と、いうと、腹巻から大きな懐中時計をだして、）もう、一時半だ。……ねえ、那須さん、こりゃ来ねえぜ」

那須は顔をあげると、落着いた口調で、

「いや、きっと来る。……だがね、古田君、言うだけのことは言ってもいいが、手だしをして貰っちゃ困るよ。僕が迷惑をするから。……いいか、念をおしとくぜ」

古田は煙のなかで、不承不承にうなずいて、

「ま、よござんす。……わかりましたよ」

と、いって横をむいた。西貝は煽《おだ》てるような口調で、

「三つ四つ撲りつけるのは関《かま》わんさ。その位いのことがなくちゃおさまらんだろう、なあ、古田氏《うじ》……」

那須は眉をしかめて、

「よして貰おう。さっきも言ったように、今日はそういう趣旨じゃないんだから……。それに、(皮肉な眼つきで古田の顔を見ながら、) 下手なことをすると、古田君、胸板にズドンと風穴があくぜ」

古田は眼を見はって、

「じゃ、ピストルでも持ってるのかね、野郎……」

那須がうなずいた。西貝はせせら笑って、

「本当か、おい、那須。……また、附拍子《ツケ》を打ってるんじゃねえのか」

那須ははねかえすように、

「ご承知のように、アナシエビーキの一派は、大抵みな持ってるからね。それで、あいつだって持ってるだろうと思うのさ」

西貝は、えっ、あいつが……と、いいながらはね起きた。古田は判ったような顔をして、

首をふりながら、

「アナヒ……、ふむ、なるほど。……道理で胡散臭いと思ったよ」

と、いった。すると、那須は皮肉な調子で、

「ふん、胡散臭いやつはどこにもいるさ」

と、いいながら、なに気ない風で、ジロリと西貝を見た。なぜか西貝は急に暗い顔をして、庭のほうを向いてしまった。

廊下に足音がして、女中のあとから久我がはいってきた。いつものように、すこしとりましたようなようすで、慇懃に挨拶をした。

「どうも、たいへんお待たせしまして……」

凄いほどひき緊った端麗な顔を、しっとりと汗でしめらせ、婉然《えんぜん》と眼をほほえませて立っていた。すこし、人間ばなれのした美しさだった。

三人は、やあ、と掠《かす》れたような声でいうと、そのまま黙りこんでしまった。座につくと、久我は三人の顔を見くらべながら、

「どうしたんです。……ひどく改まっているようだが……」

那須は坐り直すと、ベッタリと髪を貼りつけた才槌頭《さいづちあたま》を聳やかしながら、短刀直入に、いった。

「久我さん、だしぬけで失敬ですが、二十分ばかり接見《インタアビュ》をさせてください。……ここでい

けなかったら、二人だけで別室へ行ってもいいのですが……」

「いや、関いません。……それで、なにをおたずねになるのですか……」

「ご承知のように、僕はこんどの糸満事件を、最初からずっと担当してやっていますが、じつは最近、この解釈についてある理論的な到達をしたのです。多少あなたにも関係があるので、直接その本人に質問しながら、僕の推理が成功しているかどうかを確かめて見たいと思うんです。……ひとことお断りして置きますが、これを職業的に利用しようなどというケチな了見はありません。純粋に実験的な興味からです。またもちろんこの場かぎりのことで、絶対にそとへは洩らしません。……答えたいことだけ答えてくだされぱいいのです」

久我はしばらく黙っていたのち、すこし顔をひきしめて、

「どうか、おたずねください。ご満足のいくようなお答えが出来るかどうか知りませんが」

那須は不敵なようすで口をきった。

「では、さっそくはじめます。……久我さん、あなたは昭和二年の春、漢口《ハンカオ》で開かれた汎太平洋労働会議に派遣されたまま、今日まで行衛不明になっていた岩船重吉《いわぶねじゅうきち》さんでしょう」

キラリと眼を光らせて、

「そうです。……よく判りましたね」

淀みのない声だった。那須はあっ気にとられたような顔をした。久我は面白そうに、

「私はもうそろそろ日本に国籍がなくなりかけているのですが、……どうして判りました」

「岩船重吉の古い詩集のなかに、『自画像』という詩がありますね。あの中で描写されている風貌は、久我千秋のそれと全然同じです。従って、久我千秋はすなわち岩船重吉なのです」

久我が、かすかに苦笑した。

「久我さん、あなたはいつ日本へ帰って来たのですか？　それまで、支那でなにをしていました？　全国自聯に関係がありますか？」

「今年の五月の末です、ちょうど十年ぶりで帰ってきました。支那では、香港《ホンコン》、漢口、北京《ペキン》という工合に転々としていたのです。最近の二年は上海《シャンハイ》にいて、そこの賭博場《カジノ》でマネージャーのようなことをしていました。全国自聯には関係がありません。……（そういい終ると、那須の顔を見つめて）しかし、おききになりたいというのはこんなことですか。……さっきは、糸満事件について、と言われたようでしたが……」

那須はすこしテレたような顔をして、

「いや、そうじゃありません。……あまりあなたの返事っぷりがいいので、つい、いい気になったんです。失敬しました……では、ひとつきいてください。……ご承知の通り現場《ヤマ》はさんざんにひっくりかえされていて、ひと眼で初犯の手口だということがわかる。だが、それは非常に綿密な人物で、証拠というほどのものはなにも残していません。手の触れたところは、みないちいちハンカチで拭ってあるという有様です。ひとつとして忘れたところがない。

実にどうも驚嘆に価いしますね。……残っていたものというのが、柳の木の幹のすり傷、衣裳戸棚の中のすこしばかりの乾いた泥。それからこんどの釦《ボタン》の血の紋章です。……これだけです。……この釦は現場の血溜のなかから拾ったものとする。すると、いきおい加害者は女の服を着ていたということになりましょう。……ところで、こんどの犯罪劇《グラン・ギニョール》の舞台に、四つの女のタイプが登場しています。……第一は、その前夜の十時頃《那覇》へ飛びこんで来て糸満と酒をのんだという、ボーイが見た二十二三の、すらりとしたモダン・ガール。第二は、前夜の八時頃古田君が蛤橋の袂《たもと》で出逢って、十時すこし前まで《那覇》でいっしょに飲んだという十八九の、小柄な美しい娘。……第三は、その夜の午前三時ごろ、浜園町の附近で巡視中の巡査が見かけたという、令嬢といった風の、二十二三の美しい上品な女。……第四が、四月四日に松村貸衣裳店へ現れた、怒り肩の、すこし不恰好な脊の高い女です。……ところで、これらの特徴を拾いながら、だんだん整理して見ると、この四人の女は三つの類型《ジャンル》に分類されるのです。くどく説明するまでもなく、第二の女は小柄だという点で、これは独立したAという属《ジャンル》にはいる。第四の女は、不恰好でみっともなかったというので、また別のBという属《ジャンル》にはいる。第一と第三は、どちらも二十二三で、上品で、すらりとして美しいというから、これは同一の人物と仮定してCという属《ジャンル》にいれる。……そこで、この三つの属《ジャンル》の内容を調べて見ると古田君が逢ったという女のAは、キモノを着ていて、しかも十時すこし前に古田君と連れ立って《那覇》を出て門前仲町まで行って、そこで別れている。加害者がクレープドシンの服を着ていたというところからおして、このAを容疑の圏外に置く。それからBのほうは、……巡査とボーイの、この二人の目撃者の陳述を基礎にすれば、そんな板額《はんがく》は、その夜、深川にも（那覇）にも現れていません。すると、必然的に、加害者はCだという仮定が成立つ。……Aは仮りにこの事件に関係がないとすると、BとCの関係はこんな風になるのではないか。……つまり、BはCのために衣裳を借りに行った。……碌々身体にもあてずに持って帰ったということが、それを証拠立てています。自分が着る服なら、そんな選び方をするはずがない。それから、Cは保証金の受取証を持って帰っていますね。もしこの服が殺人の変装に使われると知ったら、そんな受取証は持って帰らずに、どこかで引裂いて捨ててしまったでしょう。この事実から、Cはこの殺人に了解がなかったことと、同時に使いをたのまれたのに過ぎないということが、二重に証明されます。……（茶碗の底に残っていた茶をズウと音をたてて啜りこんでから、）さて、これだけの材料を順序よく配列して見ると、だいたいこんなことになる。……二十二三の、上品な、すらりとした美人が、ある女に頼んで服を借りて貰い、それを着て十時十分頃（那覇）へやってきた、このときボーイがそのうしろ姿だけ見ている。……そして、ボーイは帰る。それから一時ころまで糸満とフリの客と三人で大いに飲み、あるいは大いに飲ませ、糸満が泥酔したのを見すまして、帰るふりをして横手へまわり、柳の木をつたって二階の窓から寝室にはいり、衣裳戸棚の中にかくれて待っていた。糸満が泥酔して階下《した》からあがってくる。寝台に倒れてぐっすり寝こんだところを、のしかかって心臓を三突、頸動脈をひと刺し。それから水差の水を金盥にとって手を洗い、金をさがして発見する。綿密に部屋の中を拭いてまわる。釦をひろって受取書につつむ。もうなにも手落ちはない。そこで、扉《ドア》をしめて鍵をかけ、階下の入口から悠々と出て行った。この時はもう三時近い。蛤橋を渡って浜園町へ行こうとすると、むこうから巡査がやってきた。あわてて一丁目の角を右に曲って、一直線に深川塵芥処理工場の方へゆく。そこの近くにある曲辰の材木置場のところまで行って、そこで、突然に大地へとけこんでしまったのです。（久我の顔を見つめながら、）ここまではどうでしょう？」

久我は微笑しながら、いった。

「面白いですね。よく判ります。それから？」

那須はますます能弁になって、

「……ところで、この犯罪の最も短い半径内に、容疑者の権利をもつ二人の女性がいます。……ひとりは、糸満の以前の情婦で……いま《フレンド荘》をやっている朱砂ハナ。もうひとりは、久我夫人、すなわち葵嬢。……だが朱砂ハナのほうは、事件のあった十八日以前に、密淫売のかどで検挙《アゲ》られて、事件の当夜は洲崎署の留置場にいたんです。……まずこれ以上の完全な不在証明《アリバイ》はありません。……そこで、久我夫人のほうですが、これは二十二三で、つまり上品で、すらりとした美人です。本来ならば、なんとしてもまぬかれないところです。つまり美人なるがゆえにこういう災難を蒙ることになった。美人になりたくないもんです。が、このほうも幸いなるかな、完全に近い不在証明《アリバイ》があった。その夜は、夜の八時から十二時まで《シネラリヤ》に働いており、十二時半からつぎの朝まで、ちゃんと自分のアパートにいた。のみならず、《那覇》のボーイが、この女ではない、と断言した。うしろ姿だけ見ていて、当否の断定を下した。……なかなか秀才ですよ、こいつあ。……冗談はともかくとして、こういう工合だから、Cという女の値は依然としてXのままで残ることになった。のみならず、忽然として深川の一角で消滅してしまったというんだから、なかなかただもんじゃない。……人間がとけてなくなる。そんなことがあり得る筈はない。いずれどこかにチャンと切穴が明いてるんです。……そこで、ひとつ実地に魔術の舞台を験《あらた》めて見る必要がある。……（そう言いながら、ポケットから手帳をとりだすと、精細に書きいれた地図を示して、）ご覧の通り、殺人のあった枝川町一丁目は四方を海と堀割で囲まれた四角形の島です。この島を出て深川の電車路へゆくには、この蛤橋を渡って浜園町へ出るか、この白鷺橋を渡って塩崎町へぬけるか、それ以外には道がない。……いったい深川というところは、まるでヴェニスのように、孤立した島々が橋だけでつながっているようなものですが、ここ位い不便なところも少いのです。……ところで、蛤橋のほうから巡査がきた。あわてて白鷺橋を渡ろうとすると、その橋詰に交番がある。……この×《バッテン》の印がそうです。島から出ようとすると、どんな事をしてもその前を通らなければならない。止むを得ず後しざりをして、いったん島の奥に逃げこんだ。……やがて、間もなく戻って来て、交番の前を通って市電の木橋のほうへ行ってしまった……としか、考えられません。……なぜなれば、人間一匹が消えてしまう筈はない。のみならず、若い女がそんなところでまごまごしていたら、危険は一刻毎に増大する。……あの辺は海風が吹いて涼しいものだから巡査が涼みがてらに、むやみに巡視をするんです。この辺はなにしろ一目で見渡せる広っ場なんだから、どう隠れたってすぐめっかってしまう。……どうしたって、やはり交番の前を通って出ていったと思うより仕様がない。……ところが、その夜白鷺橋の交番には、しかも二人の巡査がいて、非常に暑い晩だったので、十二時から朝の四時まで交番の前へ椅子を持ち出して涼んでいたのです。ところが、その間女などは一人も通らない。……もちろん、ひとは通ったが女は通らない、と言うのです。……僕はハタと行きづまった。……苦しまぎれに、いわゆる習得的方法というのをやって見た。現場のまっ只中へ自分をおいてみたのです。……昨日曲辰材木置場の丸太の上へ腰をかけて、僕がもし犯人なら、こういう条件と地理に於て、いったいこの次にどういう行動を起すだろう……。昨日、曲辰材木置場の丸太の上へ腰をかけて、つくづくと考えて見たんです。……（ニヤリとうれしそうに笑うと）……間もなく到達しましたよ。なんでもなかったです。……つまり、こうなんです。まず、血のついた服をぬいで猿股ひとつになる。服は錘《おもし》をつけて木場の溜りへ沈める。それから頭と身体をすこし水に濡らして、シャツを小脇に抱えてスタスタと交番の前を通って行ったんです。……この辺の住人はひどく無造作で、暑くて寝られないと、夜でも夜中でも海へ泳ぎに出かけるんですね。もちろん裸の道中です。巡査も馴れっこなので、べつになにも言いやしない。……こういうわけで、犯人はなんのおとがめもなく関所を通りぬけたのです」

西貝は、くっくっ、と笑いだして、

「女が猿股ひとつになって、交番の前を通ったたって、それで無事だったたのかい？」

那須はニコリともせずに、

「そうさ、女ならそんな芸当が出来るはずはないから、それでその人物は男だったという結論を得たのだ。この推理には間違いがない。嘘だと思ったら曲辰の溜堀の底を浚《さら》って見たまえ、必ずその服が出てくるから……。（そして、久我のほうをむくと、）どうでしょう……？」

と、いった。久我は那須の眼を見かえしながら、

「適切ですね、敬服しました」

と、いった。那須は急に顔をひき緊めると、低い声で、

「久我さん、殺したのはあなたでしょう？」

座敷のなかは急にひっそりとしてしまった。古田が、ごくりと喉を鳴らした。

久我が、しずかに口をきった。

「それはお答え出来ません」

両手を膝に置き、自若たる面もちだった。那須はうなずいて、

「勿論ですとも。あなたにその意志がなかったら、答えてくださる必要はありません。……では、最後にひとこと……。僕の推理はだいたい成功しているのでしょうか」

「私の感じたままを申しますと、だいいちあなたのは推理ではなくて、臆説《ドグマ》だと思うのです。……仮りに、あの夜私が女装して《那覇》にいたとしても、それだけでは私が殺したという証明にはならないからです。ここでは、女装と殺人という二つの状態が、関係なくばらばらに置かれているにすぎません。この二つの名詞を結びつけて、意味のある文章にするには、どうしても繋辞《カップル》が必要なのですが、どこにもそういうものが見あたらない。私が殺したという。が、それに対する論理的な証明を全然欠いているからです。……警察ならば、臆説であろうと、仮定であろうとかまわない。あとは訊問でひっかけて、自白させるだけのことですが、あなたの場合は論理的に到達しようというのだから、こんなことではいけないのでしょう。……それから、女装のほうですが、それが私だというのは、どういう根拠によって判断されたのですか？」

「五人の遺産相続者のなかで、その資格を持っているのは、あなたの外にないからです」

「犯人が五人のなかにいなければならぬというのは、どういう理由によるのですか？」

「……あの《遺産相続の通知》は捜査の方針を混乱させる目的で計画されたトリックだということは、いうまでもありません。……あの通知で、何人かの人間を殺人の現場へよびよせ、否応なしに殺人事件の渦中へひきずりこんでしまう。それで情況を複雑にし、自分の犯迹を曖昧化し、うまくいったら、自分の罪を未知の人間に転嫁させようという目的のトリックなのですね。……いうまでもなく、⸨通知⸩を出した告知人が、すなわち糸満を殺した犯人なのですが、そういう場合、その人物は、かならず、その現場へやって来てるものなのです。効果の程度を知っておくことが絶対に必要だからです。……だから、犯人はあの朝⸨那覇⸩へ集った五人のうちのだれかだと言えるのです」

「犯人が必ずそこへ来合しているという……、それは当為《ゾルレン》です。必ずそうあるべきことでしょう。しかしそれはそれとして事件を複雑にして捜査の方針を混乱させる目的だと言われましたが、私に言わせれば、このトリックは、反対の効果をあげるためにしか役立たぬように思われるのです。混乱させるどころか、犯人はここにいる、と自分で知らしてるようなものです。……なぜといえば、そういう場合、犯人がそこへ来合しているだろうということは、だれにしたってすぐ考えられることですからね。……智能的な初犯者ほど、いろいろ手のこんだ方法を考え出すものですが、しかし、どういう場合でも、あらかじめ考案された方法というものは、柔軟性《フレキシビリティ》を欠くか、なにかしら過剰なものを持つか、この二つの欠点をまぬかれることが出来ないようです。……細工をしすぎたコップほど脆《もろ》い、というのとよく似ています。……そのうえ、あまり鋭い頭で考えられたものではない。……那須さん、私はこんな方法を考えだすほど幼稚ではないつもりです。のみならず、私はそんな方法にたよらなくとも、もっと無造作にやってのける有利な条件をもっています。……私はつい最近十年ぶりで日本へ帰ってきた。東京には私を見知っている人間は一人もいません。どのようにも大胆に、どんなにも無造作にやってのけることが出来るのです。……こういう便宜をもっている私が、自分がアマチュアであることを知らせ、自分を自ら窮地に追いこむような、そんなうるさい方法を撰ぶわけがありません。……《通知》を出したのが、すなわち犯人だ、という直証法は私も賛成です。そうとすれば、いま言った理由で、私は犯人ではありません」

古田は、あぐらを組みなおすと、那須に、

「じゃ、いよいよあっしがやりますぜ。いいね。（と、念をおすと、久我のほうへ向き直って、叱咤した。）うるせえ、もうやめろ。……理窟でごまかそうたって、そういかねえ証拠があるんだぞ。……おい、久我！　巡査に追ったくられて二階から降りるとき、てめえ、ヒヨイトかがんで、血溜りのなかからなにか丸いものを拾いあげたな。……たしか釦《ボタン》のようなものだったが、……おい！　このほうはどうだ」

……こんどはいくら待っても返事がなかった。久我の眼に苦渋なものがあらわれ、額がうすく黒く翳《くも》ってきた。

西貝は食卓に頬杖をつきながら、騒々しい声で、

「こりゃ、いよいよドタン場だね。おい、バザロフ君、もう、観念して白状しろよ。それとも格率が違うから、自白なんて形式は認めないのかね」

古田は眼をいからせて、

「野郎、なんとかぬかせ！　やい、罪もねえおれをブチこんでおいて、よくもぬけぬけとしていやがったな。……待ってろ！　こんどは、おれがしょっ引いて行ってやるから」

顔をあげると、久我が、いった。

「いかにも僕は釦を拾いました。僕をひとごろしと思おうとなんと思おうと、それは諸君の勝手です。……だいたい、話もすんだようだから、僕はこれで失敬します」

上衣を持って立ちあがると襖《ふすま》をあけて出て行った。

「野郎、逃げるか！」

古田は大声で叫びながら立ちあがった。那須は、待て、待て、おい、待て、といいながら古田の肩に躍りかかった。


鱗雲の間から夕陽が細い縞になって、腐ったような水の面《も》にさしかけている。

溜堀のなかには、筏に組んだ材木がいくつも浮かせてあった。三人のルンペンがその上に乗って、針金でこしらえた四手網のようなもので堀の底を浚っていた。

岸には大きな角材が山のように積んであって、その高いてっぺんに乾と西貝が腰をかけていた。西貝は、また新しい煙草に火をつけると、ふてくさったようすで、煙を空へふきあげながら、

「……人間万事金の世の中、さ。義理も人情もあるものか、金につくのが当世なんだ。……

なあ、そうだろう、乾老……」

すこし酔っているらしかった。乾はキラキラ眼を光らせて熱心に堀のほうを眺めながら、うるさそうに、こたえた。

「まあ、そうだな」

西貝は舌なめずりをして、

「気のねえ返事をするなよ。……ときに乾老、この堀から久我のぬいぐるみがあがってきたら、いくら出す。たとえ、二十日、ひと月でも、いっしょに飲み分けた友人を売るんだ。無代《うんと》じゃごめんだぜ」

乾が、むっつりとこたえた。

「もし、あがったら十両やる」

西貝は下卑っぽく、ポンと手を打って、

「まけた。……三十両と言いてえところだが、もともとウントネタだ。いさぎよくまけっちまえ。ひとの命を十両《ヤンりよう》で売ったと思えば寝ざめがわるいが、大義親を滅す、さ。一旦志をたてて、日金貸しとひっ組んだ以上は、この位の覚悟はいるだろうさ。（乾のほうへふりかえると、）おい、おい、そんなに堀のほうばかり見てるな。すこし、こっちを向け。……（あたりを見まわして、）まるでこりゃ生世話物《きぜわもの》だな。……上手はおあつらえの葦原。下手は土手場で木場につづくこころ、か……。木魚がはいって、合方《あいかた》が禅のつとめとくりゃ、こりやあ本イキだ。四手網にからんであがってくるのは血染の衣裳……。そういえば、だいぶ暮れてきたな。……おい、乾、そんな凄い面《つら》をするな。だまっていねえで、なんとか言え。……貴公もようやく念願を達するんだ。すこしはしゃげよ、おい！」

乾は脊中を丸くして煙草を吸いつけながら、

「念願だか、念仏だかわかりゃしませんよ。そんなものがあがってきたらお慰みさ」

「出ねえと知って無駄骨を折るいんちきもないもんだ。出ねえと知って……」

「はじめっから、とんちきを承知でやってる仕事だ。……妄執てなあこのことですよ。こいつが晴れないと浮かばれないんだ。……（ジロリと西貝を見ると、）あんたにも多少の怨がかかってるんですぜ」

と、いった。西貝はピクピクと頰をひきつらせて、うつむいてしまった。しばらくの後、顔をあげると、

「乾老、おれは自白する」

といって、頭をさげた。乾は、瞬間、西貝を瞶《みつ》めたのち、

「なんです、急に……。どうしたんです、西貝さん……」

口調にもかかわらず、べつに驚ろいたようすもなかった。

「僕は糸満が殺された夜の一時ごろ、たしかに《那覇》まで出かけた。……しかし、天地神明に誓って、殺したのはおれじゃない。これだけは信じてくれ」

乾は返事をしなかった。西貝は急きこんで、

「……あの晩、演舞場を出たのが十一時ちかく。二三軒はしごをかけて、新橋《たこ田》でまたのみなおしているうちに、その朝受取った、れいの《遺産相続通知》の手紙を思いだした。……酔っていたせいもあったろうが、いったん考えだすと、とめ途もないいんだな。馬鹿馬鹿しいが、そのときは、何万……という遺産が、小生のふところへころがりこむように思われてきたんだ……。昂奮したね。こんな気持で、とても明日までなんぞ待っていられない。……よし、これからすぐ乗込んでいって埒をあけてやろう……。あわてふためいて、枝川町までタキシを飛ばした。むこうへ着いたときは、ちょうど一時十分だった。二階の雨戸があいて、ぼんやり電気の光がもれていた。……小生は勢いこんで戸口までいったが……、(怯《おび》えるような眼つきをして、)戸口まで行ったが、どうしても把手《ノッブ》に手をかける気がしない……、どういうわけか、凄くて、怖くて、どうしてもはいる気がしない。……そのうちに、意地にも我慢にもやりきれなくなって、平久町まで駆け戻って、あそこから洲崎の灯《あかり》を見ると、ようやく人心地がついた。……今にして思えば、多分あのころは、内部《なか》じゃ殺しの真最中だったんだろう。……ありていに申しあげると、こういうわけなんだ。嘘も偽りもない。……どうか妄執を晴らして……小生だけは、助けてくれ……」

本気か冗談か、手を合せた。乾はニヤリと笑って、

「知ってるよ。……ひとが悪いようだが、大体は知ってたんです。……でもねえ、あんたの

口からきいて見ないことにゃ……」

と、いいながら、堀のほうへ眼を移した。途端、なにを見たのか、うむ、と息をひいた。ひきあげた四手網の目から、ポタポタと滴がたれる。網のなかに、丸く束ねたぼろ布のようなものがはいっていた。

「オーイ、旦那ア、なんか出たぜえ」

腐ったようなシャツを着た白髪頭のルンペンが、それを両手にかかえて岸のほうへ駆けてきた。

念いりにくくった針金をといて、地面のうえにひろげる。地色はもうわからないが、支那縮緬《クレープ・ド・シン》の女の服だった。そのなかに富士絹の白い下着。棒きれの先でひろげて見ると、地図をかいたように、血の汚点《しみ》がべっとりとついていた。

乾はつくづくと検分すると、妙にとりすまして、いった。

「おい、おやじ、これをもとのようにくくって、いまのところへ沈めてくれ」

「えっ、また沈めるんですか」

「黙っていったとおりにすればいいんだ。……さがしてるのはこんなもんじゃない。……かかり合いになるからよ」

「へえ、ご尤も……」

もとのように石をつめてくくられると、着物はまた溜堀の水の中へ沈んでいった。急に暮れかけてきて、うす闇のなかで、西貝の煙草の火が赤く光りはじめた。

九

秋風がふく。

狭すぎる新宿の通を、めっきり黝《くろず》んできた人のながれが淀みながら動いていた。ひとすじは角筈の歩道を下り、ひとすじは三越の横から吉本ショウのほうへ曲って、けっきょく駅のなかへ流れこんでしまう。

新宿は憂いあるひとの故郷ではない。このなかへ自分をかくすことも、このなかで悲しみを忘れることも出来ない。新宿は浅草がするように、ひとを抱いたりしない。用をすましたら、さっさと出てゆかなくてはならない。新宿は近代的な立て場《ルレエ》にすぎないのだ。

久我が二幸の横の食傷新道から出てきた。人波に逆いながら《高野》の前までくると、急に足をとめてそこの飾窓《かざりまど》を覗きこんだ。明るい照明のなかで、いろいろなたべものが忌々しいほど鮮やかな色をして並んでいた。

久我は昨日の昼からなにも喰べていなかった。胃酸が胃壁を喰いはじめている。そのへんが燃えるようだった。いま掌に五十銭銀貨をひとつ握っている。無意識になかへ入って行こうとした。……しかし、葵もやはり昨日から喰べていないのだ。窓から身体をひき剝すと、またのろのろと三丁目のほうへ歩きだした。

乾のところへ穂高ゆきの旅費を借りに行って、いま、けんもほろろに断わられてきたところだった。あんな得体のしれない女と同棲している男に信用貸など出来るものか。別れてきたら用達てましょう。ま、当座のご用に、といって五十銭玉をひとつ差しだした。乾だけがめあてだったので、眼が眩むような気がした。

神戸から帰って以来、久我は毎朝警視庁へゆくといって家を出ると、四谷見附まで歩いて行き、夕方までの長い時間をもてあましながら、そこの土手で寝てくらしていた。葵が身の皮を剝ぐようにしてやっていることはよく知っているのだが、職をさがすとしても、はじめての東京にはひとりの知人もなく、そもそものキッカケさえつきかねる。考えあぐねて、けっきょく眠ってしまうのだった。

十年前は《トムトム》の同人として活潑な運動をつづけていた。支那へ行って放浪生活をはじめてからは、おいおい何ものにも興味を失って、いつの間にか運動から離れ、仕事らしい仕事はなにひとつせずに暮していた。この十年間に彼が得たものといえば、無為のみが人間の精神を自由にする、というアフオリズムだけだった。日本へ帰って来たのは、勿論望郷の念などによるのではなく変った土地へ行って見ようと思ったのにすぎない。

大阪へつくと、その夜、まるで宿命説のように過去の因縁に逢着した。むかしの同志、石原と中村が、合同後の党資金を獲得するために銀行襲撃を計画していた。久我は大阪の事情に通じていたので、勢い企画に参加することになった。が、これとても明確な意志があったわけではない。むしろ、懶惰のゆえである。

この計画は失敗し、久我は東京へ逃げた。上海《シャンハイ》で買った偽造の警察手帳が、この逃走に非常な便利をあたえた。東京には思いがけない二つの事件が彼を待ちかまえていた。殺人と恋愛と……。そして、彼は結婚した。

働くな、それは精神の自由をころす。久我にとっては、無為は強烈な生活意志の対象であった。彼がひとりの間は、なるほどそれは彼の精神を開放し、自在に自由美の園を逍遥させてくれたが、結婚してからは、せっかくのアフオリズムも妻を苦しめるだけにしか役立たなくなってしまった。現に彼女は、彼の身勝手な主張《テーゼ》のおかげで、二人分の労苦を背負って喘いでいるのである。

ときどきこの自覚が、深いところに昏睡している彼のたましいを揺りうごかす。すると久我は、そのたびに、むっくりはね起きて、こうしても、いられないと呟き、あてもなくセカセカと町を歩きまわるのだった。生活のことばかりではない。どういう事情があったのか、葵は糸満を殺している。なんとかして逃がさなければならないのだ。

二月まえに葵をつれて神戸へ行ったのは、そこで石原らとおちあって、いっしょに上海へ逃走するつもりだったのである。ところが、久我が神戸へ着く五時間前に、石原が名古屋で捕まり、仲間といっしょに上海へ逃げるつもりだったと自供したので、支那へ行く道は全部閉鎖されてしまった。そのうちに神戸にいることも危険になったので、また東京へ戻ってきた。

ひところは、警視庁の捜査一課でも全く匙をなげてしまい、糸満事件はこれで永久に迷宮入りをするかに見えたが、最近になって情勢はにわかに険悪になってきた。検挙の手はもう葵の襟元にせまっている。一刻も躊躇していられない場合になった。葵を逃がすためには金がいるのだが、まるっきりその方策がつかないのである。

久我は焦だってきて、夕空を仰いで思わず呻き声をあげた。金を手にいれるためなら、どんな事でもしかねない気持になってきた。

久我の肩にだれか、そっと手をおいた。

反射的に衣嚢《ポケット》の拳銃に手をかけて、キッとそのほうへふりむいた。

日本人ばなれのした、十八九の眼の窪んだ娘が、ラグラン袖のブラウスを秋風にふくらませ、鸛《こうのとり》のように片足で立っていた。久我の顔を見ると、小馬鹿にしたように片眼をつぶって、

「あたし、毎日あなたのあとを尾行《ツケ》ていたのよ。……知ってた？」

久我はきびしく眉をよせながら娘の顔を見つめた。《シネラリヤ》へはじめて葵をたずねて行った晩、しきりに久我にからみついた鮭色のソワレだ。それから、尼崎でもいちど見たことがある。……たしか、鶴《チル》とかいった娘だ。

鶴《チル》はいかにもうれしくてたまらないという風に笑いだしながら、

「……ほらね、知らなかったんでしょう。うれしいわ。……ふむ、でも、こんなところに突っ立ってないで歩きだしましょうよ。……あたし、すこし話があるのよ。（といって久我の手をとると、勝手なほうへずんずん歩きだした。）あたし、あなたのしたことなんでも知っててよ」

「なんで、僕のあとなどついて歩く？」

鶴《チル》はちょっと眼を伏せて、

「それは言えないの」

「じゃ、神戸のときも僕をつけてたの？」

「そうよ、……でも、そんなことどうだっていいじゃないの。……あなた、さっきから三度もたべもの屋の窓をのぞきこんだわね。あなたは、たべものにむずかしいひとなのね」

あまり見当ちがいなので、笑いださずにはいられなかった。

「僕は金がなくて、昨日からなにも喰べていないんだよ」

鶴《チル》は立ちどまって眼をまるくした。急によろめくほど久我の腕をひっぱると、

「喰べましょう。……あたしお金もってる」

「ありがたいが、……君に喰べさせてもらうわけはないさ」

「いや、借がある。……《シネラリヤ》にいたとき、チップくれたわね。そのつぎに来たと

き、またくれたわね。……それを返すのよ。……さあ、歩けったら、歩かないと……蹴っとばすから！」

むやみに引っぱって、《北京《ペキン》》という中華飯店へつれこんだ。

夕食時にすこし間があるので、店のなかには人影がなく、紫檀の食飯卓《チャプントオ》の上でひっそりと白菊が薫っていた。

鶴《チル》はあれこれと食物の世話をやき、たくさん、たくさん喰べてちょうだい、と、まるで禱《いの》るように、いくども幾度もくりかえすのだった。久我が食べはじめると、こんどは両手で顎を支えながらその顔を穴のあくほど見つめていた。やがて、藪から棒にいった。

「東京からどこかへ行ってしまってちょうだい。どこでもいいから、早く逃げてちょうだい。……お願いだから」

箸をやすめると、すこし顔をひきしめて、

「なぜ逃げなきゃならないの？」

「あとでわかるから……穂高はだめ。上海か青島《チンタオ》か、なるだけ遠いところへ……」

「穂高？　どうしてそんな事を……」

「だから、毎日あとを尾行《ツケ》てるって言ってるじゃないの。……（手提《サツカ・マン》のなかから白い分厚な封筒をとりだすと、それを久我のほうへ押しやって、）このなかに三百円はいってるんだ。だから、これを……」

それをおし戻して、

「こんな世話になるわけはない」

「でも、借りるあてがないのでしょう」

「大丈夫……すぐ、手にはいる」

「じゃ、逃げてくれる？」

「逃げるなんてことはしない。少し旅行したくなっただけだ」

「いつ？」

「あす……、はやければ今晩」

ながい溜息をついて、

「安心したわ。……（そして久我の手を自分の胸へおしつけると、）じゃ、どうぞ、いつまでもいつまでもお丈夫でね」

唇の端をこまかく震わせながら妙な顔をしていたが、突然、久我の指をきつく嚙むと、やい、馬鹿やい、といった。

うるんだような眼をしていた。


「おい！」

久我が低い声で呼ぶと、草のなかから山瀬がむっくりと起きあがった。明治製菓の北裏の、この辺で射的場といっている原っぱだった。久我が草の上へ紙づつみをひろげた。そのなかに葡萄パンが五つはいっていた。山瀬はそれをとりあげると、あわてたように口へ押しこんだ。削痩《さくそう》した頰に夕陽があたって、動くたびにそこが鉛色に光った。

「うまい……」

久我の顔を見あげて微笑すると、ピクピク肩をふるわせながら、またうつ向いていっしんに喰べつづけた。ときどきグッと喉をつまらせては苦しそうに涙を流した。野良犬がものを喰べているようだった。この容貌魁偉な大男がこんなようすをしているのは、なにか一種のはかなさがあった。

久我が、いった。

「……ずいぶん、しゃべった。じゃ、これで別れるか。……すこしきいてもらいたい話があるんだが、そんなことをしている時間もないいな」

山瀬は口を動かしながら、

「かまやせん。もう当分逢えないかも知れないから、お互いに言いたいことを言おう。心残りのないように。……それはどんな事か」

久我は苦笑して、

「下らないと思うだろうが、実はあの晩、僕は女装して《那覇》へ出かけているんだ」

「つまり応化《アダプテーション》だな。……どうして、なかなか適切だよ」

「まあ、そう言うな。はじめからそんな気でやったわけじゃないんだ。……その晩ホテルに舞踏会《パーティ》があってね、なるたけ仮装してくれというから、ホテルの婢《マグド》に女の服を借りてもらって、それを着て会《パーティ》へ出たんだ。十二時ちかくに部屋へ帰ろうと思って、帳場《コントーア》で久我の部屋の鍵をというと、番頭が、久我さんでしたら夕方からずっとお部屋においでになります。ご用でしたらご都合を伺ってみましょうか、というんだ。……なるほど、鍵は僕が持っていた。妙な気がした。むらむらと冒険心が起きてきた。……さっきも言ったように、もう二時間もすれば《那覇》というところでなにか犯罪がおきる。これを予知しているのは《通知》の告知人と僕だけだ。不在証明《アリバイ》はこの通り自然発生的に成立している。会《パーティ》は三時頃までやっているはずだからそれ迄に帰ってくればいい。……よし、行ってやれ。その家の前で待っていれば何が起きるかわかるだろう。ひょっとして金でも持って出てきたら、僕の警察手帳にものを言わせて、横合いからそいつを略奪《サツカジェ》してやるつもりだったんだ。……いや、もうお寝みだろうから、また明日くる、といってホテルを飛びだした。洲崎のおでん屋で二時すぎまで飲んで、それから《那覇》へ出かけた。すじ向いの古軌条《レール》置場のかげに隠れて待っていたが、いつまでたっても何事もはじまらない、痺《しび》れをきらして、そっと《那覇》へはいりこんだ。二階に部屋がある。手さぐりで入ってゆくと、途端になにかにつまずいて転倒した。スイッチをおして見ると、五十位の大男がやられている。……たちまち、僕の状態《シチユエシオン》は非常に危険なものになった。……女装している。胸から手から血だらけだ。間もなく夜が明ける。……それに、あの辺の地理的条件は僕のような脱走兵にとってはほとんど致命的だ。出口を塞がれた完全な袋小路だ。こんな格好であの島から脱け出すには、たしかに一種の天才がいる。……あと始末を充分にして戸外《おもて》へ出る。蛤橋のほうへ行こうとすると、果して向うから巡査がやってきた。もう一方の白鷺橋の橋詰には交番がある。……物蔭へはいって、どっかりとあぐらをかいた。すこし、頭を飛躍させるためだ。……いったい、いま僕を危険にしている条件は何んだ。ひとつは僕が血のついた女の着物をきていることで、ひとつは橋詰に交番のある橋を渡らなければならないことだ。……一見、これらの条件は絶対に避けられないように見える。しかし、すこし頭を転回して見ると、危険はそれらの条件にあるのではなくて、どうしても橋を渡らなければならないという観念から離れられないところにあるのだ。服をぬいでそこの溜堀へ沈めた。そろそろと堀を泳ぎ渡って、弁天町の貸船屋の近所へあがった。そこに腐ったような袢纏がかけ流してある。麻裏もある。そいつを引っかけて突っ立っていたらタキシが寄ってきた。ホテルへ帰って見ると予期したようにみながまだ騒いでいて……」

山瀬が、むっつりと口をはさんだ。

「しかし、そんなことを俺がきいても仕様がないな。……いったい、君が話したいということはなんだ」

ちょっと間をおいて、

って、

「じつは糸満をやったのは僕の妻《フラウ》なんだ」

山瀬は、まるで聞いていなかったように、冷然と空を眺めていた。久我はすこし早口にな

「つぎの朝、巡査といっしょに二階へ上って行った。ふと見ると、血だまりのなかに女の服の釦《ボタン》が落ちている。しまったと思った。隙を見て拾ってポケットへ入れた。しかし、しらべて見ると、僕の服の地色とちがう。……葵の服にそれとよく似た色のものがある。そっとあてがって見たら、まぎれもなくその服から落ちたものだということがわかった。しかも葵はその夜の一時頃、非常梯子をつたって自分のアパートから抜けだしているんだ。……現象的に見て、葵がやったと思うほかはないのだ」

「うん、わかった。それで、なにを言うつもりか」

「……衣裳屋へ服を借りに行った女が、いま盛んに追及されている。ホテルの婢《マグド》はまだ何も言ってないらしいが、いずれやり切れなくなって自首するだろう。……僕が捕《や》られるのはもう時間の問題だ。僕は殺《や》っていない。だからこそ、葵のために僕は捕ってはならないのだ。どんなことがあっても二人で逃げとおすつもりだ。……僕の友人が穂高にいる。そこまで行けば、多少まとまった金が手にはいる。それで小樽までゆく。小樽から青島《チンタオ》へ行く貨物船の定期航路があるはずだからそれで青島までゆく。あとはなんとかなるつもりだ」

山瀬は起きあがって、草の上にあぐらをかくと、微笑をうかべながら、

「君がなにを言いたいのか、よく判ったよ。……俺に言わせると、危険なのは君の情況《シチユエシヨン》でなくて、君が本気で妻君《フラウ》を愛しはじめたことなんだ。君がひとりで逃げようとするなら、それは実に易々たる問題なんだからな。……むかし、虚無《ニヒル》の向うに何があるかという幼稚な議論をしたことがあったな。……君は虚無《ニヒル》の向うには虚無《ニヒル》の深淵だけだ、といった。僕は虚無《ニヒル》の向うに愛がある、といった覚えがある……。覚えているか」

久我は山瀬の顔を見つめながら、激したような声で、

「よく覚えている。中村君、僕ははじめ……」

山瀬は手をあげて遮りながら、

「君の恋愛の告白なんかきいても仕様がない。それは、よせ。……それで、穂高までどうしてゆくか。そんなに切迫しているのに東京を抜けだす自信があるか」

久我が昂然と言いはなった。

「ある。……自信ではない。意志だ。……それに、僕はいま頓悟《イリユミナシオン》を得た。旅費にこだわっているから動けないのだ。歩くつもりなら融通無碍だ。僕は歩いてゆく。……どこまでも歩いてゆく」

山瀬は憐れむように、ちらりと久我の顔を見かえすと、うつむいて黙然と煙草を喫いだした。霧がおりてきた。

葵が憔悴したようすで自分の部屋へ帰ってきた。着物もぬがずに寝床の上へ横になった。壁のうえで夕映えがすこしずつ薄れかけていた……

　葵が乾の家へゆくと、乾は二階の部屋で丹念に小刀を使いながら花台の脚を修繕していた。山瀬という軍人のような見かけの男と久我とが逢っているのを知らしてくれたら、旅費の五十円を貸そうという約束だったので、いそいで知らせに行ったのだった。いま、二人で大久保の射的場のほうへ行った、と告げると、乾はいつものように額をにらむようにしてなにか考えていたが、やがてニヤニヤ笑いながら葵のほうへ近よってきた。その笑いに、なにかぞっとするようないやらしさがあった。いつもとすこしようすがちがっていた。

　葵は力のかぎり反抗した。が、突然強く寝台に投げつけられて軽い眩暈《めまい》をおこしているうちに、もう身動きが出来ないようになっていた。乾の身体を押しのけようともがいたが、手が萎えたようになって、てんで力がはいらないのだった。ゆるしてください、それだけは、ゆるしてください、と譫言《うわごと》のように喘えぎつづけるばかりだった。

　夕食の仕度がはじまったのだろう。ほうぼうの部屋からしきりに水の流れる音がきこえてきた。葵は眼をとじた。

（世界中の水を使っても、もう自分の穢れを洗い浄めることはできない……）

　だが、穢れるというのはいったいなんのことだろう。よく考えて見たいと思うのだが、頭のなかが空虚になってなにも考えられなかった。肉体にのこっているすこしばかりの痛みのほうが、なにか切実に感じられるのだった。静かな夕暮れだった。

部屋のなかに人のけはいがする。はっとして眼をあけて見ると、戸口に朱砂ハナが立っていた。紫紺の羅《うすもの》に白博多の帯という、ひどく小粋ななりをしていた。戸口に立ったまま葵のほうを眺めていたが、すらすらと寄ってくると、

「おや、どうなすったの。気分でも悪いんですか……」

ひとがちがうような優しい声でいいながら、じろじろと葵の身体を見まわした。葵はなにもかも見すかされるような気がして、思わず身体を起した。

「なんでもないの。すこし疲れたから……」

「そう。……でも、たいへんな顔色よ。お冷でもあげましょう」

といって、立ってゆくと、そこここと仔細らしく流し元をのぞきこんでから、コップに水を汲んで戻ってきた。葵により添うようにしてかけると、しみじみとした調子で、

「ねえ、葵さん、あんた困っているんでしょう。……あたいによく判るのよ。あんたたちこの二三日なにも喰《あが》っていないのね」

どうしてそんなことがわかるのか。葵はおどろいて眼をあげた。ハナは大袈裟なためいきをついて、

「……苦しむのはいいけれど、すこし悲壮《パセチック》ね。どうしようとそれはあんたの勝手でしょうが、なんにしても、感情だけで生活しようというのは、すこし贅沢すぎやしないかしら。

……あんたひとりなら、どんな甘えかたをしてもいいでしょうし、生きてる気がないんならそれでも結構。……でも、どうしても生きて行こうというんなら、もっと切実な考え方をなさい。感情だの、道徳だの、習慣だの……そんな甘いことじゃだめ。……悲壮なら悲壮でいいから、じゃ、もうすこし徹底させて見たらどう？……（葵の顔をのぞきこむようにして、）ねえ、葵さん、あんたお客をとって見ない？……そうよ、もちろんあいつらはけだものよ。否《ノー》、けだものどころか、現象にすぎないのよ。……俄雨にあってずぶ濡れになったって、それがあたいたちの罪でないように、あいつらが非人間であればあるほど、どんな接触の仕方をしたって罪でも穢れでもない。あたいたちが受ける影響は、要するに、知覚だけのことでしかないのよ。……こんな商売をしているけど、あたいは虚栄や慾ばりの手助けをした覚えはなくてよ。すぐれた才能をもちながら、生活のために落伍してゆく同性に、合理的な道をあけてあげてるつもりなんです。そのひとたちは喰べることのために時間をとられたりひどく骨を折ったりしてはいけないのね。一日にひとりだけお客をとってあとの時間は全部勉強のために使うようにするがいいんです。……いやなら無理におすすめしないけど、生きてゆくのに偽善なんか何の役にも立たない、ってことを、いちど、よく考えて見てちょうだい」

窓のない写真屋の暗室のような部屋だった。桃色の覆《シェード》いをかけた枕電灯《ベッド・ランプ》がなまめかしく寝台を浮きあがらせていた。葵が部屋の真ん中に立っていた。もう、悲しくも恐ろしくもなかった。生きるためには肉体の汚濁ぐらいはもののかずではない。まして、僅かな金のあるなしが、久我の運命を決定しようとしている。それを手にいれるためなら、どんなことでも恐れてはいられないのだ。こういう場合、貞潔をまもるとは、そもそもなんの意味をなすものであろう……

気どったようすで扉《ドア》があいて、ニッカーを穿いた面皰《にきび》だらけの青二歳がはいってきた。点火器《ライター》をだして金口に火をつけると、

「よう、どうしたい、その後」

と、いった。

十

乾と向きあった眼つきの鋭い男が、ものを言うたびにいちいち顎をしゃくった。

「信州たって広いや。……信州のどこだ」

「存じませんです」

男は、むっとしたようすで、

「なんだ、存じません、存じません……。下手に庇《かば》いだてすると、気の毒だが君もひっかけるぜ。……言え、信州のどこだ」

乾は膝に手をおいてうつむいていたが、やがて、顔をあげると、

「申しあげます。……が、そのまえに、ひとつ伺いたいことがございます。……久我が殺《や》ったというのはたしかなんですか」

「それをきいてどうする」

「それを伺ってからでないと、あたしは寝ざめの悪いことになります。ひと月か二月の浅いつきあいだが、友人は友人。充分な証拠があったというのなら止むを得ませんが、そうでないのなら、たとえこのまま拘引《オテアテ》をうけても、何事も申しあげかねるんでございます。……しかし、久我が殺ったということなら、知ってることは洗いざらい申しあげるつもりです。……ご承知の通りあの糸満の財産というものは、どの位あったか知りませんが、あんなことさえなければ当然あたしの手へはいっていたはずなんだ。それをむざむざ横合いから攫《さら》われたと思うと、あたしは残念で無念でそれ以来今日が日まで、いても立ってもいられない位だったんでございます。……警察なんざ頼みにならない。自分の手でそいつをとっちめてやるつもりで、いろいろ金も使い、ない智慧もしぼって、走り廻ったこともございます。……そういうわけだから、念晴しに、ひとつたしかなところをお明しねがいます。そのかわり……」

男はすこしもてあましたようすで、

「いいいい、わかったよ。……なにもかもみな判明《ワレ》たんだ。服《トビ》を借りに行った女《アマ》というのが

南平ホテルの女ボーイだったんで、こいつを訊問《タタイ》て見ると、野郎のために借りたというんだな。……野郎、女《ビク》に化けて行きやがったんだ。なかなか味《シブイ》なことをするじゃないか。あの面《ミカケ》で強盗《タタキ》をしようたあ、ちょっとだれも気がつかねえからな。……どうもナメた野郎だよ。それで、いままでヌケヌケと東京に暮《アンゴ》していやがるてえんだから……」

乾はいかにも口惜しそうな顔をして、

「ちくしょう。……やっぱり、あいつだったのか。あたしも臭いと思っていたが、まさかまさかと思って、うち消すようにしていたんです。……ひとを馬鹿にしやがって……。あいつが殺ったとすると、あんな太いやつはありません。偽せの警察手帳かなんか出しやがって、逆さにあたしをおどかしたりするんだから……」

「それで、どこへ行くというんだ」

「なんでも、穂高で友達が牛を飼っていて、そこまで行けばどうにかなるから、って、ただいま嬶《かかあ》のほうが金を借りに来ました」

「貸してやったのか」

「ひとに貸す金なんぞあるもんですか。あたしに断わられると二っちも三っちもいかないてえことは知ってるんですが、なにしろ、無いものはやれない。……だから、あいつらは、ぬすとでもするのでなければ、歩いて行くより仕様がないはずなんです」

「や、有難う。それだけ判ればいいんだ」

と、いうと、男はがらくたの上から帽子をとりあげた。乾はその顔を見あげながら妙な含み声で、

「それだけ、わかりゃいいんですか？」

男はいぶかるような眼つきでふり返った。

「なんだ？」

乾が、むっつりと言った。

「あたしは、まだ知ってることがあるんです」

古絨氈の堆積《やま》へ、また腰をおろすと、身体をのりだして、

「そうか。……なんだ、それは」

しばらく間をおいて、

「その着物《トビ》はね、枝川町の溜堀を浚うとあがってくるんです」

「ど、どこの溜堀……、どうしてそんなこと知ってる」

「市の芥《ごみ》焼場の向いに、曲辰の材木置場がありますねえ……そこの溜堀です。尤もあたしもまたぎきなんだから、くわしいことは那須って新聞記者にきいてごらんなさい」

「那須？　よく知ってるよ。……そうか、こりゃ、意外《モロ》かった。や、どうも……」

セカセカと立ちかけた。

「おや、もうお帰りですか」

男はまた中腰になって、

「なんか、まだ、あるのか」

ジロリと見あげると、

「久我ってのはね、この間の大阪の銀行ギャングの共犯なんですぜ。正体は岩船重吉という、そのほうの大物なんだそうです。……ご存知なかったんですか」

ピクッと膝を動かした。さり気ないようすをしながら、

「へえそりゃ、本当かね」

「そのほうは見事に失敗《しくじ》った。それで今度の糸満事件も、ほら、なんていうんだ、れいの……資金獲得のためにやったんだろうというんです。あれだけの大仕事をしておいて、ピイピイしてるてえのも、これでよく筋が通るんです。……しかし、くわしいことは知りませんよ。どうせ、これもまたききなんだから……。なんでも那須がとっちめて、ギャングのほうだけは白状させたということですが……。それでね、久我と中村はね、いま大久保の射的場にいるんですぜ。……あたしがこの眼で見たんです」

男はもういても立ってもいられない風だった。摑みこわしそうに帽子を握りしめて、

「そうときいたら、こうしちゃいられない……いずれ……」

乾は落ちつきはらって、

「どうするんです。すぐ捕物にかかるんですか。気をおつけなさいよ。二人とも拳銃《ハジキ》を持っ

てますぜ。下手に生捕《テドリ》にしようなどと思ったら、えらい目に逢うよ。なにしろ、あいつは名人だそうだから……」

さすがに苦笑して、

「いや、有難う。よく判ってるよ。……とにかく、俺あ、急ぐから、お礼はいずれ……」

その辺の古壺を蹴かえしながら、ひどくあわてたようすで出て行った。乾はチラとそのあとを見送ると、竹箆《たけべら》をとりあげて、ゆっくりと続飯《そくいい》を練りはじめた。

鶴《チル》がはいってきた。乾のそばへ並んで掛けると、

「いま出て行ったのは本庁の刑事《ジケイ》ね。……なんの用で来たの。……どんな話をしたの」

「べつに大したことじゃない。おれの身元がどうのこうのって……」

眉をよせて、

「なにも話さなかったの、久我のことは」

「金を借りに来たといった。それだけだ」

鶴《チル》は乾の袖を掴んでゆすぶりながら、

「なにも言わなかったのね、本当ね？」

「下手なことをいうと係りあいになるからな。だれがそんなたわけたことをするものか。

（チラリと鶴《チル》の顔を見あげて、）だが、なんでそんなことをきく」

鶴《チル》は急に涙ぐんだような眼つきになって、

「なんといったって、ほんとは久我が殺《や》ったんじゃないでしょう。だから、久我を密告《サシ》て苦しめることだけはかんべんしてちょうだい……それを、お願いに来たのよ」

乾は竹箆の先に飯粒をためたまま、飽っ気にとられたような顔で鶴《チル》を見つめていた。

「正直のところあんたが、どうしても久我を送りこもうというのは、そうして葵を手にいれるつもりもあるんでしょう。それならば、ほかにいくらだって方法があるじゃないの。密告《サス》のだけはゆるしてやってちょうだい。お願いだから……」

「どうしたというんだ、藪から棒に。鶴《チル》」

「わけ？　わけはかんたんよ。……あたし、久我に惚れちゃったんだ。（そう言って椅子のうしろに頭を凭《もた》らせると）もうどうにも手に負えないんだ。この頃は一日に十ぺん位い泣きたくなる」

「驚いたなあ」

そういって、ふふんと笑った。チルは肩をぴくんとさせて、

「驚いたよ、あたしも。……よく考えて見たら、はじめて逢ったときから惚れてたんだ。……二人の間を割こうと思ってれいの非常梯子の手紙を送りつけたりしたんだから、あたしもとろいねえ。こうまでたわけになるものか。……驚いたてのはこのことなんです。……もう、首ったけなんだ。いのちまでも、さ。……このごろは朝から晩まであとをくっついて歩いてるんだよ」

「ほう、なんのために」

キッと乾の眼を見かえして、

「離れられないのさ。それにはちがいなかろう。が、ありていいえば、じつは保護してるつもりなのさ。一旦緩急があったらなんとかして切りぬけさせるつもりなんだ。……もう、だいぶ危くなってきてるからねえ、ご存じの通り」

乾はキラリと眼を光らせて、

「おい、逃がすつもりか」

急に唇をへの字に曲げると鶴《チル》は子供のようにすすり泣きをはじめた。

「……逃がしたい。逃がしたい……。でもあんたをさしおいて勝手なことはしない。あんたに抗《さか》らっても無駄だってことはよく知ってる。……だから、こうして降参してるんじゃないか。……助けてやってくれとたのんでるんだ。……密告《サス》なら密告《サス》でいいから、あす一日だけ待ってちょうだい。……お願いよ、お願いよ。……そのかわり、あんたのいうことはなんでもきく。……」

乾はいかにも合点がいったという風に、うるさく首をふりながら、いった。

「そうか、よく判った。生かすの助けるのという器用な芸当は出来ないが、それほどにいうなら、密告《サス》ことだけは待ってやる。（手荒く鶴《チル》をひきよせると、）待ってやったら、ほんとうにいう事をきくか？」

眼をとじると、鶴《チル》がかすかにうなずいた。

濃い霧がおりていた。

もう夜中ぢかかった。家も街路樹もあいまいな乳色のなかに沈み、風がふくたびに海藻のようにゆらめくのだった。新宿の裏町を、号外配達が鈴を鳴らしながら泳ぎまわっていた。

霧のなかから、久我と葵が現れてきた。瓦斯《ガス》会社の前の街灯の柱に号外がヒラヒラしてるのを見ると、久我がそのほうへ寄って行った。号外の湿った面《おもて》には、こんな風に刷られてあった。

《逃走中の黒色ギャング、大阪第八銀行襲撃事件の主犯中村遼一（三六）は今夜十時半、新宿三丁目を徘徊中を発見され正当防衛によって射殺された》

久我は首をたれて、ちょっと眼をとじると、しずかにそこを離れ、葵と肩を並べて甲州街道へはいって行った。

笹塚の車庫の近くまでくると、葵は急に足をとめて、だれかにあとを尾《つ》けられているような気がする、といいだした。久我がふりかえって見ると、半町ほどうしろに四人の酔漢が腕を組み合って、なにか大声でわめきながらよろめき歩いていた。

「あとを尾けられるはずはないじゃないか。心配しなくともいい。あれは酔っぱらいだ」

二人は代田橋から七軒町を通り下高井戸のそばまでやってきた。もう三時ぢかくだった。

そこの町角で立ちどまると、葵が弱々しい声で、疲れた、といった。

久我は道路に立って、いま来たほうへ耳をすました。虫の声のほか人の気はいらしいものは感じられなかった。

「じゃ、あの家《うち》のかげで休もう」

二人は道路から右へ折れこみ、森山牧場の納屋の前を通って中庭のようになった狭い草地へはいって行った。白い花をつけた百日紅《さるすべり》の木があって、それが霧の中で匂っていた。

二人はその下へ坐った。

「ひどい露だ」

「でも、いいところだわ。ひとに見られる心配はないし、花の匂いもするし……」

葵は久我により添うと、その肩に頭を凭らせて、深い息をすった。

《とうとう逃げだしてきた。助かったんだ。これで、もう大丈夫……》

久我は葵の肩を抱いて、

「ため息をついたな？　疲れたか。……でも、もうすこしの我慢だよ。夜があけたら、府中の町でこの万年筆を売ろう。一日喰べる位いの金はくれるだろう。……あとは、その都度なんとかすればいい……」

葵は眼を伏せた。

《心配しなくともいいのです。あたしお金をもってる。夜が明けたら汽車に乗りましょう》

そして、山へゆく、牛や嵐気《らんき》と交わりながら、憂《うれい》のない素朴な日をおくる。これが幸福でなくてなんだろう。じっとこうしていると、このまま大気のなかへとけてゆけそうな気がした。……二三度頭をゆり動かすと、やがて、ひくい寝息をたてはじめた。

久我は微笑しながらその顔をのぞきこんだ。こころがしみじみとして、たとえようもなく愉しかった。ここに自分を愛するためにだけ生きているものがいる。自分の肩に頭を凭らせ、しずかな寝息をたてている。

久我は、はじめ葵を愛していなかった。東京での孤独な生活の娯楽として彼女を求めたのだった。そして、愛もなく結婚した。結婚するのに愛情なんか必要ではないと考えていたのである。しかし、いまは違う。長い間刻苦して鍛えあげた自我的な精神も自由もすてて甘んじて平凡な家庭のひとになり切ろうとしている。彼女のためならどんなことでもやってのけようと身構えている。これが愛情というものなのか。久我にとってはじつに驚くべきことだった。こんな変異が自分のうちに起きようとはただの一度も考えたことはなかった。

久我は葵の手をとりあげてそっと唇をふれた。葵がぱっちりと眼をあけた。

「あたし、眠ってしまったのね。……もう出かけなくてはならないの？……もうすこしこうしていたいんだけど……」

「いいとも。……いいころに起してやる。……葵、僕がいまなにを考えていたか知ってるか？」

葵はうっすらと眼をとじると、夢からさめきらないひとのような声で、こたえた。

「あたしのこと……」

久我が声をたてて笑った。

すぐ間近で鋭い呼子の音がした。

見あげるような五人の大男が、つぎつぎに霧の中から現れて、半円をつくりながらジリジリと二人のほうへつめよった。

久我の上衣の衣嚢《ポケット》から一道の火光が迸った。鉄の焦げる臭いがし、鋭い破裂音が林の中へひびきわたった。いくどもいくどもこだまをかえした。

一人が呻き声をあげて草の上へ膝をついた。四人の男はあとしざりしながら、口々に叫んだ。

「野郎、抵抗するか」

「御用だ、岩船重吉！」

久我のピストルが、また轟然と火を噴いた。四人の男は蝗《いなご》のように納屋のうしろへ飛びこんだ。

「さ、早く！」

久我は葵の手をとると、右手の牛小屋のうしろへ駆けこもうとした……その時、なにか灼熱した鈍状なものが、ひどい勢いで久我の身体をさし貫いた。よろよろとして、そばの杭のほうへ手を伸ばそうとした……杭は急速に彼の眼のまえから消え失せた……

頭のうえで、だれかわけのわからない言葉で叫んでいるのをきいた。こんなところに寝ころんでいられない。……起あがろうとして二度ほど爪で土をひっかいた。……葵、……葵……

力のない視線を漂わせると、がっくりとうつ伏せになり、そして、動かなくなってしまった。

二十燭ほどの、ともしい電灯をつけた、店の板土間にあぐらをかいて、乾と朱砂ハナが酒をのんでいた。つぎの日の夕方のことである。

二人とも、もうだいぶ酔っているらしく、互いに、飲め、飲め、といってコップをさしつけていた。大部分は床へこぼしてしまうのだった。

入口を蹴りつける音がし、はげしく扉《ドア》をおしあけると、ふらりと鶴《チル》がはいってきた。靴のままでづかづかと板土間へあがりこむと、陶榻《とうとう》の上へ腰をかけた。これも酔っているらしく、蒼ざめて眼をすえていた。

ハナが、ぐらりと首をのめらせて、下からまじまじと鶴《チル》の顔を見あげると、

「おや、なまちょこねえ、この餓鬼飲んでるよ。……オイ、どこで飲んできたんだ」

乾はいい機嫌で、しきりに額を叩きながら、

「掃き溜に鶴《チル》、か、……いや、待ってた、待ってた。……ま一杯のめ」

コップを高くさしあげて鶴《チル》の胸へおしつけた。鶴《チル》が烈しくはらいのけた。コップは乾の手を離れて遠いところまで飛んでゆき、鋭い音をたてて割れた。乾は額から酒の滴をたらしながら、ニヤニヤ笑った。

「おや、こいつの酒もよくねえ」

「うるせえ！」

鶴《チル》が甲ばしった声でさけんだ。血走った眼で乾を睨《にら》みつけながら、妙に重石《おもし》のついた声で、

「おい、やってくれたねえ。……うれしがらせておいてハメこむなんて悪趣味だぜ。……こんなケチなガスモク野郎だとは思わなかった。それがあたしの不覚さ。……そうと知ったら仁義などをケッつけずに、サッサと逃《と》ばしてやるんだった。……一生一代の恋をして、いのちにもかえがたい恋人を、ちょっと油断したばっかりに、みすみす死なせてしまったのか。……もう、この世では逢えないのか。……うらめしい、残念だ。（こらえかねたように声をあげて泣きだした。やがてふっと泣きやんで眼をぬぐうと、）おい、くどいようだが、よくやってくれたねえ。……どうして九両三分二朱だ。きっと祟って見せるよ。……あたしのいのちをカセにして、どうでもバラスはずはあるまいと、多寡をくくってるのかも知れないが、今日只今、もう命なんか惜しくない。これから本庁へ駆けこんで、底をさらって申しあげ、お前らの首へ細引を喰いこましてやるからそう思え。……なんだ、妙な面《つら》をするな、こんな

トボケタ小娘だから、なにも知るまいと思って、さんざ出汁《だし》がらにしゃぶりやがったが、事件《コト》のありようは元すえまで、なにもかにも知ってるんだぞ。……おい、ひとつ、ここで復習《サラ》って見せようか。……大正七年の六月に、北海道の北の端れで、稚内《わつかない》築港の名代の大難工事が始まった。すると糸満南風太郎は、自分の郷里の糸満から、二百人あまりの人間をだましてつれてきて、これを道庁の請負の大林組へ一人八十円パで売り飛ばした。売られた方はたまらない。なにしろ名代の監獄部屋だ。気候が悪い仕事が荒い、そいつが出来あがったときに生残った人間は二百人のうちたった十八人。……あたしの父親《おやじ》もだまされてうられて、そこで生命《いのち》をおとした一人だが、……こうして貯めこんだ金が三万円ばかり。怖くてたまらないから、銀行にも預けずに、自分の部屋へ金庫まがいの支那櫃《びつ》を据えつけ、ひとが見たら蛙になれ、と隠しておいた。これを知ってるのは糸満と、当時の情婦、そこにいるおハナさんの二人っきり。ハナさんもながい間ねらっていたが、用心堅固で手がだせない。そればかりか、碌に小遣いもくれないから、とうとう喧嘩わかれになってしまい、もだもだしながら、洲崎の《金城》ってバーで稼いでいるうち、同気相呼ぶで知り合ったのが、この乾君。……そこでいろいろ考えたすえ、尼崎でダンサーをしていたあたしを呼びよせ、お前のおやじの敵《かたき》は糸満だ、おなじの仇《あだ》を討ちたくないか。討つ気はないか。その気があるならかならず手助けしてやろうと、裾から火をつけるようにアフリ立てる。おやじの無残な死にざまは、さんざおふくろにきかされて、骨身にしみて口惜しく思っていたのだから考えれば考えるほど、どうしても生かしておけないような気になって、そんなら助太刀たのむ。といったんだから、あたしの馬鹿にも恐れ韓信股くぐりさ。……どうせ以前の因縁でまっさきハナが検挙《ヤラ》れることはわかっているから、承知で刑事《ジケイ》の袖をひかせ、ハナの身柄は大切に洲崎署へお預り願っておく。……四の日と七の日が《那覇》のボーイの昼番だから、いよいよ六月の四日にやろうということになり、《遺産相続の通知》なんていうあざとい手紙をほうぼうへ送りつける。ちょうど……その頃　店《シネラリヤ》へ現れた新参の葵という女に、どうでも身代りをたのむつもりで、《通知》の電話にも念をいれ、現場へ落しておくつもりで、そいつの釦《ボタン》をひとつむしりとる。……さて、その晩の八時頃、あたしが桃割れの鬘《かつら》をかぶり、十六七の小娘に化けて、蛤橋の袂をうろついていると、案の定、古田という馬鹿がひっかかった。それをとりまいて《那覇》へ行く。ボーイが帰り仕度をしかけるのを見届けて《那覇》を出る。門前仲町で古田とわかれ、《金城》の二階へ駆けあがると、乾君が待っていて、こんどは二十二三、断髪、極彩色のモダン・ガールに仕立てあげる。なるたけ葵に似るように、継足《つぎあし》をして長いソワレを着、乙にすました顔をしてまたぞろ《那覇》へとってかえす。見ると、ボーイがまだいるから、こいつは失敗《しま》ったと思い、なるだけ顔を見られないようにしているうち、間もなくボーイが出ていった。糸満が二階からおりてきて番台に坐る。こいつに色っぽくからんでゆくと、たちまち薬がきいておおデレデレの目なし鯛。おさえつけておいて無闇にのませる。そうしてるうちに、どこの人足かしらないがひどく哥兄面《あにいづら》をしたのがはいって来たから、うまい工合だと、あとはそいつにまかせ、帰るふりをして横手へまわり、柳の幹をつたって窓からはいり、戸棚の中にかくれて待っている。まもなく、糸満があがってきて、寝台に倒れるとたちまち前後不覚。……パパ、パパ、見ていてちょうだい。いま、あなたの妄執を晴らしてよ。どうかおうけねがいます。……思い知ったか、と無闇に突いた。……階下《した》へ降りてゆくとお前さんが待っていて、いうことがいい。天晴れだ、孝女だ、見あげたもんだ、といったねえ。感極まって泣きだした。……泣かしておいてお前さんは二階へあがってゆく。だいぶ経ってから角ばった包を持っておりてきた。なんだ、ときいたら、お前が脱いだ着物じゃないか、という。格別気にもとめなかったが、言わずと知れた、それがめあての三万両さ。……つぎの朝になって、乾君がのこのこと見物に出かける。その場から葵がひってたてられると思いのほか、天運測り知るべからず、釦は久我に拾われて、せっかく仕組んだ芝居が丸札《まるふだ》をだす始末。なまじっかよけいな手紙なんか出してるばっかりに、かえってそれがカセ《サス》になって、こんどはこっちが危くなる。あわてて、あることないことハガキに連ねて古田を密告。筋が通らないから、これもいけない。いろいろあせりぬいているうちに、どうやら久我にうしろ暗いところがあると見込んで、神戸くんだりまでおハナさんを尾行《つけ》てやってアラ拾いをさせる。銀行ギャングの一味だとわかったときは、君はよろこんだねえ。これをキッカケにして、あとはトントン拍子に筋が運ぶ。溜堀から服があがる。刑事《ジケイ》がとんでくる。万事筋書通りになりました。久我は射たれて死んじゃった。……これでお国は安泰、福禄長寿……と、思ってるんだろうが、そうは問屋じゃおろさない。あたしがこれから暴露《バラ》しにゆく。……ねえ、あたしのような小供を利用して強盗《タタキ》を働くのは間接正犯といってね、よしんばあたしは助かっても、君は絶対に助からないよ。……あたしが手を合せてたのんだとき、そいつをきいてくれてたらこんな破目にはならなかったんだ。善因善果、悪因悪果、早く絞首台へ追いあげられて、青洟をたらして往生しろ。……じゃ、そろそろ出かけようか、言いたいだけを根っきりしゃべったんだから、さぞききにくいこともあったでしょう。かんにんしてちょうだいね。……それではお二人さん、また法廷《シラス》でお目にかかりましょう……」

と、いいながら、ストンと榻《とう》から飛びおりた。

乾がチラとハナに眼くばせをすると、ハナはしずかに立ちあがって鶴《チル》の横手へ廻った。鶴《チル》は油断なく扉《ドア》のほうへあと退《しざ》りをしながら、せせら笑った。

「どうするんだい？　あたしを殺《や》るつもり？　見そこなうナイ、般若！」

乾は鶴《チル》のほうへは眼もくれずに、奥の棚の上にあるラジオのところへゆくと、それをいっぱいにあけた。東家三楽《あずまやさんらく》の浪花節が、耳も痺れるほどがんがんと鳴りだした。

そうしておいて、乾はのっそりと鶴《チル》のほうへ近づいて行った。二人は鶏でも追いこむような格好に両手をひろげ、左右から鶴《チル》をじりじりと壁のほうへ追いつめて行った。

どこかで虫が鳴いている。

だいぶ更けたらしく、あたりはしんとしずまりかえっていた。うす暗い電気の下で、乾とハナがせっせと床をこすっていた。蘇芳をまきちらしたようなおびただしい血のあとを、たわしに灰をつけて、ひっそりと洗いつづけるのだった……

ちょうどその頃、葵は監房の窓から秋の夜空を眺めていた。

葵はたったいま調室からかえされたところだった。久我はもう死んでしまった。かくすこともおそれることもない。訊問されるままに、あたしに《遺産相続》を通知したのは久我の声でした。と自白した。自分が大名華族の和泉家の長女であることも自発的に申したてた。

久我はもう空にのぼって、あたしを見つめていてくれるのであろう。久我は決して遠いところにいるのではない。永劫のかたちでいまもあたしを抱擁していてくれるのだ。

思えばはかない縁《えにし》だった。はじめて久我と逢ってからまだ四月にも足らないのに、ひとりはもう空へかえり、ひとりは汚濁雑俎《ざつそ》のなかへのこされた。現世につながる諸情諸因縁はみなこのようにも短かく果ないが、空へかえればそこに玲瓏たる永生が自分を待ちうけていてくれるのであろう。久我のいない世界に執着などのあるべきはずはない。

葵は空に手をのばすと、低い声でいった。

「……待っててちょうだい。いますぐ……」

翌朝、監房監守が点検にゆくと、東側第八号室の女は細紐で固く喉をしめて縊死をとげていた。ちょっと胸にさわって、もう絶命しているのを見てとると、靴音高く混凝土《コンクリート》の廊下を走り去った。

こんな幸福そうな死顔ってあるものだろうか。唇のはしをすこし曲げ、まるで笑いをこらえているようなあどけない顔つきをしていた。のぼりかけた朝日が、その横顔を桃色に染める……

妖術

一

若い美しい外務省の書記官が、ホテルの舞踏室の隅で、大勢の人々が美しい蛾のように踊り廻っているのを、ぼんやり眺めていた。襟に蘭の花をつけて。

私はこの不思議な恋物語《ローマンス》をこんな工合に何気ない風に始めよう。あまり奇妙な話なので、せめてこんな風ででもなければ、とても書き出す気にはなれない。出来るならやめてしまいたい。

この物語は悪夢のような捉えどころのない恐ろしさと重苦しさに満ちているので、もしやあなたの優しい心を傷けはせぬかとそれを恐れます。

心の優しい青年と美しい少女は、心から愛し合っていたのに、有り得るとも信じられぬような妖術の呪《のろい》によって離ればなれにさせられてしまう。狂うように青年の方へ手を差し伸しながら、月に曳かれる潮のように、見る見る少女の姿は、渚から引き離されてゆく。聞いただけでも涙の出るような青年の奔走も抵抗もこの神秘的《ミスチック》な力の前には何の役にも立たなかった。

この世に薄幸な恋物語《ローマンス》も多いが、どれもこの物語ほど妖しくまた悲しげではない。

二

米国独立記念日の夜、若い美しい外交官が横浜ニュウ・グランド・ホテルの土壇《テラッス》の籐椅子で、大勢の人々が踊っているのを、ぼんやり眺めていた。襟に蘭の花をつけて。

この若い外交官は長らく外国にいて、つい此の頃賜暇《しか》で日本へ帰って来たばかりなので、こんな風に坐っていると、自分はまだ外国にいるように思われてならない。日本はずっとずっと遠いところにあるような気がする。どの令嬢もどの夫人もみな馴染のない顔ばかりなので、立上って踊り相手を探す気にもなれない。ぼんやり眺めているほかはなかったのです。

ふと微かな衣ずれの音がして、少し離れた籐椅子に誰か掛けたような気配がした。振返って見ると、今まで薄闇だけしかなかったところに、顎のほっそりした美しい少女の横顔が夕顔の花のようにほんのり匂っていた。

細かい模様のあるサテンの服を着て、たいへん大人くさいようすをして澄ましているが、肩や頸はまだ稚《おさな》びていて、こんな服よりも制服《セーラー》の方がよく似合いそうだ。服をしっかり身につけるために、肩と腰のところにアイロンで無理に襞を作っているが、もともとそんなところに襞があるように作られた服ではないので、方々が妙に突っ張り合って、かえって借着だということを知らせるのに役に立つ。

椅子に掛けているようすにしてからがホテルにダンスをしにくる社交馴れたお嬢さんのようではない。まるで女学校の作法の時間のように固苦しくきちんと膝頭をくっつけ、ひどく真剣なようすをして舞踏室《ホール》の方を瞶《みつ》めている。つい昨日《きのう》まで女学校に席があったのに違いない。身につかない大人の服を借着し、キッと口を結んで熱心にダンスを眺めているこの少女の真面目臭《くさ》ったようすというものは、誰が見ても微笑《ほほえ》まずにはいられなかろう。

少女のうしろの椅子には、多分姉であろうか、あまり幸福《しあわせ》そうには見えない沈んだ顔色の婦人が人形芝居の後見のように控えていて時々何か小声で話しかけるのだが、少女はダンスの見物に夢中になっているようすで返事さえも碌にしない。

何気ない一瞥の間に若い外交官が見てとったのはたったこれだけのことだった。なぜかというのに、間もなく連れの紳士が外交官を探しに来て、華やかな笑声《わらいごえ》を立てている令嬢たちの方へ彼を引っぱって行ってしまったから。

運命というものは時々奇妙な真似をする。この薄暗い画面の中に浮び上って来たこの少女が、間もなく自分の生活を狂わせ底知れぬ悲歎の淵に追い込むようになろうとは勿論覚ることが出来なかった。

外交官は紳士と連れ立って土壇《テラッス》から舞踏室《ホール》へ入ろうとする時、その入口で奇妙な仮面《マスク》をつけた四十ばかりの脊の高い男に突当った。いや、仮面《マスク》ではない、それは顔だった。

それにしてもこんな不思議な顔ってあるものだろうか。

頰は釉薬《やきぐすり》をかけた陶器のように固く硬張《こわば》り、聳えるように高い鼻も紙のように薄い唇もみな青磁色に冷たく光っている。泣いた時も笑った時もこの顔は頰の筋肉一つ動かすまい。微動もしなかろう。

しかしこれが仮面《マスク》でない証拠に眼だけは生々と輝いている。さよう、まるで蛇の眼のようにチラチラと燐色の炎をあげている。少しも瞬きしないこの眼が生々とした印象を与えるのは多分瞳が猫のように自由に開いたり閉じたりするからだろう。

何にもまして無気味なのは白いその手だ。まるで柳の枝のように細く長く、どのような少女の手もこれほど嫋《しな》やかではあり得なかろう。その小指には緑玉《エメラルド》の指輪を嵌めていた。

外交官は別に急いでいたわけではなかったが、自分でも不思議に思うほどその男の方へよろけて行って、可成り強くその胸に突当った。

外交官は常々作法《エチケット》を重んじる方だったので、赤面して叮嚀に詫をいうと、その男は瀬戸物のような顔をゆっくりと外交官の方に向け、響のない沈んだ調子で、

「何をお急ぎです、まだ月も出ないのに」

と、呟くように言った。

月……、月がどうしたというのだろう。長い外交官の生活の間にも、こんな妙な挨拶を聞いたことがなかった。何かゾッとするようなものが脊筋を走るような気がした。

ダンスも終りに近くなって間もなくオーケストラが「ホーム・スイート・ホーム」を歌い出そうとする頃、外交官がバーの酒呑台《コントワール》に凭《もた》れてリモネードを飲んでいると、そこへ連れの紳士がやって来て、

「妙なことが起きたんだ」

と言った。あまり意気込方がひどいので外交官は、

「ふむ、真珠の首飾でも盗まれたか」

とはぐらかすように言うと、連れの紳士は、

「それどころじゃない、美しいお嬢さんが一人盗まれた」

とこたえた。

その少女というのはさっき土壇《テラツス》にいたあの優しい夕顔の花らしい。姉のひとがホテルの支配人に早く発見《みつけ》だしてくれるように訴えたが、支配人にどうしようがあろう。

結局、係官が出張していろいろ調べて見ると、玄関番の証言でそれらしい少女が西洋の幽霊のような陰気な男に手をひかれて出て行ったということがわかった。

「まだ騒いでいる。可哀そうに、姉らしいひとが泣いていた」

外交官は可笑《おか》しがって、

「なぜそんなに騒ぐんだね。攫《さらわ》れたと考えるより駆落ちしたと考える方が早くはないか。ここは修道院じゃないのだからね」

連れの紳士も急に苦笑して、

「そうだな。みな少し酔ってるのだ」と言った。

外交官は東京へ帰る自動車の窓から暗い京浜国道を眺めながら、あの青磁のような顔の男とあの優しげな少女とどんな関係があったのだろうと考えた。

それにしても何という奇妙なコントラストだろう。もしあの少女が無気味なあの中年の紳士を愛しているのだとすれば、少女の心ほどわからないものはない。あの少女の素振りに、何かそんなところがあったろうか。薄闇の庭で、すこし熱にうかされたような眼つきをして、ダンスを眺めていた描いたようなあの美しい顔のほか、何も思い出すことが出来なかった。間もなく、自動車は邸の前に着いたので、外交官の思念《おもい》はふっつりと断ち切られることになった。そして、それっきり少女のことは忘れてしまった。

三

ひと月ほど箱根にいて帰って来た朝、若い外交官は、新聞の十二面でこんな広告を発見した。

米国独立記念祭の夜、蘭の花をつけてニュウ・グランドの庭に坐っていられた紳士にお願い。この広告を御覧になり次第、渋谷松濤二七、黒江もよ宛に住所氏名を御通知願いたし。

あの夜、蘭の花をつけて庭に坐っていたのは、自分のほかに無かったように思う。外交官は慎み深い青年だったが、好奇心にうち克つことが出来なくて、自分の住所と氏名を知らせてやった。

翌日《あくるひ》、次のような手紙が来た。

突然、このような取乱した手紙を差上げることをおゆるし下さい。あなた様は、まるひと月も妹の行動を探《たず》ねあぐねて病気になりかかっているこの不幸な姉に、必ずなにかの希望を与えて下さるように、信じられてなりません。恐れ入りますが出来るだけ早くお越し願えませんか。その節、くわしくお話申し上げ、いろいろお力を借りたく存じます。

礼儀もなにも忘れてしまっている、涙にぬれたようなこの懸命な手紙は、強く外交官の胸を打った。

ところどころに、ペンの先を強く圧しつけた跡が残っていて、この走り書は病床の中で書かれたことを示していた。四離滅裂な文章はそれだけに誠実で、どのような疑い深い人間もこの手紙から人の悪い策略等を読みとることは出来なかったろう。

四

小さな庭と乏しい立木のあるバンガロー風の家の呼鈴《ベル》を押すと、いつぞやの婦人が、待ちかねたように玄関へ走り出して来た。この前よりも一層薄命そうな顔つきになって、思い窶《やつ》れたような黒い大きな瞳に、もう涙が通い始めているのだった。急いで寝床から起き上って来たのだろう、羽織の紐は解けそうに結ばれていた。

応接間へ導入れると、姉は膝の上につつましく手を重ねて、

「軍人だった父が亡くなりましてから、この十年の間わたくし共は、厳しすぎると申してもいい位な簡素な暮しをして居りましたのです。妹は、この春まで厳格な加督利《カトリック》女学校の寄宿舎に居りまして、この家《うち》へ帰って来てからも、まるで尼さんのように潔白にして居りました。この半年の間にいく度外出したでしょう。ひょっとすると、一度もなかったかも知れません」

「…………」

「……それなのに、どうしたと言うのでしょう。ニュウ・グランドで、米国独立祭の舞踏会があるという新聞の広告を見ると、どうしても行きたいと言い張るのです。今までただの一度も、主張《いいは》ったりすることのない静かな娘でしたのに、こればかり不思議ですわね。自分ではもう行けるものだと思って、いそいそとわたしの服に腕を通して見たりして、いじらしいと言ってないのです。わたくしは、人ごみは好みませんし、ダンスなぞ……もうすっかり忘れてしまいました。気がすすまないのですけれど、あまり楽しそうにしますので、とうとう連れて行くことにしました」

「…………」

「……始めのうちはおずおず眺めていましたがだんだん熱にうかされたようになって、ホールの片隅ばかり眺め出すようになりました。どんな面白いことがあったのでしょう。わたくしのところからは、陰になって見えないのです。……そうしているうちに、突然、ああ、小《こ》波《なみ》さんの叔父さまだわ、ちょっと行って御挨拶して来ます——と言って立ち上ると、どんどんホールの中へ入って行って、何か病身らしいたいへんに顔の色の悪い紳士と親しそうに話し始めました。笑いながら掌《て》を口へ持って行ったり、身体《からだ》をくねらしたり、わたくしなど見たこともないような大人びた身振りをいたします。あの固苦しい妹の一体どこに、こんな身ぶりが潜んでいたのかと呆れるばかりでした。こう言ってよろしければ、まるで人が違ったように見えました。……それればかりか、驚いたことには、その紳士と楽しそうに踊り出したのです。目にもとまらぬような軽々としたようすで、踊って居りましたが……それっきり帰ってまいりませんでした。わたくしといたしましては、あの紳士に誘拐されたのだとしか思われないのですが、警察では、なにしろもう年頃だから、と言ってあまり心配そうな顔もしてくれません。それで小波さんという方のお宅へ伺って見ると、その方には叔父さまなどはないと言うことなのです。出来るだけ手をつくして探しました。でも、わたくしに何が出来ましょう。病気になるほど心配してやるだけが、精々だったのですわ。考えあぐねた揚句、ふとあなた様のことを思い出しました。ホールの入口でなにか親しそうに話をしておいでになったようすですから、もしやあなた様にお伺いしたら……」

遠くからは、成程そんな風に見えたかも知れない。外交官は、疲れたこの不幸な姉の頭にも充分納得のゆくようにその事情を話すと、姉は絶望して泣き出した。

余りに憐れ深い様子なので、外交官も気がそぞろになって来た。そしてふと思いついてこんなことを言った。

「お妹さんの部屋を、私に見せて下さいませんか。……出過ぎたことを言うと、お考えにならないで下さい。……もしかすると、なにか手がかりになるものでも、見つからないものではありませんから」

そして、少し赧《あか》い顔をした。自分の申出が、間抜けて聞えなかったかと思ったからである。

姉はすぐ同意して、素早く涙を拭うと、外交官を連れて二階へ上って行き、取っつきの部屋の扉《ドア》を開けて、そのなかへ招じ入れた。

修道院の僧房も、これほど清潔ではなかろう。白い壁には小さな鉄の十字架。机には、汚染《しみ》一つない純白の掛布。あとは寝台と椅子が一つ。それだけだった。清楚と言うよりも寒すぎる感じだった。机の抽出しの中には、音楽会の古いプログラムと、友達から来た絵葉書が二三枚、むしろ呆気ないような内容だった。……が、左の抽出しを開けると、そこにありそうもないものを発見した。別に驚くようなものではない、鉄道時間表だった。しかし敏感な人間なら、誰だって奇妙に思うだろう。

そこで外交官は探《たず》ねて見た。

「こんなものがありました。ご存知でしたか」

姉も眼を瞠《みは》って、

「存じませんでした」

「半年も戸外《そと》へ出ずにすむひとが、どうして旅行案内など必要なのでしょう。それにごらんなさい、欄外の余白にこんな鉛筆の走り書きがあります」

鉛筆の稚《おさな》びた字の跡は、7,27――11,12と記されていた。

「つまり、七時二十七分に出発《たつ》て、十一時十二分に着く場所を探すと、多分あなたの妹さんは見つかるのだと思います。その土地の名を調べることは訳はない。……それにしても、私は、お妹さんが攫《さらわ》れたと言うあなたの意見には反対です。これによって察すると、お妹さんはあなたのところから脱け出す用意をしていたと思うほかはないからです。……もしか、いや多分あの蒼ざめた紳士が、お妹さんを保護していてくれるのだと思います」

「…………」

「……お気に障ったらごめんなさい。だがそれには証拠があるのです。お妹さんはあなたにいろいろ隠しごとをしている。……あなたは、嘘は恋の手始め、という俚諺《ことわざ》をご存知でしょうか。……それはともかく、私でよければ、お迎えに行って来ましょう」

五

次の朝、外交官は上野を出発した。鉄道案内の余白に少女が書き残した薄い鉛筆の跡を辿って。

東京を七時二十七分に出発する列車は三つほどあるが、この時間に出発して十一時十二分という時間に停車する列車はたった一つしかない。東北本線、一三二五列車。——十時五十一分に西那須野で東野鉄道に乗換え、十一時十二分に金丸原《かなまるはら》という駅に着くのである。

それは黒谷山《くろたにやま》の裾の、龍胆《りんどう》の中に埋《うず》もれたような小さな村だった。那須野の奥はもう秋が深くて、すがれた秋草の土手に尾花の白い穂が噴水の水のように寒々と颪に散っていた。

軽便鉄道の軌条《レール》が心細く草の中へ消えて行くのを眺めながら、外交官はため息をつく。佗しすぎるこの風景のせいではない。こんな山村へはるばる自分を連れ出したロマンティシズムを憐れむのである。それにしても、あの少女の仄かな俤《おもかげ》がなぜこんなにまで愛《いと》しまれるのであろう。小鳥がチラと水の面《おもて》を横切ったように、それはあまりにも須臾《すゆ》に消えた美しい幻だったからかも知れない。

駅の前の、村でただ一軒の旅人宿の上り框《がまち》へ腰をおろすと、宿の媼《おうな》は不思議がって、こんな草深い田舎へ何の用があって来たのかとたずねる。黒谷の裏山に大江博士の結核療養所があるほか、あとは深山桜《みやまざくら》がすこし咲くだけで東京の方などはもう何年にもござらっしたことがないのに、と鄙《ひな》びた言葉で語った。

外交官が外套の襟に顎を埋めて上り軽便を待っていると、すぐ眼の前の街道を贅沢な自動車が走って行った。それを運転しているのは、あの夜舞踏室《ホール》の入口で突当った死面《デス・マスク》の男だった。外交官が遽《あわ》てて指《ゆびさ》すと、あれこそは大江博士でござります、と媼が答えた。

六

寒い夜風の吹き通る山鼻をかわして、ふと、切り立ったような向い側の崖を見上げると、外交官は思わず息をひいた。

那珂川《なかがわ》も上流の、八溝《やみぞ》の尾根が眉に迫る深山の奥の奥の、山樵《やまがつ》も通わぬ人里離れたこの山間に、円柱と露台と車寄の、ルネッサンス風の正面《ファサアド》を持った荘麗な西洋館が、淡い新月の光に照されて白々と浮上っていた。数多い窓々からは皎々《こうこう》と灯火《あかり》が洩れ、耳をすますと、古雅なハープの音が岩走る清水のように峰々に潺湲《せんかん》と谺《こだま》しながら流れてくる。何か妙に鮮かで、ちょうど夢の中の風景に似ていた。

道はジグザグに斜面を繞《めぐ》って門の方へ続いているがそちらは避け、雑草の根に摑《つかま》りながら崖を這上って西洋館の横手へ出た。柊《ひいらぎ》の生垣を犬のように潜りぬけ、明るい窓の下へ忍び寄ってその内部《なか》を覗き込んだ。

その異様な光景を外交官は生涯忘れることはなかろう。そこは食堂と覚しく、銀の食器や数々の切子玻璃《きりこガラス》の洋盃《コップ》が、ロココ風の大釣燭台《シャンデリア》の光を反射して宝石のように燦《きら》めいている。セーブル焼の果物皿の上には、大麝香葡萄《ミュスカ》が海の泡のように薄緑に盛り上り、仏蘭西《フランス》薔薇や鳶尾《イリス》が、上気したような熱っぽい花をひらく。

それにしても何という不思議な画面であろう。テーブルの主座には冥府《よみ》から来たようなあの不吉な顔の男が君臨し、それに連って、異様な服装をした花のような十人の女が坐っていた。博士の左には、十二単衣に紅梅染の唐衣《からころも》をつけた二十三四の眼元のすずしい女が三十六歌仙の絵巻の中の小野小町のような清艶なようすで控え、その隣には、今様色《いまよういろ》の綸子《りんず》の上着に眼もあやな総刺繡《そうぬい》の裲襠《うちかけ》を着た十八九の美しい少女が千姫のように嬌《なまめ》かしく居ずまいを崩している。

荒模様の元禄袖のとなりには鹿《か》の子の長い振袖。鹿鳴館時代の豪奢な夜会服《ローブ・デコルテ》の向いには平安朝の高雅な袿姿《うちきすがた》……あらゆる色彩と光沢は入り交り錯綜し大釣燭台《シャンデリア》の光の下に眩暈《めくるめ》くばかりに絢爛と展《ひろ》がっている。

何という贅沢、なんという魅《まど》わしさ。それにその花どもの美しさは！　たとえ土耳古皇帝《サルタン》の権勢を以てしても、美の極致ともいうべきこのような婦人ばかりを一堂に集めることは困難であろう。嬋妍《せんけん》たる十人の女性たちは、私語《ささや》き合い、晌《めくば》せし、笑い崩れ、春の花園に微風が訪れたように、絶えず楽し気に揺らめいているのである。

しんじつ、外交官は夢を見ているのだと思った。しかし、夢ではない。顔を回《めぐ》らすと、寂然《せきぜん》たる黒い山容の上に利鎌《とかま》のような月が。

七

翌朝《あくるあさ》、外交官がまだ旅人宿の固い蒲団のなかにいると婢《じょちゅう》が一通の手紙を持って来た。こんなところで手紙を受取る筈などないのだが……。開封して見るとそれは次のような文面だった。

冠省。昨夜《ゆうべ》は、さぞお寒かったでしょう。風邪をおひきにはなりませんでしたか。十月始めの那須の夜風に四十分も吹曝《ふきさら》されているには可成りの忍耐が必要です。もし、我々の療養所に興味がおありでしたら、今日午後四時半頃お訪ね下さらば、自由に御高覧に供したく。博愛の念を以て

医学博士　大江兼利《かねとし》

八

その部屋は診察室というよりは銀行家の書斎といった趣だった。大きな書机《つくえ》の上には外国新聞の堆積。鉛筆の束とブロック・ノート。三方の書棚には部屋も黝《くろず》むほどの夥しい書籍。図表も解剖図もなく、どのような医学器具も見当らなかった。

案内されて入ってゆくと博士は椅子と一緒にゆっくりとこちらへ向直った。その顔！　それは人間の顔ではない陶製の仮面《マスク》だ。削瘦《しょうそう》した面長な顔は何の表情もなく冷たく硬直し、高い三聯窓から差し込む秋の残陽を斜に受けて、時代のついた青磁のようにつやつやと薄緑に光っている。希臘《ギリシャ》悲劇の「虚無」の仮面《かめん》もこうまで無表情ではなかろう。姿は黒く沈み、夕暮の書斎の薄闇の中にこの不気味な仮面《めん》だけが、クッキリと鮮やかに浮上っている。

博士はゆっくりと仮面《めん》を振り向けると、瞬きのせぬ死人のような空虚《うつろ》な眼で、外交官を瞶《みつ》

めながら、

「この度はどういう御用件で、こちらへ」

唇は微動もせぬのに朧な声だけは陰々とどこからか響いてくる。洞穴《ほらあな》に潮が満ちてくるような、蠟管蓄音機《フオノグラフ》から洩れてくる故人の声のような、反響の多いこの異様な声調はなにか膚《はだえ》に迫るような凄さがあった。

外交官は我ながらとりとめなく、

「漫然《アットランドム》に歩き廻っているだけです。格別」

博士はのろのろした科《しぐさ》で書机《つくえ》の上から、一枚の紙片《かみきれ》を取上げると無言のままそれを外交官に手渡した。

一、午後十時迄異常ナシ。

一、午後十時十五分、療養所北側ノ土手ニ一名ノ男子現レ、食堂ノ窓ニ倚リテ、四十分ノ間内部ヲ偸視《ちゆうし》シタル後、十時四十五分帰途ニツク。

一、右ハ昨二日正午、駅前東野館ニ投宿シタル者ニシテ、所持ノ外国旅行免状ニ依リ、倫敦《ロンドン》駐剳日本大使館二等書記官山内芳樹《やまうちよしき》（明治三十五年生）ト判明ス。

一、三日、午前八時迄異常ナシ。

以上。

外交官は面《おもて》を緊張《ひきし》めて、

「博士、一個人の淫蕩生活がこれほど厳重に防禦されているのをまだ耳にしたことはありません。私が率直にお答えしなかったのは卑怯のせいではなくて、むしろあなたに対する礼儀《デリカシイ》からです。……要するに、ここは療養所《サナトリアム》でなくてあなたの後宮《ハレエム》といったわけなのですね。お羨ましく存じます」

「あなたの想像力はそれでおしまいですか。私はもっと奇抜なことを言って下さるのを待っていたのです。御意見に反対するようですが、私はドン・ファンではありません。隠遁者です」

外交官は微笑して、

「この前あなたにお目にかかったのはニュウ・グランドの舞踏室でしたね。長い隠遁生活の間にはああいう気晴しも必要なのでしょう。あの仕立のいい夜会服はたしかに隠遁者に似つかわしいものでした」

「嘲笑なさるのはあなたのお勝手ですが、あれも私の仕事の一つです。感情の再教育が必要な婦人を探す方便にすぎません」

「感情のどういう部分を再教育なさるのですか」

「愛情を感じる部分を取除いてしまうのです。愛情こそは女性の敵です。女性のあらゆる悲劇はわれわれが普通に『愛』と称している情緒から起るのだということは、あなたもお認め下さるでしょう」

「同時に女性の幸福も。……それにしても、一体どんな動機でこんな仕事をお始めになったのですか」

「私自身、そういう情緒に躓《つまず》いた女性の犠牲者なのです。私の愛する妻は今申したような感情の陥穽《わな》によろめいた。それは妻の罪でなく、誘惑した男の罪です。私はそこで女に男性を苦悩させる武器を与えることによって男性に復讐してやろうと決心したのです。決して愛情を感じない美しい女性を作り上げて世の中へ送り出す。どれだけの男性がその美しい眼差の火に爛れて破滅するか、それこそは私が期待するところなのです」

「どの婦人《ただ》も最後まであなたの御意見に従うとは信じられませんね、博士。愛人を殺すよりは自分が死んだ方がましだと考えるようにならぬとも限りません」

「あなたは精神磁気学《マニエティスム・ユウメン》というものを御承知ですか。形而上科学は多分あなたがご存知のないうちに非常な発達をしました。われわれは精神の放射能《ラジオ・アクテヴィテ》によってどのような心をも支配しどのような精神にも命令することが出来るのです」

突然外交官のうしろへ何か落下したような音がした。思わず身顫いをしながらその方へ振り向いて見ると、大きな白いシャム猫が、華奢な脚を振りながらこちらへ寄ってくる。

博士はゆっくりとその顔を振向ける。その途端、猫は唐突に動作をやめた。化石したように動かなくなってしまった。それはもう嫋《たお》やかに動き廻る四足獣ではない。胴の中に藁を詰められガラスの眼玉を嵌められた剝製の猫にすぎない。

博士はまた外交官の方へ向直ると、

「あなたに隔感伝心《テレパシー》というものを納得して頂くために、ひとつ実験をして見ましょう。何か一つのことを強烈に思念して御覧なさい。この猫はあなたが考えていられる事を隔感します」

外交官は考えた。自分が探し求めるあの少女がこの療養所《サナトリアム》のどこにいるか知りたいということを思念した。多少の反抗精神も手伝って、むしろ粗暴な声で、

「考えました。やって見て下さい」

博士はほのかな声で、「アリマン」と猫の名を呼ぶ。猫は雲に乗ったような足どりで書斎を出ると、薄暗い広間を横《よこぎ》って二階へ上って行き、長い廊下の端の緑色の扉《ドア》の前に停って内部へ入りたそうな身ぶりをする。博士は急に猫を抱きあげた。外交官は博士の方へ鋭く振向くと、

「この猫は内部《なか》へ入りたがっています。なぜそれをとめるのですか」

博士は冷然たる声音《こわね》で、

「この猫の透視によって、私はあなたの目的をはっきり知ることになりました。あなたは私の療養所《サナトリアム》へ黒江うづめを発見にいらしたのですね」

「お察しの通りです。するとこの内部《なか》にうづめが監禁されて居るのですね」

「ここでは一人も監禁などされては居りません」

「どうか、逢わして頂きます」

博士はゆっくりと仮面《かめん》を振って、

「いや、私がいいと思う時にお逢わせします」

外交官は許すまじき面持で、

「無理に押し入ったら？」

「私の屋根の下で暴力？……御忠告しますが、それは危険です」

ああ、何という不思議な境遇であろう。現在その扉《ドア》に触りながら、しかし、自分と少女との間には雲煙莫々たる千里の距離があるようなはるかな感じがする。二人を隔てているのは、一枚の扉《ドア》でなくて妖術《トーマチユルグ》だということを、外交官は、はっきりと覚った。

「要するに、あなたの患者は囚人です」

「いえ、彼女らは自由です。欲するときにいつでもここを出て行くことが出来ます。しかし、私がそうと暗示する時の外は彼女らはそれを欲しないのです」

博士は眼に見えぬ位ずつその扉《ドア》から外交官を引離し、いつの間にかまた書斎へ連れ戻ってしまった。

外交官はまるで格闘でもするように博士の面《おもて》を劇しく睨み据えながら、

「博士、患者に異様な服飾をさせるのは再教育の一部なのですか、それとも趣味なのですか」

「われわれの潜在性格《シュブキャラクテエル》の中には先天的にいろいろな時代の性格が残滓《エクセエ》となって残っている。あるものは藤原時代の上臈の都雅な精神を享けつぎ、ある者は桃山時代の内室の豪奢な気性を保っているという工合にですね。いろいろに服装を変させてゆくうちに、どういう時代からどのようなものを受けているか、その女性の愛情のかたちが手にとるように判ってくるのです」

「すると、あの小野小町のような美人は……」

「なんという完璧な美しさでしょう。男性に対する私の復讐の恰好な素材です。私はあれに奈良の興福寺の傍で行き逢いました。愛する夫が待っている楽しい家に帰る途中だったのが、ふいとそこから私についてこの那須の奥へ来ることになったのです。私は、二ケ月ほどの間にあれの感情を再教育して、どのような愛情にも無感覚な冷酷なものに変質させてしまいました。今ではあれはどの女性よりも魅惑的でどんな獣よりも残酷です。あれは間もなくこの療養所《サナトリアム》を出て社交界へ入って行きます。あれの肉体はここを出て行くが、あれの潜在意識《シュブコンシアンス》はここへ残っていつも私と交通している。どんな方法を以てしても私に反抗させることは出来ないのです」

「誰か引戻しに来るような事はまだ一度もなかったのですか」

博士は、ほほほ、と陰気な含み笑いをして、

「外交官、あなたが最初ではありません。半年ほど前に、千姫の愛人が二人の友人を連れてやって来ました。どのような強力な暗示も愛の力には敵《かな》わないという意見なのですね。私は出してやりました。汽車がまだ東京へ着かぬうちに千姫は愛人を振切って真っすぐにここへ帰って来ました。一日ほど遅れてまた愛人がやって来ましたが、今度は一人で帰って行くことになったのです」

「それ以後もう来ませんか」

「来ません。死にましたから」博士は高い三聯窓を指さし、「あの山の頂に三本の松が見えるでしょう。あの真ん中の松の枝で縊《くび》れて死んだのです。検視官は失恋の自殺だという意見を持っていたようです」

見上げると、険しい岩山の頂でヒョロリと高い三本の赤松が弱々しい夕陽に幹を染めながら不吉なようでゆらゆらと揺れていた。山の上には首縊りの松。ここの薄明の中には囚れた大勢の美女の魂。啾々《しゅうしゅう》と迫る妖気を感じて外交官は思わず立ち上ろうとすると、博士は響きすぎる虚《うつろ》な声で、

「ああ、すっかり暮れてしまった。患者たちと一緒に晩餐をなすっていらっしゃい。私は、ちょっと」

と言って立上ると、外交官の返事も待たずに機械人形のような歩調で出て行った。

外交官は一人闇の中に残される。どんなことがあってもあの少女を救い出さねばならぬの

だが、果して博士の妖術に打ち勝つことが出来るであろうか、沮喪した魂は、はっきり否、と答える。

突然卓上電話のベルが鳴った。反射的に受話器を耳にすると、遠い女の声で、

「あなた、博士でいらっしゃいますの」

「すぐお呼びしますが、あなたは？」

「あたくし、黒江うづめです。私の部屋の」

外交官はもう理性を失いかけて、

「もしもし、うづめさん。私はお姉さまの友達ですが、あなたを探しにここへやって来たのです。是非ともお話したいことがありますから、今夜、晩餐のとき一寸《ちょっと》でも話す機会を作って下さい。もしもし、聞えますか、今晩……」

肩に手を置いたものがある。振向いて見ると博士が立っていた。博士は首を振って、

「電話に出ているのはうづめではありません。あなたの来訪の目的をもっとくわしく知るためにちょっと工風をして見たのです。もうこれで充分。……今夜、うづめは晩餐をいたしませんが、十人の美人があなたの御落胆をおなぐさめするでしょう。どうぞ、こちらへ。もうみな食堂でお待ちしています」

九

夕闇の迫る、ガランとした風俗展覧会の会場の中へたった一人閉込まれて途方にくれている時、十二単衣や袿姿《うちきすがた》の人形が突然あなたに笑いかけたり、あなたの方へ、なよなよと歩み寄って来たとしたら、いったいどんな感じに襲われるだろう。外交官が博士に導かれて広い食堂に一歩足を踏入れた時の感じはまさにこれに似ていた。現実の世界からあり得るとも思われぬ妖精の世界へひと跨《また》ぎに飛び込んだ感じだった。

輝くばかりの純白の卓布《ナップ》に蔽われた細長い食堂の周囲《まわり》に、様々な時代の風俗をした十個の等身人形《マヌキャン》が置かれてある。空ろな眼を見張り、ぎこちない姿勢で俯向いたり横倒れになったりしていたその人形たちは、博士と外交官がテーブルの端に近づいて行くと、真夜中の百貨店の飾窓《かざりまど》の中でマヌキャンたちがいつもするように、急に生命《いのち》を吹き込まれ、魑魅魍魎《ちみもうりょう》のあの陽気さで、生々と一斉に動き出し、振返り、眴《めくばせ》し、笑い出し、風が出て渚も泡立つようにざわざわとざわめき出した。

この感じを何と形容すればいいのか。恐怖と嫌悪と、それに、あの気の遠くなるような絶望の感じが等分に混りあっていると言ったらあるいはそれに近いかも知れない。髪が逆立つと言うのはこんな感じを言うのだろう。外交官の脊筋を絶えず悪寒が走り過ぎた。

博士は美しい十人の魍魎たちに一々外交官を紹介したのち、主座と丁度向き合せになった反対の端の、小野小町と千姫の間に外交官を掛けさせた。

それにしても、何という魅《まどわ》しさであろう。何か空々しい、取つき端《は》のない感じを除けば、どの妖怪もみな愛想がよくいずれもこの世の美の極致かと思われる程に美しいのである。たおやかに、清《すず》し気に、艶やかに、花さまざまの色どりと香りで、絶えず楽しげにさざめくさまを眺めていると、ちょうど長閑《のどか》な春の日、花園の中で寝転がっている時のように、外交官を不思議な夢心地に誘い込む。

贅沢な食事が始まった。この日本を選《すぐ》って、どのような浪費家の、美食家の食卓もこうまで豪奢ではあり得まい。瑇瑁《たいまい》の濃厚なスープの後に丹波の奥の鰉《ひがい》が薄い金色の衣を着て現れて来た。人跡の絶えた太古のままのこの山奥でこんな素晴らしい食卓につくなど、誰がこれを現実の事と思うだろう。やはり博士の魔術にかかっているのだと思うほかはないのだ。

外交官は半睡の間に夢を見ている自分を自覚するあの手頼ない心持で茫然と、食事をつづけていると、右隣の小野小町が清艶の面差《おもざし》を外交官の方へ振向け、

「そうしていらっしゃる様子を見ると、まるっきりの女嫌《メソガミィ》いね。たいへんお立派に見えますわ」

外交官はうろたえてフォークを置くと、

「ちょうど反対です、夫人《おく》さん。私は感動し過ぎて口もきけないのです。口を開いてぼんや

りしている私の様子は、さぞあなたのお慰みになるでしょう」

左隣の千姫が笑い出す。生々した濃艶な眼を悪戯《いたずら》っぽく皺ませながら小野小町の方へ流眄《ながしめ》をし、

「嘘。……この退屈そうな顔付をごらんなさい。女なんかみんな死んでしまえばいいと考えてるのに違いないのよ。崇高ね」

何という聡明さだろう。自分でも気がつかなかったが、今、女性に対する何か言いようのない嫌悪の情が外交官の心の奥にわだかまっていた。たった一人の男を取巻いて十人の女が嫉妬さえ感ぜぬ風に笑いさざめいている、この動物的なようすはどうだ。人目にさえ触れなければどんな恥っさらしな真似でもする。これが女性の本性だったのかしら。

小野小町は外交官の腕に手を絡ませ、

「言いあてて見ましょうか。十人の女が一人の男を守って、膃肭獣《おっとせい》の雌のように競い合っている。なんていう恥っさらしだ。……どう？　命中したでしょう」

そして、此方《こちら》に顔を振向けていた四五人の妖怪どもと声を合せて笑った。

まさに見抜かれたかたちだった。

外交官はすこし不快になって、

「そのくらいでお許しを願いましょう。私がどんなに博士を嫉妬しているかよく御存知のくせに。……それはそうと、いま、十人とおっしゃいましたが、このサナトリアムにいられる

のは此処にいられる方々なのですか」

千姫はうなずいて、

「ええ、なぜですの」

外交官は声を低くして、

「東京から来たという十八九の少女のことをお聞きになった事はありませんか」

「博士の規律はたいへん厳格ですの。新しい患者が来たとすれば、あたしたちに紹介しない筈がありませんわ。話さえ聞いたことがありません」

博士がうづめだけを特別に扱うのは、どういうわけなのだろう。外交官の胸の中にまた新しい不安が湧いてきた。

十時すぎになって、ようやく食事が終った。喫煙室の入口で外交官が博士に暇乞いをすると、博士は手を振って、

「飛んでもない。この寒い夜更にあなたを一人でお帰しするのはすこし非人間的です。もう、ちゃんと寝室の仕度をさせてあります。どうか、御遠慮なく」

外交官は灼けつくような心でその姿を追い求めるあの少女と同じ屋根の下に眠ることになった。

十

自分の後《うしろ》で扉《ドア》が閉まると、外交官はすぐ窓の方へ馳せ寄って窓掛を上げて見た。窓の下は直ぐ切り立った崖になり、見下すと、眼の眩《くら》む程深い渓谷の底を八溝の細い流が銀の紐のように岩走っていた。扉《ドア》は廊下に向いたのがたった一つだけ。その扉《ドア》の向うには恐らく博士の夜警が油断なく見張をしているのであろう。

外交官は服を着けたまま寝台の上に横わり、どうしたらうづめに会うことが出来るだろうと考えふける。時計を引出して眺めると、そろそろ真夜中に近かった。

最も簡単な方法は、この長い廊下を伝って、建物の右翼の端へ行き、さっきあの不気味な猫が足を止めた扉《ドア》を低くノックするだけのことだが……。果してそれは可能であろうか。外交官は足音を忍ばせて扉《ドア》の方へ行き、痺れるように冷たいのを耐《こら》えながら、鍵穴に耳を押しつける。

何の物音も聞えない。この建物全体が死滅の中に沈み込んだように、森閑と静まり返っている。

外交官は静かに扉《ドア》を開く。扉《ドア》の隙間から首だけ差し出して長い廊下の右左を見透す。思い掛けなく、そこには人影らしいものもなかった。

ひと足廊下へ踏み出そうとした時、なにか形容し難い戦慄が電光のように頭から爪先まで差し貫いた。自分の直ぐ後で何か物の触れ合うような異様な気配を感じたのだった。

この部屋の中に何かいる。静かな息遣いをしながら微妙に動き廻る何物かがいる。外交官は扉《ドア》に脊を押し付けたまま不安な眼差で部屋を眺め廻したが何物も見当らなかった。気のせいではない。神経過敏のせいでもない。何か模糊とした物がまじろぎもせずに自分を瞶《みつ》めている。

外交官は不安と恐怖に堪えられなくなって夢中で部屋の中を探し廻る。ふと寝台の下を覗き込むと、その暗闇の中に、燐のようなものが二つ、蒼白い炎をあげていた。

あのシャム猫だ。悪魔の使いのようなあの不気味な猫だ。

外交官はすべてを了解した。廊下に夜警を見廻らせる必要のない事も。

これは猫ではない優秀なマイクロフォンだ。生きたアンテナだ。この媒霊《メディアム》を外交官の傍に置く以上、なんで夜警などを見廻らせる必要があろう。強烈な放射能《ラジオ・アクチヴィテ》と隔感伝心《テレパシー》の作用によって、この霊媒《ミディアム》の脳細胞を通して外交官の一挙手一投足は勿論、思念の微細な部分まで、鏡に映すように一々博士の脳髄に伝えられるのである。

外交官は絶望した。どのような奔走も努力も所詮、甲斐のないことだ。自分が踠《もが》けば踠く程博士の嗤笑《ししょう》を買うに過ぎない。いま、こうして、自分が力なく椅子の中に落ち込んだことさえ博士にはちゃんと解っているのだ。何という忌々しい境遇だろう。自分の心は一糸も纏わぬ赤裸になって冷酷な博士の眼でジロジロと隅から隅まで眺められている。この感じは堪え難いほど屈辱的だった。外交官は身動きする事さえ出来なくなった。

外交官は、枕に耳を押しつけて強いて眠ろうとする。人間の力では、この妖術に抵抗し難い。自分の聡明に対する最後の矜持を保つためにも、博士の冷笑を買うような無駄な踠《もが》きをしたくない。

絨毯の上に微かな物音が起る。首を上げて見ると、不吉なシャム猫が寝台の下から這い出して静かに扉《ドア》の方へ歩いて行く。急に扉《ドア》の前で止ると、耳を立て何か遠い物音を聞きすますような妙な素振をする。また何か起ろうとするのだ。外交官は緊張に疲れて、今にも気が遠くなるような感じがする。

廊下の端の方から微かな衣ずれの音が近づいて来て、扉《ドア》の前でとまった。誰か躊躇《ため》らい勝に扉《ドア》をノックする。外交官は息をのんで身構えをしていたが、思い切って扉《ドア》に近づくと力任せにそれを引き開けた。

廊下の薄闇の中に、ちょうど影絵のように、肩の細っそりとした一人の少女が立っていた。それは会い見るとも思わぬ黒江うづめだった。

十一

碧《あお》い縁取をした真珠色のサタンの支那服を着て、小さな裸の足にスリッパを穿《は》いている。短い断髪はいま寝床から起きて来たばかりのように乱れている。顔は透きとおるように蒼ざめているのに、眼だけはまるで燃え上るように輝いている。

あんなにも焦《こが》れわたったうづめ！……外交官には奇蹟としか思われなかった。とにかく猫を追出す事だ。シッシッと低い声で追うと、思い掛けなく無造作なようすで猫は廊下へ出ていってしまった。

手早く扉《ドア》を閉めると、外交官はうづめをソファに掛けさせ、

「うづめさんですね」

「ええ、そうよ。……でも、あなたは一体どなたなのかしら。あたし、いつの間にか自分の部屋を出てここまで来てしまったの。……なぜか知りませんけど、どうしても、そうしなければならなかったの。……どうしてもよ」

「たいへんに蒼い顔をしてる。誰かあなたをひどい目にあわしたのではなかったのですか」

「そんなこと、ありませんわ。自分で歩いて来たの。でも、あなたは一体どなたなんでしょう」

「私は山内芳樹というお姉さまの友達です。お姉様に頼まれてあなたを探しにやって来たのです。どうかしてあなたにお目にかかって、この手紙をお渡ししようと思い、どんなに焦《あせ》りぬいたか知れません。あなたがいなくなられてからのお姉さまの悲しみ、それから、私がここに来るまでの事情をこの手紙に書いて置いたのですが、お目にかかったうえは、こんなものを読んでいただくまでもない」

外交官は今迄の事情を手短かに話す。聞きおわる、とうづめはため息をついて、

「あたし、たくさんたくさんお話しなければならぬことがあるの、一晩かかっても話しきれないくらい。何から話したらいいかしら」

「それはともかく、どうして私の部屋へいらしたの。どうして私の部屋が解りました」

「どうして、って、……あたし、さっき、ふいに、このサナトリアムに誰かあたしに会いたがっている人があると感じたの。そして、あたしは、どうしてもその人に会いに行かなくてはならないの。それで、あたしは直ぐ起き上って真直ここまで歩いて来たのです。こわくも何ともなかったの」

どういう作用が彼女をここへ導いたのだろう。その点に就てだけでも朝まで語り明しても話題が尽きぬであろう。しかし、そんな呑気なことはしていられない。この僥倖な会合も、博士によって、いつ妨げられてしまうか計られない。いちばん肝要な点を質問し、手早くそれに答えて貰わなければならない。

「うづめさん、私の性急《せつかち》な質問を許して下さい。早速おたずねしますが、あなたは何のために、こんなところへいらしたのですか」

うづめは答えない。うつむいたまま、いつ迄もじっとしている。

何という美しい面差《おもざし》であろう。古沼の水の上に佗しげに頭をもたげている睡蓮の花のようなこの憂鬱な美しさを、何と言い表したらいいだろう。うづめはしばらくのち、涙に濡れたような悩ましそうな眼で、外交官の顔を見上げると、

「あたしがなぜここへ来たか、それを解っていただくには恥かしいことを言わなくてはなりませんの。……姉はあたしが、慎しみ深い、厳格過ぎる尼さんのような娘だと言ったでしょう。……それは、嘘よ。それどころか、あたしは汚らわしい肉の奴隷なの。あなたの前に坐っている十八にしかならないこの小っぽけな娘は、もう、ユングフラウではないのです」

うづめは灯影から顔を背向けるようにすると、急に大人びた口調になって、

「何もかも申し上げますわ。……今から一年ほど前、あたしはあるひとと箱根にドライヴに行きました。その夜何が起ったか、あたしが、ことさらめかしく申しあげる必要があるでしょうか。……眼も眩《くら》むような歓喜《よろこび》の絶頂に登りつめ、次の瞬間には悲歎の谷底に追い落されたのですわ。……そのひとは優れた名を持っていましたが、心の劣ったひとでした。……何という馬鹿な娘！　あたしは男の約束というものを信じていたのです。……あたしが、それを言うと、……あまりうるさくしないでおくれ。……これがそのひとの返事だったんです。

あたしはとうとうそのひとに振り捨てられ、どの娘もそうするように、この小さな心臓からすっかり血を流し切ってしまいました。……あたしがこのサナトリアムに来たのはそのためです。……あたしはある友達の家で博士に会いました。博士はすぐあたしの悲しみを見抜いて、必らずその悲しみを忘れるようにしてあげると約束して下すったからです」

何という卑怯なたくらみ！　邪悪な博士は、悲しみに打ちひしがれて、今も死にかけているこの娘の弱点につけ入って、長い悪魔の爪の生えた指を柔らかな胸に突き入れ、かよわい心臓を掴みとってしまったのだ。

外交官は言いようのない怒と悲しさがこみ上げて来て、思わずうづめの手を取り、

「うづめさん、どんなことがあっても、私が申上げる事を信じていただかなくてはならない。あなたは、ここにいるのは危険です」

「危険、って、どんなこと」

「一刻も早くここを逃げ出さないと、あなたの意志は自由を失ってしまう。博士は毎日毎日あなたの心を身動きの出来ないようにすこしずつ縛り上げているのです」

うづめはあどけなく眼を見張って、

「あたし、よくわかりませんけど」

「博士は精神的に毎日あなたを殺している。あなたの感情を圧しつぶしてしまおうとしているのです。どうして、こんなことに気がつかないのかしら」

うづめは金属を触れ合わすような鋭い笑い声を上げ、「それなら、むしろ望むところよ。感情なんか、早くなくなればいい」

外交官はきびしくうづめの手を握りしめて、

「まだ十八にしかならないあなたがそんなことを言うのは間違いだ。まだ人生のトバ口を覗いたばかりなのに。……私はお姉さまに代ってあなたに命令します。あなたは私と一緒にあすここを出発しなくてはなりません」

うづめは椅子から立ち上ると、老人のように額に皺をよせ、嗄《しゃが》れた、妙に威厳のある声で叫んだ。

「うづめは、行かない」

博士の声とそっくりだった。

十二

次の朝、外交官はおそく眼を覚ました。給仕が追従するような様子ではいって来て、博士が食堂でお待ちしていると告げた。外交官はきっぱりとごめんこうむると言ってやりたかった。博士に対する嫌忌は今となってはどうしても抑えることが出来ない。しかし、外交官は思い返した。

「いま直ぐ参りますと申し上げてくれ」

もう九時頃なのだろう。窓から眺めると、谷もその向方《むこう》の高原も、一夜の中《うち》に淡雪でおおわれ、蒼ざめた太陽が佗しげにその上で輝く。雪をのせた寒々しげな落葉松《からまつ》の列。白い屍衣を敷いた広い野原の上には烏の群が喪章のようにあちらこちらに散らばっていた。

この粗野な風景は、外交官の心を限りない憂鬱に誘い入れる。どうすることも出来ぬ屈辱の感じが鋭く胸を刺す。

外交官はうづめと逢い見ながら、どうしても彼女を姉の手許に連れ戻すことが出来なかったという報告をするために、いま東京へ帰ろうとしている。外交官はうなだれる。

それではあまり惨めだ。姉に会ってどうしてそんなことが言えよう。手紙で知らせてやることにしよう。手紙にこんな風に書けばいい。

私はうづめさんに会いました。うづめさんはあるひとの邸でたいへん幸福《しあわせ》に暮していらっしゃいます。うづめさんは間もなくそのひとと結婚するでしょう。これで私の役目は果しましたから、私はロンドンに帰ります。と。

なんという忌々しい夜だったろう。苦い後味だ。この朝、外交官は傷つき、疲れ、言い表し難い恥辱の中にいる。外交官は二時間もの間、美しくそしてとりとめのない影と戦っていた。外交官の信仰に似たひたむきな忠告も、真率な友情も、それらはみな嘲弄され軽蔑され、風の中の一本の藁屑のように、取るにも足らぬもののように扱われてしまった。外交官の熱心な勧誘もあの意地悪な意估地な決心の前には硝子《ガラス》のように粉ごなに打砕かれてしまったのだった。

外交官は大切な護符のように床について痩せ細っているうづめの姉の哀れな姿をつくづくと描き出す。あなたは、そんなになってるお姉さまを気の毒だとは思いませんか、すると、うづめは、せせら笑って、

「あのひとはカナリヤが逃げたと言っても病気になるひとなの。あまり大袈裟にお考えにならない方がいいと思うわ」

この美しい娘の口からこんな悪魔的な言葉が出る筈はない。鳩のようなやさしい心をこんな風に引歪めてしまったのは博士のせいなのだ。外交官にはこれがうづめの本心から出て来る言葉だとはどうしても信じられない。

ソファの背に頭を凭《よ》らせ、嘲笑《あざわら》うような眼付で、じろじろ外交官を眺め廻している様子は、小憎らしいというにも程があるのだが、それにしても、その眼差の中には、小野小町や千姫のような残忍な光はまだ宿っていない。まだやさしげな、曙の色のような人懐っこい影が混り合っている。外交官にとってはこれが唯一つの頼《たより》だ。微かに残っているその優しさに訴えるように、さまざまに言葉をつくす。

「うづめさん、あなたはもう人が違ったようになってしまっている。あなたにはお解りになりませんか。あなたはもっと優しい方だった。あなたをそんな風にしてしまったのは、卑劣

なあの博士の妖術なのです。明日の朝、私はここを出ると直ぐ、警察へいって不法監禁の訴えをします。あなたは精神病の医者に診察してもらって適当な療法を施してもらうことにする。……その療法が終ったら、その時こそ、博士があなたの優しい心にどんなひどい細工をしたか、はじめておわかりになるでしょう」

うづめは気が違ったように笑い出す。我慢がならないという風に椅子の中を転げまわりながら、

「やきもちをやいてる、やきもちをやいてる」

外交官は自分を制し切れなくなって、

「うづめさん、それはあんまりだ。私がこうして……」

うづめは急に笑い止むと、ひったくるように、

「ええ、あなたがまるで騎士《ナイト》のように気負っていらっしゃるのが、あたしには可笑しいのですわ」

と言って立上がると、扉《ドア》の方に歩き出しながら、

「じゃ、さようなら。どうぞ、姉によろしく」

外交官はしんじつ床の上に膝をついた。

「うづめさん、お願いです」

ちら、と振返りもするでなかった。うづめは廊下の暗《やみ》の中に見えなくなってしまった。

みな希望も熱意も、いや、この草深い片田舎へはるばると自分を運んだロマンチシズムも、みなこの小さな娘の嘲笑の中で溺れてしまった。自分はうづめに見捨てられ、博士に嘲笑《あざわら》われ、あのシャム猫の意地悪な凝視に見送られながら間もなくこのサナトリアムを出て行かねばならぬ。自分の小さな鞄を持った給仕は、腹の中で、また馬鹿が一人、博士に胡魔化されて追い出て行く、と呟きながら、自分の後姿へそっと舌を出すのだろう。

十三

外交官は何も欲しくはなかった。

食堂に下りて行くと美々しいほどの朝食の仕度がもうちゃんと調えられてあった。博士は外国新聞をテーブルの上に差し置くと、例の凍りついたような無表情な顔で外交官の方へ振返り、白々しい慇懃さで、

「昨夜《ゆうべ》はよくお寝みになりましたか」

外交官は礼をかえして、

「よく眠りました」

博士は唇の端を少し歪めて、

「実際のところは、よくお寝みになれなかったでしょう」

「博士、それはあなたの方がよく御存知だ。それに関する限り問答は無益ですね。あの化猫を通じて私の様子は手に取るようにあなたに解っていた筈です。博士、あなたはすこしくどい」

「おや、そんな奇蹟があったのですか。私はちっとも知りませんでした。……昨夜《ゆうべ》うづめがあなたを驚かしたので、それでよくお眠りになれなかっただろうと申し上げるつもりだったのですが」

否定すべきであろうか。しかし、この妖術師に対してそんな嘘が何の力を成すものであろう。外交官は自分の職業の故に、この長い間に様々な詭譎《マキャベリズム》を身に着けた。本当のことを如何にも嘘らしく言うことさえも。……外交官は馬鹿のように口を開いて博士の顔を見上げる。

「おお、博士、どうしてあなたは、それを……」

「そんな、びっくりしたような顔をなさらなくても、あなたの方がよく御存知でしょう。うづめがあなたの部屋へ行ったのは、私が行けと暗示したからです」

「すると、あなたはよほど火遊びがお好きと見えますね、博士」

「おお、あなたは大変自惚《うぬぼ》れていらっしゃる」

「それは、どういう意味ですか」

「御自分を火に譬えるなどというのは大した自惚れ方です。……あなたは、大変うづめに会いたがっていらした。それで、あなたの望みをかなえるために、うづめをやったに過ぎないのです。一言附加えて置きますが、そうしたって、私は何の危険も感じない。あなたの美辞麗句がうづめに何の作用もしないということはこの私がよく知っているのです。……紅茶をもう一杯、如何です」

この悪魔の化身のような男の息の根を止めてやることが出来たらどんなにさばさばするだろう。思わず立上がりかける自分を抑えるのに外交官は勢いっぱいだった。

博士は不気味な陶製の仮面を外交官の方へ差出すようにして、

「外交官、あなたは私に感謝なすってもいい筈だと思いますがね。……何しろ昨夜《ゆうべ》はとどこおりなく素晴しい遊びをさせてあげたのだから。さもなければ、あなたは自分の方から出掛けて行って、不行跡の現状を誰かに見られなければならなかったんだ。そういうことがないように、私がうまく計《はから》って上げたことについて感謝なすってもいい」

「博士、私が何か汚わしい目的でうづめに会おうとしたように言い廻されますが、……若しそうだとすると、許しません」

「まあ、どうかお静かに。汚わしかろうと汚わしくなかろうと、その点であなたと争う気はありません。要するに、私の作品がもう完成に近いということを認めていただけば、私はそれで満足なんです。ご返事をお聞かせ下さい」

「博士、私は心底からあなたの力に驚歎しています。……こんなつまらぬ会話をすこしも早く切上げるためにも、こう申した方がお互いに便利ですね」

「私は大人気ないことを申しますが、あなたがそんな風だと、私も少々敵意を起します。負けたら尻尾を巻いて逃げ出すというユーモアをあなたは解さないと見える。そのユーモアを解っていただくために、では最後まで敵抗合《やりあ》って見せましょうか」

外交官はまだ若い。憤激で眼も眩《くら》むようになり、迸るような劇しい口調で、

「取るにも足らない催眠術がそれほどあなたを自惚れさすなら、そいつを叩きつけてやるためにも、どうもそういう必要がありそうですな！　やりましょう！」

博士は、ほ、ほほ、と陰気に笑って、

「二人の意見が合ったのはこれがはじめてですね。では、本当に私を負かして見るご決心ですか」

「くどい！」

「唯一言御注意申し上げて置きますが、私を不法監禁で告訴なさろうとしてもそれは無駄です。十人の患者たちはみな家族の承諾と至当の手続を踏んだ上で此処に来ているのですから、その点感違いのないようにしていただきます」

「しかし、うづめもそうだとは、いくら厚顔《あつかま》しいあなたでも、よもや強弁なさらないでしょう」

「無論です。だから、うづめはあなたにおかえしします」

づめが静かに入って来た。


「するとどの点であなたと争うことになるんですか」

「それも後でおわかりになりましょう。今は何も申し上げない方がいい」

博士はそう言って机の上の呼鈴を押して給仕に何事か耳打ちした。間もなく扉《ドア》が開いてうづめが静かに入って来た。

博士は外交官の方へ振返り、

「御覧の通り、うづめは旅行の仕度をしています。いつでもあなたのお供する用意が出来ています」

と言って、うづめに、「そうだね、うづめさん」

うづめは花が開くような美しい微笑をしながら、

「ええ、そうですわ。この方があたしを保護して下さるというなら、お供して参ります、たとえ、どこであろうと」

外交官は我ともなく胸を轟かして、

「うづめさん、お礼申します。よく解って下すった。これで、私がここへ来た甲斐があったというものです」

博士はまた例の無慈悲な微笑を浮べながら、

「余りうづめを待たせないで下さい。うづめは、早くあなたと行きたがってうずうずしているじゃありませんか。直ぐお出発《たち》なさい。金丸原の駅まで私の車でお送りします」

玄関にはもう自動車が廻してあった。外交官は博士の手を握って、

「われわれの奇妙な決闘については兎も角として、うづめをかえして下すったことに対しては、厚くお礼を申上げます」

博士は冷淡に外交官の手を振払い、

「お礼には及びません。何故というに、間もなくあなたは私を呪うようになるでしょうから」

自動車は走り出した。

山鼻の端《はず》れで振り返って見ると、高い崖の上に不吉なサナトリアムがキラキラと光り氷の光暈《ハロオ》に包まれて砂糖菓子の塔のように聳え立っていた。そのうしろの高い岩山の頂きには、あの首縊りの三本の松が白い綿をつけたクリスマス・ツリーのように上品なようすで立っている。

外交官の隣には土龍《トープ》の外套を着たうづめが黒いフェルトの帽子の下から子供っぽい眉を覗かせてちょこんと坐っている。外交官にはこれがまるで夢のように思われる。あの陰険な博士の顎《あぎと》がなぜこう安々とこの美しい娘を離してよこしたのか、それがどうしても納得出来ないのだ。これも何か人の悪い策略なのではなかろうか。それにしても、自分の隣にうづめが坐っていることは決して夢ではない。昨夜《ゆうべ》の意地悪なんかすっかり忘れてしまったように、自動車の窓ガラスに鼻を押付け、修学旅行に来た女学生のように、窓の外に流れ出る風景を

楽しそうに見入っている。

　あの意味ありげな博士の最後の一言がふいと外交官の胸を暗くする。出まかせなのか、脅しなのか、それとも、何か恐しい意味を持っているのだろうか。またしても得態の知れない不安が雲のように湧起る。

　うづめは窓ガラスから鼻を離すと、まじまじと外交官の横顔に見入ったのち次に寄り添うようにして、小さな美しい手を外交官の腕に絡ませる。

「どうして、黙っていらっしゃるの」

　昨夜《ゆうべ》のようなあの嗄《しわ》がれた声ではない、よく響く駒鳥のような声だ。外交官はその手を取って、

「あまりに嬉しくて、ぼんやりしているのですよ」

　うづめは小犬のように身体《からだ》を擦り付けて来て、

「うれしい？　本当に嬉しい？　もう怒っていない？……わたし、昨夜《ゆうべ》ずいぶんお馬鹿さんだったでしょう。……ごめんなさいね。あたしときどきあんな風に意地悪になるの、悲しいわ」

「それにしても、うづめさん、どうして急に思い返してくれたの」

「気まぐれだと思わないでちょうだい。あなたに従《つ》いて行くのが本当だと思うようになったの。あなたの友情に対しても……でも、あたしを何処へ連れていらっしゃるおつもり？　あ

の白い冷たいあたしの部屋へ？　多分姉の処へね……。あたしが折角静かな港で休んでいるのに、あなたは多分あたしをまた世間の荒波の中へ突出そうとしていらっしゃるのですわ」

　後はもう涙声になって……。外交官はわけもなく、この娘がいじらしくてたまらなくなって、我ともなく、

「外国へ行きましょう。……ナポリの町を見たり、ジブラルタルの岩山を眺めたりしながら倫敦《ロンドン》へ行きましょう。霧に包まれたあの都会は、多分あなたの心を静かにしてくれるにちがいない」

　こんなことを言う気はなかった。何のつもりで、こんなことを言い出したのだろう。外交官は我に返って途方に暮れる。

　うづめは急に眼を輝かして、子供のように手を打ち合せると、

「もしそうだったら！　日本を逃げ出せるんだったら！」

　うづめの眼の中は春の空のような歓喜《よろこび》の光に溢れ、ひどい陶酔でひきつけそうにさえなっている。そうだ、この娘を倫敦へ連れて行こう。せめて彼処まで行けば、博士の恐ろしい妖術も最早効力をあらわすまい。

　外交官は決心した。我ともない思いつきに感謝さえしたくなった。こんなにも美しい少女と連だって行く旅の楽しさは、ああ、どんなだろう！

「うづめさん、私はこの思いつきに感謝する。あなたにそんなに嬉しそうな顔をしていただ

けるなら、もっと遠いところまでもお供しますよ。お姉様は大変私を理解してて下さるから、お目にかかってなり、手紙でなり、何故あなたを外国へ連れて行くかその訳をお話したら、きっと解って下さると思います」

うづめは眼を閉《つぶ》ってゆるゆると身体を揺りながら、

「ああ、何ていい気持。もう、船に乗っているような気がします」

二人の自動車はあの古びた旅人館《はたご》の前で止まった。この上框《あがりがまち》で渋茶を飲んでいるうちに間もなく上りの軽便がくるだろう。博士の運転手はスターターを踏んで置いて、外交官に一つの角封筒を手渡しすると、サナトリアムの方へ走り去った。手紙にはこんな風に書いてあった。

医学博士大江兼利は外交官山内芳樹氏に対し公式に宣戦を布告します。あなたと私はこの瞬間から交戦状態に入りました。お互いの命まで！　右御通告いたします。　敬具

十四

騒がしい港の黄昏曲《ノクチユルン》の中へ五色のテープを残しながら欧洲行きのP《ペ》・O《オー》汽船が岸壁をはなれようとする。富士はうすい雲のうえに聳え、夕陽は空から花束をおくる。

船の上から眺める祖国の風景は澄みわたった一月の大気のなかでいま春の装いをはじめようとしている。

幾度となない外国への旅立ちのうち、外交官は今度ほど強い憂愁《メランコリー》を感じたことはなかった。祖国になんとも知れぬ激しい愛着を感じて、離れがたい思いがするのである。

自分の隣りに、土鼠《トープ》の外套を着たうづめが、手摺から乗り出すようにして遠い風景に見いっている。夕陽がうづめの頬に薔薇の花を咲かせる。悲しそうなようすなどはみじんもなく、眼差の中には少し厳《いか》つすぎるほどの光さえ見える。

銅羅が鳴ると、うづめの姉は貧しい花束をうづめの手に押しつけるようにして、涙ぴたしになりながらタラップを降りて行った。税関倉庫の壁に背をもたせて、追いすがるような目付で、二人のほうを見上げている。

汽船は艫《とも》にシャンパンのような白い泡を噴きながら、もう一町ほど岸壁を離れた。白い顔は目鼻もおぼろになって、目に押し当てられたハンカチの端が白い蝶のように風にひらめいているのだけが妙にはっきりと眼にうつる。船はいま徐々に沖の方へ舳《へさき》を向けようとする。その顔ももう間もなく、艫のほうに隠れてしまうだろう。

それなのに、うづめは目も瞬たかせずに遠い山脈《やま》の上を瞶《みつ》めたきり、姉に最後の一瞥すら送ろうとしない。

なんという不思議な娘だろう。憐憫も愛情も感じないこの冷酷なこころは、あのいまわしい博士の妖術のせいではなくて、この娘の天性《アプリ・オリ》なのではなかろうかと、うそ寒い思いがする。

那須野から東京へ帰ると、外交官はうづめを丸ノ内のさるホテルの一室へ残して、自分だけ渋谷の奥へ姉を訪ねて行った。

どんなに言いさとしてもうづめは姉に逢おうと言わない。この世でいちばん清浄な娘だと思い、うづめを白百合にたとえて愛しんでいる姉をもう一度欺く気になれないのだと言う。この年頃の、どの娘より汚れたこの肉体と心を無心にちかい姉の眼で眺められるくらいなら死んだほうがいい。高貴なくせに残忍なあのひとに振り捨てられてから、自分を懲罰するつもりで、部屋の壁には十字架しか掛けないような、どんな尼よりも厳格な日常を送ってきたが、それさえも姉を欺くような結果になり、それに家《うち》へ帰って、寒々しい自分の部屋を眺めてあの朝夕の懊悩《なやみ》を思い出すのはとても堪え切れないという。

うづめが姉に逢いたがらないことをうまく言い廻すために、外交官は嘘をつくほかなかった。譫妄状態に近いほど亢奮していて誰にも逢いたがらないのだと言った。これだけでは言葉がたりなくて、たぶん色々質問を受けるだろうと惧れていたのに、神々しいほど心の直ぐなうづめの姉は、少しも疑う色もなく、よしない博士の妖術に虐げられた妹を愛しがってしとどに涙を流す。生涯を通じて外交官はこの時ほど赤面したことはなかった。

うづめを倫敦《ロンドン》まで連れて行きたいという自分の思いつきは、ひっきょう、日本を離れたら博士の妖術の力もそこまでは及ぶまいと思うためだが、そればかりでなく、太洋の旅行は、たぶん、うづめさんの健康をも取り戻してくれるであろう……うしろめたい思いがあるので、いきおい弁解するような句調になり、自分でも可笑しいほど不必要な言葉のかずをつくすのだった。

姉のひとは、まさびしいほどに窶《やつ》れた頬をほのぼのと笑みくずしながら、

「お詫びを仰有ってるようにきこえて可笑しいくらいに存じます。……うづめにしろ、あたくしにしろ、御昵懇でもないあなたさまに、こんな思いがけない御親切をいただくことは、余りあつかましいことですから、本来ならお受けするはずもないのですけれど、妹の命にもさしさわるような場合ですから、世間なみの儀礼はうちすてて、あなたさまにお甘え申します。……あまり不思議な御縁なので、なにか前世からの因縁ごとのように思われ、なまじい、御辞退などしてはならぬようにさえ思われます」

それにしても、一目でも逢いたいとでも言い出すかと思いのほか、もう貴方にお任せした妹なのですからと言って、とうとうひと言も言い出さなかった。

うづめの行方が知れなくなってから、気遣いのあまり病床《とこ》につくまでになったこの妹思いの姉が、どれほどうづめに逢いたがっているか、外交官もつくづくと察しているので、その心の立派さにはうたれずにはいられなかった。気押されるようになって、外交官は、いわばほうほうの態でひき退って来たのだった。

沖へ出ると、少し波が出て、船が揺れ始めた。

夕靄と海風が旗を湿らせる。

うづめは化石したようになっていつまでも手摺から動かないので、外交官は心配になってこんな風に声をかけてみる。

「すこし、寒くなりましたね」

うづめは敏感な目つきで外交官の目を見かえしながら、

「ここにいてはいけないの。……これから、いちいちこまごまとあなたに指図をされなければならないのだったら、それも、ずいぶんたいへんね」

うづめは笑っている。こんな突き放したことを笑いながら言えるこの娘の心根を、とげとげしいと思うより、むしろ外交官は嘆賞したいほどに思う。日本の娘たちのどれもが、少しずつ持ち合している奴隷根性が、その娘が美しければ美しいほどいっそう哀れに見せる。しかし、うづめはちがう。そんな意識の低さはてんで持ち合わしていない。はるばる倫敦へ連れて行って貰うことにさえ、格別感謝するらしいようすさえ示さない。船出の五日ほど前、外交官が毛皮の外套を買ってやろうと思ってその店へ連れて行くと、笑うばかりで取り合う気色がない。百貨店で麻のハンカチを二枚買わしただけだった。

那須野から帰った日の通り、毛の薄くなった土鼠《トープ》の外套に、あの日のままの紺のスーツで、恥らうようすもなく、この贅沢な船の甲板に立っている。依怙地《いこじ》なのではなくて、すぐれた自尊心による所為なので、その点は感じいるほかはないのだが、ただあまりの隙のなさに、すこし厭な気がする。何かの機会に言葉を叩きつけて、一歩も自分のなかへ踏み込ませまいと身構えていたことが外交官にはよくわかるからである。

外交官は笑って、

「私が初めて赤ん坊を抱かされたとき、落しては大変だと思って緊張しすぎたので、かえってひどいへまをやったことがあります。その子の額には、そのときの傷が今でも残っているんですが、どうやら私はまたへまをやったようですね」

うづめは急にやさしい顔になって、

「わかって下さればそれでいいのですわ。どうぞ、あまり親切にしないでちょうだい。うるさくてたまらないから。……あなたがうるさいのじゃない、いちいちお礼を言わなければならないのがうるさいの。……ごめんなさい」

甲板の遠い端のほうから、ボーイが一枚の紙片《かみきれ》を持って近づいて来た。無線電信の、あのうす緑の紙だった。

受取って開いて見ると、次のような三字が書かれてあった。

「Bon Voyage《ボン・ボアイヤージュ》（いい航海を。）大江」

外交官は卒然と悟った。

船出のとき郷愁だとばかり思っていたのは、実は日本を離れる不安だということを。日本にいれば、まだしもいろいろの友達の力を借りることが出来る。日本を離れたうえは、自分だけの力であのはかり知れぬ大江博士の妖術と闘わなければならない。

しかし、互いの命までもと誓約した以上、こんな女々しいことは言っていられない。手摺を握って決然と心を取り直す。どんなことがあってもこの娘を取らせはしない。思わず手先に力がはいって腕の附根がみりみりした。

インキ色の夕闇の、高い檣《マスト》に航海灯が緑色に輝き出す。その上に、蝙蝠のような恰好をした無気味な黒雲が、大きな翼を張って船の上に蔽いかかっていた。

十五

香港《ホンコン》の銅像公園の芝生の上に嘴の赤い鳥が遊んでいる。

椰子の並木に沿って海岸のほうに降りて行くと、雑誌売台《キオスク》の蔭に白い顎髯を生やした印度《インド》人の手相見が檳榔樹《びんろうじゅ》の実を嚙んでは赤い唾を吐いていた。

外交官は、ふと二人の未来を占ってもらう気になつて、その前に立ちどまって手の掌《ひら》を差し出した。手相見はモルヒネに冒されているらしく、絶えず小刻みに首を振りながら、鼻を押しつけるようにして長い間二人の手の掌を交るがわる眺めていたが、やがてすげない素振りで二人の手を押しのけ、横を向いて、以前のように檳榔樹の実を嚙み始めた。いくら問い掛けても取合うようすはない。外交官は根負けがして五志《シルリング》の銀貨を膝の上において立ち去ろうとすると、どうしても金を受取らぬと言う。手の中に握らせようとすると、腹を立ててアスファルトの道路の上へ銀貨を投げ返してよこした。

九龍《クウロン》ホテルで夕食をすますと、うづめをフリー・ボートで船まで返しておいて、自分は一人で公園まで戻って来た。

キオスクの側まで行ってみると、印度人の手相見はもういなかった。途方に暮れてそこに佇んでいると、背の高い印度人の巡査がやって来たので、夕方ここにいた手相見の家を知らないかとたずねると、手帳の紙を裂いてくわしくその道筋を書いてくれた。

印度人の区《カルチエ》には、魚の乾物の鋭い匂いと、アセチリン瓦斯《ガス》の匂いが入り交って、鼻をつくような異臭が漂っていた。足の踏場もないような煉瓦色の赤い唾とむかするような臭気の立ちのぼる水溜を跳ね越えるようにしながら、軒の低い家並の間を幾曲りして、薄暗いじめじめした細い露路の奥でようやく手相見の家をさがしあてた。

粗土の、窓ひとつない墓塋《ぼえい》のような陰気な建物で、正面に苜蓿《クローバー》形の小さな入口が黒い口を開けている。

家の中には灯影がチラチラするのに、いつまで呼んでも案内に答えるようすもないので、止むを得ずそろそろ家の中に入って行って見ると、十畳ばかりの部屋の隅の机の上には魚油のランプが血のような赤い焔をあげているばかり。部屋の隅々は陰々と暗い。

ふと見ると、地下塋《カタコンブ》の遺骸棚のように作った粗壁《あらかべ》の窪みの中に、夕方の手相見が、指で印《いん》をつくって、寂然と趺座《ふざ》していた。

額の真ん中に金粉で仏印を描いているが、それにランプの光が反射して額に眼が開いているような奇妙な印象を与える。

外交官は椅子に腰をかけて仏会《ガンダーラ》のすむのを待っている。赫燿たる光明が手相見の全身に遍照し、眩《まぶし》くて、近よることは愚か、迂闊に眼をあくことすら出来にくいのである。

何とも知れぬ微妙な音楽がほのぼのと蕩揺し、外交官は漂々と無漏際の虚空を飛行しているような軽々とした気持になる。名状し難い法悦《エクスタシ》の情に溺れている外交官の耳の中へ、雲の上からでも響いてくるような幽玄な声が静かに流れ込んでくる。

「うづめは魔羅《マーラ》の呪いに落ち、そのいのち、三十日とは保ち難い。魔羅の悪念に抗うことは、しょせん無益であって、いかなる正覚もこれには及び難い。すべて輪廻の造顕によることで、まして、限り知れた人力を以てしては一分秒といえどもそれへつなぎ止めることは出来ない。……畢竟、人の命とは流れ行くひとつの影、諸々の縁の集って構成したものにすぎぬ。されば、かかる悪縁の魂はむしろ一日も早く宇宙の旋転の中に解消せしめ、新たな転生を願う方がいい。……しかし、あなたのうづめに対する愛情はいかにも深くて寂静無我のこころに近い。……まことに憐れに思われるから、ただひとつの希望を与えてあげましょう。……印度、ヒマラヤの南麓、ラプチ河の上流、コーサラという村にバーラガバという阿闍利がいられる。大悟解脱の聖者でいられるから、或は降魔の解《げ》を修法してうづめの命を救ってくれるかも知れない。これがただひとつの希望《のぞみ》です」

外交官は襟首を寒い風に吹かれたような気がして、卒然とわれにかえる。眼を開いて見ると印度の手相見は先刻《さつき》のように寂然と趺座していた。

この暗いじめじめした部屋にもう幾世紀も坐っていたような気がするのに、時計を出して眺めると、まだ五分しか経っていなかった。

十六

新嘉坡《シンガポール》の空には南十字星《サウザン・クロース》が王妃の首飾りのように美しく輝く、微風が小夜楽《セレナード》を奏しながら、椰子の葉うれを吹いてゆく。

うづめと外交官とその友人は贅沢な自動車で、フォークバーム山のドライヴ・ウエーをくねくねと廻りながらのぼりつめて行く。

その頂上に友人の宏壮な別邸《ヴイラ》があるのである。

ゴム園主の友人は身体を乗り出すようにして、くどいほどに日本の話をききたがるのだが、外交官の心は重く沈み、とりとめないまでに思い乱れているので、返事もおのずからはかばかしくはない。

友人は心配していろいろに問いただす。それさえも外交官にはわずらわしくてならないのである。

あの印度人の小屋できいた、心に沁み通るように幽玄な声を、あれは夢であったのか、それとも、うづめの行末を思いわずらうあまり、きこえたとばかし感じられた、自分の幻聴《そらみみ》であったのか、……この二三日、熱い船室《キャビン》の中に閉じ籠って、そのことばかり考えあぐねていた。

夢のようでもあり、またまざまざしい現実のことのようでもある。夢と現実の限界がおぼろに霞んで、いずれが正しいとも定め難い。

外交官は確然たる物質の世界に住み、その限界の向うは荒唐無稽の世界だとして歯牙にもかけることがなかったが、黒谷山の奥で大江博士に逢ってから、この現実世界のほかにもう一つ、顕然たる形而上の世界があることを感じた。この現実世界の向う側に、霊魂や精霊や悪鬼に属する広大もない領土があることを悟った。

して見ると、あの印度人の小屋での出来事も、ほとんど信じられないことだが、やはり事実だったのだと思うほかはない。あの不吉な予言も丁重な指示もみな真実と受諾するほかはないように思う、仮りにそれがまるっきりの幻聴《そらみみ》だったとしても、一ケ月とは保たないうづめの生命《いのち》を助けるためなら、ヒマラヤはおろかチベットの奥までも阿闍利を尋ねて行こう。うづめの生命《いのち》ばかりではない、男同志の果敢な決闘も賭けられているのである。

考えあぐねて、それに耐え難い暑気のせいもあって、すこし心がうわずってくると、外交官は、船室《キャビン》の板壁を物狂わしく叩き立てながら、

「うづめもやるものか、畜生、畜生。……死んだってやらないぞ」

と絶叫するのだった。

あまり物狂わしくなった自分の姿に驚き、外交官は寝台に坐って、汗をぬぐうと、自分はうづめを愛するようになったのかも知れぬと考える。

その感情がこうまで自分を激発させるのだろうとひそかに慰める。さもなければ自分が狂気したのだと思うほかはないような工合だった。

月光が白く円舞台を描く別邸《ヴィラ》の広いお庭に自動車が停ると、四五人の安南人の召使がハラハラと走り出て来た。

そのうしろから白銀色のタフタの夜会服《ソワレ》を着た三十一二の婦人がむしろ高慢に見えるような足どりでしずかに階段を降りて車の方に近づいて来た。

見ると、それは、かの日、黒谷山の奥の、博士のサナトリアムの食堂で、外交官の隣りに坐っていた十二人の婦人の一人、凄艶極まるあの小野小町だった。

十七

何処かで安南人の召使が吹く蘆笛《ブーンジ》の甲高い音《ね》。食堂の白い紗のカーテンは死んだように垂れ下ってソヨとも動かない。曼珠沙華《まんじゆしやげ》属の毒々しく赤い大きな花から立ちのぼる強烈な香気がムッと部屋の中に立ちこめ、亜熱帯の絡みつくような暑気と茴香酒《ペルノオ》の酔いが一緒になって外交官の血管を火のように燃やし、知覚を麻痺させる。

朦朧と血走った眼をあけて食卓の向うを見ると、自分の向いに坐っている筈の護謨《ゴム》園の主人もうづめの姿も見えなくて、二つの椅子だけがゆらゆらと揺らいでいる。椅子も揺れる、酒瓶も揺れる。赤い大きな花も鳥籠も、凸面鏡に映った物像のように伸びたり縮んだり、渦になって旋回したりする。

何故ここにうづめがいないのだろう。……混沌とした記憶の中をかい探って一生懸命に思い出そうとするのだが、どうしても考え出せない。うづめなどという娘は初めっからこの世にいなかったような気さえする。

……ようやく思い出した。うづめは友人と植物園をドライヴすると言って、食事がすむとすぐ出て行ったんだっけ……。どこへでも勝手に行くがいい。あんな片意地な娘など悪魔にでも喰われてしまえ。

うるさく額に垂れかかる髪を舌打ちしながら払いのけると、外交官は急に笑い出したくなって、アハハと大きな声で笑った。

外交官の狂熱《ファリヤ》は船が香港《ホンコン》を出帆する夜から始まっている。緯度が高くなるにつれて追々ひどくなって来た暑気が肉体と神経を疲らせ、形容し難い不安と焦燥の中へ彼を追い立てる。あの夜、印度人の手相見の不吉な予言を聞いて以来、あの忌わしい大江博士の妖術が、遠く日本を離れたこの海の上にまで追い縋《すが》ってきて、ネバネバした蜘蛛の糸のようなもので自分の身体を身動き出来ないように締めつけるような気がしていまにも狂い出しそうになる。多寡の知れた隔念伝心《テレパシー》などがこんなところまで作用してくるとは信じたくない。今は暑さのために精神が弱っているので、それでこんなにとりとめなくなっているが、船が地中海にさえ入れれば、冷涼たる冬の海風がこんな無意味な恐怖などはいっぺんに吹き払ってくれるに違いないと思っている。それにしても、この底知れぬ不安と狂熱《ファリヤ》はいったい何によってひき起されるのであろう。

あの幽幻な天来の声はうづめの命はもう三十日とは保ち難いと宣告した。この世にこのような、まるでホフマンの物語にでもあるような奇怪《バロック》な事実が有り得るのであろうか。どのような方法をもってしても、どのような奔走をしても、一分秒といえどもその命を繋ぎとめることが出来ない。月が海潮《うしお》を引く渚のように、見るみるその姿はこの世からひき離れて行く。手も足も出ぬこの切羽詰った感じが外交官をもの狂わしくする。

あの若々しい美しいうづめがもう間もなくこの世から消え去ってしまうのだと思うと、今まで自分でも気がつかなかったうづめに対する激しい愛着と思慕の情が湧き起ってきて、取りとめないまでに錯乱するのである。

蒸風呂のような船の狭い寝台に寝転びながらジンやらウイスキーやらを手当り次第に呷《あお》りつけ、持って行きどころのない不安と焦燥にのたうち廻る。泥のように酔いしれて前後不覚になると、眼に見えぬ悪霊と闘うような激しい身振りをしながら、大声で意味のないことを喚《わめ》き散らして暴れまわる。

際だって聡明で、優れた明智《ボン・サンス》を持ち、どの青年より謙譲で優雅な芳樹が、市井の一無頼漢のような見るにも堪えぬ酔態を演じているのは、あさましいと言うよりは、何か哀れふかいものがあった。

その芳樹がこれほどにもの狂わしくなり、自分の命に代えても、ただひとつその生命《いのち》を博士の妖《あや》かしの網の中から救い出そうと奔命に疲れている。その当のうづめはといえば、この豪奢な船旅にも、港々の新しい風景にも、また芳樹の細々した心遣いにも、薬ほどの感動も示さない。

びっくりするような大きな太陽が波の間に沈んでゆく雄大な太洋の日没も、宝石のような星と銀の月が絡み合う夢のような海の夜景も、せめて甲板へ出て眺めようとするどころか、冷い眼差しをして船室の机に頬杖をついたまま、ムッツリと坐り込んでいる。鷗のような美しい白いランチが街を見物させるために迎いに来ても、椅子から腰をあげようともしない。香港に近づくにつれてだんだん熱さが加わって来たので、せめて夏の服でもと思って、英国人の百貨店からオーガンジの美しい夏服を三つほど届けさせたのだが、この心遣いも甲斐なく蹴散らかされてしまった。外交官がまだ寝ているうちにうづめがやって来て、

「あまりこまごましたことをしないで頂戴。うるさくてしょうがないんです」

と言って出て行った。

袖を通してみようともせずに、鞄の中へ投げ込んだきり、いまだに毳《けば》の立った紺サージの服を着ている。この自尊心の強い娘は、ひとの恩恵を受けることは嫌なのだろうとは察しるが、それにしてもすこし頑固《かたくな》過ぎるではないか。女は優しいというのが美徳なのに……。外交官は儚なくも遣瀬ない自分の恋情を自ら労わりながら、心の中で思わずそう呟くのである。

長い外交官生活の間、芳樹の周囲《まわり》には様々の恋愛が花のように群れていた。その中に漂っているときも、その流れに身を任せているときも、いつも心静かで、あくがれたり、こがれたりするようなことは只の一度もなかった芳樹なのに、いちどうづめを見てからは我ともなくとりとめなくなって、まだほんの子供でしかない稚《おさ》なびたうづめの面影を思い浮べるだけで、胸の奥の方を掻き立てられるようなすさまじい激情を感じる。

多分これが悪縁というのであろう。うづめを愛するようになったそのことさえ、ずっと以

前から定《き》められていた妖しい宿命であるような気がする。自分がこんな小さな娘にあくがれわたるなどというのはありそうもないことなので、そうと思うほかはないのである。

外交官はまたコップに茴香酒《ペルノオ》を満々《なみなみ》と注ぐと、息もつかずにいらいらと飲みほす。火の滝のようなものが咽喉から胃の方に駆け降りてゆく。

ぐったりと頬杖をついたその腕へ何かなよなよと嫋《しな》やかなものが絡みつく。顔を上げて見ると小野小町がピッタリと自分に寄り添うように坐っていた。

ああ、そうだっけ……。自分は小野小町と二人っ切りでここへ残されていたんだと思い出す。

車寄の月の光の中へ、今そこから抜け出して来たような、銀色のタフタの夜会服《ソアレ》を着た清麗な小町が立ち姿を見て呆気にとられていると、護謨園の友人は、こちらは諾威《ノオルエー》のオスロにいられる夫君のところへ行くために水曜日の船でここへ来た小松田鶴子《こまつたづこ》という方だと紹介した。疑えばきりのないことで、あの肚黒い博士が何かの目的でこの夫人を寄越したのだと思えぬでもないが、しかし仮りにそうだとしても、これくらいのことで格別不幸などが起ろうとも考えられない。

それでも食卓につくとすぐ、私達を追い掛けていらしたんですか、とズカリと切り込んでみた。小野小町はこともなげに、あらあたしの方が早かったんですわ、と言う。

「ここの御主人から今日あなたがお着きになることを聞いたので、昨日《きのう》発つはずだったのを無理に一日延ばしたのに、そんなに無情《すげ》なくされるのではつまらない」

そして、食卓の下で芳樹の手を探りとると、誰にも聞えぬような小さな声で、

「覚えてらっしゃい」

と婀娜《あだ》に呟いた。この何でもないとりなしが、女らしい愛情に渇ききっていた外交官の心をほのぼのとなごませる。古い親友にでも廻《めぐ》り逢ったようななつかしさでいっぱいになって、思わず心が浮々する。

うづめの手前、サナトリアムのあの夜のことには触れなかったが、二人の共通の話題は、数限りなくあって欧羅巴《ヨーロッパ》の四季に通暁する粋な連中《スポーウチング・クラス》の間だけに通じる隠語を混ぜながら、互いに茴香酒《ペルノオ》のコップを重ねながら、口をおかずに語りあう。

田鶴子はどのような名優もこうまで表情的ではあり得なかろうと思われるような美しい科《しぐさ》と媚態を混ぜながら、どんな小さなことにも豊かな感性と高い理解を示す。さながら打てば響くといった体である。日本へ帰って以来長い間忘れていた社交の愉しさが外交官を夢中にさせる。友人とうづめがこの席にいることさえ忘れてしまった。

今までの憂鬱きわまるようすにひきかえ、これはまた余りにひどい変りようなので、物に動じない年上の友達も呆気にとられたような顔付で外交官の様子を眺めていたが、追々しどけなくなってゆく二人の様子を見てとると、苦労人らしく気をきかせて、ちょっと植物園を見せて来ると言ってうづめを連れて出て行ってしまった。

それからどの位経ったろう。それから何を喋舌《しゃべ》ったか、それも確かには記憶に残っていないのだが、庭先を見ると夾竹桃《ローリエ・ローズ》の花の上にあった月が、そのままそこにあるところをみると、まだどれほども時間がたっていないのだろう。

いらいらと暑い大気が外交官の理性を狂わせる。自分の腕に絡みついて来た田鶴子の手を取って手の掌《ひら》の中に丸め込むと、息を弾ませながら、

「田鶴子さん、あなた、オスロの御主人のところへ行くというのは嘘でしょう」

何のためにこんなことを言うのだろう。てんで考えてもいない言葉が舌の先から転り出す。田鶴子は熱にうかされた葩《はなびら》のような、濃艶な眼差の色を濃くして、

「ええ、それは嘘。実は、あなたを追いかけて来たのよ。でもね、気まぐれだとは思わないで頂戴。あたしにすれば、これでも生優しいことではなかったの。こんなみっともないリリシズムと戦うのにずいぶん骨を折ったのですけど、矢張り駄目でしたわ」

と言うと、力任せに芳樹の首を抱いて、

「観念して頂戴。もう、どんなことがあってもはなさない」

春の日、温室の中に立ちこめている花の香気のようなものが芳樹の感覚をおし包んで、抵抗し難い放恣な気持に駆り立てる。急流のようなこの激しい熱情にあっては、あらゆる抑制が見るみるうちに押し流され、沸《たぎ》り立つような盲目的な情念だけが身のうちにのたうち廻る。田鶴子の身体を抱きとって、すぐそばにさし寄せられた二枚の葩の上に自分の唇を重ねよう

としながら、ふと、食堂の入口の方を見返ると、そこの閾《しきい》の上に、紺サージのみすぼらしい服を着たうづめが、キッと唇を結んで瞬きもせずにこちらを眺めていた。

十八

眼を醒すと、外交官は広い庭の隅の、支那風の四阿《あずまや》の椅子の上に寝ていた。風に吹かれるつもりで庭へよろけ出したのだが、いつの間にかこんなところに寝てしまったものとみえる。月は西に廻り、大気はまだ暑いながら、そこはかとない涼気《すずけ》が立って、もう夜明けに近いことを感じさせる。

外交官は心の中から空っぽになったような気持で、漫然と月を眺めている。足に近い方で何か人の気配のようなものがするので、顔を廻らして見ると、纏繞《てんじょう》植物の下闇の中にうづめが立っていた。月の光が胸のところまで斜に差しかけ、リューベンスの古雅な肖像画のようにする。白いオーガンジの服が霞のように身体の周囲《まわり》に烟《けむ》って、妖精の島の水の精《ニンフ》のようにも魅《まどわし》い。ハート型の形のいい顔の半分は大きな西班牙扇《スペインおうぎ》で隠されて見えないが、かえってその顔を幽玄なものにする。それにしても何という美しい眼差だろう。薄陽の差しかける古沼のような沈鬱な美しさを湛えていて、身も心もその中に吸い込まれそうな気がする。

外交官は恍惚とそれを眺める。茴香酒《ペルノオ》が大麻酒《ハシシュ》のような作用をして、こんなにも美しい幻を見せてくれるのであろうか。

胸にしみるような声がする。

「お目醒《めざめ》になって。……あたし、さっきから待っていたのよ」

幻影ではない、うづめだった。外交官はまだ夢の中にいるような気がしてならない。あの毳の立った古服を着て、底の平たい靴を穿《は》いていた女学生のような固苦しいうづめの一体どこにこんな美しさが隠れていたのだろう。

それにしても頑固《かたくな》にまで拒みつづけていたこの服を、どうして今夜になって身に着ける気になったのだろう。見ると頬にはうすく粉白粉が刷かれ、唇にも目立たぬほどに口紅さえ塗られている。うづめは霞のように動いて来て、芳樹と並んで掛けると、思い迫ったような声でこんなことを言う。

「さっきの女の方、あれはあなたのむかしの情人《メートレス》なのね」

外交官はむしろ呆気にとられて、

「とんでもない、なにを、つまらない……」

「でもあなた、あのかたに接吻しようとしてましたわ」

外交官は卒然と身慄いをする。それは抵抗し難い雰囲気《アトモスフエール》のさせた業だということをよく知っている。疚《やま》しいことは少しもないのだが、しかしそれを説明するに足る語彙《ヴオキャブラリ》がない

ということが外交官を絶望させる。うわずったような句調になって、

「たといどう見えようと、あなたの考えているようなことは何もありゃしないのです……」

多分暑さのせいでと言いかけて外交官は口籠る。どうしたってこれでは理解されそうもない。何も彼も悪縁つづきだと思う。かりそめにも焦《こ》がれわたるこの少女に、あんな醜態を見られてしまったことは、いくら悔んでも飽足《あきた》りないような気がする。

うづめは怒った子供のような目付きで外交官の顔を瞶《みつ》めていたが、小さな握拳《にぎりこぶし》で激しく芳樹の胸を打ちながら、

「嘘をついている、嘘をついている。……では、あたしが代って言ったげましょうか。あの方はあなたを追い掛けて来て、あなたを淩《さら》って行くつもりなのね。自動車を降りるとき、あなたを瞶めたあの激しい目付きを見たって、それ位のことは判るわ。あたしを植物園に連れ出さしたりなんかして、ああ、あなたが、そんなことを遠慮なしに出来るひとだとは今日まで思っていませんでした。……あたし、あなたのようなひとは大嫌い」

短い歔欷《すすりなき》をひとつすると、急に立ち上って、

「こんなところにまごまごしていないで早くあのひとのところへ行らっしゃい。あたしはもう日本へ帰ります」

この小さな娘は田鶴子を嫉妬している。この霞のような服を着けたわけも、せい一杯の化粧《みじまい》をしたわけも、これですっかり判った。ああ、すると……、外交官の胸は喜悦の情で波

立って来て、うづめの手を取って自分の方へ引き寄せると、

「かりにそうだったとしても、この内気な私を誰があんなに取り止めなくさせたか。なぜそのことを一度考えてみては下さらないんです。人間の考《コンシアンス》えなんて実に奇妙な働き方をするものだ。……いま接吻するのは、このコケテッシュな夫人の厚顔《あつか》ましい唇の上ではなくて、実はあのひとの小さな美しい唇にするんだと、あの瞬間、私は禱《いの》るようにそんなことを考えていたのです。この気持をどう説明していいかわからない。たとえどんなに奇妙に聞えても、それが真実《ほんとう》なんだから、どうにも仕様がない」

力を入れると砕けてしまいそうなうづめの小さな身体を、腕の中で揺りながら、

「私がいつからあなたを愛するようになったのだろう。とりとめないことを言うようですが、ニュウ・グランド・ホテルの薄闇の庭であなたを見たよりもっともっと以前から、何か大きな宿命の繋りのようなものの中であなたを愛していたのではないかというような気がしてなりません。現に私がこうしてあなたを抱いているのさえ、如何にも自然と、ただむやみに愉しいばかりです。今となってみると、なぜもっと以前に、率直に自分の気持を打ち開けなかったか、自分ひとりで苦しんでいたことが無駄のようにさえ思われて、忌々しくてならないのです。……うづめさん、私の言うことを判ってもらえましょうか」

返事のかわりに、暖かい湿ったものが芳樹の唇に飛びついてきた。二人は夜明けのしみじみとした花の匂いの中で眼をつぶる。涙に濡れたような声でうづめが切れぎれに呟く。

「ひとりぼっちのわたしを、どうか、みすてないで頂戴」

そう言ってるうちに、逆吃《しゃっくり》をするような真似をすると、神憑《かみがか》りになったようなうつろな声になって、

「……外交官、あなたは香港で印度の手相見にお会いになったでしょう。印度の手相見は、うづめのいのちはあと三十日だと言いましたね。それからもう三日たっている。あなたと私の勝負はあと四週間足らずでかたがつくわけですが、あなたの愛の力が私の放射能《ラジオ・アクチビテ》をうち負かすことが出来るかどうか……」

あとは嗄《しゃが》れたようになって聞えなくなってしまった。例のゾッとするような博士の声だった。

外交官は率然と悟った。自分は抵抗し難い博士の妖術の圏囲内で甲斐もない反抗を続けているということを。ああ、それにしても！……外交官はまたもの狂わしくなって力任せにうづめを抱き締める。どんなことがあってもこの愛しいものをわたすものか！　うづめはポッカリと眼をあいて、あどけない声で言った。

「あら、あたし、眠ってしまったのね」

外交官の胸の中に何とも知れぬ激情がこみ上げて来て、不甲斐なく頬に涙を伝わらせた。

十九

うづめはまだ睡っている。電灯《ランプ》の光が赤味を帯び、ほの蒼い光が硝子窓《ガラス》を彩る。いま夜が終り、清冽な熱帯地方の朝が、始まろうとしている。

聖母病院の広い芝生の庭の端で立木が一本揺れている。

外交官は、病床に半身を起し、ぼんやりとそれを眺めながら、あの日以来自分の魂を揺りつづけているうづめの激しい恋情を味わいかえす。

しなやかな棕梠は風に吹きまかれて髪のようにその葉をもつらしている。吹き撓《たわ》み、のけ反り、波に揺られる海草のようにおやみなく身をひるがえす。それはちょうど自分の姿のような気がする。

この十日ほどの間の自分とうづめの生活は、例えて言うなら蕁麻《いらくさ》の棘毛《さしげ》で絶えず刺戟されているような、渦巻く熱風に絶えず吹き上げられているような、気の遠くなるような狂熱と陶酔の中に溺れていた。厚い日蔽《ひおい》をおろした薄暗い熱い部屋の中に二人とも汗みずくになって抱き合ったままで坐っている。どこで夜が終り、どこで朝が始まったか、その間二人は何を語り合ったのか、それさえもはっきりと思い出すことが出来ない。

うづめはすこしの間も芳樹を手離さない。それは愛情というよりは貪慾にちかいものだった。朝から夜まで、うづめは芳樹の足もとに坐って吸いとるような眼つきで芳樹の眼の中を見つめている。接吻も愛の誓も必要なものではなかった。ただそれだけで長い夏の日が暮れるのだった。この間、うづめは芳樹が身動きすることも眼を外すこともゆるさない。うづめが頬をおしつけている芳樹の膝が痺《しび》れたようになる。芳樹は不随意にポーズを変えようとしてふと身動きする。たったそれだけのことでも、うづめはいまにも絶え入りそうな泣き声をたて、いま何を考えていたのかと、頑是ない子供のように、納得のいく返事をきくまでは、いつまでも質問を止めようとしない。

窓の日除けまでもおろされてしまった。

芳樹が横眼づかいでチラと眺めたというだけで、窓の外の風景までがうづめに嫉妬されたのである。

飛ぶように窓の側へ駆けて行くと雨除けの重いカンヴァスをみな引きおろしてしまった。気がちがったのかと思うようなようすで芳樹の傍へ戻って来ると、むしろ、息も絶え絶えに、

「かわいそうだとおもったら、あたしのほか、何も見ないでちょうだい」

と言って啜り泣くのだった。

部屋の空気は暑く澱んだようになり、ものの影は、みなうす蒼くなって、ここだけは、時の流れのそとに取り残されるのである。

護謨《ゴム》園の友人は、うすうすもう感づいているにしろ、やはり心配になると見えて時々そっ

と扉《ドア》へ耳をおしつけに来る。そして、その度に幸福そうな二人の溜息だけをきいて、当惑したように首をふりながら、階下《した》へ降りて行くのである。食事の時間になると、召使に命じて出来るだけやかましく食事の鐘《ディナー・チャイム》を鳴らさせる。せめて食事位はしたらどうだ。それじゃあんまりだ。鐘はこんな風に鳴る。

しかし、その忠告も親切も二人の愛の夢をさますことは出来ない。夜更けに近くなると、うづめはそっと料理場へ降りて行って、すこしばかりのたべものを盆に載せて帰って来る。ただし、芳樹自身は絶対に食器に手を触れてはならないのだった。親鳥が子鳥に餌づけするように、たどたどしい手つきで小さく切った肉きれを芳樹の口に中に押しこむと、すぐフォークを捨てて、芳樹の膝に顎をつけたまま、穴の明かんばかりその顔を眺める。それも、ほんのひと口か二た口、芳樹の舌の先がものの味を味わいかけたところで、うづめは、

「もう、おやめね。もう、おしまいね」

と言って、たべものの盆を、遠い方へ押しやってしまうのだった。

二人が別れわかれになる時間が来ると、これがこの世の別離でもあるように、うづめはいく度もいくどももの狂わしく芳樹に接吻し、悲しみのために歩みさえ覚束ないようなようすでうなだれて、芳樹の部屋からよろめき出してゆく。

しかし、自分の寝室へ帰るのではない。そう見せかけて、じつは芳樹の部屋の外の靴拭いの上に横になって夜を明すのだった。三日目の朝芳樹はそれを発見した。うづめは棕梠の靴

拭いの上に頬をおしつけて、たぐまるような恰好で眠っていた。

時計が七時をうつと、うづめはいままで軟かい寝台の上でぐっすり寝通したように装って、

「よくねむったこと」

そう言いながら、晴々とした顔つきで飛び込んで来るのだった。頬に靴拭の跡をつけて。

うづめは、ちょうど忠実な犬のように芳樹の番をしている。一瞬も芳樹の傍を離れまいとするいじらしい執着のほか、田鶴子に対する警戒の意味でもあったろう。自分のほかは、どんなものでも、芳樹のそばへは近寄らせまいという発意によるのだったろうと思われる。なぜなら、田鶴子はもうシンガポールにはいないのだから。

二十

田鶴子を追い払ったのはうづめだ。

支那風の四阿《あずまや》ではじめて二人が唇を合わしたその日の朝、うづめは田鶴子の寝室へ入って行ってまだ眠っている田鶴子を揺り起すと、

「あなた、今日すぐ出発《たっ》てちょうだい」

と脅すような眼つきで藪から棒に切り出した。そして、それだけ言うと、薄刃の小さなナイフで自分の二の腕をのぶかく斬りつけ、赤いダリアの花が咲き出したような血だらけの腕

をだまって田鶴子の眼の前へ差し出し、その自分は、見る見る貧血を起して、気を失ってしまった。

二十一

次の日の夕方、田鶴子はシンガポールを発って行った。こんな手紙を残して。

はやく、麻疹《はしか》をおすませなさい。ごきげんよう。また逢う日まで。

四つに畳まれたうすい藤色の書簡紙が芳樹の枕の下に押しこまれてあった。名のかわりに赤い唇がひとつ捺されていた。女学生風に、田鶴子のいつもの皮肉だった。

二十二

護謨《ゴム》園の友人は気の違ったようなこの二人をしばらくはそっとして置いた。しかし、二人の狂熱はいつ止むとも知れず、取りとめないまでに高揚《たか》まって、二人ながら見るかげもなく憔悴してゆくのを見ると、さすがに見捨てて置けなくなって、かなり苦い調子でさまざまに忠告した。そんなことをしていると二人共死んでしまうと言って。いろいろに言い廻して、この次ぎの汽船で倫敦《ロンドン》に出発すると約束させることに成功した。快活な海風はたぶんこの悪熱を吹き冷ましてくれるだろう。

しかし、次ぎのような出来事のために、二人はまた出発することが出来なくなった。出発する前の晩、芳樹は突然風土病に冒されることになった。ひどい暑気とこの変態な生活で肉体を弱らせていたところへ、ジョホールのドライヴの途中驟雨《スコール》に遭ってその夜から発熱した。医者の診断では沼泥病《ベパリユデイーヌ》の一種だろうということだった。二日目にはもう頼り少くなって、高熱による熱性運動のためにすさまじく筋肉を振動させ、刺すような悪臭のある汗を流しながら絶えず譫言《うわごと》を洩らすのだった。

うづめはその間、床の上に坐り込んで、寝台の外に垂れ下った芳樹の手の甲に自分の頬をあてたまま化石したように身動きもしなかった。氷を割ったり、汗を拭ったり、そのほか常識で考えられる介抱らしいことは何一つせずに痴《たわけ》のようにジッと坐り込んでいる。そうすることによって、肉体から逃げ去ろうとする芳樹の命をひきとめることが出来ると信じているふうだった。初めは鬱陶しがって病人の側からうづめを引き離そうとした病院の人達も、追い追いどんな方法でもこのむすめを引き離せないのだと悟ると、あきらめて、うづめがするままにさせておいた。

人間の精神がただ一つの目的に凝縮され、測り知れぬ生命の燃焼が人力を超えた奇蹟を現わすことがあるとすれば、この場合もそうだったと言えるだろう。病院の博士たちは、その日の朝から芳樹の命を取り止めることを断念し、三十分おきに義理のようにカンフルの注射をして、消えてゆく命を引き伸すだけのつとめを果していた。芳樹の命はもう時間の問題と思われていたのに、その日の夕方から微かな命の息吹きを取り戻してきた。うづめの頬におしあてられていた冷たくなりかけた芳樹の指が、何かを掻いさぐるような真似をした。うづめの手を探していたのである。これが復活の初徴だった。

その日以来、芳樹は少しずつ健康を取り戻して来たが、それと反対に、うづめの方はこの激しい消耗のために半病人のようになってしまった。芳樹の側に寝台を並べて昼も夜もうつうつと眠りつづける。しかし、その手はいつもしっかりと芳樹の手を握っている。これを離すと、芳樹がそのままどこか遠いところへ飛び去ってでもしまうかのように、五本の指を持ってこの白い小さな錨は、絶えまない不安に鼓動しながら、しっかりと愛人を自分の側に繋ぎ込《と》めておくのだった。

二十三

激しい恋情で身を窶《やつ》らせたこの憐れな娘は、頬に涙をこびりつかせたまま、スタンド・ランプの淡い光の下でいまも悒々《うつうつ》と眠っている。

ああ、それにしても何という熱情をこの娘は胸に匿《かく》していたのだろう。とり澄したあのようすも傲慢らしいあの態度も、要するにそれは滾《たぎ》り出そうとする熱情をせきとめるための堰《バラアジュ》だったのだと思う。さればこそ、意估地なまでに芳樹を避けていたあのとりなしの意味もよく解るのである。このような娘にとって恋愛は破滅以外の何ものでもない。一瞬に、自分とその相手を、燃やしつくしてしまわなければおかぬのであろう。うづめは、それをよく知っていた。そして、芳樹も今つくづくとそれを悟る。うづめの恋炎にあおられて、見るみる燃え上ってゆく自分を。

芳樹は美しかった。学生時代と長い外交官生活の時代をとおして、芳樹のまわりには、数々の情事《ロマンス》が雲のようにむれていた。芳樹を目ざして様々な美しい影が花のように流れ寄り、そして、幻のように流れ去った。しかし、芳樹はいちどもそれらに心をひかれたことはなかった。その美しい流《ながれ》をいつも冷静な目差しでアット・ランドムに眺めていた。どれとして記憶に残るほどの鮮かな思い出もない。天性《ア・プリオリ》ともいえるほどの孤独癖がそういう華やかな空気を拒否していたのである。何による人間嫌いなのか、それを説明することは出来ない。芳樹の場合は、それはちょうど、宿命のようなものだったと言えるかも知れない。この薄幸な恋物語《ロマンス》の結末をお読みになったらたぶんその意味を諒解なさるでしょう。

芳樹は、すこし白すぎる病室の天井を見上げながら、つくづくとかんがえる。外交官という職業に似合わしからぬほどに孤独と単純な生活ばかりを愛してきたこの自分が、どういう動機でまだ女にもなりきっていないこの稚《おさな》びた娘を愛するようになったのだろう。この疑問は、魔がしい黒谷山のサナトリアムからうづめと二人で逃げ出したあの時から、絶えず芳樹の心にまつわりついている疑問なのである。あまり納得しかねることなので、こういうのが前世の因縁というのであろうか……などとさえ考えた。

芳樹はうづめの方に顔を向きかえ、不思議なものでも眺めるように、その顔を見まもる。鼻が聳え立ったように高くなり、その陰が見すぼらしいほどに痩せ衰えた頬の上に奇妙なふうに陰を落している。唇は赤い生色を失って、死の影を宿したような黝《くろ》ずんだ色になり、それが最後の一息を呼吸する臨終の人のそれのように苦しそうにひくひくと動いている。

外交官は、ふとある記憶に行きあたって、思わず率然たる感情に襲われた。……この顔は、たしかに、むかしいちど見たことがある。

二十四

それは、諾威《ノールウエイ》のオスロの宿舎《やど》で、淋しく死んで行ったH夫人《アツシユ》の臨終の顔である。

二人は六年ほど前のある夏、峡江《フヨールド》見物の遊覧自動車の中で初めて知り合った。東京から来たある医学博士の若い夫人で、主人はストックホルムの万国医学会議に出席しているということだった。どういう情炎がこの美しい若い夫人を燃え立たせたのであろう。一週間程の後、芳樹が諾威《ノールウェイ》を離れようとする前の晩、小さな船宿にいる芳樹の部屋へ、その美しい夫人がまろび込んで来た。まるで気が違ったようになって、どうしても自分を連れて逃げてくれと言うのだった。芳樹は丁寧に謝絶した。しかし、顔ぐらい顰《しか》めていたかも知れない。思いがけないことに、その夜のひき明頃、夫人は芳樹の真上の部屋で毒を呷《あお》いで自殺してしまった。

宿の主人に急き立てられてその部屋へ入って行くと、夫人はいま息をひきとったばかりのところだった。白い聖服を着た僧侶が小僧と一緒に聖燭に灯《あかり》をつけてそれを死体の枕元に運んでいた。窓硝子《まどガラス》の上をひどい勢いで雨が流れる。轟くような波濤《なみ》の音、夫人はこんな荒々しい雰囲気の中で一種孤独なようすをして眼をつぶっていた。高い鼻の影が、片側から来る蠟燭の光で頰の上に奇妙な翳をつくっていた。

芳樹ははじめて諒解した。自分がなぜこの小さな娘に心を惹かれるようになったかを。こうして見るうづめの面差は、あの夜の不幸な夫人の顔に、瓜二つだった。

ニュウ・グランド・ホテルの薄闇の中ではじめてうづめの顔を見た瞬間、何か追慕のような感情がふと心をかすめたことを思い出す。北の国でのあの夜の事件はやや長い間芳樹の心に沈鬱の翳を投げかけていたが、時間が徐々にそれを忘れさせてくれた。その記憶は忘却の遠い向うへ押しやられて、今では思い出すこともなかったが、心の深いところにはあの気の毒な夫人の淋しそうな臨終の顔と贖罪の感情が残っていて、あの庭でうづめを見た瞬間、この小さな娘に特別な強い印象を受けたのだということを。

自分がこの娘を、何か大きな宿命のつながりのようなものの中で愛しているのかも知れぬと、つねづね感じていたのは、けして間違いではなかった。その証拠はここにある。健康で、皺ひとつない明るい顔の中からはその俤を感じることは出来なかったが、今こうして窶《やつ》れはてて、眼をつぶっているうづめの顔は、血縁などというものよりもっと生々しい、夫人そのひとの面輪だった。

外交官は漠然たる恐怖を感じて思わず胸を波立たせる。いま、自分の側に寝ているこのうづめは実はあの夫人の転生《トランスミグラシオン》なのではなかろうか。自分の無情に報復するために生れ変って来た、あの夜の不幸な霊なのではなかろうか。

外交官はそっと冷汗を拭いながら、わずかに落着きをとりかえす。そんな虚妄な思想は、原始宗教と一緒に亡びてしまった筈だと呟く。

しかし、……それはそれとして、では、はるばる大洋をこえてやってくるあの博士の不可思議な磁力を、どう解釈すればいいのか。

近代の科学は催眠術《メスメリズム》や隔感伝心術《テレパシー》などというものはある種の生物には何等の作用をも与え得ない力の弱いものだということを証明している。それなのに、博士は日本の武蔵野の奥にいながら、うづめの口を藉りてさまざまなことを言いかける。芳樹が印度《インド》の手相見の家《うち》を訪れたことも、うづめの命があと三十日とは保たないと予見されたことも知っている。……この超自然的な事実をどう解釈すればいいというのか。

芳樹は物質の世界に住み、その極限の向うには虚妄の世界があるだけだという思想に馴らされ、またそう信じることを近代人の矜持だと思っていたのだが、こういう事実に直面すると、さすが芳樹の心も戸迷いしないわけにはゆかない。どう理解してよいかまるっきり見当がつかないのである。こういう現実に触れない以前はとにかく、それを見た以上、それをさえも簡単に否定してしまうほど芳樹は浅薄にはなれない。とすると、うづめは矢張り博士と自分の奇妙な意地っ張りの犠牲になって、忌わしい博士の呪詛《カンタタシヨン》に落ち、むざと命をとられてしまうのであろうか。……そんなことが有り得るはずはないと思う。その心の下から、抵抗し難い神秘《ミスチック》な力に気圧されて、外交官は悄然《しようぜん》と胸を慄《ふる》わせる。

今では、自分のいのちにも代えがたく思うこの優しいうづめは、何の素因もなしに、あの思い上った博士の惨忍な心理学の実験の贄《にえ》にされてしまうのかと思うと、憤激とも、遺瀬なさとも、愛しさとも、何とも形容のつかぬ激情が、芳樹の胸の中で火の坩堝《るつぼ》のように滾《たぎ》り立つ。美しい面差をひたむきな自分への恋情のために窶《やつ》らせ、なやましそうに寝息を立てているこのだいじな命が、博士の鉤爪の先に引っ掛けられて没義道《もぎどう》に奪い去られようとしているのに、それに対してどんな小さな抵抗さえ出来ないという自覚が、芳樹を狂気させる。

芳樹は寝台の上に身を起し、しんじつ無念で、狂うようにおのれの身を掻きむしるのである。

ああ、それにしても、いま亡びて行く命の美しさは！　この世のどのような健やかなものよりもそれは美しく、どのような堅固なものよりも一層激しい愛惜の情を掻き立てる。自分が取りとめないまでにうづめの愛に錯乱するのは、うづめの熱情に焼かれたためばかりでなしに、いま失われようとする美に対する遣瀬ない追求なのだということを芳樹はいま悟った。この愛惜の情をどう形容したらいいだろう。まぬかれぬ運命だと思えば思うほど、その情感はいよいよ昂まってゆく。ひと飛びに博士のサナトリアムまで飛び戻ってあの酷薄な邪道面を一撃のもとに打ちひしいでしまいたいという兇暴な慾念に駆られる。これがもし日本ならば、自分はきっとそうしているだろう。うづめの命を繋ぎとめるためなら、どういう無慈悲なこともやりかねない。

芳樹は、窓のそばへ行き急いでそれを押し開けて、涼しい朝の風を胸の中に吹き込ませ、わずかに冷静を取り戻そうとつとめる。

優し気な一本の棕梠は、暁のみずみずしい乳色の中でまだしなやかに身をゆすることをやめない。そのようすに、何かひとの心を和ませるものがある。窓枠に頰杖をついてそれを眺めているうちに芳樹の心はだんだんに鎮まって来た。甲斐ない憤激や感傷で時を消している場合でない。博士の妖術にうちかつだけの強烈な意思と高い観念を探求しなくてはならぬと思う。

窓掛の総をいじりながら、外交官はひそやかに思いをさだめる。博士の兇悪な意思をうち負かすものは、強い愛の力よりほかにないということを。

芳樹は、印度《インド》の手相見の親切な忠言に従って、印度の奥地まで旅行することに決心した。この衰弱した自分の肉体が、その激しい旅行に堪えられるであろうか。外交官は熱病のために衰えてよろけがちになっている足を踏みしめて自分の力をためして見る。まるっきり力がはいらない。しかし、そんなことは問題にはならない。たとえ這ってでも行く。うづめを助けるためなら、命などはおしくない！　出発を明日の朝に定《き》めた。

うづめが夢の中で悲しそうな泣き声をたてる。芳樹は急いでそのそばへ行って、うづめの小さな手の中へ自分の手を返してやる。自分がしっかりと芳樹の手を握っているのをたしかめると、うづめは見すぼらしいほどにも憐れな微笑を浮べながら、安心して、また頼りなげな眠りの中へ落ちてゆくのだった。

二十五

二人はカルカッタからデイリー行の汽車に乗り、七日目の夕方、終点のシラムという寒村に到着した。

この辺は印度ももう辺境の、世界の涯といったところで、カラコルムの山脈を越えるとすぐ西蔵《チベット》になるのである。

名ばかりの小さな停車場を出ると、醜いシク族の土人の子供が大勢寄って来て、口々に何か叫びながら二人に石を投げつけた。萱葺《かやぶき》の屋根の上に大きな石を乗せた泥塗の小屋が百戸ばかり広場の廻りに聚落して、旧式な鉄砲を担いだ土人の巡査が跣足《はだし》で歩き廻っていた。外交官は駅長が今夜の宿をきめてくれる間、うづめと二人で停車場のベンチに腰をおろし、これからまだ十幾日かの困難な旅行を思いやる。

香港《ホンコン》の手相見が教えてくれたラプチ河の上流のコーサラという村へ行くには、ここから危険な密林《ジャングル》と高峻ないくつかの峠を越え、恒寒なカシモルの大氷河を渡って行かなくてはならない。それはどんなひどい旅か、たやすく言い表すことは出来ない。この世で最も苦難な旅行を半月もつづけなければならないのである。

外交官は新嘉坡《シンガポール》でかかった風土病からまだ充分に恢復し切っていないところへ、急に長い汽車の旅をはじめたので、また病気を後戻りさせてしまった。日陰では絶えず悪寒に襲われ、一歩日蔭を出るとたちまち滝のように汗を流す。キニーネ剤の注意深い連服がわずかに歩行を支えてくれるようなあわれな状態だった。

こんな条件のもとにこんな困苦な旅行を始めようとするなんてまるで狂気の沙汰だった。しかし、うづめにたいする深い愛のまえには肉体の苦痛などはものの数でもなかった。博士の手からうづめの命をとりかえすことが出来るとすれば、この百倍の困難な旅行でも恐れはしなかったろう。うづめへの忠誠と博士の妖術にうち克とうとする果敢な精神がこうまで衰えはてた芳樹の意力を鼓舞するのである。

それにしても、芳樹はあんな迷信じみたことをそのまま信じて、こんな旅行を始めようとするのだろうか。うづめはある悪霊の呪いによって、あと三十日ほどしかこの世に生きながらえることが出来ない。その命をとりとめることが出来るのは印度の奥にいるガーラガバという阿闍利だけだという。この聡明な外交官がこんな虚妄な予言をそのままに信じているのだとすればすこし低雑すぎるというほかはないのだが。

芳樹は勿論そんなものに盲目的な帰依《ファナティセム》などを抱こう筈はなかった。

が、一旦、それを信ぜずにいられないような事件に出逢うと、芳樹の恐怖は測り知れないものになった。

シンガポールの聖母病院からホテルに移った夜、そういう神秘力を信じさせるある奇怪な幻影をまざまざと目撃したのである。うづめにじじつ悪霊がとりついていることと、悪霊とは一体どんなものかそれをはっきりと知った。

その夜、二人はラッフルス博物館の裏のひっそりとした道をホテルの方へ帰りかけていた。空には月があり、舗道の片側にはアーク灯の列が蒼白い舌を吐いていた。

芳樹は不思議なものを見た。

舗道の上にうづめの影が二つ映っている。一つは右側の塀の上に、一つは左側の建物の上に。ひとつは散歩服を着た小柄なうづめの影で、もう一つの方は、肩のところに襞のあるやや古風な服を着た脊の高い婦人の影である。塀の上に痩せぎすな美しい横顔をうつし、耳には見覚えのある瓔珞《ようらく》のかたちの耳飾りをしている……。芳樹を追いかけて来て、諾威《ノールウエイ》のオスロの船宿の二階で毒を呷《あお》って独り淋しく死んで行った、あの若い博士夫人の影だった。

二つの影は絡み合ったり離れたりしながら踊るように先へ先へと伸びてゆく、青白い月の光の下で、見る見る道路いっぱいにひろがって……、頭の方は遥か向うの四辻まで届いていた。

芳樹は率然と理解した。この嫉妬深い悪霊のやり方を。うづめの顔を一日毎に自分の臨終の顔に似せるのは、それによってあの夜の芳樹の冷淡な仕打ちを思い出させようためだった。それもこれも、いやが上にも芳樹を苦しめようとする博士の妖術がさせる業なのに相違なかった。

二十六

二人の乗った泥だらけの箱車《アジマー》は、寂莫と物音ひとつ聞えない深い密叢林《ジャングル》の中にうねうねと細くつづく騾馬路《ろばみち》を喘ぎ喘ぎ進んで行く。

榕樹や檳榔樹《びんろうじゅ》やマングローヴの枝と名も知れぬ纏繞植物とが厚く絡み合って陽の目を遮り、ジメジメした泥の上から毒のある瘴気が靄のように立ちのぼる。

ちょうど雨期の終りで、轍を埋めるばかりの深い泥濘《ぬかるみ》が絶えず車の進行をはばみ、どんよりとした悪性な暑気と霖雨とが代る代る襲って来てこの小さな箱車《アジマー》を蒸籠《せいろう》のように蒸しあげる。蝿と虻《あぶ》の大群。それに、埃のような、眼にも見えぬ小さな蚋《ぶと》がどんな細かい紗の目からでも入り込んで来て人を螫《さ》す。螫された痕は見る見るうちに化膿してひどく発熱するのだった。夜は夜で、陽が落ちると人々は寒さで顫《ふる》い上る。螫すような寒気は毛布を透して骨まで鋭くさし貫ぬくのだった。

うづめは、病気の子供のように眼ばかり大きくして車の幌に脊を凭《もた》らせていた。手が透きとおるように蒼白くなって、小さな支那扇を持ったまま一日中ぐったりと垂れ下っている。

芳樹はすこしずつ今度の旅行の目的をうちあけた。博士との決闘のことも、香港の手相見のことも隠さずに話した。が、オスロの夫人のことと、あの恐ろしい影のことだけは言わずに置いた。あまりくわしいことを話してうづめを恐怖させてはいけないと思ったからである。

うづめは格別驚くようすも恐れるようすもなかった。それをきくと、不思議な悲しみに満ちた表情で芳樹を見戍《みまも》りながら、

「あたし、しあわせね」

と呟くと、懶《だる》そうに眼を閉じてしまった。顔はちょうど言葉と反対なことを言っている。うらめしそうにさえ見えるのである。いったい、自分はうづめを悲しませるようなどんなこ

とをしたというのだろう。芳樹が問いかけても首をふるだけで返事をしなかった。

三日目の夕方、カラクという村についてここで泊った。二人ともひどく疲労して熱さえ出していたが、たった半日しかここへ滞在しなかった。先を急がれたからである。

五日目にはようやく叢林《ジャングル》に囲まれた低地を抜け出して広々とした谷間へ出た。ヒマラヤ特有の襞の多い丘陵に沿ってラプチ河が激しい飛沫《しぶき》をあげて、その向うにヒマラヤの高峰が雪の頭飾《あたまかざり》をつけて傲然と立ち上っていた。

外交官は余りにも変りはてた自分の境遇に驚く。いつの日か、自分が小さな恋人と印度も奥の奥の、こんな荒涼たる自然の中を病みつかれて彷徨しようなどと一度でも考えたことがあったろうか。どうしても現実のことと思われなくて、何とも知れぬ孤独な感情に襲われながら映画の実写でも眺めるようにこの唐突な風景を茫然と見成る。夢を見ているような気がしてならない。

そう言えば、黒谷山のあの暗い夜、奇怪な博士の饗宴を隙見したことも、氷の暈光《ハロオ》で包まれたサナトリアムからうづめと二人で逃出したことも、また、ニュウ・グランド・ホテルの夏の宵闇の中でうづめに逢ったことさえ、みな夢のつづきだったような気がする。月の出に間もない港のみずみずしい空に打ち上げられたあの花火の色さえ妙によろけがちで、とりとめない夢の中の景色によく似ていた。多分間もなく、自分は東京の家の寝台の上で眼を覚まして、あまりにも不思議な夢の後味に、思わず嘆声を洩らすのではなかろうか。どうもそんな気がしてならない。

眼の前の山脈がだんだん定かならぬ灰色の中に沈みかける。芳樹はまた奇妙なハープの音を聞いた。潺湲《せんかん》と谷の清水が岩走るようなあの古雅な絃《いと》の音がどこからともなく響いて来る。黒谷山のサナトリアムから洩れて来たあのハープの音である。見る限り岩山だらけのこのヒマラヤの麓でハープの音などがするわけはないのだが、芳樹の耳にはそれがはっきりときこえる。しかし、これは今日に限ったことではなかった。香港に近い海の上でも、シンガポールの聖母病院の庭でもそれをきいた。いつも同じようにロンドのような単調な旋律を弾いている、どうしたというのだろう。これもはるばる日本から放射される博士の放射能《ラジオ・アクチヴィテ》なのであろうか。

急に不安になって、うづめに、

「妙だな、ハープの音が聞える。ね、そうだろう、あれは、ハープの音」

うづめは弱々しく眼を見張ると囁くような声で、

「どうしてでしょう。あたしには、河の音しかきこえない。こんなところでハープの音なぞきこえるわけはないでしょう。……ハープを奏いてるのはニュウ・グランド・ホテルの舞踏会の余興なのよ。ほら、もうじき終りになるところです。……でも、それだってここまできこえるわけはないわね」

いったい何を言ってるのだろう。二人とも妙なのだ。あまりひどい困苦と疲労が少しずつ二人の神経を狂わしかけている。

二十七

一行は車の騾馬を犂牛《りぎゅう》とつけ換えるためにサマラという村で一泊した。ここからいよいよ大ヒマラヤの懐へ入って行くのである。

瘴気と毒虫の苦しみがなくなると、ここでは恐ろしい太陽とひどい渇が待っていた。五日目にはキリクに到着するはずだったのにいろいろな故障のために五日経っても予定の道程《みちのり》の半分も進まず、革袋には一滴の水もなくなってしまった。この辺は熱に荒らされた嶢埆《ぎょうかく》たる山地で、岩と石ころばかりの稜々たる冷酷な自然は乾いた河床ひとつ与えない。うづめは幌の薄暗い蔭に萎え切ったように横になってしきりに水を欲しがる。耐え難い疲労のあとで今度は太陽の火で灼き立てられ、もう見るかげもなくなってしまった。顔はびっくりするほど小さくなり、手足は小児《こども》のように細く青くなって汗を拭く力もなく胸の上に組み合わされたままになっている。

芳樹は片身で幌の横木を摑んでひどい動揺から身を支えながら、大きな団扇《うちわ》でうづめを煽ぐ。この風で僅かでもうづめの渇きを忘れさせてくれるようにと念じながら、いっしんに風を送る。しかし、このひどい渇きが、どうして風くらいで医されよう。それもむっとするような死んだ空気を攪《か》き交ぜているのに過《す》ぎなかった。うづめは一分おきに、水をちょうだいという。もう夢幻《ゆめうつつ》になって、譫言《うわごと》をもらし始めるようになった。

外交官は絶望的な狂気に捉えられて身体をかきむしる。うづめの声をきくたびにズタズタ身を引き裂かれるような思いがする。たったひとたらしうづめの口に水を含ませてやることが出来たら……。しかし、水気を失った革袋は古い長靴のように固くなり、どんな奇蹟が起きようとこの中から水が出て来よう筈はない。芳樹は灼きつくような思いで、清冽な泉の迷景《ミラージュ》を瞼の裏に描くのだった。考え及ぶだけのことはやって見た。思いつくだけのことをすると、あとは接吻してやることしか出来ない。すると、うづめは無理に唇を歪めて微笑して見せようとする。そして、また二分ほどすると幻覚状態に陥って、早くそのフラスコの水を飲ましてちょうだいと言いながら身もだえするのだった。

この上は牛を殺してその血でも飲ませるほかはない、そう考えついた瞬間、芳樹はもう拳銃を握って車からよろめき降りていた。牛を殺すとその後はどうなるのかそれを考える力さえなかった。

二人の案内人は、芳樹のしようとすることを見抜いたのだろう、荒々しい声で叫びながら右左から芳樹を摑まえて必死に引きとめるのだった。じっさい、この荒涼たる人跡絶えた山地の真中で牛を殺してしまったら、四人の食糧とテントと半病人の娘をどうして運ぼうというのだ。それこそ餓死するより外はないのである。

芳樹は三度ばかり激しく大地へ投げ飛されたが、起き上っては錯乱したように牛の方へ近づこうとする。もう人間の相はしていなかった。その病み衰えた男のどこからこんな力が出るかと思うような勢いで、拳銃の台尻で案内人を叩き倒すと、牛の方へ走って行ってその眉間へ弾丸《たま》を撃ち込んだ。牛の咽喉を斬って革袋に血を受けるのと、それをうづめの口もとまで運んで行くのと殆んど同時位の早さだった。

この牛の血はどんな大きな効果をあらわしたことだろう。それがうづめの咽喉を過ぎるとすぐもう生気が甦ってくるように思われた。

芳樹はそれを見すますと、車から降りて牛の死骸を取りのけ、その軛《くびき》に自分の身体を結いつけると、けもののように身体をかがめて重い箱車《アジマー》を輓きはじめた。

二十八

こんな酸苦な旅を続けたのち、カトックの村へ着いたのはそれから四日目の夕方だった。見上げるとヒマラヤの山稜は骨のように天を摩し、蒼白い霧の海が漠々と漂う間を名の知れぬ河が銀の帯のように滾《たぎ》り落ちていた。空を截り開く氷の屏風《エクラン》は夕日を受けると鮮血のように真紅《まつか》に染まり星影をうつしては滴たるような青色《せいしよく》になる。悠久とも無限とも、おそろしく魂に迫る風景だった。

芳樹はカトックの村で、六頭の犛牛と四人の案内人を雇い入れ、七日分の食糧と燃料を積んで未明にコーサラへ向けて出発した。うづめは自分の脊にしっかりと結いつけた。削り立ったような万仞《まんじん》の断崖の裾に、わずか牛一匹だけが通り抜けられるほどの細い桟道がうねうねと続いている。この辺はもう一万尺ほどの高さで草一本苔一つない冷涼たる恒寒の世界である。太陽の光にも何の暖かみもなかった。あらゆる物象は鋭い影を投げ合いながら永久に凍りついていた。

三日目にはカシモルの壮大な氷河を渡った。一面硝子《ガラス》のような急傾斜の氷の原が底も見えぬ深い渓谷の方へ雪崩《なだ》れている。この残酷な鏡の面《おもて》を手と足と氷斧《アイス・ピッケル》を使って斜《はす》に横切って行くのである。

空気が非常に稀薄なので人も犛牛も鼻血を流しながら這うようなのろさで進んで行く。牛乳と鶏卵をメリケン粉で捏ねたカスベクという餅が唯一の食糧なのだがそれさえも一日に一度しか摂ることが出来ない。

夜は骨を鑴《きざ》むような寒気の中で人と牛が身体を寄せ合ってわずかに二時間ほどの睡眠をとる。

カルカッタを出発してから十八日目の夜が来た。香港のあの夜から数えるとちょうど二十九日になる。

しっかりとうづめを抱いて坐っている芳樹の頭の上で亜剌比亜夜話《アラビアン・ナイト》の中にあるような大き

な星が碧玉髄のような氷の壁の端に引っかかっていた。

空気は氷のように凝結して、呼吸するごとに鋭く鼻の奥を突き刺した。四辺《あたり》はしんと静まりかえり、何とも名状し難い透明な青い光が、冷涼たる自然の中を満していた。すべての物象は鏡のように玲瓏と輝き、そこからすぐ同じように青い無限の虚空につづいていた。芳樹は万物が死滅した地球の上に自分一人だけが生き残ったような耐え難い孤独な感じに襲われて、長いこと泣いた。

昨日《きのう》からうづめはもう何も話さなくなった。あのあどけないよく響く声は長い間の苦痛と衰弱のために失われてしまった。三日前までは微かな弱々しい声で、辛うじてひと言ふた言返事をした。しかし、昨日の暁方《あけがた》から、それも聞かれなくなってしまった。

芳樹が顔を近付けても微笑するでもなく瞬きをするでもなかった。

顔つきはまだどこかしっかりしたところがあるのに、眼差は遠いところでも眺めているようにぼんやりと漂っている。生きながら魂はもう半ば死の手に摑みとられているような憐れ深いようすをしていた。

これほどの困難と戦って遥《は》る遥《ば》る印度の奥までやって来ながら、もう一歩というところで、こんな悲しいようすでうづめは死んで行くのであろうか。

二十九

外交官はバクウへ行く石油船の船艙《ハッチ》の上へ、蓆《むしろ》を敷いて、うづめと抱き合って坐っていた。

二人のまわりには印度人やアラビア人の下等船客《デッキパッセンジャー》が身動きもならぬほど乗り合していて、思い思いの仕方で米を炊《かし》ぎ、それを芭蕉の葉から手づかみで喰べていた。

外交官はそのひどい騒ぎをぼんやりと眺めながら、どうして自分がこんな船に乗っているのかといっしんにかんがえる。

この油染みた古い箱のような船には、八年ほど前に近東地方を気紛れな旅をしたとき、たしかに一度乗ったことがある。そう言えば、いま自分の廻りにいるこの印度人たちもいちいちみな見覚えがあるのである。

マストに背を凭《よ》せて空を仰ぐようなようすをしている美しい面紗《ヤシマク》の女も、西瓜《すいか》にむしゃぶりついてペッペッと甲板の上に種子《たね》を吐きちらしている目のギョロリとした土人の子供も、立ち膝をして土鍋の底をあさっている病み疲れたような老婆もいちいちみな見覚えがある。それればかりか、みなあの日の通り、寸分たがわぬやり方で身動きしたり声を立てたりしている。ちょうど遠い昔いちど見た映画をまたくりかえして見ているような気がする。

いったいどうしたというのだろう。自分が今うづめと抱き合って坐っているのは現実なのかそれとも夢なのか、その境界がどうも曖昧でいずれとも定めがたい。この人間どもが、いま自分の廻りでひどい騒ぎをしながら夕食をしているのはまさしく現実のことにちがいないのだが、そうと意識しはじめると、その顔々は急によろけはじめ、妙に伸びたり縮んだりして、今にも、石鹸《シャボン》の泡のようにふっと消えてしまいそうに思われるのである。

それにしても何という青い景色だろう。月はしんと静まりかえった生気のない光で海の上を照らし、船はその光の中を幻影のように音もなく進んで行く。舳《へさき》も空も水泡も、みんな青色だった。なにもかもうす青い蛍光を放ちながら静かに輝いている。

芳樹は何とも名状し難い恍惚境にまどろみかける。いま自分の腕の中でうづめが静かな寝息を立てているのだが、それさえどうもとりとめなくて嘘のような気がしてならない。

自分はいまこうしてうづめを腕の中に抱いているが、間もなくうづめはこの囲《かこい》から抜け出して永劫の輪転の中へかえってゆく。どんな意志も涙も愛情も、それを遮りとめることが出来ない。この世で何物にも換えがたく愛するものが、ほどなく死んでしまうと約束されているほど無情なことがあろうか。

もう間もなく何もかも終ってしまうのだと考えただけで芳樹の胸は張り裂けるような思いがする筈なのに、どうしたものかすこしも悲しくならない。あのひどい苦悩も不安も、今では遠い痛みのように胸の方をほのかに疼《うず》かせるだけである。何もかも混沌として、自分がなぜこんな船に乗っているのか、どういう目的でどこへ行こうとしているのか、それさえもさだかに思い出すことが出来ない。

こうしてじっとしていると、自分の肉体は重さも輪廓もなくなって、うづめをしっかり胸に抱いたまま、玲瓏たる青色の宇宙の中へこのまま溶け込んでしまいそうに思われる。この幽幻な光の中で、あえかにも美しい肉体を自分の露な腕で抱きつづけている陶酔をいったい何と名づけたものだろう。苦しみも不安も悲しみもない。そこには身を顫《ふる》わすような歓喜だけがあった……

片面太鼓《ムルダンガ》の単調な音と経文のような物淋しい唄声がふと外交官の心を目覚めさせる。ぼんやりと眼をあけて見ると、夕餉を終えた印度人が二十人ばかり甲板の隅に円陣をつくってゆるやかな太鼓の拍子に合せて歌を唄っている。その唄は、大ヒマラヤのあの極寒の氷の世界で案内人どもが唄っていた唄だった。芳樹は自分がどうしてこの船に乗っているのか、いまようやく思い出した。自分はこの船でバクウまで行くのだった。

あんな苦難な旅をつづけたのちコーサラについて見ると、たずねる阿闍利は五日ほど前にベルチスタンのカラチへ巡錫《じゅんしゃく》に出かけられたということだった。ちょうどカシモルのあたりで行き違いになったわけだった。一行はその翌朝、いま来た道を影のようにカトックへ引きかえした。

ようやくカラチまで辿りつくと、阿闍利はつい二日前波斯《ペルシャ》のナシラバッドへ発ったあとだった。ナシラバッドへ行くと、昨日《きのう》仏領アフリカのアルジェへ出発したということだった。二人はバクウでナポリ行の汽船をつかまえるためにいまそこへ行く途中なのであった。ナポリからマルセーユへ行き、そこで阿弗利加《アフリカ》の汽船に乗りかえるつもりなのである。

三十

大ヒマラヤの高燥な空気は、どんな霊妙な働きをしたのだろう。一時はこのまま果敢《はか》なくなってしまうかと思われたうづめは、夜明けごろからすこしずつ元気を取戻して来た。健康な人間には耐えられないこの稀薄な空気は、反対に、弱りはてたうづめの精神に適度の緊張と刺激を与え、徐々に生きる力を与えてくれたのに相違ない。芳樹の胸に凭《もた》れながら口をおかずに喋《しゃべ》り出すようになった。

しかし、この元気はたしかに異様だった。まさに燃え尽そうとする蠟燭が、その一瞬前に華々しい炎をあげるような、何かそんなわびしさがあった。間もなく死んで行こうとする者に共通な、あの言い表し難い果敢ない美しさがぼんやりと顔の中に漂いはじめていて、それを見る外交官の心をゾッと竦み上らせるのだった。

二人は氷の壁の下に身を寄せ合って坐っていた。夜明けにはまだすこし間があった。月はまだ空にあるがすこしずつ輝きを失い、黎明の乳白色がほのかに山巓《さんてん》に忍びよっていた。うづめはすっかりやつれてしまった小さな顔をさし仰ぐようにして、

「あたし、今日死ぬひとのように見えて」

と、くりかえしくりかえしたずねるのだった。うづめの快活な声音にかかわらず、眼の中には光がなくなって、死の翳といえるような黒い隅がもう眼のまわりにあらわれかけている。外交官は胸がいっぱいになって何と答えることも出来ない。とり合わぬようなふりをして微笑をうかべて見せるより仕方がない。

うづめは大きな眼でじっと外交官の眼を見ながら、

「ほらね、あなたには、あたしが死ぬようにしか見えないのよ。なぜそうなのか、あたしにはそのわけがよくわかるの。……言って見ましょうか。それはね、あなたは、あたしが今日死ぬときめているから。……でも、人間が悪霊にとり殺されたり幽霊に命をとられたりするなんてことがあるものでしょうか。博士の放射能《ラジオ・アクチビテ》だってそんな力があるとは、どうしてもあたしには思えません。それなのに、あなたはすっかりそれを信じ切ってただの一度も疑って見ようともしないんです。……あたしには、あなたがあたしが死ぬのを待ちかまえているようにしか思われないの」

いったい何を言い出す気なのだろう。もう反対する元気もない。ただ頷いているほかはな

かった。

うづめは、何ともつかぬほのかな微笑をうかべながら、

「また、言い過ぎましたわね。ゆるしてちょうだい。こんなことを言うつもりではなかったの。……でもね、あたし、今日死にはしないのよ。まだもうすこしあとなの。……そして、それは悪霊のせいでも宿命のせいでもなく、あなたに殺されて死ぬんです。あたしにはそれがよくわかっているの。たぶん、あなたの冷たい心がいつかあたしを殺すのです」

だんだんほのかな声になって、

「あたしのためなら、こんなひどい苦労をして、こんな世界の涯のようなところまで来て下さるに及ばなかったのです。いつでも一緒に死んでやると言ってくださるだけで充分だったのですわ。……でも、あなたはとうとう今日までただの一度もそうは言ってくださいませんでした。あなたというひとは、自分の愛するものの死まで自分の楽しみにすることを忘れないんですの」

外交官は自分の死についてはまだ一度も考えて見たことがなかった。うづめが死ぬときにはいつでも一緒に死ねるはずだとぼんやりと考えていた。そんなら、いま一緒に死のうと言われて、自分は喜んで死ねるだろうか。その心の用意はなかった。

自分が死ぬためには、まずうづめに死んでもらう必要があった。自分はうづめのあわれな死体にとりついてさんざんに涙を流し、それから、その悲しみのために死ぬはずだった。

うづめにいま一緒に死んでくれと言われたらどうしようと思って、うろたえて、われともなくうづめを自分の胸から突き放した。

……うづめが腕の中で、寝がえりをうつ。その顔を見ていると、あの朝の苦々しい思い出がまた鋭く胸に甦ってくる。単調な片面太鼓《ムルダンガ》の音と陰気な唄声がいよいよこの思いを哀切なものにする。

それにしても自分はいま何という愚かな陶酔にひたっていたのだろう。狂い出しそうな自分の恋情にかかわらず、うづめはもう自分のものではない。かたちだけはこうして自分の腕の中にいるが、心はもう遠い遠いところにいる。どんなに哀願しても涙を流しても、もう自分のところへ戻って来てはくれないのであろう。

あの朝以来、うづめは幻影につかれた人のような、妙にとりとめないようすをするようになった。眼の中が死んだようになって、何か無気味で近寄りにくいのだった。

それにしても、外交官はいくどうづめの足下に跪いたことだったろう。気がちがったようにうづめの足を抱きながら、もういちど、むかしのように愛してくれるように哀願する。すると、うづめは悲しそうな顔をしながら、

「でも、あたしはもう死んだの。……香港の手相見の予言はほんとうでした。あたしはやりあの朝死んだのでした。いま、ここにいるのはあたしの影。あなたの冷淡な心に殺された不幸な女のたましいです。どうしてあなたを愛する力などこのあたしにありましょう」

と、洞《うつろ》な声で答えるのでした。

……芳樹はこの海の上でまたあのハープの音をきく。黒谷山や印度の高原で絶えず悩まされたあの潺湲《せんかん》たる音をきく。銀盤の上に絶えず水が滴るようなこのうるさい音はいったいどこから響いて来るのだろう。すこしずつ気がちがいかけているのに相違なかった。

三十一

地中海は荒れていた。ひどい季節風《ミストラル》が吹き、海岸は白くささくれ立っていた。この荒天のためにどの船も港の奥深く風を避け、マルセーユ行の船はいつ出帆するとも見込みが立たないのだった。

二人はサンタ・ルチーヤの噴水の前のホテルに小さな鞄をひとつ置くと夕食をするために近くの料理店《リストランテ》へ行った。

その料理店はサンタ・ルチーヤの「卵の城《カステル・デイ・ウオーヴオ》」の海の香のする断崖の上にあった。海の方から見ると、シャンデリヤのともった明るい窓々が削り立った崖の端で灯台のように輝くのだった。

外交官とうづめは窓ぎわの食卓に席をとって、窓から海を眺めていた。遠い空の涯で稲光がし、目のくらむようなはるか下で、黒い海が轟くような音を立てて岸を嚙んでいた。

広い食堂の中で大勢の人々が食事をしていた。見渡すかぎり明いた席もないのに何とも形容のつかぬひっそりとした気配が漂っていて、のみならず、なぜか話声らしいものはすこしも聞えぬのだった。明るすぎるシャンデリヤの下を喪服を着たような陰気な給仕たちが影のようにのろのろと動き廻っていた。

うづめはこのナポリで買ったばかりの水色の夜会服《ソワレ》を着て、たいへん悲しそうなようすで暗い海に見入っている。

ああ、死ぬことを考えているんだな。……なぜか外交官にははっきりとそれがわかるのだった。そして、これがこの世でのうづめの見おさめなのだとぼんやり考える。

すぐ、うづめが返事をした。強いて微笑《ほほえ》もうとするように、唇の端を曲げながら、

「ええ、そう。残った影はもういま死んで行きます。……この長い間、あなたのまわりでいったいどれだけの女のたましいが死んで行ったか、あなたにはご存知ですか。……あたしもその一人だったのです。ああ、今更何を言う必要があるでしょう。これほどにもあなたが愛するうづめが、なぜこんな風に死んで行かなければならないか、間もなく覚《さと》ってくださるでしょう。では、さよなら、さよなら……」

素早くテーブルの周囲《まわり》を廻って来て外交官の唇に接吻すると窓の側へ駆け寄って、ガラス窓を一杯に押しあけ、風に吹き上げられた葩《はなびら》のように黒い夜空の中へ飛び出して行ってしまった。

三十二

外交官がホテルの自分の部屋へ帰って来たのはもう夜明にちかい頃だった。

窓ガラスの上をひどい勢で雨が流れ落ちる。夜卓の上の蠟燭の炎が隙間風に吹かれて絶えずゆらゆらとゆらいでいる。身にしみるような佗しい風景だった。

小さな露台のついた古ぼけた粗末な部屋で、壁には雨漏の汚黒《しみ》が、ぞっとするような異様な模様を描いていた。鏡には亀裂《ひび》がはいり、縁の欠けた白い洗面器の中に、冬の蠅が一匹死んでいた。

どうしたというのだろう。これは諾威《ノールエイ》のオスロの船宿なのに相違なかった。自分はサンタ・ルチーヤのホテルの一室にいるはずなのに、いま眼に見るのは、不幸な博士夫人が淋しく死んで行った、あの物淋しい臨終の部屋の景色だった。壁の汚黒も、洗面器の中の蠅も窓を伝う雨も、轟くような波の音も、みなあの夜のままだった。あわてて窓の傍に走り寄って窓掛をまくり上げて見ると、露台の向うには地中海の波が夜目にもしろい波頭をちらしていた。

芳樹は夜更けの椅子にひっそりと腰をおろして首垂《うなだ》れていたが、この時、ふと、あの夜の夫人の言葉を思い出した。物狂わしく外交官の膝にとりついて掻き口説《くど》くあのあわれ深い姿も。

「オスロの遊覧自動車の中ではじめてあなたにお目にかかったとき、あなたは愛想よく私に目礼をなさいました。あの痺《しび》れるような気持を今でも忘れません。ありふれた男だったら、それはただの目礼にすぎないのでしょうが、あなたはあまり美しいので、なんでもないこともたいへんな意味を持ち出すのです。あなたの眼差に逢うと、相手はもう憑かれたようになって何もかも捨ててあなたについて行く。来いと仰言ったからまいりましたというと、あなたは、顔を顰《しか》めてまるっきり覚えのないことだといって突き放してしまうのです。なるほどそれにはちがいないのですが、そうなった女は、ではいったいどうすればいいのでしょう。もう死にでもするよりほか仕様がないのです。せめて優しい言葉でもかけて下さるなら、命まで捨てないですむでしょうのに、あなたはそれだけのことさえして下さらない。いったい何人の女があなたの冷淡のために身を滅したでしょう。ああ、これほどの罪劫が報われずにすむことがあるでしょうか。いずれいつか、あなたもきっとこんな目に逢うにきまっていますす。その時こそは、私たちの魂がどんなに苦しみながら死んで行ったか、そのつらさをつくづくと覚《さと》ってちょうだい」

たまきはるまでに愛していたうづめが、なぜ死んで行かなければならなかったか、今こそはっきりと覚った。芳樹がうづめにあくがれればそれだけ、うづめは芳樹から離れて行かなければならなかった。

これは人の真実や愛情をあまり軽率に見すごして来たものが当然受くべき報いだった。とうとうその罪劫が罰せられたのだ。こうして愛するものを失って見ると、今までの自分の冷淡の仕打がいちいち、つらつらに思いあたるのだった。

海風が荒々しく窓ガラスを叩いて通る。そのたびに蠟燭の炎がまるで生物《いきもの》のように伸び上ったり縮んだりする。悒《う》つうつと頬杖をついてそれを眺めているうちに、耐え難い孤独な感じと慚愧の情が鋭く胸先に突っかけて来て、もう生きていられないと何故かそう思うのだった。われともなく衣嚢《ポケット》から拳銃を抜き出すと、筒先を顳顬《こめかみ》にあてて引金をひいた。劈《つんざ》くような轟音と共に灼熱した鉄の棒のようなものが耳の上のところを斜に貫いて行った。

……その途端、芳樹を取囲んでいた古ぼけた部屋の風景が見る見る崩れ落ち、そのかわりに、ニュウ・グランド・ホテルの夕闇の土壇《テラッス》と、シャンデリヤに照らされた舞踏室《ホール》の全景が視覚に飛びついて来た。

サンタ・ルチーヤの旅館の一室にいるとばかり思っていたのに、この舞踏室《ホール》の入口の籐椅子の中に頭から血を流しながら崩れ込んでいる自分自身を発見した。

混沌たる眼をあけて舞踏室の隅のほうを眺めると、自分がここへ入って来た時始まりかけていた余興のハープの独奏がちょうどいま終ったばかりのところだった。演奏者が度胆をぬかれたような顔をしてこちらを見ていた。

大勢の人が四方から駈けて来てこの唐突な自殺者を遠巻きにする。芳樹は、その人垣のうしろからおずおずと眼を覗かせている美しい白い顔を見た。芳樹と二人でヒマラヤの奥まで物狂わしい彷徨をつづけた筈のあのうづめの顔だった。姉と手をとりながら怖ろしそうにこちらを眺めている。

芳樹の友人が驚いてバーから駆けて来た。そばへ寄って見ると、もう手に負えない重傷だということが一目でわかった。弾丸は顳顬骨《しょうじゅこつ》を斜に貫いて顱頂《ろちょう》に黒い孔をあけていた。まだ意識のあるのが不思議な位だった。

「なんて馬鹿なことを仕出かしたんだ」

抱き上げて、床の上に敷いたマトラの上へ寝かそうとすると、芳樹は割合はっきりした声で、

「早く医者を。……死にたくない」

と呟いた。廻《ゆび》りの人の顔をじろじろ見廻していたが、急に脅えたような声をあげてホールの入口の方を指しながら、もう聞きとりにくくなった嗄《しゃが》れ声で、

「あそこへ、行く、老人は、だれだ」

とたずねた。

いま芳樹が指した帽子置場《ヴェスチエール》の前を、青磁の仮面《マスク》をつけたような無気味な顔をしたあの老人がゆっくりと歩いていた。

友人は芳樹の耳元で囁いた。

「あれはね、大江という精神磁気学《マニエティスム・ユウメン》の泰斗だ。君には隠していたが、あれがオスロで自殺した不幸な夫人の亭主だったんだ」

芳樹ははじめて何もかも了解した。自分のこの奇妙な幻覚は舞踏室の入口で博士に突き衝ったあの瞬間から始まったということを。

苦悩と嗟嘆に満ちた自分とうづめのこの物悲しい恋物語《ロマンス》は、実はバッハの「ブウレエ」をひとつ弾きおえる、わずか五分ほどの間に博士が見せてくれた幻想だったということを。

「何をお急ぎです、まだ月も出ないのに」

あの時の博士の異様な挨拶の意味も、今にして始めて了解されるのだった。あわてるには及ばない、どうせお前は月の出までの命だ、と博士は言ったのだった。

水平線の上が、いま月の出の褪紅色でほんのりと染められようとしていた。

妖翳記《ようえいき》

一

向うむきになって、しゃがんでなにかいじくり廻している。

何をしているのかと思って、近よってのぞき込んで見ると、三尺ばかりのやまかがしを木の枝でなぶって遊んでいるのだ。

私が、四角ばって初対面の挨拶をすると、いちどふりかえってから、逃げ出さないように、蛇の頭を草履でふんづけながら立上って、

「ごきげんよう」

と、ぶっきら棒にいうと、あとはジロジロと、いつまでも私の顔を眺めている。

こわいほど美しい顔だ。

臨画の手本にある女の顔のように、どこもここもきちんと整って、それが、磨きあげた象牙のように冷々《れいれい》と冴えかえっている。

この皮膚の下に血が通っているとはとても考えられない。冷艶というのにもあたらない。無生物的で、見ていると何だか膚寒くなってくるような気がする。

そろそろ閉口しかけていると、こんどは藪から棒に、

「あたしの来るまで、この蛇を蹈んづけていてちょうだい。逃がしては、いやよ」

と、言いすてて、スラスラと母屋のほうへ歩いて行ってしまった。

私は、言われた通り、神妙に蛇の頭を蹈んづけて待っていた。

蛇は、苦しがって、くねくねと身体《からだ》をよじらせたり、尻尾で私のズボンの裾を、叩いたりする。

それはともかく、私は、そういう情況によって、頭からカンカン陽に照らされながら、広い芝生の庭の真ん中に突っ立っていたが、いつ迄たっても女性は戻って来ない。来ない筈だ。ピアノを奏きはじめたらしい。洋館の二階の窓から、何かとぼけたような旋律が流れ出して来た。

私は、いまの女性に美学と美術史を教えに来た謹直な苦学生で、蛇の頭を蹈んづけに傭われて来たわけではないのだから、こんなことは御免だと言って一向差支えないのだが、なぜかそうしにくいところがある。やはり、命令通りこうしているほかはないような気がして、夕方までそこに突っ立っていた。

二

私は、天井の高い、途方もない広い洋室で寝起きすることになった。

思うに、この部屋は、むかし舞踏室にあてられていたものらしい。床は組木細工になっているし、天井には物々しいシャンデリヤがいくつもぶらさがっている。

つまり、ホテルの大食堂ほどもある広間全体が私の寝室なのだ。

私は、そういう広茫たる部屋の真中に置かれた小さな寝台でねる。

大海の中に漂っているような感じがする。自分の身体が今迄の半分になったようで、心もとなくてしょうがない。夜になると、闇が絨氈のように四方から巻き上って来て私を包み込み、息の出来ないようにしてしまう。恐ろしくてなかなか寝つけない。

不二はこの家《や》の当主で、べらぼうに大きな洋館に、わずかばかりの召使いを使って、たったひとりで住んでいる。

明治時代の古色蒼然たる洋館で、家の中には、何とも言えぬ黴くさい雰囲気がたちこめている。家具や調度はみな鹿鳴館時代のもので、一向修覆もしなかったと見えて、すり切れたりガタガタになったり、手のつけられないようすをしている。

しかし、よく見ると、椅子の布地は錦だし、マントルピースには、みな伊太利《イタリー》産の大理石を使ってあるという風で、むかし、ここで、どんな豪奢な生活がくりひろげられていたか充分に察しることが出来る。

聞くところによると、先代は、北欧の公使をつとめていたが、外国の任地にあるその長い間、長椅子にあぐらをかいて大酒をあおりながら、漢詩をつくって暮らしていたそうだ。必ずしも詩情を解するというのではなくて、大酒と漢詩は、自分でもはっきりとわからない胸中のもだもだを、まぎらわす手段にしていたらしい。

自分では憂国の志士を以て任じていたが、実は、その頃梅毒性の神経衰弱がだいぶ昂進してきていたので、もだもだというのは、つまり生理的な不快のことだったのである。それは、先代の死後、（先代は脳梅毒で死んだ）それと察しられたのだが……

不二は先代が外交官をやめて日本へ帰って来た次の年に生れた。

大体に於て不二を女丈夫に仕立てるつもりだったらしく、いろいろ奇抜な教育を施した。

ある時、先代は不二に、庭先を通りかかった園丁をぞんぶんに打って見ろと命じた。

不二は、どう思ったのか、父のそばへ寄ると、渡された鞭で、したたか父の顔を打ちすえた。

先代は不意を喰《くら》って椅子からころげ落ち、顔をおさえて芝生に突っ伏したまま、しばらく起上って来なかった。実は、その時、先代は草に喰いついたまま、嬉し泣きに泣いたのだそうだ。

三

私は、毎朝、十時ごろになると、長い廊下をテクテクと歩いて、はるか向うの端にあるサン・ルームまで出かけてゆく。

私の仕事というのは、そこの大きな棕梠の鉢植のかげの椅子に十一時半まで、チョキンと掛けていることなのである。私は、私全体がそっくり埋まってしまうような大きい籐椅子に掛けて、仔細らしく咳払いをしたり、天井を見あげたりして、十一時半になると、またスタスタと自分の部屋に戻ってくる。これで、私の一日の仕事がすむ。これを毎朝几帳面にくりかえす。

何のために、そんなことをするかといえば、言うまでもなく、そこで不二に美術史の講義をするためなのだが、嘗つてまだ一度もそういうめぐり合せになったことはないので、籐椅子を唯一の友として、呆然と時間のたつのを待つ結果になるのである。

これにたいしては、私にはべつに不服はない。退屈だという点では、どちらも同じようなものだから。

昼飯がすむと、外出のゆるしをうけるために、不二を探しに出かける。これがまた相当骨の折れる仕事だ。まれには自分の部屋で法帖《ほうじょう》をおいて習字をしたり、本を読んだりしていることもあるが、たいていはとんでもないところにひっこんで、ひとりで、いろいろと奇抜なことを考え出して遊んでいる。

私は、二階へ上ったり階下《した》へおりたり、数多い部屋部屋をいちいちのぞいて歩く。さんざ探し廻ったあげく、地下室のボイラーのそばでつかまえたり、図書室の大きな本棚のうしろで発見したりする。

不二を探すのに、ひとつ方法がある。

それは、窓の近くの床の上を見ればいい。仔細に床の上を検査すると、羽根をむしられた蠅や、脚をぬかれた蜘蛛がたくさん落ちている。それがヒクヒクと藻がいていたり、ブルブル肢《あし》をふるわしていたら、すこしまえに不二がこの部屋にいたと見て差支えない。

それが百足《むかで》であったり、紋白蝶であっても効果は一向変らない。断末魔の藻がき工合をしらべ、つぎつぎに生きのいい方へ辿って、結局追いつめることが出来る。

しかし、追いつめて見たところで、なんにもならないのである。

四

ここへ来て五日目ぐらいの午後、テニス・コートのそばでぼんやり突っ立っていると、不二が、例の宙乗りのような足どりで私のほうへやってきた。

あの、やまかがし以来、不二に逢うのはこれで二度目だったので、あわててお辞儀をすると、不二は、見慣れない男だという風に、ふしぎそうな眼差しで私の顔を眺めたのち、だしぬけに、

「そうそう、あなたには、まだ御馳走しなかったわね」

と、いう。私は、何のことだかわからないから、

「へ？」

と、ききかえすと、

「あたしね、『兎の狩人煮《ラパン・シャッスウル》』という仏蘭西《フランス》料理がお得意なのよ。ご馳走しましょうか。あなた、お好き？」

「狩人煮《シャッスウル》」なんて、どんな料理なのか一向知らなかったけれど、嫌いだなどと言おうものなら、ただではすまないような気がしたので、あわてて降参してしまった。

「兎《ラパン》……、それならば、私の大好物です」

そう言って、喰いたくてたまらないといったような顔をして見せると、不二は満足そうに、ふうん、と鼻を鳴らして、

「じゃ、これから下ごしらえをしますから、手伝ってちょうだい」

と、言って、先に立ってズンズン温室の裏の方へ入って行った。

どこに兎小屋があるかわからないので、あちこちとうろつき廻ったすえ、ようやく探しあ

てて、その内部《なか》へ入って行ったが、日向から急に薄暗いところに飛び込んだので、眼が馬鹿になって何も見えない。小屋の央《なか》ほどのところに立ってまごまごしていると、不意に、私のすぐ足元から、

「はい、これを持っていて、ちょうだい。……こんな風に、片手で一つずつ耳をつかんで」

という不二の声がわき起って、盲人《めくら》のようにぶざまに突出していた私の両手に、生温かいモゾッとしたものが握らされた。

何気なく、ヒョイと眼の高さまで持ちあげて見ると、それは、チョン斬られたばかりの兎の頭だった。ぼんやりとした薄闇の中で、顎の下から血を滴たらせた兎の生首が、パッチリと大きな眼をあいてうらめしそうに私の顔を眺めている。

私は思わず、わッ、と叫んで、それを放り出そうとすると、不二は、

「そんなに振り廻したら、血がみんなこぼれてしまうじゃないか、馬鹿」

と、不機嫌な声で私を叱りつけた。薄闇をすかして見ると、不二は私の足元にしゃがみこんで、兎の首から滴りおちる血を、楽しそうに鍋で受けて遊んでいる……。残忍といってもこんな残忍な遊びもすくなかろう。あまりの凄さに、私はもうすこしで腰をぬかすところだった。

あとで聞いたことだが、「兎の狩人煮《ラパン・シャッスウル》」というのは、兎のぶつ切を、上等の赤葡萄酒と兎の血でグツグツ煮込んだもので、仏蘭西では相当粋な料理なんだそうだが、その時はそんな

ことを知らなかった。

五

不二は、自分で下拵えした鳥でなければ喰べないと、妙な痼癖をもっているので、それからも度々ひっぱり出されて、手伝いをさせられるようになった。

不二が喉を切ったり、毛をむしったりする間、私は鶏の胴をおさえつけたり、食用蛙の肢《あし》を持っていたりする。

ところで、こういう眼もあてられないような仕事も、不二と一緒にやっていると、不思議にも少しも不愉快でない。追い追い馴れてくると、終いには楽しくさえ感じるようになった。

こんなことから、だんだん不二のお覚えがめでたくなり、時々晩酌の相手をさせられたり、ドライヴに引っぱり出されたりするようになった。

先代の血統《ちすじ》をひいて、不二は仲々よく酒を飲む。それも葡萄酒やコニャックなどではなく、灘の銘酒を毎晩三合ぐらいずつやっつける。尤《もっと》も、私がお相手をさせられるときは、お仕着せだけですんだためしはなく、たいていフラフラになるまで飲みつづけ、私の肩にぶらさがって、出任せな歌をうたいながら、寝室までよろめいてゆく。

することが、万事大まかで、なんの屈托もない。したいと思う通りのことを何の遠慮もなしに存分にやってのける。エスパノ・スユイザを自分で運転して行って、急にいやになって道端に放りぱなしして帰ってきたり、熱海へ行ってカーネーションを温室《フレーム》ごと買ってきたりする。

普通の眼から見れば、気狂いじみているとしか思われないが、大大名の世界では、これが普通の生活なので、して見ると、不二の残忍性も、戦国時代から連綿と受けついで来た血のせいかも知れぬと、考えるようになった。

じっさいこんな気儘な女性もない。夜中の三時頃呼鈴《ベル》を鳴らして呼びつけるかと思うと、一週間も傍へよせつけなかったりする。いちどなどは、寝入ばなを叩き起こされて、千葉まで鴨《かも》撃ちのお伴を命じられたこともある。

まるで、絶えず風にでも吹きあげられているような生活を一ケ月ばかりもつづけていたが、ある夜十一時ごろ、けたたましく呼鈴《ベル》が鳴ったので、起き出して不二の寝室の前まで出かけて行った。

扉《ドア》をノックしたが、いつものヒバリの声はきかれない。そこで、扉《とびら》をおして内部《なか》へ入って見ると、絨氈の上にも長椅子の上にも、牛酪《バタ》色のシュミーズや投網《とあみ》のような靴下、牡丹色のキュロット、それから、いろいろ。――初心の私などにはほとんど理解されそうもない女の着物の見事な系列が、花が癇癪をおこしたようにそこらじゅうに飛びちってい、当の不二はシャンデリヤを明々とつけっぱなしたまま、寝台の上でグッスリと眠っていた。

ちょうど西洋湯槽《ベエニヨワール》につかっているように、のびのびと敷布の上に身体をのばしているのだが、私は当惑のあまり、することもなく、電気を消してそっと部屋から辷《すべ》り出した。

六

次の朝、私が部屋でぼんやりしていると、ここで老女格のとめというお婆さんが入って来て、

「今日からご勉強をなさいますから、すぐ、サン・ルームまでおいでくださいますように」

と、切口上で述べて引きさがって行った。

毎朝の、あの馬鹿らしい慣例《しきたり》は、「兎の狩人煮《ラパン・シャッスウル》」以来、うやむやになり、もっぱら、不二の気紛れの相手ばかりつとめ、美学のことなどは、とんと忘れていたので、最初は何のことやら嚥《の》み込めなかったが、ようやく気がついて、ロッツエの「パルテノン」をひっつかんで部屋から飛び出した。

サン・ルームに行って見ると、おどろいたことには、不二はもうそこに来ていて、いわば端然たるようすで、椅子に掛けている。

私はちょっとうなずいて、不二と向合って坐ると、不二は金属的な硬い眼差で冷然と私の顔を瞶《みつ》めながら、

「ちょっと、お伺いしますけど、あなたは、ここで何をしている方？」

斬りつけるような口調でたずねた。

私は不二の質問の要領がつかめないので、漠然と相手の顔を見かえしていると、不二は癇性らしく、眉のあいだをピクつかせて、

「返事がないのは、あたしの言ったことが聞えなかったというわけ？……そんなら、もう一度言いましょうか。……あなたは、あたしのなににあたる方？……友達？……それとも愛人？」

いろんなふざけっこもするし、相当きわどい冗談も言い合うが、愛人とこたえるには、すこし覚束《おぼつか》ないところがあるようだ。

「友人ぐらいのところですか」

私は、我ともなくニヤニヤ笑いをしたらしい。不二は依然として私の顔の上に視線を据えたまま、

「いいえ」

という。私は思わず胸をときめかして、

「では……？」

秋霜のような声で不二がこたえた。

「家庭教師よ、あなたは」

私が真っ赤になってうつむいていると、不二は、つづけ打ちといった調子で、

「あたしが来ても来なくても、十時から十一時半までここで待っていてくださるお約束だったでしょう」

そう言われると、私は一言もない。——蚊の泣くような声で、

「あまりお好きでないようですから、それでご遠慮……」

不二は耳もかさずに、

「ね、なぜ約束を守ってくださらないの。……あたしはね、どんなつまらない約束でもキチンと守ってくれるひとが好きなの。……と言っても、浪漫的《ロマネスク》に解釈しないでちょうだい。……『義務《ドブオアール》』ということを厳格に考えるのが、あたしの趣味なの」

これは、ちょっと信用しにくい。

……しかし、そんな事を言ったら、またどんなことになるか知れたもんじゃないから、私は出来るだけ恭順の意を表して、恐れ惶《かしこ》んでいると、今度は、急に、くだけすぎたいつもの調子になって、

「よせよ、そんなに頭をさげるのは」

私はホッとして、おべんちゃららしく、いくども大袈裟に頭を掻いて見せた。

不二は、ちょっと胸を反らして、

「どうだ、ちッたア骨身にこたえたか。ヘッヘ、今日《こんじつ》はだいぶやられたわね」

急に私のほうに顔を近づけて、

「あんた、あたしが怒ってると思う？……そうじゃないの。あたし、悲しいのよ。これは悲しみの反動なの。知らないでしょうが、あたしくらい教師運の悪い者もすくないのよ。いつの間にか、みんな居なくなっちゃう」

と言って、白磁まがいの硬い頬に何ともつかぬ奇妙な微笑をうかべながら、ジッと私の顔を瞶めた。私は、あたりまえだという表情をして、

「それは、そうですよ。あなたはチッとばかり我儘すぎますからね、誰だって逃げ出しますよ」

すると、不二は、頬に気取ったようすで、片手をあてながら、

「そうかしら」

と、呟くように言った。

そうかしらはないだろう。——私は昨夜《ゆうべ》の醜体を暴露して、すこしたしなめてやろうと思ったが、先程、不意におどかされた動悸がまだ胸に残っていて、とてもそんな軽快な気持になれない。

しかし、忌々しくてたまらないので、

「昨夜《ゆうべ》、十一時ごろ呼鈴《ベル》が鳴ったような気がしたが、気のせいだったかしら」

と、すッ恍《とぼ》けてきいてやると、不二は首を傾《かし》げて考えるような風をしてから、

「覚えてないわ」

と、こたえた。

七

それから二三日ののち、私が大学の門を出ようとしていると、金原《きんぱら》という同級生が追いすがって来て、

「おい、お前は加々田の邸《やしき》へ行ってるんだってな。ほんとうか」

と、たずねるから、そうだよ、とこたえると、金原は、下司ばった、いやな笑い方をして、

「気をつけろ、あんまり可愛がられると殺されるぜ」

と、妙にからんだようなことを言う。また、いつもの嫉妬《やきもち》だと思って、相手にもせずにいると、金原は可笑しなふうに口を尖らせて、

「ほんとうだぜえ、おい。ちと妙だからなア、あの邸《うち》は。……気をつけた方がいいや」

「妙って、どう妙なんだい」

と、すこし中ッ腹になって、突っかかって行くと、金原は眼玉を丸くして、

「えッ、お前、ほんとうに知らねえのか、あの話を。……尤も、紹介部じゃ、そんなことを言いもしめえがな」

こう迄言われると、さすがに私も気になって来たので、三丁目の「タイガー」へ連れ込んで話をきくと、私の前に不二の家庭教師をしていた男が二人も死んでいるというのだった。

「槍へ行って、崖から落ちたとも言うし、溺死だったともいうし、そのへんは曖昧なんだが、とにかく、死んだという事だけは事実なんだ」

それだけのことなら、格別おどろくこともない。それぐらいの偶然なら、どこにだってころがっている。

金原は私と同じように家庭教師をして、学資を稼いでいるのだが、ひどく嫉妬深い男で、自分より相手の行っている邸《うち》が、金持だったり格がよかったりすると、とかく嫉《やっ》かんだりケチをつけたりする。またいつもの伝にちがいないのだから、

「たぶん、方角でも悪いんだろう」

と悪《にく》まれ口をきいて別れた。

その夜、私は例によって夜半《よなか》近くに寝床《とこ》に入ったが、遅く飲んだ酒が胃袋にたまっていて、仲々寝つかれない。煙草を喫ったり寝返りをうったり、しきりにモゾモゾやっていたが、そのうちに、全くだしぬけに何ともつかぬ得体の知れない戦慄が爪先から脊筋の方へ電光のように駆け上った。

私は、我ともなく、わッと叫び声をあげて寝床の上にはね起き、陰暗と闇をたたえている広い部屋の隅々を見廻したが、そこには沈々たる夜気があるばかりで、格別私を驚ろかすよ

うなものは何もなかった。

私はまた枕に頭をおしつけたが、胸騒ぎはなかなかおさまらない。突然隕《お》ちかかって私を悚《すく》み上がらせた、先程の恐怖はいったい何に原因することなのであろう。

私はまた起き直り、肱を曲げて煙草に火をつけかけていたあの時と、寸分たがわぬ姿勢をとり、固く眼をつぶって、先刻《さっき》と同じ形象《フイジーク》がもう一度私の脳膜を訪れてくれるのを待っていた。

私の瞼の裏をとりとめない雑多なものの影が、行列して通りすぎる。そのうちに、暗い映写幕に突然画面が投射《プロジェ》されたように、思いがけない映像が、はっきりと私の網膜に写し出された。

それは、あの日、サン・ルームで、

（いつの間にか、みんな居なくなってしまう）

と言って、瞬きもせずに、ジッと私の顔を瞶《みつ》めていた不二の顔だった。……冷嘲の翳《かげり》とでもいうような、ふしぎな微笑を刷いたあの象牙の仮面《アイヴオリー・マスク》だった！

私はギョロギョロ眼玉を動かしながら、腕組みをして寝床の上に坐っていたが、その内に、何ということはなしに、

「ひょっとすると、俺は殺《や》られるかも知れないぞ」

と、呟いた。

八

私は大した効果も得られずに帰ってきた。

紹介部で二人の前任者の家族の住所を聞き出したので、今日が彼岸の入なのを幸い、少々ふんぱつして線香の大箱を二つ買い、加々田家の執事だと嘘をついて向うへ乗り込んで行った。

何も酔狂でこんなことをしたわけではない。二人の死因をはっきりつきとめることは、今の私にとってなにより肝要なことだからだ。無根だということがわかれば、毎日とりとめない懐疑と不安に悩まされなくともすむようになるし、もし、それが事実らしかったら、急いで一身の処置を考えなくてはならない。

不二は相変らず機嫌がいいが、とてもそんなことで安心してはいられない。反対に、それが危険信号だとも考えられるからだ。このごろの陽気さの中には、何か破目をはずしたようなところがあって、それが私を不安にする。必ずしもそんなことばかりではない。不二の一挙手一投足、眼《まな》づかいのはしまで、いちいち不安と懐疑の種になる。毎日オドオドして暮しているので、この一週間ばかりの間にめっきり痩せてしまった。そんならば、ひと思いに加々田のところを飛び出してしまえばいいようなものだが、無根だった場合のことを考えると、馬鹿らしくてそんなことをする気にもなれない。……

霊前に線香の箱をそなえて鹿爪らしく礼拝したのち、愚痴っぽそうな親族をつかまえて、故人の追憶談をはじめる。実に秀才でありましたの、有為な青年でありましたのと、口から出任せなことをいって泣き出させておいて、さて、あの時は、とうまくもちかけて、ようやく事実をひき出すことが出来た。

一人は燕《つばくろ》でロック・クライミングをしているうちに墜落して惨死し、一人は水泳の最中に溺死している。

ところが、この二人の家族は、どちらも加々田の旧藩士なので、主家に迷惑を及ぼすまいとするのであろう、肝腎なところへ来ると話を外らしてしまって、どうしても細かいことには触れない。一方はてんで歯も立たなかったが、もう一方の家では、なだめすかして、燕へはお姫《ひい》さまのお伴で、と言わせる事に成功した。しかし、これだけでは何の手懸りにもならない。

却って懐疑を深めるのに役に立つばかりである。

お呼び出しのないのを幸い、私は寝台の上にあおのけに寝ころがって、さまざまに考えはじめた。

事実の点はどうあろうと、不二の家庭教師が、つぎつぎに変死していることだけはこれで明瞭になった。しかも、そのうちの一人は不二が一緒にいるとき死んでいる。

偶然な暗号のようでもあり、そうでないようでもある。

仮りに、二人とも不二に殺されたのだとしたら、それはどんな理由によることだったろう。不二がもし私を殺そうとしているなら、私の場合、その理由はたやすく察しられる。私は、不二の自尊心の最も痛いところを傷つけた。つまり、その復讐をされるのだ。

私は二重の失策をした。

不二の招待《アンヴィタシオン》にこたえなかったばかりでなく、浪曼主義《ロマンチスム》の方も全然無視してしまった。

不二にとって、私の拒絶は（ご承知のようにそれは拒絶ではなかったのだけれど）それだけでも断じて容《ゆる》しがたい事であろうけれど、私がもし、あの朝、規定の時間に棕梠の蔭に坐っていたら、満足させられた浪曼主義《ロマンチスム》によって、多少の情状酌量があったのにちがいない。少くとも、一等を減じられる筈であった。

あの朝の不二の忿怒は、二重に無視された心からの怒りだったわけだ。そこへ持って来て、私は余計なことをしている。昨夜《ゆうべ》、呼鈴《ベル》が鳴ったが……、などと不当な揶揄まで加えた。あの一言は、ちょうど、自分で自分に死刑の宣告を下したも同様だった。

私の場合は、こうである。――私と同じ理由を二人の場合にあてはめることは不当かしら。ほかに、どのような理由があるだろう。

それにしても、あの一見奇抜な約束は、不二の浪曼的《ロマネスク》へのやるせない憧憬だということをなぜ最初から洞察《みぬ》けなかったろう。私にしても、それは好ましいことだったのに！

大名の馬鹿娘の気紛れだときめてかかり、もっと深く察してやれなかったのは、私の未熟によることなのである。この点については、私は心から遺憾に思っているのだが、今となってはどんな誠意を披瀝したって、不二は私をゆるしてくれないだろう。

九

今朝、私は神仙峡の、眼のくらむような断崖の端に立って、うしろから不二が突いてくれるのを待っていた。

ムザムザと不二に殺《や》られるためではない、日毎に深まる不安と焦燥に耐え切れなくなって、どちらでもいいから、はっきりしたところを知りたくなったのだ。

私の精神は、もう懐疑をささえるだけの力がなくなった。この一週間、事実を知りたいという渇望で、私の心は灼けつくようだった。この目的を達するには、自分の体を試験台にのせる以外に方法はないと思った。

私は断崖のギリギリのところに立って待っていた。しばらく経ってから、不二がゆっくりと私の方へ近寄って来た。この時、下の釣橋のところで、人の声がした。

不二が、私によびかけた。

「いつまでもそんなところに突っ立っているとあぶないぞオ。もう、こっちへ来いよ」

十

今度の試験は、神仙峡の場合よりもっと危険なものだった。

私は不二に射撃練習をすすめ、私は標的を起す役のほうへ廻った。

勿論、胸衣《チヨツキ》の下に防弾衣をつけていたが、近距離から撃たれるか、頭を狙われるかしたら、ひとったまりもないのである。

あまりにも向う見ずなやり方だということは、私も充分承知しているが、私の渇望は、もう、多少の危険などを顧慮させないほど劇烈になっている。私が錯乱の一歩手前まで押しつけられていることは、こんな無謀なことを企てることによっても充分に証拠立てられるだろう。

不二が私を殺そうとするなら、今日ほど絶好の機会はない。私は標的の前を絶えずチョコチョコ動き廻って、人々に不安な印象を与えているし、誤殺を証明する人間は三人までそこに立っている。不二は私が標的を反転《かえ》し終る一秒ほど以前に、引金をひけばいいのである。

……しかし、不二はとうとう私を撃たなかった。標的が完全に反転するまで、銃口《つつぐち》を地面に向けていた。……

私は自分の部屋へ帰り、窓ぎわに椅子を運んで行って、そこへ掛けた。不二が撃たなかったのは、私を殺す意志がないか、さもなければもっと巧妙な方法を知っているからにちがいない。

不二にとって今日以上の良い条件は絶対にあるまいと確信していたのだが、すると、不二が企らんでいるのはいったいどんな方法だろう。

私は眉間に皺をよせて、考えられる限りの方法をあれこれと思弁していたが、そのうちに、思いもかけなかったある方法に想到し、恐怖のあまり、あッと声をあげて椅子から転げ落ちた。

——毒殺！

不二が自分の食べる鳥や兎の調理に他人の手を触れさせないことは以前に書いた。そして、殺戮の手伝いをする余慶によって、私もその御馳走の配分に与ることが、もう長い間の慣例になっている。やろうと思えばどんな巧妙なことでもやれるのである。

十八世紀の末独逸《ドイツ》でツウイッヒという吏員が、コルヒチンを注射した野鴨を同僚に贈ってこれを毒殺した。この事実はツウイッヒの臨終の告白によって判明した。

私は二人の前任者の死因を追究するあまり、いつの間にか一方的な考えに偏してこの方法を思いつくことが出来なかった。一見迂闊のようだが、この逸脱の根柢には、不二ほどのものが自分の邸で毒殺するような不手際なことはやるまいという、漠然たる観念が働いていたのは事実だった。

不二がなぜ神仙峡の崖から私を突き落さなかったか、また、今日なぜ私を誤殺しなかったか、今となればその理由がよくわかる。あの聡明な不二が同一の系列に属する手段を再び選ぶいわれはなかったのである。

あの日、サン・ルームで、不二が突然優しくなった謎も、これでとける。

つまり、私を……ここにひきとめて置くためなのである。恐らく、亜砒酸の極微量を毎日反覆施与して、気長に殺すつもりにちがいない。

いかにも、不二の嗜好《このみ》に合いそうな方法である。毎朝の昆虫狩でも、不二は一挙に命をとるようなことはしない。肢《あし》をぬいたり、片羽根を捲《むし》ったり、断末魔の時間が長ければ長いほど気にいるのである。

私は亜砒酸の過度な定服によって、極めて徐々に新陳代謝機能を害なわれ、追々憔悴枯槁《ここう》して、消えるように死んで行くのであろう。

十一

今日で、ちょうど八日生きのびた。椅子から転げ落ちた日以来、私は毎日健康診断を受けに行っている。肝臓や腎臓の脂肪変性の最初の徴候をいち早く発見し、危険を未発に制すためである。

私は慌てて清水内科へ駈けつけた。あのサン・ルームの日から一ケ月もたっているのだから、仮りに、あの翌日から施与が始まったとしたら、私の内臓には当然、やや重大な変化が起きかけていなければならぬ筈なのに、綿密な検診の結果、胃腹粘膜面にも、血管運動神経にも、腎臓にも肝臓にも、何の異状も認められなかった。つまり、攻勢的攻撃《オッフェンシフストッス》はまだ始められていなかったのだ。

意外でもあり、望外な幸福でもあったが、それで安心しているわけにはゆかない。攻撃の提起は、新たな一日一日にかかっている。昨日でなければ今日。……今日でなければ明日……明日でなければ……

私自身を、ではなく、今晩喰べた「若鶏・米の添物《プウレ・オウ・リ》」の診断をして貰うために、次の朝、病院へ出かけてゆく。あくる日は、「鷓鴣の炙焼《ロチ・ド・ペルドリ》」……

博士は私を診察して、毎日、こう言う。

「健康です、健康です」

この世に、この博士の気障っぽい口調ほど、癪にさわるものはない。健康です、健康です。

私は毎日待っている。毎朝、新たな期待を抱きながら、病院へ飛んでゆく。これで八日になる。

それにしても、不二は何故始めないのだろう。何をグズグズしているのだろう。この悠長さは我慢がならない。毎朝毎朝のやり切れない期待はずれのために、私はひどく焦立つ。その辺にあるものを、みな叩き壊してやりたいような気がする。

十二

今日の午後、私は泉水盤のふちに腰をかけていた。私の足元に、すこしばかりの季節の花がある。水の上の白い雲。

私は毎日ここへ頭を冷やしにやってくる。昂奮をしずめ、出来るだけ心を落着かすことが、この頃の私にとって、何よりも肝要なことだったからである。

私は裸の頭を微風になぶらせながら、不二のことを考えていた。

不二は、これでもう五日も蟷螂《かまきり》遊びをしてくれない。兎小屋の殺戮も昆虫狩も自分ひとりだけでやっている。なぜこんなひどいことをするのか、私にはその理由《わけ》がわからない。

……西洋小箪笥《コンモード》の横のへんから雌の蟷螂が這い出してくる。長椅子の上から雄の蟷螂がおりてゆく。ちょうど土耳古《トルコ》絨氈で落ち合う。額をつき合わせる。雌は長い肢《あし》で雄の肩をうつ。雄があとじさりする。雌が追いかけてくる。雄が長椅子のうしろへ逃げこむ。そこで雌が雄を追いつめる。長い肢で雄をひきよせてボリボリと喰べはじめる。もう前肢が無くなった。

雄は後肢だけで逃げはじめる。雌が追いすがって、こんどはお尻からボリボリと喰べる。雄の身体がだんだん無くなって行く。だんだん、だんだん……

不二が私の腕を喰べているときの恍惚。胴を齧《かじ》っている時の戦慄。……私にとっては、たとえようのない楽しい瞬間なのに、不二はもう五日もその幸福を与えてはくれない。

私は、指で、そこここアネモネの花弁にさわりながら、ぼんやりと思い沈んでいたが、そのうちに、ゾッとするような厭な考えが私の胸の奥につき上げて来た。……

蟷螂の雌が雄を喰べてしまうのは、怒りのためでなくて、いつも、愛情のためである。あの二人は、不二に愛されていたので、それで殺されてしまった。

私はこうして、生きている。

不二に私を殺す気などない。殺したいほどには愛していないのだ。いま初めてわかった。あの二人だけは、ほんとうに喰べてしまって、私には真似だけしかしてくれない。私に対する不二のこういうやり方は、すこしひどすぎる。ひどすぎる。

私は、泉水盤の縁に額をおしつけて、泣いた。

十三

私にとって、殺されるということは愛情を示されることだ。殺されるのはいやだけれど、不二が、もし、それほどの愛情を示してくれるなら、いのち位は惜しくない。

子供が菓子をねだるように、私は毎日不二のところへねだりに行く。

……今日の夕方、私が不二の部屋へ入って行くと、不二は床の上にあぐらをかいて、バリカンで猫の毛を刈っていた。赤裸にしてしまうつもりらしい。

私は不二の横へごろりと寝そべって、床の上に敷かれてある不二の袖をいじりながら、

「……ねえ、不二ちゃん、……蟷螂さん。……ひと思いに、ばッさりやってくんねえか。あんたにやられるんなら、ずいぶんいいと思うんだがなア」

不二は、鼻の中へ吸い込みそうになった猫の毛を、下唇で、ふッと吹きあげ、

「また、始まった。……なんで、そんなに死にたがるのさ、妙なひとねえ」

「おれア冗談を言ってるんじゃないんだぜ、真剣なんだ。……真似じゃなく、ほんとに喰べちゃってくれよウ」

「めんどうくさいや」

私は愛情と不安に耐え切れなくなって、

「ほんとうに、めんどうくさいのかい。……ほんとうなのかい。……兎のようにでも、鷓鴣《しゃこ》のようにでも、どうでもいいからやってくれよ。訳アないじゃないか」

不二は、左手で猫の首ったたまをつかまえたまま、私の方へ顔をふり向け、晴れ晴れと陽が輝いているような明るい微笑をうかべると、

「そんなに言うなら、首を締めてやろうか」

私は夢中になって、

「首締めでもなんでもいいからやってくれ。真似じゃなく、ほんとうに締めるんだぜ」

不二は猫を放り出して、私の方へ向き直ったが、また気が変ったと見え、

「よそう、よそう。……つまらねえや、そんなこと。……それより、屋根部屋《マンサルド》へ行って哥麿《うたまろ》を探して来てくンないか。一番上の長持に入ってるはずだから。鍵はおとめが持ってるよ」

私は渋々不二の傍を離れ、階下《した》で鍵を貰って屋根部屋《マンサルド》の方へ上って行った。

探がすものは、すぐ見つかった。

私はそれを持って部屋を出ようとしたが、ふと、あるものを認めて、思わず足をとめた。

それは、見るからに頼母《たのも》しそうな、太い、ガッシリとした梁《はり》から垂直に垂れ下っている一本の綱であった。

私は卒然たる感情に襲われ、何ともつかぬ叫び声をあげた。

「あッ、これだ!」

ちょうど、天の啓示を受けたように、この綱を見るなり、私はさまざま雑多なことを一時に全部了解した。

不二は、自分で手を下す必要はなかった。暗示し、誘導し、一歩一歩最後の罠に追いつめるだけでよかったのだ。して見ると、二人の前任者が死んだのは山や海でなくて、この梁の

下だった。その二人も、やはり追いつめられて、ここで死んだのだった。

ああ、じっさい、私がこうして梁の下に立っているのに、あの二人がここに立たなかったわけがあろうか。なぜならば、われわれ三人は、不二というひとつの羇絆によって結び合わされているからだ。そして、一本の綱と。

とうとう、不二は私にも愛情を示してくれた。私は綱のそばに近づいて、それを首に巻きつけて見た。綱は丈夫で、その上、嫋《しな》やかだった。私は、こんな風に、呟いた。

「これア、わけなく、死ねそうだぞ」

酒の害悪を繞って

一

霜のひどい朝で、地面にはまばらに生えている短い草の葉が一本ずつ霜でしゃっきり立っている。

まだ朝が早く、戸山ケ原の射埰のコンクリートの高い塀の上に朝日が射しかけていた。

男は赭土の上に頬をおしつけ、左腕《さわん》を腰の方へ折りまげるようにして俯伏《うつぶ》せに倒れていた。ぼんのくぼに、霜が光っていた。

何か角のある石のようなものでこっぴどくぶッ叩かれたのらしく顳顬《こめかみ》のところの皮膚が撥じけ、そこから流れ出した血が一寸ほどの幅で、赤いリボンのように頬の方へ垂れさがっている。

濃い鼠と黒の、目のつんだエコッセエの服を著、折りまげた方の手の小指に下司張った銀指輪をはめている。帽子はかぶっていず、ノー・ネクタイに板裏という風態で、ひと眼で夕キシーの運転手だということがわかる。

いまいったように、まだ朝が早く、それに、道路から少し引込んだところなので、たいした人だかりはしていない。御用聞きや、豆腐屋や、牛乳配達や、よなげや、建前に行く棟梁やそんな風な早起きの連中が七人ばかり、すこし小高くなったところに立って、遠くからおずおずと眺めている。

木谷道夫は、そういうてあいの後に懐手をしながら突ッ立っていた。

死体なんてえものを見たのはこれが最初だったので、ここに倒れているこの男が、すっかり絶命しているなぞというは、なにか納得ゆきかねるような気持だった。こうしているうちに、頭へ手をやりながら、ああ、とか何んとかいいながら、むっくり起き上ってきそうでしようがない。

見ている方の連中も、一向のんきなもので、喧嘩でもしたのだろうかの、ぶっくらけえって切石に頭をメリ込ませたのだろうかのとごく月並のことをいい合っている。

木谷の家は、技術本部の傍らにあるので、飲みすぎて胃の腑が重い翌朝《よくちよう》などはきまりのようにこの原ッぱをひと廻り散歩することにしている。

昨夜も銀座裏でさんざんに飲んだくれ、泥酔したときの癖で、いやにこッ早く眼をさまし宿酔のだぶつく胃袋をさすりながらモダモダしていたが、どうにもおさまりがつかなくなったので、フラフラと起き上り、足をかじかませてここまでやって来ると、この始末だった。

一瞥した当座はなんだか懐しいようで、まともに眼を向ける気もしなかったが、そのうちにだんだん慣れて来て、眼の隅からジロジロ眺めながら棟梁の空言に平気で合槌が打てるようになった。

二

木谷は、いつか法医学教室で何やらいう博士の「殺人論」という講演をきいたことがあった。それを、ふと思い出した。

講演の筋は大体こんなものだった。

殺人者の良心という条で、イタリーのフェリという学者の説だといって「殺人者の特徴の一つは犯行の場所へ戻って来ることである」――つまり殺人者は兇行の場所や被害者の死体に打ち克つことのできぬ力でひきよせられるものだというのである。

その例としてドストエフスキーの「罪と罰」の中で刑事がラスコルニコフスキーにそれとなくいいかける言葉を引証したので興味深く思ってそれを記憶していた。

「……ねえ君、ちょうど夏虫が火のまわりを幾度もぐるぐる廻って、しまいにその中に飛込んで焼け死ぬように、今度の犯人もこの町を逃げ出せるわけはなく、そのうちにこちらの手の中へ飛び込んで来るのさ」

そういう思いで眺めると、この七人の中にたしかに加害者がいるような気がする。なんとなく面白くなって来た。

順々に眺めわたす。

ひょっとすると、この獅子嚙んだひしゃげたような顔をした地見がそうなのかも知れない。さっきから、一言もいわずにむっつりしているのが、気にかかる。いや、のっぺりした、ひどく兄哥《あにい》ぶった棟梁も怪しい。さっきから何んだかんだと口をおかずに喋べくってばかりいるのが妙だ。そのようすに、如何にも取ってつけたような不自然なところがある。

その気で見れば、自転車にもたれている御用聞きの方だって怪しいことだらけだ。多分昨夜から寝なかったのだろう。眼が血走って、唇などは土気色をしている。まさに、良心の苛責に堪えきれぬといった風である……こんなことしているうちにすっかりこんがらかって、何がなんだかわからなくなってしまった。

しかし、折角やりかけたことだから、なんとかして看破してやりたいような気がする。自分で殺して置いて、そこへ来て眺めているなんてえのは、実に太い話である。ムラムラとして、眼にモノを見せてやりたくなった。

（畜生め、白々しいにもほどがある）

尤《もっと》も、その気になればその位なことを洞察するのはワケのないようなことのように思われる。

三

アンドレアス・ビエルの「犯罪心理学研究」の中にこういう一章がある。

誰でも犯罪を行った者は捜査の経過を熱烈な緊張をもって眺めているもので、もし探偵が誤った方向を進むときは喜びの色を現しもし嫌疑が自分の方に向って来ると心配のために蒼ざめる。

いずれにしろ、ここに立って眺めているからにはどんな風に検視が行われるか見たいという誘惑にうち克つことは出来まい。とすると、検視が終るまでここを離れない奴がそれだということになる。木谷は、腰を据《すえ》てとっくりと最後まで見届け、確《たしか》にそれと見分けがついたら、刑事にでも耳打ちしてやろうと決心した。

そのうちに、御用聞と地見と二人連れの学生が行ってしまって、土工と哥兄と近所の隠居らしい山羊髯の三人が残った。

隠居にこんな芸当ができそうもないのだから、残るところ加害者はこの二人のうちということになった。ところで、哥兄の方は、今になっても口を休めずに盛《さかん》に取ってつけたような駄洒落を飛ばしている。

それから十分ほどたつと、検視の連中が草地の向うで自動車を停め、四人前後になってドヤドヤと乗り込んで来た。

土工の方は、それを見ると、気がなさそうにテクテクと原ッぱから出て行ってしまった。いよいよ哥兄だということになった。

(ここに、人殺しがいる!)

咽喉の奥の方がムズムズして今にも大きな声で叫び出しそうでやり切れない。

刑事らしいのが一人、煙草に火をつけながらブラブラやってきた。意地にも我慢にもやり切れなくなって、自分からその方へよって行った。

「……実はね、私はさっきから見ていたんだが、あの大工らしいのが確に加害者です。うわずったような顔をして、それに、どうもすこし喋べりすぎるようだ。……フェリ博士の説によると、犯人は必ず現場へ戻って来るということですが、つまり、あいつはそういう定理に従ってここへやってきたのにちがいない。だいいち……」

刑事は木谷の顔を眺めながら、ふむふむ、とうなずいていたが、

「面白そうな話じゃないか、一緒に署へ来てくわしく聞かせてくれよ。手間ア取らせないから……」

「いいですとも、捜査に協力するのは市民の義務ですからねえ……」

四

司法主任の前でもう一度やってくれというから、最初からのいきさつを縷々《るる》と述べ立てた。

司法主任はひどい酒鼻で、仕事がなかったら朝からでも飲みたいような顔をしている。

これもまた半眼といったぐあいに眼を閉じながら、ほうほうと聞いていたが、木谷の一席が終ると、途方もないことをいいだした。

「いろいろ伺ったが、殺ったのは、実は、君じゃないのかね」

木谷はびっくり敗亡して、

「じょ、じょ、冗談じゃない、そんなのッてありますか。あたしは、あなたたちに協力してる側なんですぜ」

「それはわかっているが、君の右の耳の上についている血は、いったい、どうしたんだね?」

思わず手をやって、

「へえ、血なんぞついていますか、まるッきり覚えがありません」

「覚えがないというのはどういう意味だね」

「実ア、昨夜はたいへんな深酔いで、どうして家へ辿り着いたかまるきり覚えがなかったようなわけで、ひょっとすると、街路樹の枝にでも引っかけられて出来た傷かも知れませんな」

司法主任は、頷いて、

「なるほど、そんなこともありそうだ。……しかし、君の耳には傷なんかついていないじゃないか。どうして傷だなんていうんだね」

「えッ」

「それは、とぼっちりの血だ」

といって置いて、突然、拳でドスンと卓を叩き、

「とぼけるな、野郎！　そんな甘い世界だと思っていやがるのか」

今まで後に突っ立っていた刑事が薄笑いをしながら近づいてきて、

「木谷、警察を遊ばせに来るとは、てめえも相当太い野郎だ、殺ったのはてめえだろう」

こんなことで、たっぷり夕方まで威《おど》しつけられたが、木谷にすれば一向身におぼえのないことだから、格別恐いことはなく、顔色も変えずに応待するので、さすがの熟練家達も匙をなげ出してしまった。

鉄縁眼鏡をかけた学究風なのが一人加わり部屋の隅へ固まって、ひそひそ声で、トリンケンフェルゲッセン……とか、トリンケンヒルドとかなんとかドイツ語まじりで話をしていたが、間もなく司法主任がこちらへ戻って来て、なんとも申訳これなくといったようなテレ笑

いを浮べながら、

「いやア、飛んだ見込違いで、えらいご迷惑をかけましたね。なんともはやお詫のしようもない次第で――」

禿《はげ》上った頭を撫でた。

五

「格別何もありませんが、お詫のしるしまでに一献《いっこん》献じますから、どうかひとくちやってください。警察の酒なんてえのも浮世ばなれがして、ちょっと乙《おつ》でしょう」

警察の仕事は早い。アッという間に、仕出屋まがいの小料理がズラズラと並び、まア一つ、とかなんとかいいながら否応なしに盃《さかずき》をさしつける。

木谷も乙な気持になって、これは面白いとばかりに、

「じゃ、遠慮なく」

と、ひどく落着いて、刑事連を向うへ廻し、差しつおさえつ、追々大束になってひッかぶっていると、何しろ朝から飲まず食わずだったので、まだこの位ではと思っているうちに俄《にわか》にドッと酔ってきた。

突然、木谷の脳裡に思いもかけない記憶がマザマザと甦って来た！

……運転手の野郎が妙にからんだことを言いやがるから、いざこざがあるなら腕で行こうかというと、小癪にもやりやしょう、ちょうど、ここは戸山ケ原だ。二人でどう跳廻ったってこれで狭すぎるというこたアねえ。何をッ、霜柱を踏砕きながら摑み合ったが、すぐにだらしなく組しかれ、口惜しまぎれに石をひッ摑んで……

頭の血が、えらい勢いでスーッと足の方へ下りて行くのがわかった。

◇

司法主任は、ジロリと木谷の顔を眺めて、

「どうだ、木谷君、思い出したかね？」

木谷は蚊の鳴くような声で呟いた。

「思い出しました。……私が殺ったのに相違ありません」

司法主任はニヤニヤ笑い乍《なが》ら、

「フェリの定説はよかったぜ。成る程それに違いない。君が殺ったんだからなア……それにしても悪い酒だぜ。飲酒忘却症というやつさ。酩酊している間にやったことは一切おぼえていない。同じ程度に酔うとようやく思い出す。恐いもんだねえ。刑期が終えたら酒だけはよすんだなア」

と、宥《なだ》めるような口調でいって、ブルンと酒鼻を撫であげた。

白豹《はくひょう》

一

わん、わんわん
わんわんわんわん
わんわん　わんわんわん
裏白、羊歯《しだ》、薄、うど、たらの芽、わらび、マセビ、サルタン、ヌルデ。
天城《あまぎ》の主峰万三郎岳の麓、燃えあがるような菅引入《すがひきいり》の緑の涸沢《かれさわ》を、押包むように、狩立てるように、追い迫るように、四方から犬の声々が近づいてくる。
わんわん
わん、わんわんわん
その山彦。すさまじい犬の叫喚を周りの山全体が十倍にして返す、挑発するような声、威嚇するような声、凶暴な声、執拗な声。高低さまざまなすさまじい合唱になって。

頂上の三角点のある方から、一団は枝沢に沿った川ノ入の植林小屋の方から……
わん、わんわん
わんわん　わんわんわんわん
それ、行けッ
ほうら──
あ、ほい
犬を駆り立てる急きこんだ辛辣な掛声がだんだんこちらへ近づいてくる。
縺《もつ》れ合った犬の鎖がガチャガチャと鳴る。
ええら、女めら、どうやらこの辺につくばっているらしいだぞ。
どのみち、小屋平《こやだいら》の外へは出られなかんべ
もうちっとだ、ほうら、踏んばろ、はいッ
犬と人の一団は凡太郎《ぼんたろう》のいるところから十間《けん》ほど向うの水沢をザブザブと渡りはじめた。はげしい水音と犬の吠声が盥《たらい》の底にようになった沢をいっぱいどよめかす。沢を区切っておおどかに重り合った石楠花《しゃくなげ》の闊《ひろ》い葉の隙間からひと塊になって水飛沫《みずしぶき》をあげる四頭のグレートデンの枯葉色の逞しい尻と四人の巡査の黒い巻脚絆と青年団の国防色の団服がチラチラと透けて見える。
凡太郎は涸沢に足を投げだし握飯《にぎりめし》に歯形をつけながらゆっくりと首を廻していま水沢を

渡り終わろうとしているすさまじい一団のほうへチラと視線を走らせると、すぐ眼を伏せてまた握飯にとりかかる。

たいへん手堅い喰べ方である。喰べだす前に真中から二つに割って握飯のなかを覗くようなコセついた真似はしない。握飯の芯は梅干であろうと福神漬であろうと塩鮭であろうとたいして頓着しない、端から黙々と喰ってゆく。喰い欠いていったすえ梅干にゆき当れば、おや、梅干かと思う。よしんば最後まで口を愉しませるようなものが出て来なくとも凡太郎は動じない、握飯のなかに何もなかった、と思うだけである。

凡太郎に犬の吠声や人の叱声がきこえないわけではない。物々しいほどに逼迫したけはいはさっきから充分に感じている。犬がじぶんの方へ迫って来て水沢を渡りかけたときは確かにどきッとした。リュック・サックに凭《もた》せかけている背筋のあたりがピクンとした。

それにもかかわらず、そういう気色が一向表面にあらわれないのは沈着のせいでも鈍重のせいでもなくて、凡太郎の人生にたいする信条のゆえである。

大蔵省の下級官吏だった父の凡太が二間きりしかない矢来下《やらいした》の借家の古畳の上で眼をつぶるとき、枕元にかしこまっている凡太郎の顔をギロッと睨《にら》んで、

「ことがどんな破目に落ちこんでも、決してうろたえるではないぞ」

と荘重に遺訓した。

「世渡りは八方破れの構えで行け。……この、おれを見ろ」

そして、すこしばかり清潔すぎる清貧のなかで満足そうに自若と息をひきとった。

二

犬と人の一団は平和な沢の空気を騒がせるだけ騒がせておいてしぶとい熊笹をガサガサと渉《こ》ぎながら檜《ひのき》の植林帯のほうへ行ってしまった。

凡太郎は握飯の最後のひと口を手間をかけて嚥《の》みくだし、それがどっしりと胃袋の底へ落ち着いたのを見とどけると指についている飯粒をひとつずつ叮嚀に唇で拾いとり、沢の水のあるところへ手を洗いに行った。

気のすむまで丹念に指先を洗う。それから真白なハンカチを取りだして唇を拭う。紳士のような上品な手つきでそれをやる。舌でべろりと唇を舐《な》めまわすようなことはしない。凡太郎は独りを慎むことを知っているのである。

三

凡太郎はうす紫の蛍袋の花を手に持って涸沢のほうへ戻りかけた。

石楠花の厚い葉茂《はしげみ》の下をくぐろうと思って太い枝を持ちあげたとき、緑ばかりだった涸沢の草地のなかでなにか派手な色彩を見たと思った。

ひんやりした闊い大きな葉を両手で掻き分けるようにして涸地へひょっくりと頭をだすと、凡太郎のリュック・サックのそばにうす桃色のブラウスを着た女性が坐っていた。キュロット型の短い半ズボンの裾から長いすんなりした脛《すね》をむきだしている。びっくりするほど白い皮膚だ。

さっき凡太郎がしていたように凡太郎のリュック・サックに背を凭《もた》せて眼を細めてコメザクラの梢を見あげている。

凡太郎はまっすぐ女性のほうへ歩いて行くと、

「失礼します」

と声をかけて、女性が凭れているじぶんのリュック・サックを無遠慮に取りあげて、それを背に負うと、遠笠の檜林のようにのっそりと歩きだした。

大見山の天城ホテルまではたいした道程《みちのり》ではないが、途中の地蔵堂の大滝でひと浴びするつもりなのだからもうそろそろ出かけるほうがよかった。万三郎岳の三角櫓《さんかくやぐら》の下へ寝ころがってうっとりと山海の絶景を眺めすぎたので予定より二時間も遅くなっていた。

四

草擦れの音がするので振向いて見ると、さっきの女性が自転車を押しながら後から歩いて来た。

凡太郎は草の中に立ちどまって追いついて来るのを待ってやった。

二人は肩をならべて欅道《そりみち》のほうへ歩きだした。

坐っているときはそれほどにも思わなかったが、こうして並んで見ると思いのほか背が高い。ちょうど凡太郎と同じくらいの身丈だ。粗編麦稈《ラフ・ストロー》の帽子のうしろからはみだしている髪の毛をそっと眺めやったが、漆《うるし》のように黒くて混血児のようでもない。顔は脛よりもっと白い。そういうずばぬけた白い顎に結びつけた顎リボンの赤い色がいかにも唐突な感じを与える。

二人は長い間おしだまって歩いていた。

凡太郎はどんな女性にでもやたらに興味をもつ性《たち》ではないが、美しい女性を見ることは格別不愉快は感じない。ただ、あわてないのが信条だから一人の女性に特別な注意を惹かれるまでにはなかなか手間がかかるだけのことである。

凡太郎も無関心だが、女性のほうも凡太郎に注意をはらっているようすはない。遠笠経路から小屋平のほうへすこし上りになる路《みち》を凡太郎が代って自転車を押しあげてやったが、女性は軽くうなずいただけだった。

御料林をぬけて山葵畑《わさびばたけ》の上まで来ると、また慓悍《ひょうかん》な犬の吠声がうしろに迫ってきた。声ほど近くへ来ているのではあるまいが追いすがられるようでいい気持はしない。凡太郎は立ちどまって小屋平のほうへ振返った。

「犬はお嫌いですか」

「嫌いどころのだんじゃない、怖いですよ。警察犬は猛烈ですからな。グレートデンというやつはとても敵わない、いきなり喉へ喰いつきますから」

言ったじぶんのほうが気味が悪くなって、そっと喉へ手をやった。

「でも、見境なしに誰でも喰いつくというわけでもないでしょう」

「犬の気持なんかわれわれの常識では判断できないでしょう」

「警察犬ってそんな不器用なものなのかしら」

「中には不器用なやつだっているでしょう」

凡太郎はそう言いながら、腰にさげたタオルを外して手早くグルグルと首に巻きつけた。

「手廻しがいいのね」

「こうやっておけば多少は防げるでしょう。じかにガブリと咬《や》られたら堪ったもんじゃない」

「男にしては地味なほうでしょう。生れつきだから止むを得んです」

女性は白すぎる顔を凡太郎のほうに振り向けると、薄緑の陽除眼鏡《ひよけめがね》の向うでジッと凡太郎を瞶《みつ》めた。

「臆病な方ね」

「あたしが犬に咬られかかったらあなた助けてくださるかしら？」

助けるにも助けないにもいろいろの場合があって、どっちとも即答はしかねる。じぶんのほうが危くなったらこんな女なんかにかまっている暇はないかも知れない。こっちが先にやられたら助けるもくそもないわけだから。

凡太郎がどう返事をしようかとかんがえているうちに、女性はヒラリと自転車に跨《また》がると軽快にペダルを踏みながら地蔵堂のほうへ走り去ってしまった。

五

犬の声がほのかになって地蔵堂の大滝のはげしい水音がきこえてきた。滝壺の岩の上に、薄桃色のブラウスが風に飛ばないように石で圧えてある。

滝壺をのぞいて見たがそこにも女性の姿はなかった。

滝の落口に大きな岩が転がり落ちて水がそこへ当って、虹色の飛沫《しぶき》をあげ、幅のあるどっしりした水が岩を躍り越えるようにして真直に滝壺へ落ちてくる。

凡太郎は堪らない誘惑を感じ、服を脱いで滝壺へ飛びこんだ。

はげしい水勢が凡太郎を押流そうとする。凡太郎は岩に捉まって押流されまいと頑張る。凡太郎の股の間を山女魚《やまめ》らしい魚がツイと通りぬける。爽快である。

筒先がちぢかんで腹の中へめり込むような気がする。骨の髄まで冷たくなって滝壺からあがって来ると、確実に岩の間へおいたじぶんの服がない。そんなはずはないと思って克明に捜してみたが、無いものは依然としてない。

確かにあの女性が悪戯《いたずら》をしたのにちがいない、ちがいない、そういう証拠がある。上衣もズボンもないがパンツだけちゃんと残してある。男ならこんな心遣いはしない。女性らしいやり方だというほかはないのである。

「いいところがあるよ」

たぶん近くの岩蔭から凡太郎がどんな慌て方をするか、そっと窺っているのであろうが、充分堪能するだけ慌てて見せたのだから、これ以上甘えさせるわけにはゆかない。

「勝手にしろ」

凡太郎は靴を穿《は》くと、皮膚の上にじかにリュック・サックを脊負って悠然と歩きだした。パンツひとつにリュック・サックというのはあまりいい図ではない。

尤《もっと》も、呼び止めたら止まってやる気でいたが、すっかり滝壺を離れてもどこからも女性の声はひびいて来なかった。ちょっと落胆した。

六

路端《みちばた》の馬酔木《あしび》の白い花のうえに人が大の字に股を開いたような恰好でズボンがひっかかっていた。

凡太郎は舌打ちをしながら米粒のような白い花の上からそれをひき離そうとした。ところが、よく見ると、それは凡太郎には縁もゆかりもないズボンだった。

呆気にとられて眺めていると、風が吹いてきてズボンの右脚が生意気な恰好でくの字なりに立膝をした。いよいよもって凡太郎のズボンらしからぬ振舞なのであった。

凡太郎は、こん畜生と呟いてズボンを見捨てて行こうとしたが、かんがえてみるとそうまで馬鹿正直というものに義理を立ててやる必要はないと思いだした。

こんなふうに誰かがひとつズボンを盗《と》られ、誰かがその代りを穿いて順ぐりにやって行ったら最後にどこかでひとつズボンが足りなくなるにちがいない。そのときは一番最後になった運の悪いやつが何かほかのもので辻褄を合わせればいい。

凡太郎がそのズボンを穿いて見ると、あまりきっちりと身体《からだ》に合うのにびっくりした。

それからまたしばらく行くと、こんどは大きな山毛欅《ぶな》の下枝に紺色の上衣が吊るさがって軽快に風に揺られている。

　凡太郎はリュック・サックを草の上におろすと山毛欅の枝から上衣をはずしてきちんと身につけた。八方破れの世渡りというのは、しょせん己を虚しくして自然の運数に身をまかせることをいうのらしい。つまらないことにくよくよと拘泥しないことなのである。死んだ父もこんな場合には、やはりじぶんと同じようにやってのけたにちがいない。

　部落へ入ろうとすると、路傍《みちばた》の躑躅《つつじ》の大木に自転車を立てかけてさっきの涸沢の女性が憩《やす》んでいた。

　凡太郎がちょっと目礼して通り過ぎようとすると、女性がこんなふうに声をかけた。

「さっき滝壺でマタギのような男があなたの服を持って行きましたよ」

「どうしてそんなことを知っているんです？」

「あたくし見ていたんですもの」

「見ていて、黙って盗ませたんですか」

「さっき山葵畑の上で、あたしが犬に咬《や》られそうになったら助けてくれるかと訊いたら、あなたは返事をなさらなかったでしょう。その仕返しよ、いい気味だわ」

「怪しからんことを言う。ごらんなさい、僕の恰好を。なにか感想があったら言ってみ給え」

「上衣の合せ目からお臍《へそ》が見えてるわ。失礼ね、あなたは」

七

銃器を持った兇暴な男が四日まえから東伊豆へ逃げこんでいた。伊東まで船できて、大室《おおむろ》山《やま》から天城の裾へ入り込んだ形跡があって警察と青年団が協力して俊烈な山狩をつづけていた。東京で三人、伊東で一人、一碧湖では釣りをしていた罪もない子供をいきなりズドンとやる。

大室山の山のヒラでは、若い娘のハイカーを身ぐるみそっくり剝ぎとる。皮子沢《かわござわ》の炭焼小屋では負子《おいこ》を息のでなくなるまでぶっ叩く、――荒魂神《あらたまがみ》でもあろうかというような荒れ方だ。

警察では、その男が剝ぎとった服で女装しているにちがいないという見込みだった。

この思いつきはなかなかよろしい。

手配の写真を見ると、粋《いき》なワン・ピースでも著たらさぞかしよく似合いそうなそんな顔をしていたからである。

警察からは警察犬を、村々からは青年団と消防組を扱《しご》きだして稲でも扱《こ》くように大がかりな山狩を開始した。

天城峠、行幸《ぎょうこう》径路、筏場口《いかだばぐち》、片瀬峠。

天城を四方から取巻いて袋の口を締めるようにジリジリと捜査線をちぢめて行った。谷も沢も尾根も山ヒラも、南伊豆全体が犬の吠声で湧きたつ。南風《はえ》が吹いて沖はいい凪《なぎ》だ。

八

天城ホテルはつい去年の暮、新築したばかりの胃腸病専門の冷泉ホテルで、姫之湯から十粁《キロ》ほど奥の、袋の底のように行きどまりになった深い山毛欅の原生林のなかに建っている。大見の切立ち腰に拓《ひら》いた危っかしい私設道路《プライヴェート・ウエイ》を通って、一日に一回だけ観光バスが伊東から客を運んでくる。

ホテルには六組の客がいた。

白い髯をはやした大学の教授とその夫人。十八と二十一になる二人のお嬢さん。

関西の有名な実業家だという鼻眼鏡の若旦那とそのご令閨。二十五になるご令閨のご令妹。

二十七になる未亡人。

新婚の若夫婦。自動車のブローカーだというスマートな青年紳士。

独身の閨秀画家と女のお弟子さん。

九

天城ホテルは恐怖のどん詰まりに押しつめられていた。

陰気な渓谷の山毛欅の原始林のなかにぽつんと建っているこの孤独なホテル。

このホテルへその兇暴な殺人鬼がのっそりとはいり込んで来でもしたら！　考えただけで誰もかれも恐怖のためにぞっと竦《すく》みあがる。

中二階のバルコニに囲まれたロビーで血の気のない顔が一塊ずつになって、囁くような声でお互いの恐怖を述べ合う。

モーニングの支配人やボーイたちは頼みにはならない、料理長《コック》だけは肉切庖丁で最後まで抵抗してくれるにちがいない。腹の突出した人のいい赧《あか》ら顔が急に頼母《たのも》しく思われだしてくるのだった。

十

凡太郎が天城ホテルへ着いて、ものの三十分ほどすると、吊橋のほうからさまざまな犬の吠声がきこえ、それが一団になってだんだんこちらへ近づいて来た。

わんわん
わん、わんわんわん
きゃん、きゃん、わんわん
という逸《はや》りきった疳高《かんだか》い声も交《まじ》って、それが渓谷の斜面《なぞえ》にすさまじく反響する。
叱咤する声々と鎖の音と犬の吠声が川口に潮《うしお》が上るように門のなかへ雪崩込《なだれこ》んで来る。逞しい犬どもは互いに身体を打ちつけ合い、飛び上り、足擦りし、ホテルの玄関に近寄ろうと焦りながら精いっぱいな声で吠えたてる。
先頭のグレート・デンは最も猛烈だった。身を躍らせて四尺ばかり跳躍すると、鎖に曳かれてもう一頭の背中の上へ頭から斜にドスンと落ちてくるのだった。
犬どもは二匹ずつひとつの鎖に繋がれていた。鎖を持っている犬手は出来るだけ身体をうしろに反らせながら鋭い短い言葉で犬どもを制止している。
凡太郎はホテルの支配人に女装した殺人鬼の話をきいた。今朝からの騒ぎはそのためだったことが始めてわかったがこんなところまで思いもかけなかった。凡太郎がロビーの椅子に腰をかけて窓越しに庭の方を眺めているとホテルの支配人が顎紐をかけた警部らしい黒い巻脚絆の警察官のほうへ近づいて行ってロビーの方を指《ゆびさ》しながら小声でなにか早口に言いかけている。警部の顔は瞬間、緊張した。こんどは警部のほうからなにか早口に問いかける。

支配人は手真似をしながら説明の身振りをする。警部が納得しないような顔をする。押問答のすえ警部は圧しつけるような口調で言った。

「ともかく、止宿人を全部下の広間へおろしてくれたまえ。その後のことはちゃんと犬が始末をつけてくれるよ、決して間違いっこはないさ。ねえ君、鼻のほうなら、なんと言ったってわれわれより先生たちの方が確かだからねえ」

十一

このホテルにこんなにも人間がいたのかと呆気にとられるほど、さまざまな人間がさまざまなところから出て来てロビーの椅子に掛けた。

自信のある顔は一つもなかった。夫人も令嬢も大学教授も、ひょっとしたら犬どもが真直にじぶんのほうを向いてやって来るかも知れないという危惧で真蒼になって顫《ふる》えていた。

玄関の扉《ドア》が引開けられ枯葉色の獣《けだもの》が押合うようにして躍り込んできた。先頭のグレート・デンが床の絨氈にちょっと鼻を押しつけたと思うと、ロビーをひと飛びにして猛然と凡太郎に飛びかかった。

凡太郎はこういう不条理にたいして黙って引込んではいなかった。

「よせッたら。これじゃまるでおれが殺人鬼のように思われるじゃないか。しッ、あっちへ行け。どうしても行かないと、ひどい目に逢わせるぞ」

今にも犬を取って喰いそうな顔をした。

十二

凡太郎は散々にお叱りを受けた。

大学を卒業してまだ就職せずに父親の貯金と恩給を喰い減らしているということが、一層警部の心証を害した。

「この非常時に何んだ。ハイキングに来てこのホテルへ泊り込む金があったら国防基金へでも献金しろ。いったい君たちはいま日本の情勢がどんなふうになっているか知ってるのか」

拾得物横領という弱いところがあるのだからなんと言われても一言もなかった。

凡太郎はだいたいに於て嘘をつかないことになっている。いわんや八方破れなのだから、じぶんの欠点をあらわすことを格別恥だとは思っていない。問詰められるとすぐ潔くありのままを白状してしまったが、女性のことだけはひと言も触れなかった。

じぶんをこんなひどい目に逢わしたのは、あの女性の仕業だったのかも知れない。滝壺の岩のうえに殊更らしく薄桃色のブラウスをひろげて置いたのは、凡太郎の心のときめきを利用して服を奪りあげるための手管《てくだ》だったと考えられないことはない。しかし、凡太郎が見たところではあの女性は確かに女だった。殺人鬼は女装した男だということならあの女性に何の関係もないことだと思ったからである。

その方はそれで形付いたが、じぶんの部屋へ帰ってからもあの女性はいったい何だったろうという疑問が心から離れなかった。粗編麦稈《ラフ・ストロー》の帽子を赤いリボンで顎へ結びつけた美しい顔がチラチラと眼の先にちらついて仕様がなかった。

十三

夜になると沛然《はいぜん》と雨が降りだした。大粒な雨が強い西風に煽られて縦横に降りしぶく。空の高みで風が呻《う》めき、山毛欅の林が吹き揺れて絶えずキーキーと鋭い悲鳴をあげる。轟《とどろ》くような落石の音と山から走り下《くだ》る物凄い濁流。

ホテルの人々は耳が痴れたようになって、玄関の大扉《おおと》がえらい音で吹き開けられたのに誰一人気がつくものがなかった。

横飛沫《よこしぶき》の雨といっしょに黒い一つの影がのっそりと玄関へ入って来た。

玄関の扉《ドア》を閉めてしっかりと閂《かんぬき》を掛け、肩に掛けていたリュック・サックを帳場台《カウンター》の上に置くと、大股でロビーの方へ歩き出した。

黒いソフトの鍔《つば》を引きさげ、全身濡鼠になった男がロビーの入口に突っ立ったのを、誰も知らなかった。

男は小さな咳払いをした。

ロビーの人たちは一斉にそのほうを振返った。みなの脊筋をはげしい戦慄がゾッと走り下《さが》った。

男の手の中にどっしりとした大型の自働拳銃が光っていた。

とうとうやって来た！

それにしても、帽子の鍔の下に見えている顔の優しさは！　あまり思いがけない美しさなので、そのゆえに一層恐怖が深まる思いだった。

凡太郎は呆気にとられて眺めていた。

じぶんの上衣《ジャケツ》を着、じぶんのズボンを穿き、じぶんのソフトを被ったこの男が今朝菅引入の涸沢で逢った女性と余りよく似ていることに気がつくのにたいして手間はかからなかった。

十四

「ああ、君が支配人だね。ひとつお願いがあるんだが、この連中をみな二階の図書室へ押込んで外から錠をおろして、その鍵を僕によこしてくれ給え。……君は気の毒だがボーイたちと一緒に穴倉で辛抱してもらう。……では、支配人君、僕の言った通りにやって来てくれ給え。下手なことをしない方がいいよ。ここから見ていれば中二階の廊下で君がどんなことをするかひと目でわかるのだからね」

大学教授を先に立て、十四人の男女が長い一列になってゾロゾロと階段のほうへ歩きだした。一番うしろが支配人でそのすぐ前が凡太郎だった。殺人鬼は護羊犬のようにすこし離れたところに突っ立って、隙のない眼つきで意気沮喪したこの奇妙な行列を見戍《みまも》っていた。

凡太郎がその前を通りかかると、殺人鬼は、

「ああ、君だったね」

と声をかけた。

「君には随分迷惑をかけたようだった。いいから、君だけはここへ残り給え」

凡太郎が言った。

「光栄ですな」

殺人鬼が叱咤した。

「うるせえ、利いたふうなことを言うと撃ち殺すぞ」

十五

二階の図書室からときどき啜泣く女の声が聞えてくる。

天城ホテルは完全に殺人鬼に占領されてしまった。

支配人とボーイと料理人と女の給仕たちは地下室の酒倉へひと塊に押込まれて扉《ドア》に鍵をかけられてしまった。電話器は手際よく外され、外界との交通はこれで一切不通になった。

殺人鬼は壁煖炉の薪《まき》に火をつけて服を乾かしはじめた。

「嵐がおさまったら僕はここを飛びだすが、君たちはそれから一日だけこういう状態で辛抱してもらわなければならない。そうすることは僕には絶対必要なんだからね。こんな僕にしたって出来ることなら一日も長く生き伸びたかろうじゃないか。……ときに、あれから君のほうはどんなぐあいだった？　ひどい目に逢ったかね？　犬に咬みつかれたかね？　それとも無事だったかね？」

凡太郎はあれからあったことを話してきかせてやると、殺人鬼は火のほうへ背中を曲げながら大笑いに笑いだした。

次の日も雨だった。

風はようやく止んだが、雨は依然として降りつづけた。

凡太郎は図書室と穴倉へ食料を運んでやるときのほかは、ガランとしたロビーの煖炉のそばで一日じゅう殺人鬼と向合って坐っていた。殺人鬼は陰鬱に黙り込んでいた。陰気臭く指の爪を嚙みながら身動きもせずにジッと煖炉の火を瞶《みつ》めていた。

「……なぜ君は警官に僕のことを話さなかったんだね？　君の服を盗んだのは僕だってことは君も充分知っているはずなんだから。……君が涸沢で僕と逢ったことをひと言しゃべったらわけなく僕を捕まえさせることが出来たのに」

凡太郎は正直なところを言った。

「どういう気持だったのか僕にもよくわからない」

「ふむ、胡麻化す気か」

「ひどいことを言うな」

「だったら、正直に言ってくれ。君は僕を庇《かば》う気で黙っていたのではなかったのか」

「いや、庇う気なんかなかった」

「でも、君は結局僕を庇ったことになるんだ。お礼を言ってもいいかしら」

「言いたかったら勝手に言い給え」

「……死ぬまで忘れない。……僕と云う人間はどうしてこう友情に敏感なんだろう。ちょっとした親切に手もなく溺れ込んでしまうんだ。惨めな気さえする。幸福に育った人間ならてんで気もつきもしないような小さな親切にも胸が痛くなるほど感動するんだから」

雨の中で犬の吠声がきこえる。沢を越した小山の尾根でも、渓谷の底でも絶え間もなく吠えつづけている。山の稜線に沿って松明がいくつも忙しそうに走り廻っているのが見える。

殺人鬼は美しい唇を歪めてニヤリと笑った。

「相変らずやってる。僕一人のためになんという無駄な費用を使うんだろう。僕を捕まえるつもりならあんなことをするには及ばないんだ。……わけのないことなんだがな。……あいつらは何も知っちゃいないんだ」

殺人鬼は窓のそばを離れながら、どこか弾んだような声で言った。

「風が変ってきた。もう間もなく雨が晴れる。……雨が晴れると僕はここから出て行く。もう二度と君に逢うこともないだろう。……ああ、そうだ、いいことを思いついた。僕に親切にしてくれたお礼に僕がなにか料理をつくってご馳走しよう。こう見えても僕はそのほうならいい腕を持っているんだ。ひとつ手並を見せよう」

十六

なるほどいい手並だった。この男は確かに料理というものを味うほんとうの舌を持った男にちがいない。凡太郎にとっては、生れて始めてといっていいほどの素晴らしい晩餐だった。

食事がすむと、殺人鬼は、ちょっと服を更えてくると言って二階の部屋へあがって行った。

十七

凡太郎が地下室から出てロビーへ入って行くと、壁煖炉の前の椅子にレースのついたドリンデル型のすっきりとした服を著た女性がこちらへ背を向けて坐っていた。頸のところに泡立っているレースの夢のような白さ。

跫音《あしおと》をききつけるとそのひとはゆっくりと首を廻して凡太郎のほうへ振返った。

涸沢で逢ったあの女性だった。

あまり慌てなさすぎる凡太郎といえども、じぶんのパンツを穿いている殺人鬼は実は女なのかも知れないぐらいのことは空想することが出来た。

しかし、そういう事実を目のあたりに見せつけられるとやはり驚かないわけにはゆかなかった。

「あなただったんですね」

「あたしよ。……なんと言ってもあたしだったんだわ。あなただってそれほど意外にはお思いにならないでしょう」

「驚かないこともありません」

「そう仰言るだろうと思っていましたわ。あなたが嘘をつかないひとだということは、山葵畑の上でちゃんと見抜いていますのよ。……犬があたしに飛びついたら助けてくれるかとあなたに訊ねましたね。たいていの男なら、そりゃもう、なんて見え透いた嘘をいうところですが、あなたは、そうは仰言らなかった……」

「それは、僕がのろまなせいですよ。それはそうと、あの時、なぜ逃げるように行ってしまったのですか」

雨がすっかり止んでいた。急にひっそりとなった谷間の奥に追い迫るような犬の声が木霊《こだま》する。

わん、わんわん
わんわんわんわん
山彦がちょっと間をおいて潤《うる》んだような声を返す。

うわんうわんうわんうわんうわん
小山の急な斜面を走り下りる松明が火龍のような長い尾を曳いて寄合ったり離れたりする。

峰いっぱいの松明だった。

美しい殺人鬼はチラとそのほうを眺めてからこんなふうに答えた。

「……さっきも言いましたけど、友情にたいして息苦しいほど敏感なくせに、熱情にたいしてはおかしなほど臆病なの。……あたしがあなたのそばから逃げだしたのはたぶんそのせいなんですわ。あたしはあなたの眼の中にあたしの全生涯を見たような気がしました。あのときぐらい幸福な瞬間はあたしの過去にまだ一度もありませんでした。それで急に恐ろしくなってしまいました」

凡太郎は口を挟まずに聴いていた。

「……あたしは十二のときに武蔵野の感化院へやられました。なぜあたしがそんなにひねくれたか、それについては取り立てていうほどのことはありません。……継母《ままはは》と冷たい家庭、だいたい、そんなところですわ。こんどだってあたしはたいしたことをしてここへ逃げ込んで来たわけではありませんでしたの。あたしが身体じゅうの血をすっかり流してありったけの愛情を献げていた愛人が一番残酷な方法であたしを裏切りました。確かにあたしに罰せられてもいいようなことをそのひとはしたのです。……細かいことは申しあげませんが、あたしが東京で三人も人を殺したなんていうのはまるっきり根も葉もないことなんです。それが出鱈目《でたらめ》だということは、犯人は女装した男だなんて信じられていることでもおわかりになるでしょう。……あたしが一碧湖で釣りをしている罪もない子供を射ったという評判が立ってるそうですね。それは、あの子供が嘘を言ったのです。あたしはどうしても子供が乗っている船を借りたかったもんですから、子供を騙して船からおろしました。子供はそれに腹を立ててそんなことを言い触らしたのでしょう。……若い女のハイカーのことだってあたしの全然知らないことです。あたしはどんなことがあっても逃げ終おせて見せるつもりで自転車に積んだリュック・サックの中へいろいろな服を用意して来ました。だからそんなひとの服を剝いだりする必要はなかったのです。警察犬があたしのそばまで来て、いつも外れて行くのがいい証拠ですわ。……世の中の評判というものはみんなこんなものです」

「あなたはどうしてそんな不当に対して抗弁しようとしないんです。黙っていることはいらないでしょう」

「その方があたしの気に入ったからよ。殺人鬼と言われるのも本望でしたの。何もかも引っかぶって見事に逃げ終おせてやるつもりだったから。……それが世の中というものにたいするせめてものあたしの反抗の姿勢だったんです」

「でも、あなたにあの犬の声がきこえないわけはないでしょう、なんだか無駄なような気がするけど……」

「ええ、今となってはね。……大雨でこんなところへ逃げ込みましたが、そのときだってどんなことがあっても逃げ終おせてやるつもりでした。……でもね、もうそんなことは止めました。ほんとうのじぶんだの、ほんとうの世の中だのというものが、いま始めてわかったような気がするんです。……それは、山葵畑の上であなたがあたしに教えてくだすったんですわ。……あなたをあんなひどい目に逢わしたあたしのことを、あなたはとうとう最後までひと言もいわずにすませてくださいました。あたし生れてから今日ほど愉しい思いをしたことはありませんでした。こんな愉しさはもう一生あたしにやって来ないんだと思うと悲しい気がしますけど、この思い出をしっかり抱いて元気で行くつもりですわ。……明日になればあなたは東京へ帰っておしまいになる。もう二度とお目にかかることもないのでしょう。そうとはっきりわかっているうえで、せめて今夜一晩、久しく別れていた恋人同士のように話し合うことが出来たら確かに面白そうね。あなたはそういう遊戯はお嫌いでしょうか？……おや、あたしいま何を言ったのかしら。たぶん疲れているせいですわ。どうか気になさらないで頂戴……あたしはもうやすみますわ。明日の朝、もう一度お目にかかれますわね。……では、おやすみなさい」

十八

三日目の朝になって始めて観光バスが上って来た。

凡太郎がバスの停るところまで下りてゆくと大きな山毛欅の樹の蔭に女性が身を隠すようにして立っていた。

凡太郎は別れを告げるために立止った。

「さようなら」

「さようなら」

「おや、それだけ？　せめて、達者で暮せぐらいのことをおっしゃい」

「では、どうか達者で暮し給え」

肌色の月

運送会社の集荷係が宅扱いの最後の梱包を運びだすと、この五年の間、宇野久美子の生活の砦《とりで》だった二間つづきのアパートの部屋の中が、セットの組みあがらないテレビのスタジオのような空虚なようすになった。いままで洋服簞笥のあった壁の上に、芽出しの白膠木《ぬるで》の葉繁みがレースのような繊細な影を落しているのが、なぜかひどく斬新な感じがした。

管理人の細君が挨拶にきた。

「おすみになりましたか」

「ええ、あらかた……ながながお世話になりました」

「宇野さん、和歌山なんだそうですね」

「ええ、和歌山よ」

「お郷里《くに》へお帰りになるんだって。テレビであなたの顔を見られなくなると思うと、さびしいですわ」

「こんなふうに休んでばかりいるんじゃ、ろくな仕事はできないでしょう。ほうぼうへ迷惑をかけるばかりで……二、三年、郷里でのんきにやって、また出なおしてくるわ」

「焦っちゃだめよ、ね。仲《なか》さんみたいなことになるのは不幸すぎるわ」

「あたしはだいじょうぶ」

「じゃ、お大切にね。元気で帰っていらっしゃい」

「ありがとう」

管理人の細君がひきとると、久美子はボール・ペンをだして、戦争の間、疎開していた伊那の谷の奥の農家へハガキを書いた。

伊那はいま藤のさかりでしょう。みなさま、お元気のよし、なによりです。先日、勝手なことをおねがいしましたが、さっそくご承知くださいましてお礼の申しようもございません。今日、日通から身の廻りのものを貨物便で送りました。ちょっと和歌山へ帰って、それからそちらへ伺うようになりますので、それまで雑倉の隅へでもお置きくださるようおねがいいたします。

もう仕残したことはなにもない。衣裳と小道具の入ったボストン・バッグをさげて部屋を出るだけ。ハガキをポストに投げこんで、どこかの安宿で衣裳を換えて、たぶん伊東行の湘南電車に乗る……。

宇野久美子は完全犯罪を行おうとしている。ただし、久美子の場合、殺そうというのは他人ではなくて自分自身なのであった。

……生活するということは、昨日と明日の継ぎ目を縫うことだと、なにかの本に書いてあった。ラジオ劇場の台本にあったセリフだったかもしれない。

「うまいことをいうもんだわ」

久美子は出窓の鉄の手摺子《てすりこ》に凭《もた》れ、眼の下の狭い通りを漠然とながめながら唇の間でつぶやいた。

「この人生に明日という日が無いということは、継ぎ目を織る、今日の分の糸がないということなんだ」

久美子は生存というものを廃棄するために、というよりは、自分という存在を上手にこの世から消すために、その方法をいろいろと研究した。想像力の及ぶかぎり、可能なあらゆる場合を想定し、プロットを立て、それに肉付《モデリング》した。これならばというプランを一月以上も頭の中にためておき、いくどもひっくりかえしてみて、完全だという確信ができたので、さっそく実行することにした。

二年ほど前の秋、おなじ声優グループの仲数枝が、フラリと久美子のアパートにあらわれた。久美子は用があって、階下の管理人の部屋で立話をしていると、裏の竹藪へドサリとなにか落ちこんだような音がした。それをなんだとも思わず、十分ほどして部屋に帰ると、仲数枝が久美子の行李の細引を首に巻きつけてその端を出窓の手摺子に結びつけ、一気に窓から裏の竹藪へ飛んで死んでいた。

「やったねえ。若い娘にしては心得たもんだ……頸骨をへし折るように作業するのは、縊死のもっとも完全な方法なんだな。ほとんど苦痛はなかったろうと思う」

老練らしい検視官が鑑識課の若い現場係に訓話めいたことをいっていた。

仲数枝の最後の演技はすごい当りだったが、人生の舞台にはエンディングという都合のいい幕切れはないので、終末はひどくごたごたした。こういう死にかたをすれば、どんなみじめな扱いを受けるものかということを、久美子はつくづくと思い知らされ、死にたくなればいつでも死ねるという高慢な自負心がひとたまりもなく崩壊した。

久美子が郷里の小学校にいるころ、生涯の運命を決定するような痛切な事件があった。土用の昼さがり、帷子《かたびら》を着て縁に坐っていた父が手を拍ちあわせながら叫んだ。

「ほい、これはまあ見事《ほうが》なもんや。どこもかしこも菜の花だらけじゃ」

草いきれのたつ庭先には荒々しい青葉がぼうぼうと乱れを見せて猛《たけ》っているだけで、どこをみても菜の花などはなかった。

「お父《た》ん、なにをいうとるなん？　土用に菜の花などあるかしらん」

「そうかのう。俺《うら》には菜の花が咲いてるように見えるがの」

間もなく父は黄疸になった。全身からチューリップ色の汗を流してのたうちまわり、夜も昼も絶叫して、阿鼻叫喚のうちに悶死した。

癌だった。原病竈《そう》は不明だが、最後は肝臓に転移して肝臓癌で死んだ。祖父も父の兄弟もみな癌で死んだ。父は癌は遺伝しない。俺《うら》だけは癌では死なぬといい、久美子も久美子の母も、そうあるように心から祈っていたが、その父も不幸な死の系列から遁れることができなかった。

さほど遠くない将来に、いずれ自分もすごい苦悶のなかで息をひきとることになるのだろうということを、久美子はそのころからはっきりと自覚していたので、もし、すこしでもそういう予徴が見えだしたら、肉体の機能のうえに残酷な死の影がさしかけない前に、安らかな方法ですばやく自殺してやろうと覚悟していた。それが願望になって、心の深いところに凝りついていた。

三月三日の夜、雛祭にちなんだ特別番組があった。それが終ってから、仲間の一人とスタジオの屋上へ煙草を喫いに行った。

晴れているくせに、どこかはっきりしないうるんだような春の空に三日月が出ていた。あまり妙な色をしているので、久美子は思わず叫んだ。

「なんなの、あの月の色は」

「月がどうしたのよ」

「妙な色をしているじゃないの。黄に樺色をまぜたような……粉白粉なら肌色《オークル》の三番ってとこね」

「肌色でなんかないわ」

「黄土《おうど》色っていうのかな」

仲間は煙草の煙をふきだしながら、まじまじと久美子の顔をみつめた。

「いつもの月の色よ、灰真珠色《パール・グレー》……あなたの眼、どうかしているんじゃない」

月だけではなかった。塔屋の壁も扉もアンテナの鉄塔も、もやもやした黄色い光波《こうは》のようなものに包まれていた。

心臓にきたはげしいショックで久美子はよろめいた。

「宇野さん、どうしたの」

「疲れたのよ。きょうは帰るわ」

アパートへ帰るなり、久美子は鏡の前へ行って眼のなかをしらべた。白眼のところに黄色い翳のようなものがついている。爪にも掌にもそれらしい徴候があった。

あわてて服を脱いで下着をしらべてみた。シュミーズの背筋にあたるあたりにあの不吉な黄色いシミが、爪黒黄蝶《つまぐろきちよう》の鱗粉のようなものがかすかについていた。

いずれ、こんなことになるのだろう。それはわかっていた。遠い将来のことだろうと気をゆるしていたが、意外にも早くやってきたので、久美子は愕然とした。

「疲労だね」

肋骨の下を念入りに触診してから、内科の主任は事もなげにいった。

「君達のグループは働きすぎるよ」

「うちのものはみな癌で死んでいるんです。父は肝臓癌でした……あたし黄疸なんでしょう？」

「黄疸というほどのものでもない。この冬、軽い肺炎をやったね。その名残りだ。しばらく仕事を休んで、うまいものを食ってごろごろしていれば癒ってしまう」

医務室のへっぽこ医者にわかるわけはないのだ。癌のことならこちらのほうがよく知っている。

「和歌山県と奈良県の癌死亡者は人口百万人にたいして千人以上で、比率の大きなことでは世界的に有名なんですってね……先生、あたし和歌山なんです」

内科の主任は虚を衝かれたような気むずかしい顔になった。

「家族的黄疸とでもいうのが、一家の中でつぎつぎに黄疸にかかる特異な体質がある。赤血球の構成が病的で、すぐ壊れるようになっているので黄疸にかかりやすいのだが、この型の黄疸は肝臓機能とは関係がない」

「そういう体は遺伝するんでしょうか」

「遺伝するだろうと考えられている」

これではまるで告白しているようなものじゃないか。癌研へ紹介する必要のないほど決定的な症状になっているのだと久美子は察した。

未だかつて死体があがったためしがないという深い吸込孔のある湖水がいくつかある。死んだあとで死体をいじりまわされるのが嫌なら、そういう湖でやるほうがいい。万一、死体が浮きあがっても、行路病者の扱いで土地の市役所の埋葬課の手で無縁墓地に埋められるのなら、我慢できないこともない。宇野久美子から宇野久美子という商標《ブラウト》を剝ぎとってどこの誰ともわからない人間をつくるぐらいのことは、やればやれる。

湖はどこにしようかと迷っていたが、ある日、駅の観光ポスターの「夢の湖、楽しい湖へ」といううたい文句がひどく気に入って、伊豆の奥にあるその湖にきめた。

人間がましい恰好で、出窓の敷居に腰をかけて煙草を喫ったりしているが、実は人間の影のようなものにすぎない。プランどおりに事が運べば、明日中か遅くとも明後日の朝までには宇野久美子という存在は完全にこの世から消えてしまう。この演出は成功するだろうという確信があった。

久美子は和歌山までの切符を買って、二十一時五十分の大阪行に乗った。

網棚へ小道具の入ったスーツ・ケースを載せると、灰銀のフラノのワンピースに緋裏のついた黒のモヘアのストールという、どこかのファッション・モデルのような恰好で車室を流して歩き、知った顔がないかと物色していたが、三つ目の車でロケハンにでも行くらしい楠田という助監督の一行を見つけた。

「楠田さん」

「おお、お久美さんじゃないか。すかっとした恰好で、どこへ行く」

「郷里へ帰るの、和歌山へ……親孝行をしに」

「なんだかわかったもんじゃないな。キョロキョロして、誰をさがしているんだ」

「誰か乗っていないかと思ってさがしていたの」

「こんなお粗末なのでよかったら、つきあっていただきましょう。掛けなさいよ」

宇野久美子はどうなったというような騒ぎになると、この連中は、五月二十日の夜の九時五十分の大阪行の準急に久美子が乗っていたと証言してくれるだろう。これで用は足りた。

「ありがとう。ここもいっぱいね。またあとで話しにくるわ」

さっきの座席に戻ると、話しかけられるのを防ぐために、久美子は顔にストールをかけて寝たふりをしていた。

午前三時ごろ、浜松に停車した。久美子は網棚からスーツ・ケースをおろすと、浜松で降りる乗客にまじっていったんホームへ降り、それからすぐ前の車輛に移って、つづきの二等車のトイレットに入った。

ドレスを脱いでお着換えをする。よれよれの紺のスラックスに肱のぬけたナイロンのジャンパー、ベレエに運動靴……何年か前に友達の絵描きが置いて行った絵具箱に三脚を結びつけたのを肩にかけると、脱いだものを入れたスーツ・ケースをさげてトイレットから出た。

宇野久美子が身につけていたものは、汽車の中に置いて行くつもりなので、二等車を通りぬけながら網棚のあいたところへ放りあげ、前部のつづきの車に移った。簡単な手続きだが、これで宇野久美子の中から、誰とも知れない別な人間を抽出したつもりだった。

予定どおりに豊橋で下車すると、久美子は車掌をつかまえて、汽車の中で書いておいたメモをわたした。

「すみませんが、これをアナウンスしてください。おねがい……」

間もなくホームの拡声器からアナウンスの声が流れだした。

「一二九号列車に乗っていられる東洋放送の宇野久美子さん……東洋放送の宇野久美子さん、お連れの方はつぎの便になりましたから、待たずにその汽車で行ってください」

風の吹きとおすホームのベンチでアナウンスの声を聞いていると、モヘアのしゃれたストールをかけた宇野久美子が実際に客車の中にいるような気がして、思わず笑ってしまった。

宇野久美子という女性はたしかに豊橋まで汽車に乗っていたはずだが、それから先は行方知れずということになる。永久に大阪駅に着くことはないのだ。

久美子が恐れていたのは、自殺する意図のあったことを嗅ぎつけられ、しつっこく捜したてられることだったが、ここまで手を打っておけば、その心配もない。郷里の母は娘が帰ってくるなどとは思ってもいないし、伊那の農家では郷里の滞在が長びいているのだと思うだろう。勘がよければ、医務の内科主任がはてなと思うのだろうが、そのときは湖底の吸込孔の中か、無縁墓地の土の下で腐っているはずだ。

五時二十分の名古屋発東京行の列車が着くと、久美子はちがうひとのような明るい顔で窓際の座席におさまると、ポスターのうたい文句をいくども口の中で呟いた。

「夢の湖、楽しい湖へ……」

阿鼻叫喚のすごい苦悶の中で息をひきとるのではなくて、自分がえらんだ、魅力のある方法で、ひっそりと消えて行くのだと思うと、なんともいえないほど楽しくて気持が浮き浮きしてきた。

正午すぎに伊東に着いた。

久美子は駅前の食堂で昼食をすませると、バスを見捨てて下田街道を湖水のあるほうへ歩きだした。

だいたいプラン通りに運んだ。あとは生存を廃棄するという作業が残っているだけ。さしあたって急ぐことはなにもない。二里たらずの道なら、どんなにゆっくり歩いても夕方までには着く。バスの中で知った顔に出っくわす危険をおかすより、気ままにブラブラと歩いて行くほうがよかった。

川奈へ行く分れ道の近く、急に空が曇って雨が降りだした。こんな雨は予想していなかったので、気持を乱しかけたが、濡れるなら濡れるまでのことだと、ガムシャラに雨の中を歩いていると、追いぬいて行ったプリムスが五メートルほど先で停った。

久美子が車のそばまで行くと、格子縞のハンティングをかぶった、いかにもスポーティな初老の紳士が脇窓から声をかけた。

「どこへ行くんです」

「湖水へ」

「ひどく濡れたね。お乗んなさい。私も湖水へ行く」

「こんな雨ぐらい、なんでもないわ」

「なんでもないことはない。そんなことをしていると風邪をひく。遠慮しないで乗りたまえ」

振りきってしまいたかったが、これ以上断わるのはいささか不自然だ。うるさいひっかかりにならなければいいがと思いながら、おそるおそる車の中に身を入れた。

「すみません」

久美子が運転席に腰を落ちつけると、車が走りだした。

「体力で絵を描くのだというが、なるほど、たいへんなものだね、雨の中を湖水まで歩いて行こうという元気は……あなた東京ですか」

「はあ、東京です」

久美子はうるさくなって、素っ気ない返事をした。紳士のほうも、ものをいう興味を失ったのだとみえて、黙りこんでしまった。

雨がやんで雲切れがし、道のむこうが明るくなったと思ったら、天城の裾野のこぢんまりとした湖の風景が、だしぬけに眼の前に迫ってきた。

周囲一里ほどの深くすんだ湖水が、道端からいきなりにはじまり、岸だというしるしに、菱や水蓮が水面も見えないほど簇生している。湖心のあたりに二カ所ばかり深いところがあって、そこだけが青々とした水色になっていた。

湖のほとりで車を停めると、紳士がたずねた。

「泊るところはどこ？　ついでだから送ってあげよう」

今夜の泊りなどは考えてもいなかったが、久美子は思いつきで、出まかせをいった。

「もう、ここで結構ですわ……キャンプ村のバンガローを借りて、今夜はそこで泊ります」

「バンガローの鍵を持っている管理人は、今日は吉田へ行っているはずだ。売店なんかもやっていないだろうし、生憎《あいにく》だったね」

久美子が弱ったような顔をしてみせると、そのひとはむやみに同情して、この辺には宿屋なんかないから、大室山の岩室ホテルへでも行くほかはなかろうと、おしえてくれた。

「ホテルになんか、とても……お金がないんです。ごらんのとおりの貧乏絵描きですから」

紳士はなにか考えていたが、

「そんなら、私の家へ来たまえ」

と、おしつけるようにいった。

「でも、それではあんまり……」

「なにもお世話はできないが、一晩ぐらいならお宿《やど》をしよう」

車をすこしあとへ戻して、林の中の道を湖の岸についてまわりこんで行く。どれがどの枝とも見わけられないほど、青葉若葉が重なった下に、眼のさめるような緑青色の岩蕗や羊歯が繁っている。灰緑から海緑《ヴェル・マレェ》までのあらゆる色階をつくした、ただ一色の世界で、車もろとも緑の中へ溶けこんでしまうのではないかというような気がした。

林の中の道を行きつくすと、また湖の岸に出た。樹牆《じゅしょう》に囲まれた広い芝生の奥、赤煉瓦の煙突のついた二階建のロッジの前で車が停った。

「この家だ。住み荒して、見るかげもない破家《あばらや》だが」

玄関のつづきは大きな広間で、天井に栂《とが》の太い梁がむきだしになり、正面に丸石を畳んだ壁煖炉がある。広間の右端の階段から中二階の寝室にあがるようになっている。

久美子が濡れしょぼれ、みじめな恰好で火のない煖炉のそばに立っていると、

「そうだ。そいつは脱がなくちゃいけない」

主人は二階へ行って、ピジャマと空色の部屋着を抱いて戻ってきた。

「ともかく、これと着換えなさい。風呂場にタオルがあるから……その間に、煖炉を燃しつけておく」

久美子は言われたように風呂場へ行き、濡れしおったものを脱いでピジャマに着換えた。部屋着を羽織って広間へ戻ると、煖炉の中で松薪がパチパチと音をたてていた。

「火の要る季節じゃないが、これはあなたへのご馳走だ」

「そんなにしていただくと、なんだか申訳なくて」

「あなたも堅っ苦しいひとだね。いちいち礼をいうことはない……まあ、その椅子に掛けなさい。名乗りをしなかったが、私は大池忠平……」

「申しおくれました。あたくし栂尾《とがお》ひろと申します」

「これも、なにかの縁でしょうな。以後、御別懇に……絵を描くひとに、こんなことをいうのは妙なもんだが、風景ってのは、油断のならないものだと思うんだが、あなたはそんなことを考えたことはないですか」

と、思わせぶりなことをいいだした。

「ここへ来る途中で思いだしたんだが、あなたのような絵を描くひとに、いちどたずねてみたいと思っていたことがあるんだ」

「あたしなどにわかりそうもないけど」

「四、五年前、この湖へ身投げをした女があった。その女の亭主だと思うんだが、蓑笠をつけた男が、雨の降る中を、菱を分けながらさがしまわっていた……この湖では、死体があがったためしがないんだから、そんなことをしたって無駄な骨折りなんだが、いく日もいく日も、あきらめずにやっている……それを見てから、私の自然観にたいへんな変化が起った……それまでは、見たままの自然で満足していたものだったが、それ以来、ひどくひねくれてしまって、すぐ自然の裏を考える。この湖はいかにも美しいが、底を浚《さら》ったら、どんな凄いものが揚ってくるか知れたもんじゃない、なんて……こうなっちゃ、どんなすぐれた絵でも、真面目に鑑賞する気にはなれない。困ったもんだということですよ」

なんのために、突拍子もなくこんな話をしだすのだろう。心の中を見ぬかれたとも思わないが、あてこすりを言われているようで無気味だった。久美子は探るように大池というひとの顔をながめまわしたが、黒々と陽に灼けたスポーティな顔にうかんでいるのは、感慨を洩らして満足している、いかにも自然な表情だけだった。

鑵詰のシチュウとミートボールで簡単な夕食をすませると、久美子は湖のそばへ一人で散歩に出た。

落日が朱を流す、しんとした湖面をながめながらしばらく行くと、棒杭につながれて、ひっそりと身を揺っている一隻のボートを見つけた。

「ありがたいというのは、このことだわ」

湖心まで漕ぎだして、そのうえで最後の作業をすることになるのだろうが、それまでの段取りはまだ考えていなかった。

久美子にとって、このボートは、こうしろという天の啓示のようなものだった。

明日の夜明け、空が白みかけたころ、ブロミディアを飲んでおいて、このボートで湖心へ漕ぎだす。ひきこまれるような睡気《ねむけ》がつき、まわりの風景がよろめいてきたところで、そろりと水の中に落ちこむ。たぶん飛沫も立たないだろう。かすかな水音。それで事は終る。

広間の中はまだ闇だが、どこかに仄白い夜明けのけはいがあった。

久美子はベッドにしていた長椅子から起きあがると、風呂場へ行ってジャンパーに着換え、音のしないように玄関の扉をあけてロッジを出た。

湖に朝靄がたち、はてしもないほど広々としていた。久美子は棒杭のある地形をおぼえておいたつもりだったが、靄の中では、どこもおなじような岸に見え、なかなかその場所に行きつけなかった。

「急がないと、夜が明ける」

久美子は焦り気味になって、菱の生えているところをさまよっているうちに、朽木の根っ子につまずいて、深いところへ落ちこんだ。いやというほど水を飲み、化けそこなった水の精のように、髪から滴《しずく》をたらしながら岸に這いあがると、気ぬけがして、ひと時、茫然と草の中に坐っていた。

「おお、いやだ」

いかにもぶざまで、情けなくて泣きたくなる。間もなく棒杭に行きあたったが、誰か早く漕ぎだしたのだとみえて、ボートはそこになかった。

ロッジへ帰ってピジャマに着換え、濡れものをひとまとめにして浴槽の中へ置き、気のない顔でコオフィを沸しにかかった。

陽があがると靄がはれ、すがすがしい朝になった。湖のむこうの山々の頂が、朝日を受けて火を噴いているように見えた。

久美子はひとりで朝食をすませ、所在なく広間で大池を待っていたが、八時近くになっても起きて来ない。

「どうしたんだろう」

気あたりがする。中二階へあがって行って、ドアをノックした。

「大池さん、まだ、おやすみになっていらっしゃるの」

返事がない。

鍵が鍵穴にさしこんだままになっている。

そっとドアをあけて、部屋をのぞいてみると、寝ているはずの大池の姿はなかった。

「なんだ、そうだったのか」

なかったはずだ。ボートを漕ぎだしたのは大池だったらしい。

そういえば、ボートの中に魚籠《びく》のようなものがあった。大池がこのボートで釣りに行くのだろうと思わなかったのが、どうかしている。

それにしても、大池はまだ釣りに耽っているのだろうか。久美子は窓をあけて湖をながめまわした。

朝日が湖面に映って白光《はっこう》のようなハレーションを起している。久美子は眼を細めて、陽の光にきらめく湖面を見まわしているうちに、やっとのことでボートの所在をつかまえた。

「ボートが流れている」

久美子が漕ぎだそうと思っていた湖心のあたりに、乗り手のいない空《から》のボートが、風につれて舳の向きをかえながら、漫然と漂っているのが見えた。そのそばに、赤いペンキを塗ったオールが浮いている。ただごとではなかった。

呼鈴が鳴った。玄関へ出てみると、「湖水会管理人」という腕章をつけた男が、自転車をおさえて立っていた。

「おやすみのところを、どうも……大池さん、昨日、こちらへおいでになられたんでしょう」

「来ています。なにか、ご用でしょうか」

管理人はペコリと頭をさげた。

「いいえね、お宅のボートが流されているので、ちょっとおしらせに」

「それはどうもわざわざ……」

「大池さん、まだ、おやすみなんですか」

「いらっしゃいませんよ」

「へえ？」

眉の間に皺をよせ、久美子の顔を見つめるようにして、

「いらっしゃらないんですか」

「あたしの眠っているあいだに、出て行ったらしくて」

「ボートで？」

「さあ、どうだったんでしょう」

管理人は真剣な眼つきで額をにらみあげ、

「ふむ、どうしたんだろう。妙だな」

と独り言をいっていたが、なにか思いあたったようにうなずいて、

「大池さんは間違いなんかなさらないが、千慮の一失ってこともあるもんだから……」

そういうと、自転車に乗って、湖の岸の道を、対岸のボート置場のあるほうへ飛ぶように走って行った。


どこかで小鳥の翔《かけり》の音がする。

壁煖炉の火格子の上に、冷えきった昨日の灰がうず高くなっている。湖畔の林の中にあるロッジの広間は、深い眠りについているように森閑としずまりかえり、煖炉棚の置時計の秒を刻む音だけが、ひびきのいい腰板《パネル》にぶつかっては、神経的に耳もとに跳ねかえってくる。

宇野久美子は火の気のない煖炉の前の揺椅子に掛け、行きずりに一夜の宿をしてもらった礼をいってここを出ようと、大池の帰るのを待っていたが、そのうちに、そんなこともどう

でもいいような気がしてきた。

天井の太い梁も、隅棚《すみだな》の和蘭《オランダ》の人形も、置時計も、花瓶も、木の間ごしにチラチラとうごく水明りも、眼にうつるものはすべて、もうなんの情緒もひき起さない。できれば今日中にでも自殺しようと決意している人間にとって、事実、それらは完全に絶縁された別の世界のものだった。

「これ以上、待ってやることはない」

そこだけ深い水の色を見せている青々とした湖心に、ひとの乗っていない空のボートが漂っているのを見たとき、久美子は「おや」と思ったが、モヤイが解けてボートがひとりで流れだしたのかも知れず、おどろくようなことでもなかった。

湖水の対岸に、貸バンガローや売店や管理人の事務所を寄せ集めたキャンプ村がある。ボートで釣りに出たついでに、用達《た》しでもしているのだろう。そのうちに、ほかのボートで漕ぎ戻るか、湖水の岸の道を歩いてくるかするのだろうが、久美子には生存を廃棄するというさし迫った仕事があるので、あてのない大池の帰りを待っていられない。今朝のような失敗をくりかえさないように、どこか静かなところで、じっくりと考えてみる必要があるのだ。

久美子は玄関の脇窓からさしこむ陽の光をながめていたが、とても昼すぎまで服が乾くのを待っていられない。手ばやく煖炉を焚しつけ、浴槽に放りこんでおいた濡れものを椅子の背に掛けならべると、今夜、身を沈めるはずの自殺の場を見ておこうと思って、二階の大池の寝室へ上って行った。

寝乱した、男くさいベッドのそばをすりぬけて窓のそばへ行くと、天狗の羽団扇《はねうちわ》のような栃《とち》の葉繁みのむこうの湖水に船が四、五隻も出て、なにかただならぬ騒ぎをしているのが見えた。

ボートや、底の浅い田舟のようなものに、三人ぐらいずつひとが乗り、一人は漕ぎ、一人は艫《とも》にいて網か綱のようなものを曳き、一人は舳から乗りだして湖の底をのぞきこみながら、右、左と船の方向を差図している。

「予感って、やはり、あるものなんだわ」

雨降りのさなか、湖水に行く道で大池の車に拾われたとき、うるさいひっかかりにならなければいいがと、尻込みをしかけた瞬間があった。

「湖水会管理人」という腕章をつけた男が、千慮の一失ということもあるなどといって、対岸のボート置場のあるほうへ自転車ですっ飛んで行ったが、こんな騒ぎをしているところから推すと、大池はボートで釣りに出たまま、湖水にはまって溺死したのらしい。

「厄介なことになった」

久美子は窓枠に肱を突き、唇のあいだで呟いた。

久美子のプランではキャンプ村のバンガローに移り、今夜、夜が更けてからボートで湖心へ漕ぎだすことにきめていたのだが、このようすでは、どうも今夜はむずかしいらしい。自分をこの世から消しとるという単純な仕事が、どうしてこんなにもむずかしいのかと思うと、気落ちがして、白々《しらじら》とした気持になった。

ボートの艫に小型のモーターをつけた旧式な機外船が、けたたましいエンジンの音をひびかせながらロッジのほうへ走ってくる。黒々と陽に灼けたさっきの管理人が乗っているのが見えた。

「そろそろ、はじまった……」

大池のピジャマとガウンを借り着した、しどけないふうな女を、管理人がどんな眼で見て行ったか、久美子にも察しがつく。

「それはまあ、どうしたって」

苦笑しながら久美子は呟いた。

どうしたって父娘《おやこ》だとは見てくれまい。大池の生活に密着した、抜きさしのならない関係にある女だと、解釈したこったろうから、ここへ話をもちこんでくるのは当然だ。

長すぎるピジャマのズボンとガウンの裾を、いっしょくたにたくしあげながら二階から降りると、久美子は玄関に出て管理人がやってくるのを待っていた。

いい話だろうと、悪い話だろうとかまうことはない。うるさい絆《きずな》から解き離されるためにも、どうせ聞かなければならないのなら、一分でも早いほうがいいのだ。

湖水につづく林の中の道から管理人が出てきたのを見るなり、久美子は玄関のテラスから問いかけた。

「どうしたんです？」

実直そうな見かけをした中年の管理人は、テラスの下までやってくると、上眼で久美子の顔色をうかがいながら、低い声でこたえた。

「ちょっとお知らせに……」

「なんでしょう」

「ごぞんじだと思いますが、東洋銀行の事件を担当している捜査二課の神保《じんぼ》係長と、捜査一課の加藤刑事部長が、いま伊東署で打ち合せをしているふうなんで……」

自分に関係のあることだと思えないので、久美子は自分でもはっとするような冷淡な口調になった。

「それで？」

管理人は呆気にとられたような表情で、久美子の顔を見ていたが、おしかえすような勢いで、

「十分ほど前、湖水会の事務所へ、間もなくそちらへ行くと、伊東署から連絡がありました」

といい、腕時計に眼を走らせた。

「すぐ車で出たとすれば、だいたいあと七、八分でここに着きます。不意だとお困りになる

のではないかと思って、お知らせにあがったようなわけですが」

ひどく持って廻ったようなことをいうが、久美子の聞きたいのはそんなことではなかった。

「大池さん、どうなの？」

管理人は愁い顔になって、

「お気の毒なことですが、いまのところ、まだ……明日中に揚ればいいほうで……なにしろ藻が多いですから。エビ藻だの、フサ藻だの……どうしてもいけなけれゃ、潜水夫を入れるしかありませんが、ここには台船《だいせん》なんというものもないので……」

この湖水では死体があがったためしはないと、昨日、大池が言っていたが、それは久美子のほうがよく知っている。

伊豆の古い伝説によると、湖水の湖心に大きな吸込孔があって、湖底が稚児ガ淵につづいていることになっている。うまく吸込孔に落ちこむことができれば、地球の終る最後の日まで、みっともない遺体を人目にさらさずにすむ……だからこそ、生存を廃棄するのに、久美子はこの湖をえらんだわけだったが……。

そんなことを考えているうちに、大池の死は過失ではなくて自殺ではなかったのだろうかと、ふとそんな気がした。

「魚を釣るときは、錨をおろすものなんでしょう。大池さんのボートは流れていましたね。あれはどういうわけなの……この湖では流し釣りをするんですか」

管理人は眼を伏せてモジモジしていたが、そのうちにささやくような声でこたえた。

「大池さんは釣りに出られたわけではなかったんです。つまり、その……」

「自殺？」

「はあ、そういうことだったらしいです。この湖で投身自殺するという遺書が、昨夜、おそく東京の御本宅へ届いたそうで、そのことはさきほどもわたしどもへお電話がありました……昨夜から今朝にかけて、自殺を思いとまるように説得してくれと、いくどかお電話くだすったそうですが、生憎、昨日はずっと吉田に居りましたので、なにもかも後の祭りで……御本宅の奥さまとご子息さまが七時三十五分の浜松行にお乗りになったそうですから、十時半ごろにはここへお着きになるでしょう……どうか、そのおつもりで……」

「お心づかい、ありがとう」

「わたしは石倉《いしくら》と申しますが、大池さんにはいろいろとお世話になりましたもので……むこうの管理人事務所に居りますから、ご用がありましたら、声をかけてください。私の出来ることでしたら……」

そういうと、お辞儀をして、あたふたと帰りかけた。

「石倉さん……」

はあ、といって石倉が戻ってきた。

「あなたバンガローの鍵を預っていらっしゃるんだって？」

「鍵？」

「どれでもいいから、ひとつ開けておいてくださらないかしら」

「バンガローは三十ほどありますが、鍵のかかるのは一つもありません。空いてさえいれば、誰でも自由に入れるようになっているので……それで、どうなさろうというんですか」

「ゴタゴタするのはかなわないから、そっちへ移ろうと思うの」

石倉は怒った犬のような眼つきになった。

「気持はわかるが、そうなさらないほうが、お為でしょう」

「お為って、なんのこと？」

「御本宅でも、警察でも、あなたがここにいられることは知っているんですから」

「どうしてなの」

「私がいいました。隠してはおけないことだから……バンガローへ移ってみたって、ゴタゴタするのはおなじでしょう。遠くへ逃げるというのなら、話はべつですが」

「なにか意見がありそうね。伺うわ……あたしにどうしろというんです」

「あなたは、昨夜から、ずうっと大池さんといっしょにいらした……奥さまやご子息さまも、あなたの話を聞きたいところだろう……あなたにしても、それくらいのことをするのが、世間一般の義務ってもんじゃないですか……これから、深いところを錨縄でやってみますが、夕方、手仕舞をしたらロッジへ伺います。じゃ……」

石倉が林の中の道に姿を消すと、間もなく機外船のモーターがかかり、エンジンの音が岸から遠退いて湖心のほうへ進んで行った。

「こんなことも、あるものなんだ」

湖心まで漕ぎだし、自殺しようと思っていたそのボートに乗って出て身投げをした男がいる。こういう偶然も、この世には、あればあるものなのだろう。

そのほうはさらりと思い捨てたが、なんとも納得のいかないことがある。昨日、大池が鍵を持っている管理人が吉田へ行っているから、バンガローには泊れないだろうといった。聞くと、バンガローには鍵がかからなくて、誰でも自由に入れるようになっているという。なんのことだかよくわからないが、ふとした疑問が久美子の心に淀み残った。

クラクションの音がした。

玄関の脇窓からのぞくと、昨日、大池と二人でやってきた湖水沿いの道を黒い大型のセダンが走ってくるのが見えた。

「やってきた」

芝生の間の砂利道で車がとまると、お揃いのように紺サージの背広を着た男が二人と官服の警官が一人、左右のドアをあけ、職業的とでもいうような馴れきった身振りでサッと車から降りた。

そのあとから、上役らしい四十二、三の口髯のある男と、妙にとりすました、見るからに秀才型の三十二、三歳の男が、ゆっくりと出てきた。

口髯のあるほうが車のそばで足をとめて巻煙草に火をつけると、それが合図ででもあるように、私服と警官が分れ分れになり、一人はガレージの横手についてロッジの裏へ、一人は林の中の道を湖畔のほうへ走って行った。

一人だけ残った年配の刑事は、ロッジの二階の窓を見あげていたが、秀才型のそばへ行って、なにかささやいた。

秀才型は聞くでもなく聞かぬでもなく、曖昧な表情で、煙草の煙を吹きあげていたが、クルリと向きをかえると、巻煙草を唇の端にぶらさげたまま、のろのろと玄関のほうへ歩いて来た。

「おお、いやだ」

警察の連中がロッジへ入って来るのを見るなり、久美子は突然羞恥の念に襲われ、濡れものを掛け並べた椅子のほうへ走って行った。

スラックスもジャンパーも、火気のあたらない裏側がまだじっとりと湿っていてどうしようもないが、パンティやブラジャーのような、みっともないものだけでもどこかへ隠したいと思ってうろたえたわけだったが、作業が完了しないうちに、三人の官憲はロッジに入ってきて、ドアのそばに立って久美子のすることを見ていた。

久美子のうろたえようが目ざましいので、笑止に思ったのか、

「どうも、失礼しました」と口髭が笑いながら挨拶した。

「誰もいないと思っていたもんだから」

明晰な、そのくせ抑揚のない乾いた調子で、秀才型が見えすいたお座なりをいった。

「失礼ですが、どなたでしょう」

口髭があっさりとうけとめた。

「われわれは警視庁のものです……私は捜査二課の神保……こちらが捜査一課の加藤君……このひとは伊東署の刑事部長で丸山さん……」

そういうと、いまのところひと息つくほか、なんの興味もないといったようすで、ゆったりと長椅子に腰をおろし、三人でとりとめのない雑談をはじめた。

「大池さんはお留守なんですけど、ご用はなんですか」

丸山という刑事部長は、チラと久美子のほうへ振返っただけで、返事もしなかった。

五分ほどすると湖畔のほうへ行った警官とロッジの裏手へ行った私服が後先になって広間へ入ってきた。

「ご承知のようなわけでねえ」

刑事部長が空《そら》っとぼけた調子でいった。

「ちょっと家の中を見せてもらうよ……大池の部屋は？」

久美子は広間から見あげる位置にある中二階のドアを指さした。

「あれらしいわ」

「ふむ？……らしい、というのは？」

「階段をあがって、昨夜、あの部屋で寝たようですから……あれが大池さんの部屋かどうか、あたし、よく知らないんです」

刑事部長は、ああとうなずくと、いま広間へ入ってきた私服に眼配せをした。

私服は階段をあがって、大池の部屋へ姿を消した。

広間に残った四人は、隅のほうへ立って行って、なにかひそひそと協議をしていたが、そのうちに捜査の段取りがついたのだとみえて、私服と警官が奥の部屋へ入って行くと、戸棚をガタガタさせたり、曳出しをあけたてする音が聞えてきた。

加藤という秀才型の係官はノンシャランなようすで広間の中をブラブラと歩きまわり、煖炉棚の花瓶や隅棚の人形を眺めていたが、そこの床の上に置いてあった絵具箱をとりあげると、だしぬけに久美子のほうへ振返った。

「大池さんは絵を描かれるの？」

「いえ、それはあたしの絵具箱です」

係官は、ほうといったような曖昧な音をだすと、煖炉のそばへ行って椅子の背に掛け並べた濡れものにさわってみた。

「これは君のジャンパー？　もうすこし火から離さないと、焦げちゃうぜ」

そういいながら濡れしおった運動靴をとりあげると、めずらしいものでも見るような眼つきでしげしげと靴底を眺めた。

「ひどく濡れてるね。これは乾かさなくともいいのかね」

靴が濡れていれば、どうだというのだ。お義理にも相手になる気がなくなり、久美子は聞えないふりをしていた。

二十分ほどすると、二階の寝室と奥へ行っていた連中が広間に戻ってきた。また隅のほうへ立って行って、五分ほど立話をしていたが、久美子のそばに年配の刑事を一人だけ残し、あとの四人がロッジから出て行った。玄関の脇窓から、四人の官憲が車のそばに立って協議しているのが見えた。

間もなく、二人の私服と警官が湖畔のほうへ行き、捜査二課と捜査一課が広間に入ってきた。

「ちょっとお話を伺いたいのですが……参考までに……」

加藤という係官が、愛想よく久美子のほうへ笑いかけた。

「この長椅子を拝借しよう……神保さん、あなたも、どうぞ」

捜査二課は椅子をひきよせて、傍聴するかまえになった。

「お取込みのところを、恐縮です」

「お取込み、なんてことはないんです、あたしのほうは」

年配の刑事は食卓の上に手帖をひろげ、わざとらしく腕で屏風をつくっている。それが久美子の癇にさわった。

「これは訊問なんですか」

「飛んでもない」

秀才がまた笑ってみせた。

「ここは警察の調べ室じゃないから、訊問なんかできようわけはないです……大池氏が自殺をする前後、どんなようすだったか、参考までに伺っておきたいということなので……」

「つまり挙動てなことですね……自殺する前後のようすといわれたようだけど、自殺してからのことは知らないんです。キャンプ村の管理人が飛んで来て、はじめて知ったくらいのもので」

「なるほど……ご存じなければ、前のほうだけでも結構です」

「たいして参考になるようなこともなかったわ……六時半ごろ、鑵詰のシチュウとミートボールで簡単に夕食をしました……一人で湖畔を散歩して八時ごろロッジへ帰ったら、大池さんは二階の寝室へ行って、広間にはいませんでした」

「大池氏の家族のほうにも、われわれのほうにも、K・Uという頭文字《イニシアル》しかわかっていないのだが、昨夜、大池氏から家族にあてて、K・Uとこの湖で投身自殺……つまり心中するつもりだから、あとのところはよろしくたのむという遺書まがいの速達が届いたというのです……K・Uという女性は、大池氏の愛人なので、三年ほど前から、影のようにずっと大池氏といっしょにいた……大池氏の手箱から、K・Uという署名のある恋文がたくさん出てきたので、文面から推しても、これはほぼ確実なことなんです……ざっくばらんにおたずねしますが、K・Uという女性はあなたですか」

K・Uといえば自分の姓と名の頭文字だが、久美子がその女性であろうわけはなかった。

「それは誰かちがうひとでしょう。あたしは大池さんには、昨日お目にかかったばかりで」

「ああそうですか」

捜査一課はもっともらしくうなずき、煙草の煙の間から眼を細めて久美子の顔をながめていたが、灰皿に煙草の火をにじりつけると、説得する調子になった。

「新聞でお読みになったろうと思うが、東洋銀行の浮貸しで、三億円ばかり回収不能になった……大池氏は潔癖なひとだったようで、失踪中にも焦げつきの補塡をしようというので、いろいろと努力されたふうだった……K・Uという女性は、その辺の事情をよく知っていたらしいから、説明してもらえたらというのが、ねがいなんです……写真なんかもないからどんな顔だちのひとなのか、それさえわからない。当人が自発的に名乗り出るのを待つほか、われわれのほうには手がないわけで……あなたの不利になるようなことは、一言も言ってくれなくても結構です。失踪中の大池氏の経済活動の状態を、だいたいのところ、洩らしてくださるだけでいいので、あなた個人に迷惑のかかるようなことは、絶対にありません」

「おっしゃることは、よくわかるんですけど、どうも、あたしではなさそうだわ。お疑いになるのはそちらのご自由よ」

「あなたがK・Uという女性なら楽だったんだが、そうでないとなると、むずかしい話になる……大池氏が自殺する最後の夜、このロッジで過されたあなたは、いったいどういう方なんです？」

「栂尾ひろ子……プロではありませんが、絵描きの部類です。本籍は和歌山……東京に寄留しています。東京の住所を言いましょうか」

「ご随意に」

「世田谷区深沢四十八、若竹荘……ヒネているように見えるでしょうけど、これでまだ二十五です……なにか、ほかに？」

「昨日、はじめて大池氏にお逢いになったということだが、大池氏とはどんな関係なんです」

湖水の風景をスケッチするつもりで、伊東から歩きだしたのだったが、分れ道の近くで雨に逢って困っているところを大池の車に拾われ、ロッジで泊めてもらうことになったという話をした。

「すると、まったくの出合《であい》だったんだね」

捜査一課の秀才は面白そうに笑っていたが、

「君は水泳はうまいですか」

と、だしぬけにたずねた。

「余談だけど、泳げばどれくらい泳げる？」

「あたし、和歌山の御坊大浜で生れて、荒波の中で育ったようなものなの……どれくらい泳げるかためしたことはないけど、飽きなければ、いつまででも泳いでいるわ」

「そうだろうと思った。水になじむ身体か、そうでないか、ひと眼でわかる……それで、あそこに乾してある服や下着は、君のものなんだね？」

「ええ、そう。みっともないものを掛けならべて、おはずかしいわ」

「昨日雨に濡れた？　丸山さんの話では、ほんの通り雨だったということだが、下着まで濡れるというのは……」

「雨のせいでなくて、靄のかかった湖の岸を歩いているうちに、朽木の根につまずいて、湖へはまりこんだというわけ」

「靄がかかっていた？……すると、朝の四時ごろのことでしょうが、そんなに早く、なにをしに湖水のそばへ行った？」

自殺するために、湖心へ漕ぎだすボートを探していた、といっても、通じるような話ではない。こんな連中に意想の中のことまでうち明ける気持はなかった。

「散歩よ……あたしたち、どうせ、気まぐれなのよ」

「それに、君の絵はユニークなものらしい。筆を使わずに、指で絵具を塗る指頭画《しとうが》というのがあるそうだが、君のはその流儀なんだね?」

指頭画……聞いたこともない。

「あたしの絵はそんなむずかしいもんじゃないのよ」

捜査一課の秀才はメモを取っている刑事に命令した。

「そこの絵具箱を、こっちへ……ついでに、シュミーズと運動靴を……」

刑事が言われたものを捜査一課のところへ持って行くと、秀才は笑いながら絵具箱の蓋をあけた。

「湖水の風景をスケッチに来たんだそうだが、このとおり、ブラッシュが一本も入っていない。それで、れいの指で描くやつかと思った……それから、この下着だが、君のものではないらしいね。貧乏だなんていっているが、これはタフタの上物だ。シャンディイのレースがついて、安いものじゃないよ」

大阪行の二等車の化粧室でお着換えしたとき、見かけだけに頼って、下着を変えることを考えなかった。細かいところまで考えぬいたつもりだったが、こんな抜けかたをするようでは、自分の思考もたいしたことはないと、急に気持が沈んできた。

「胸のところに色糸《いろいと》でK・Uという頭文字が刺繡《ぬいとり》してある……君の名は栂尾《とがお》ひろ、当然、H・Tでなければならないわけだ」

顔色が変るのが、自分にもわかった。

宇野久美子は、豊橋と大阪の間で消滅し、栂尾ひろという無機物のような女性が誕生した。久美子のつもりでは、癌腫という残酷な病気を笑ってやる戯れのつもりだったが、抜きさしのならない嘘になって、きびしく跳ねかえって来ようとは、思ってもいなかった。

「この運動靴の底に、エビ藻とフサ藻が、躙《にじ》りつけたようなぐあいになってこびりついている……湖や沼の岸にある淡水藻はアオミドロかカワノリ……エビ藻やフサ藻は、湖水の中心部に近いところに生えているのが普通だ……どうしてこんなものが靴底についたか？　深く沈んで、湖底を蹴りつけたからだとわれわれは考えるので、岸に近いところで落ちこんだという説には、承服しにくいのです。いま誰かつけてあげるから、どこで陥《はま》ったか、その場所をおしえてください」

私服に挟まれて、けさ落ちこんだ湖の岸を探しに行ったが、記憶がおぼろで、たしかにその場所を示すことはできなかった。

一時間ほど後、ひどく疲れてロッジへ帰ると、大池の細君と息子が着いていて、係官となにか小声で話していた。

大池の細君は、久美子がＫ・Ｕだと思いこんでいるらしく、こちらへ振返っては、いいしれぬ敵意のこもった眼差で、久美子を睨みすえた。

久美子は煖炉の前の揺椅子に沈みこみ、罪を犯したひとのように首を垂れ、理由のない迫害に耐えていたが、そのうちに、こんなことをしていること自体が、忌々しくて、我慢がならなくなった。

それにしても、なにか、たいへんなところへ陥りこんでしまったらしい。捜査一課の秀才の表現から推すと、自殺干与容疑か、自殺幇助容疑……悪くすると、偽装心中などというむずかしいところに落着くらしい形勢だった。

捜査一課は、いまのところ寛大ぶって笑っているが、いざとなったら、悚《すく》みあがるようなすごい顔を見せるのだろう。どのみち、警察へ持って行かれるのは、まちがいのないところだから、いまのうちに着換えをすましておくほうがいい。

久美子は生乾きのジャンパーや下着を腕の中に抱えとると、着換えをするために、二階の部屋へあがって行った。

死んだような静かな湖水の上で、ボートや田舟が錨縄を曳きながらユルユルと動きまわっている。それを見ているうちに、胸のあたりがムズムズして、笑いたくなった。

「マラソン競走は、あたしの負けだったわ」

寝室の扉口で大池の細君が癇癪をおこしている。

「あなたはここでなにをしているんです？……大池が死んでからまで、ベッドに這いこもうなんて、あんまり厚顔《あつかま》しすぎるわ。恥ということを知らないの」

　母親の癇声を聞きつけて、息子なる青年が二階へ駆け上って来た。

「お母さん、みっともないから、怒鳴るのはやめてください」

「誰が怒鳴るようにしたの……あんな女の肩を持つことはないでしょう。はやく警察へ連れて行かせなさい。ともかく、この部屋から出てもらってちょうだい」

「出てもらいましょう……僕がよく話しますから、あなたは階下《した》へいらっしゃい」

　どんな扱いをされても、文句はない。久美子は窓のほうをむいて、しおしおと着換えにかかった。

「あなたは東洋放送の宇野久美子さんですね……テレビでお顔は見ていましたが、あなたがK・Uだとは知らなかった……何年も前から、いちどお目にかかりたいと思っていました……あなたのことは父から聞いていましたので、他人のような気がしなかったんです」

　甘ったれた口調で、息子がそんなことを言っている。

「お出かけですか」

　着換えをする手を休めて振返ると、階下《した》へ行ったとばかし思っていた大池の長男が、まだ扉口に立っていた。

　どこかで似た顔を見た記憶がある。

すぐ思いだした。『悪魔のような女』という映画で校長の役をやったポール・ムウリッスのある瞬間の表情……視点の定まらない、爬虫類の眠ったように動かぬ眼になる、あの瞬間の感じにそっくりだった。

「ここにお邪魔しているわけにはいかないでしょう。目ざわりでしょうしね……いつでも警察へ行けるように、支度をしているところ」

「私に出来ることがあったら」

「おねがいしたいことがあるんだけど」

長男が熱っぽくいった。

「ええ、なんでも」

「それで、あなた……」

「隆《たかし》です」

「隆さん、あたしを一人にしておいていただきたいの……女が着換えをしているところなんか、見るほうが損をするわ」

それでも動かない。久美子は癇をたてて、ナイト・ガウンの上前《うわまえ》をおさえながら隆のほうへ向きかえた。

「あたしの言ったこと、おわかりにならなかったかしら」

「よくわかっていますが、ちょっと……」

隆は広間に張りだした廊下のほうへ、ほのかな目づかいをしてから、上着のポケットからなにかだして、だまって夜卓の上に置いた。

久美子が湖水に身を沈める前に飲むことにしていた睡眠剤の小さなアンチモニーの容器だった。

「これが、どこに？」

「煖炉のそば……薪箱の中に」

ジャンパーの胸のかくしに入れておいた。椅子の背に掛けて乾かしているうちに、ころげだしたのらしい。

「ブロミディア……十錠が致死量とは、すごい催眠剤ですね」

死んだように動かない嫌味《いやみ》な眼を除けば、どことといって一点、特色のない平凡なサラリーマンのタイプだ。たいして頭のいいほうでもないらしいが、この青年は、久美子がなにをしようとしているか、もう察しているらしい。

「これを他人に拾われるまで、気がつかずにいるなんて……」

久美子は心の中で呟きながら、強く唇を嚙んだ。

気の弛《ゆる》みから、ものを落したり、まちがいをしたりするような経験は、久美子にはまだなかった。自分の生存を断絶させようというのは、親譲りの癌腫というぬきさしのならない宿命にたいする崇高なレジスタンスなんだと自分では信じている。久美子のほか、たぶん神も知らない意想の中の秘密を、こんな愚にもつかない男に隙見《すきみ》されたかと思うと、口惜しくてひとりでに身体がふるえだす。とめようと思うと汗がでた。

「すごいというなら、阿片丁幾《ローダノム》なんてのがあるわ。これは、たいしたもんじゃないのよ……どうも、ありがとう」

扉口から離れたので、階下へ行くのかと思ったら、そうではなく、足音を盗むようにしながら、ぬうっと久美子のそばに寄ってきた。久美子は気圧《けお》されてひと足、後に退った。

「警察の連中は……」

隆がささやくようにいった。

「あなたが父の後を追うようなことをなさるかと……いやな言葉だけど、後追い心中をするかと、そればかりを心配しているんです」

久美子は露骨に皮肉な調子で浴びせかけた。

「すると、これを返してくださるのは、どういうわけ？」

「いまのところ、あなたは自殺干与容疑の段階にいるんですが、父の死体が揚らないかぎり、逮捕することも身柄を拘束することもできないけれども、こんなものが見つかると、あなたはすぐ留置されます。容疑者の自殺は証拠湮滅の企図があるのだと解釈されるのです……あなたにしたって、なさりたいことがあるのでしょうから、自由をなくするのはお困りだろうと思って」

なにもかも、ひどい間違いだ。弁解する気にもなれないほどバカらしいと思うのだが、筋のとおらない論理に屈服することは、自尊心にかけても、我慢がならなかった。

「あたしの身柄はあたしで始末します。あたしの質問したことに答えてくだされぱいいのよ」

「どういうことですか」

「そこまでの親切があるなら、そっと隠しておいてくれればすむことでしょう。あたしに返すのは、どういうわけなの?」

「あなたは溺れかける父を見捨てて、泳ぎ帰ってきたひとでしょう?」

「それは反語ですか……たとえ、そうだとしても、あたしが自殺しないといえるかしら? いろいろと言いまわしているけど、あたしには反対の意味に聞えるのよ……睡眠剤を致死量だけ飲んで、はやくおやじの後を追ったらよかろう……」

「宇野さん、それは邪推ですよ。あなたの側に個人的な理由があるならともかく、父のためなら、たぶん、あなたはもう自殺なんかなさらないでしょう。いちど死神《しにがみ》が離れると、とっつかまえるのはたいへんだといいますから……そういう懸念があるなら、いくら私でも、こんなものをお渡ししませんや」

たった一言、心の中の秘密をうちあけることができるなら、浅薄な論理をはねかえしてやることができるのだが……徹底的にうち負かされた感じで、抵抗する気になれないほど、久美子は弱ってしまった。

「隆……隆……」

甲走《かんばし》った声で大池の細君が広間から二階へ叫びあげた。

「あなた、そこでなにをしているんです」

隆が部屋の中から叫びかえした。

「まあ待ってください……いま話してるところだから」

「押問答をするほどのことはない。簡単なことでしょう。そこから出てもらえばいいのよ」

「ええ、いますぐ……」

隆は当惑したように微笑してみせた。

「母も私も、父とあなたの……なんというんですか、身体を括《くく》りあったみじめな死体が揚ってくるのかと、ここへ着くまで、そのことばかり心配していたのでしたが……」

雨雲がロッジの棟の近くまで舞いさがってきて、隆のいるあたりが急に暗くなった。見えないところから声だけがひびいてくるようで、合点がいかなかった。

「母にしても、生涯、心の滓《おり》になるような光景を見ずにすんだことを感謝しているはずです。それや、もうどうしたって、ね……なにか失礼なことをいっていますが、間もなく、落着くでしょう……あなたも気ぶっせいでしょうし、今夜はキャンプ村のバンガローで泊られたらどうですか。川奈ホテルでは遠すぎて、警察の連中が承知しないでしょうから」

そういうと、うなずくように軽く頭をさげて部屋から出て行った。

「ここから出られるなら、お礼をいいたいくらいだわ」

久美子は苦笑しながら呟いたが、いいぐあいにひきずりまわされているような、不安に似た感じからまぬかれることができなかった。

湖水に沿った道のほうでクラクションの音がした。

二時間ほど前、久美子が私服に附添われて湖畔へ出たとき、部長刑事から命令されて伊東のほうへ車を飛ばして行った連絡係の警官が帰ってきた。芝生の縁石《へりいし》のところで車をとめ、チラと二階の窓を見あげると、汗を拭きながらせかせかと玄関に入っていくのが見えた。またむずかしいことがはじまりそうな予感があった。

灰鼠《はいねず》の筋隈《すじぐま》をつけた雨雲の下で、朝、見たときのまま、ボートや田舟が、さ迷う影のように、あてどもなく動きまわっている。大池というスポーティな紳士の死体は、湖底のどこかで、ひっそりと藻に巻かれているのだろうが、死んだあとでもなお執拗に絡みついて、久美子の運命を狂わせようとしている。大池の長男は、父の死体が揚るまでの自由、といった。たぶん、それにちがいないのだろう。いまは、わずかな息継ぎの時間。大池の死体が揚れば、訊問だの身許調査だの、うるさいこねかえしがはじまる。警察でも、大池を殺したとまでは思ってもいないだろうが、悪くすれば、すれすれのところまでいくかもしれない。これはもう、どうしたって避けることはできないのだ。

　久美子は着換えをして運動靴を穿くと、ジャンパーの胸のかくしからコンパクトをだし、蓋の裏についている鏡をのぞいて、どんな訊問でもはねかえしてやる、図々しいくらいの表情をつくってみた。久美子自身は警察の連中を無視しているつもりだったが、こんなことをするようでは、やはり恐れているのだと思って、げっそりした。

「これはなんだっけ？」

　コンパクトをジャンパーのかくしに返そうとしたとき、なにか平べったい、丸く固いものが指先にさわった。指先に親しい感覚だ。

　なんだろうと思いながら、とりだしてみると、アンチモニーの容器におさまったブロミディアの錠剤だった。

　ジャンパーの胸のかくしから転げだしたのを拾われたのだと思っていたが、そうではなかった。隆が薪箱の中から拾ってきたアンチモニーの容器は、さっきのまま夜卓の上にある。おなじ容器におさめられたおなじ催眠剤にちがいないが、久美子が持っているのとは、ぜんぜん別なものであった。

　久美子はベッドの端に腰をかけ、手の中のと夜卓の上にある二つの容器をジロジロと見くらべているうちに、隆という青年のいったことに、胡散《うさん》くさいところがあるのに気がついた。

　警察の連中や大池の家族がロッジに着く一時間ほど前、濡れものを乾すために薪箱の薪をあるだけ使って煖炉の火を焚しつけた……灰銀色の風変りなかたちをした軽金属の容器が薪箱の中にあったのなら、当然、久美子が見つけているはずだが、そんなものはなかった。

「嘘をいっている」

久美子は今朝からの細々《こまごま》とした気疲れで、ものを考えることがめんどうくさくなり、煙草の煙をふきあげながらぼんやりと曇り日の湖の風景をながめていたが、どういう連想のつづきなのか、昨夜、大池に殺されかけたらしいという意外な思念が頭の中を閃めき、そのショックで蒼白になった。

昨夜、大池と二人で夕食をしたとき、食べものか食後の飲みものに、相当大量のブロミディアをまぜて飲まされた……これはまちがいのないとこらしい。

酩酊状態の深い眠りが、その証拠だ。癌にたいする精神不安と、はげしい仕事のせいで、このところ、ずうっと不眠がつづいている。マキシマムに近い量のブロミディアを飲んで、やっと三時間ほど眠る情けない日常だ。

湖心に漕ぎだしてから飲むつもりで、昨夜はブロミディアを使わなかったのに、湖畔から帰るなり、広間の長椅子のベッドにころげこんで五時ごろまで眠った。大池が広間を通ってロッジから出て行ったはずだが、それさえも知らなかった。

空が白みかけたころ、ボートをさがしに出て行った。永劫とも思える長い時間、靄の中を茫然と歩きまわり、辷ったり転んだり、湖水に落ちこんで、頭からびしょ濡れになったりしたが、夢の中の出来事のようで、細かいことはなにひとつ記憶にない。

禁止に近い量を常用しても、よく眠れないのに、あんな昏睡のしかたをしたところから推すと、よほどの大量を使ったのにちがいない。殺すつもりででもなければ、やれないことだ。

ほかにも、疑えば疑えることがある。キャンプ村のバンガローで泊るといったら、大池はいい加減なことをいって、キャンプ村に行かせなかった。久美子をロッジにひきとめようということなので、そうだとすれば、最初から殺意があったのだとしか思われない。

「あたしを殺せば、それでどうだというんだろう」

破産詐欺の容疑で、久しく逃げまわっていた大池忠平という人物は、ひどい淋しがり屋で、一人で自殺するのに耐えられず、行きずりに逢った女性を道連れにするつもりだったのか？　それならそれで納得がいくのだが、二人でいた間の大池の言動を思いかえすと、モヤモヤしたわからないことがたくさんあって、どう考えても、そんな他愛のないことではなさそうだった。

いつの間にか眠ってしまったらしい。目をさますと一時近くになっていた。

広間へおりて行ってみると、本庁から来た連中は伊東署へひき揚げ、大池の細君と隆は川奈ホテルへ昼食に行き、丸山という年配の部長刑事が、昼食《ひる》をつかいながら事故係の報告を受けていた。

「水藻は思ったほどではありません……湖畔と湖棚を終りましたから、午後から標識を入れて最深部をやります」

「ご苦労さん……夕方までに揚らなかったら、明日からアクア・ラングでやる。空気ボンベを背負うと、百メートルぐらいまでもぐれるそうだから」

「道具は？」

「道具は大池の伜が持ってきた。あれ一人にやらせるわけにもいくまいから、指導してもらって、交代でやるんだな……電話で報告しておいてもらおうか。本庁の連中がジリジリして待っているだろうから」

事故係の警官は敬礼をしてロッジから出て行った。

「丸山さん、お聞きしたいことがあるんだけど……」

捜査主任は箸の先に飯粒をためたまま、まじまじと久美子の顔を見返した。

「おう、そうだった……君の昼食《ひる》を忘れていたよ」

「どうか、ご心配なく……」

久美子は言いたいだけのことを言ってやるつもりで、捜査主任と向きあう椅子にかけた。

「食べることなんか、どうだっていいけど、あたし、これからどうなるのか、お聞きしたいの……大池夫人は出て行けっていうけど、そういうわけにもいかないでしょう？　遣瀬ないのよ」

捜査主任は禿げあがった額をうつむけて、含み笑いをした。

「お察しするがね、気にすることはないよ」

「どうしても、ここに居なくちゃならないの？」

「どうしてもということはない。和歌山へ行こうと伊那へ行こうと、それは君の自由だ。呼出しを受けたら、その都度、伊東署へ来てもらえれば」

「すると、結局、ここから動けないということなのね」

捜査主任は微笑しながらうなずいてみせた。

「そのほうが、どちらのためにも都合がいいだろう、時間の節約にもなるし」

「死体があがるまで、こんなところで待っていなければならないというのは、どういうわけなんでしょう」

「君のためにも待っているほうがよさそうだ。検屍の結果、殺人容疑が、自殺干与容疑ぐらいで軽くすむかもしれないから」

「それは死体が揚れば、のことでしょう？……湖心に吸込孔があって、湖底が稚児ガ淵につづいているもんだから、この湖水で死体が揚ったためしがないってことだったけど」

「それは伝説だ……この湖は石灰質の陥没湖じゃないから、吸込孔などあろうはずはない。いぜんは深かったが、関東大震災で底の浅い湖水になった。白髪になるまで待たせはしないから、安心したまえ」

ちょっとしたことだと思っていたが、どうやら殺人容疑になるらしい。久美子は気分を落ちつけるために、煙草に火をつけた。

「災難ね……あきらめて、死体が一日も早く揚るように祈ることにしましょう。キャンプ村のバンガローへ移りたいんだけど、いいでしょうか」

「バンガロー……いいだろう」

「あたしはK・Uじゃないから、頼まれたって後追い心中なんかしません。その点、ご心配なく」

捜査主任はアルミの弁当箱をハトロン紙で包みながら、

「腹をたてているようだが、それは君が悪いからだよ」

と宥めるような調子でいった。

「偽名をつかったり、絵描きでもないのに絵描きだといったり、怪しまれるのは当然だ……君は東洋放送の宇野久美子というひとだろう」

「お調べになったのね」

「それはもう、どうしたって」

「あたしがK・Uでないことは、おわかりになったわけね」

「言ってみたまえ」

「お調べになったことでしょうから、ごぞんじのはずだけど、一月から四月の末まで、どの放送にも出ていました……最近のひと月は、病気でアパートにひき籠っていたし……」

「それで？」

「大池は今年のはじめごろから、Ｋ・Ｕという女性と二人で、日本中を逃げまわっていたということですが、すると、あたしはＫ・Ｕであるわけはないでしょう？　そんな暇はなかったから」

「その点は諒承したが、さっぱりしないところがある。ここへ来る前日、君は家財道具を伊那へ送っている。郷里の和歌山へ帰るといって、十時何分かの大阪行に乗ったはずの君が、伊豆のこんなところにいる……なぜ、そういう複雑なことをするのか、その辺のところを説明してくれないかぎり、われわれは同情しない……曖昧なことばかりいっていないで、この事件から解放されるように心掛けたらどうだ。不愉快な目に逢うだけでも損だと思うがね」

「和歌山へ行くつもりだったのは事実ですが、人間、気の変ることだってあるでしょう。そんなことでご不審を受けるのは心外よ」

「昨日の午後、川奈へ行く分れ道の近くで、大池の車に拾われたといったが、それは大池の気まぐれだったのか」

「たぶん、ね」

「その辺のところが理解しかねる……今夜にでも自殺しようという切羽詰った境遇にある男が、行きずりに、知らぬ女を拾って、家へ泊めたりするものだろうか？　いぜん、なにか関係のあった女なら、話は別だが……」

「なにかの都合で、K・Uの代用品のようなものがほしかったんじゃないかしら……K・Uなんて女性、ほんとうに存在するのかどうか知らないけど」

捜査主任はなにか考えていたが、伏眼になって苦味のある微笑を洩した。

「君はふしぎなことをいうね。捜査二課では、半年がかりで大池とK・Uという女性を追及しているんだが、君はK・Uなんていうものは存在しないという」

「それはそうだろうじゃありませんの。恋文だけがあって、誰も顔を見たことがないなんていう、あやしげな存在、あたし信用しないわ……大池というひとにしたって、ほんとうに自殺したのかどうか、死体を確認するまではわからないことでしょう」

「大池はたしかに自殺したらしい……この先、まだ逃げまわるつもりなら、伊豆の奥の、こんな袋の底のようなところへ入ってくるわけはないから……われわれの見解はそうだが、大池が生きているという事実でもあるのかね」

そういうのが警察の常識なら、決定的な場で、追及の裏をかく手もあるわけだと、久美子は考えたが、それは言わずにおいた。

警察から伝達があったのだとみえて、夕方、キャンプ村の管理をしている石倉が機外船で迎いにきた。

「ご苦労さま」

久美子が乗りこむと、機外船はガソリンの臭気とエンジンの音をまきちらしながら、対岸の船着場のほうへ走りだした。

「結局、バンガローへ行くことになったわ」

「バンガローといっても、ぼくの三角兵舎みたいなもので……荒れていますから、お気持が悪いでしょうが、湖畔のいちばん綺麗なのを掃除しておきました」

「あてなしに、フラリと出てきたもんで、飯盒も食器も持っていないんだけど、食事、どうしたらいいのかしら」

「ご食事はバンガローへお運びします」

「それは、たいへんよ……あなた、錨縄を曳く仕事があるんでしょう。飯盒を貸してくだされば、じぶんでやります」

「夜は、仕事がないのですから、お気づかいなく」

風が出て空が晴れ、雲の裂目から茜色の夕陽が湖水の南の山々にさしかけた。

樹牆のように密々と立ちならぶ湖畔の雑木林の梢の上に、ロッジの屋根の一部と赤煉瓦の煙突が、一種、寂然たるようすであらわれだしている。植物のつづきのようで、家があるようには見えず、なにか異様な感じだった。

「石倉さん、あのロッジはどうした家なのかしら。あんなところにポツンと一軒だけ建てたというのは……別荘というにしては、すこし淋しすぎるようね」

「あれはリットンというイギリス人の持家で、冬になると、そこらじゅうの西洋人が駕籠に乗ってやってきて、広間で夜明しのバクチを打っていたそうで……そういう因縁のある家なんです。大池さんがお買いになったのは、戦後のことですが、妙な噂があって思いが悪いので、私なども、極力、反対したのですが、大池さんも、とうとう、こんなことになってしまって……」

そういうと、湖心の最深部の輪廓をしめす、赤旗の標識を指さした。

「あの旗の立っているところが湖水のいちばん深いところです……明日、ご子息さまが潜水具をつけて潜られるそうですが、湖盆の深所の中ほどのところに、大きな吸込孔があるので、とても、いけまいと思います」

「つまり、死体が揚らないだろうということなのね」

石倉は重々しく首を振った。

「アクア・ラングなんかじゃ、仕様がない。本式の潜水夫を入れないことには、どうにもならないということってす」

久美子はさり気なくたずねてみた。

「吸込孔って、どんなぐあいになっているものなの？」

「湖盆の深所まで五十メートル……そこから孔になって更に百メートル……その先、どれほど深いか測ったことがありません」

捜査主任は、湖底平原の吸込孔は、陥没湖の可溶性地層が溶けてできるものだから、この湖に吸込孔はあり得ないといった。言われてみれば、そのとおりで、火口状の凹地に湛水《たんすい》した火口原湖に、水の湧く吸込孔などあるはずがない。石倉がなんのためにありもしない吸込孔を、あると言い張るのか理解できなかった。

石倉の選んだバンガローは、キャンプ村の端れにあって、船着場のそばに一つ離れて建っていた。窓のない柿葺《こけらぶき》の小屋で、二坪ほどの板敷に古茣蓙《ふるござ》を敷いてある。入口の扉は乾反《ひぞ》って片下《かたさが》りになり、どうやってみても、うまくしまらなかった。

一時間ほど湖畔を散歩して、バンガローへ帰ると、夕食が届いていた。鑵詰のシチュウとミートボール……昨夜、ロッジで夕食に出たのと、おなじものだった。

「おお、いやだ」

昨夜は成功しなかったから、もういちど、やってやれというわけか？

「あたしは殺される」

なんのためだか知らないが、そういう形勢になっているらしい。

いまになれば、思いあたるのだが、今朝、石倉が自転車でロッジへやってきたのは、当然、死んでいるはずの人間を、検察に来たのだ。久美子がガウンの裾をたくしあげながら玄関へ出て行くと、石倉は意外と失望のまじった、遣瀬ないような顔をした。表情がすべてを語った。

……

険呑な境涯に落ちこんだ。自分の力で身をまもるほか、やりようがない。暗くなるのを待っていた……って、夕食に出たものを裏の草むらに捨て、眠るとあぶないと思って、朝まで眼をあいていた

翌朝、十時ごろ、隆と石倉がバンガローへやってきた。

「宇野さん、これから父の死体をあげますから、いっしょに船に乗ってください」

あまり悧口ではないようだ。もう、わかってもいいはずなのに、まだ、こんなことをいっている。

「なぜ、あたしがそんなおつきあいをしなくちゃ、ならないの」

「あなたは父の死際に薄情な真似をした。せめて、水から揚るところを、見てやってくれとおねがいしているんです」

久美子は腹を立てて、大きな声でやりかえした。

「なんであろうと、強制されるのは、まっぴらよ」

「昨日、捜査主任に、父の死体は揚らないだろうといったそうですね。父の死体が揚ると、困ることがあるんでしょう」

「そんなふうには言わなかったわ……探しても見つからないなら、最初から死体なんか無か

ったんだろう、と言ったのよ」

「それは、どういう意味ですか」

久美子は怒りに駆られて、心にあることを、そのままぶちまけた。

「湖水の底を探すより、キャンプ村のバンガローでも探すほうが早道だろうということよ」

石倉が軋《きし》るような声でいった。

「大池さんはバンガローにはいません。居たら幽霊だ……バカなことを言っていないで、船に乗ってください」

「それで、どこを探そうというの？」

「昨日も申しましたが、最深部の吸込孔を」

「この湖水に、吸込孔なんか、あるんでしょうか」

「湖水を知り尽しているようなことをいうけど、もし、吸込孔があったらどうします」

「あるなら、見物したいわ……あたしにとっても、興味のあることなのよ」

「お見せしましょう」

アクア・ラングを積んだ平底船が船着場に着いていた。

もう夏の陽射しで、シャボンの泡のような白い雲の形が波皺もたてぬ湖面に映っている。

警察の連中の乗ったボートや田舟が、岸に近い浅いところを、錨縄を曳きながらゆるゆると動いていた。十分ほど後、平底船は浮標に赤旗をつけた二つの標識の間でとまった。

「ここです」

隆は挑みかかるような調子でいうと、空気ボンベのバルブを調節して、足にゴムの鰭をつけた。そのあたりは、水の色が青々として、いかにも深そうな見かけをしているが、それは側壁に繁茂した水藻の色なので、こんな底の浅い断層湖に吸込孔などあるわけはなかった。

「それがアクア・ラングというものなの？　大袈裟な仕掛けをするのはやめなさい。こんな浅い湖なら、鼻をつまんだまま潜ってみせるわ……ちょっと行って、見物してくるわ」

水に入るのは、何年ぶりかだった。水の楽しさが肌に感じられる。久美子は着ているものをみな脱ぎ捨て、イルカのように湖水に飛びこんだ。上からくる水明りをたよりに、藻の間をすかして見る。十メートルほど下に、側壁のゆるやかな斜面が見える。その先は堆積物に蔽われた湖底平原だった。

上のほうから黒い影が舞い降りて来た。アクア・ラングをつけた隆だった。

「やるつもりだな」

こうなるような予感があった。

こんな男とやりあう気はない。久美子は水をあおりながら横に逃げた。相当、ひき離したと思っていたのに、隆はすぐ後へ来ている。ゴムの鰭をつけているせいか、意外に早いのだ。反転して上に逃げる。間もなく水面へ出ようというとき、石倉の身体がまともに落ちかかってきた。

「ああ、やられる」

隆が右足にしがみつく。石倉の腕が咽喉輪を攻める……胃に水が流れこみ、肺の中が水でいっぱいになる。久美子は空しい抵抗をつづけながら、だんだん深く沈む。水明りが薄れ、眼の前が真っ暗になった。

久美子は霞みかける意識の中で敏感すぎたせいで殺されるのだと、はっきりと覚《さと》った。

三時近くになって、本庁の加藤主任のパッカードがロッジの前庭に走りこんできた。そのうしろから県警の連絡員が乗ったジープがついてきた。

加藤組の私服たちはジリジリしながら主任の来るのを待っていたらしい。ガレージの前で同僚と立話をしていた木村という部長刑事は主任の車を見るなり、あたふたとドアを開けに行った。

「部屋長《へやちょう》さん、お待ちしていました。どこにいらしたんです」

「県警本部へ連絡に行っていた」

加藤主任はすらりと車からおりると、ガレージの前にいる年配の私服に声をかけた。

「畑中君、ちょっと」

畑中と呼ばれた私服は、はっというと、二人のそばへ飛んできた。

「打合せをしておきたいことがあるんだ……湖水のそばで一服しようや」

林の中にうねうねとつづく、茶庭の露地のような細い道をしばらく行くと、だしぬけに林が終り、眼の前に湖の全景がひらけた。

朽ちかけた貸バンガローが落々と立っているほか、人影らしいものもなかった対岸の草地に、大白鳥の大群でも舞いおりたようにいちめんに三角テントが張られ、ボーイ・スカウトの制服を着たのや、ショート・パンツひとつになった少年が元気な声で笑ったり叫んだりしながら、船着場に沿った細長い渚を走りまわっていた。

葉桜になった桜並木のバス道路に、大型の貸切バスが十台ばかりパークしていて、車をまわす空地もないのに、朱と水色で塗りわけた観光バスがジュラルミンの車体を光らせながら、とめどもなくつぎつぎに走りこんでくる。観光バスのラジオの軽音楽と、ひっきりなしに呼びかけているキャンプの拡声器のアナウンスが重なりあい、なんともつかぬ騒音になってごったかえしていた。

捜査一課の主任は煙草に火をつけると、陽の光にきらめく湖水を眼を細めてながめていたが、舌打ちすると、

「厄介なことになったよ」

と忌々しそうにつぶやいた。

畑中が詫びるようにいった。

「土《ど》、日《にち》は、どうもやむを得ないので」

「土、日は、言われなくともわかっているさ。だいたい、どれくらい入っているんだ」

「横浜の聖ヨセフ学院の百五十名、ジャンボリー連盟の二百名……いまのところ四百名たらずです……死体捜査の邪魔になるし、こっちの岸へやってこられると困るから、絶対にボートを貸さないように管理人に言っておきました」

「そうまですることはない。おれの言っているのはべつなことだ……それで、女はどうなった？」

畑中にかわって木村がこたえた。

「今日一日、安静にしておけば回復するだろうといっていました」

主任は火のついた煙草を指ではじき飛ばすと、むっつりとした顔で下草のうえにあぐらをかいた。

「そんな簡単なことだったのか。電話の報告じゃ、いまにも息をひきとりそうなことをいっていたが」

「引揚げたときは、ほとんど参りかけていたんですが、あまり水を飲んでいなかったので、心臓麻痺の一歩手前で助かりました」

「二分近く、水の中であばれていたんだって？……いったい、なんのつもりで、湖水に飛びこんだんだい？」

「あの女のすることは、われわれにはわかりません……湖底に吸込孔があるとかないとかという口争いになって、そのうちに、いきなり飛びこんじゃった……一分以上経ってもあがってこないもんだから、大池の伜が心配して、空気ボンベを背負ってようすを見に行くと、いきなり水藻の中から出てきて、送気のゴム管を握って沈めにかけたというんです」

「妙な話だな。それを誰がいうんだ」

「大池の伜が……それで石倉という管理人が引分けに行ったが、あばれて手に負えないので、片羽《かたは》絞《じ》めで落しておいて、やっとのことでひきあげたんだそうです」

主任はなにか考えてから、木村にたずねた。

「近くに、舟がいたか」

「私が……」

と畑中がこたえた。

「二百メートルほど離れたところで錨縄を曳いていました。女の飛びこむところは見ませんでしたが、女をひきあげる前後の状況はだいたい事実だったように思います」

「それで？」

「ずっと酸素吸入をしていましたが、今のところまだ意識不明です」

「病院へ送ったろうね」

「いえ、病院に持ちこむには、行路病者の手続きをしなくてはならないので、ロッジのガレージにおいてあります」

「あの女に死なれると、捜査のひっかかりがなくなるんだぜ。なぜ、そんなところへおく」

「大池の細君が、どんなことがあってもロッジに入れないと突っぱるもんでね……といって、コンクリートの床に寝かされもしない。マトレスの古いのを一枚借りだすのがやっとのことでした」

「医者がついているのか」

「医者も救急車も、一時間ほど前にひきあげました」

主任の額に暗い稲妻のようなものが走った。

「いい加減なことをするじゃないか。看護もつけずに放ってあるのか」

「大池の伜がつきっきりで看《み》ています。現在、築地の綜合病院でインターンをやっているんだそうで……」

「大池の伜というのは、いったい何者なんだ。そんなやつに共犯《とも》を預けて、安心していられるのか。裏でどんな軋《きし》りあいになっているか、わかったもんじゃない」

「部屋長さん、その点なら、心配はいらないように思いますがね」

木村が笑いながらいった。

「大池の伜は、あの女に惚れているらしいですよ。たいへんな気の入れかたでね、舟からあげたときなどは、涙ぐんでおろおろしていました……父親の色女に惚れてならんという法律はないわけだから……」

主任が閉《た》てきるような調子でいった。

「畑中君、石倉という管理人の経歴を洗ってくれないか」

「はっ」

「大池との関係も、くわしいほどありがたい……それから大池の細君の身許調査は？」

「二課にあるはずです」

「一括して、捜査本部へ送るように、至急、申送ってくれたまえ」

「かしこまりました」

「畑中君、二課の神保組はなにをしている？」

「根太をひンぬくような勢いで、六人掛りで大ガサをやっています……六千万からの証券を、こんな窮屈なところへ隠しこむわけはないと思うんだが……二課のやることは、われわれには理解できないです」

「大池が死体になって湖水の底に沈んでいようなんて、頭から信じてかかっているものは一人もいないが、この湖で自殺するという遺書があれば、やはり錨縄を曳いて死体の捜査をしなくてはならない。それとおなじことだよ……神保君が待っているだろう。そろそろ行こうか」

三人がロッジに戻ると、捜査二課の神保組と伊東署の丸山捜査主任が広間の隅の床の上にあぐらをかいて煙草を喫っていた。

徹底的にロッジの中を洗いあげたふうで、家具はみなひっくりかえされ、曳出しという曳出しは口をあき、颱風でも吹きぬけて行ったようなひどいようすになっていた。

「おい、加藤君……」

神保部長刑事が広間の隅から呼びかけた。

「宇野久美子の装検をしたら、ジャンパーのかくしからこんなものが出てきたぜ」

「なんです」

「ブロミディア……普通にブロムラールといっているブロバリン系の催眠剤だ」

そういいながら、アンチモニーの小さな容器を手渡した。

「それで？」

「十グラムが致死量だというから、相当、強力なやつにちがいない。こんなものを持っているところをみると、あの女も自殺するくらいの気はあったのらしい……あの女の行動に、常識では解きにくいような不分明なところがあるが、これで、いっそうわからなくなった」

「まったく、正体が知れないというのは、あの女のことです」

「大池は自殺したのか、生きているのか、どっちかわからないが、逃げようと思えば逃げる機会はあったはずなのに、嫌な目にあうのを承知でこんなところに居残っているのは、いったい、どういうわけなんだ」

「神保さん、そのことなんだ……私は三分の迷いを残して、大池は自殺したのだと考えるようにしていたが、宇野久美子のありかたを見ていると、大池は死んだのではなくて、どこか近くに隠れていて、宇野久美子と連繋をとりながら脱出する機会をねらっているのだと想像しても、おかしいことはないと思うようになった」

「考えられ得ることだ」

「大池が自殺したのでなければ、これははじめから企んでやった偽装行為だ。この辺のところは簡単明瞭だ……捜査二課の追及は相当執拗だったから、さすがの大池も疲労してこんなトリックをつかって捜査を中止させようとした……自殺する場所はどこにでもあるのに、この湖水をえらんだのは、死体があがったためしがないという伝説を利用するつもりだったのだろう……幼稚だが、思いつきは悪くない。われわれでさえ、暗示にひっかかって、身を入れてやれなかった」

「話はわかるがね、判定してかかっていいのか」

「公式的でおはずかしいが、こういうことじゃなかったかと思うのだ……木曜日の午後に湖畔に着く。金曜日の未明までに偽装の作業を完了する。女はロッジに残ってわれわれの出方を見ている……あるいは妨害をして死体の捜査を遅らせる」

「宇野久美子が湖水へ飛びこんだのは、捜査を遅らせるための所為だったというわけか」

「そうもとれるということだ……そうして、われわれを湖のまわりに釘づけにしておいて、土、日の夕方、観光バスにまぎれこんで、袋の底からぬけだす……悲しくなるほど単純なところが、この企画のすぐれているゆえんだ。われわれがひっかかるのは、得てして、こういう単純なことにかぎるんだから」

「大池はどこにいる？」

「それは土地署の練達に伺うほうが早道だ……丸山さん、大池が生きているとすれば、どの辺にいるでしょう。可能性のことだが」

丸山捜査主任は、図面を見てくださいといいながら、床の上に地図をひろげた。

「二十三日の金曜日の朝以来、萩、十足《とおたり》、湖水の分れ道、吉田口……この四カ所で終日検問を実施しているが、大池らしいやつが出た形跡がないから、潜伏しているなら、湖水を中心にした十号国有林の中以外ではない……このロッジの地境に猪除けの堀がありますが、そのむこうが十号国有林の北の端です……いまは気候がいいから、そのつもりでテントや食糧を用意して入れば、二カ月や三カ月は平気でしょう……ただし、つかまえようということになったら、五百人ぐらいも人を出して山狩りをしないことには、どうにもならない。また、そうしたからといって、かならず成功するとは保証できません」

神保部長刑事が思いついたようにいった。

「加藤君、昨日は、警戒されて失敗したが、もういちど宇野久美子を泳がせてみるか。大池としては企図したことが成功したんだから、そんなところにこれから幾月も隠れていることはない。できるだけ早くぬけだしたいと思うだろう」

「そうはいうが、あいつはひどく敏感だから、かんたんには欺せないよ……泳ぎだすどころか、昨夜はバンガローで朝まで眼をあいていた」

久美子は重苦しい意識の溷濁《こんだく》の中で覚醒した。

眼をあいて瞬きをしているつもりなのに、冥土の薄明りとでもいうような、ぼんやりとした微光を感じるだけで、なにひとつ眼に映らない。

湿っぽいブヨブヨしたものの上に仰臥しているのだが、虚脱したようになって身動きする気にもならない。なにかもの憂く、もの悲しく、ひとりでに泣けそうになる。

この感覚におぼえがあった。

「……また、やった」

夜明しのパーティでつぶれてしまい、やりきれない疲労と自己嫌悪の中で眼をさますあの瞬間——眼をさましたといっても、はっきりとした自覚があるわけではない。遊び呆《ほう》けたあとの憂鬱が身体に沁みとおり、わけもなく飲みつづけたコクテールやジン・フィーズの酔いで手足が痺《しび》れ、そのまま、ふっと夢心地になる……

「それにしても、あたしはどこにいるんだろう」

掌で身体のまわりを撫でてみる。マトレスの粗木綿《デニム》のざらりとした感触。マトレスの下は冷え冷えとしたコンクリートの床だ。マトレスの上に、下着もなしに裸で寝ているらしい。

おかしなこともあるものだ。

記憶に深い断層が出来、時の流れがふっつりと断ち切られ、どういうつづきでこんなことになったのか思いだせない。昏睡し、しばらくして、また覚醒した。こんどはいくらか頭がはっきりしている。なにも見えなかったはずだ。眼の上に折畳んだガーゼが載っている。

ガーゼをおしのけ、薄眼をあけて見る。意外に低いところに天井の裏側が見えた。三方はモルタルの壁で、綰《わが》ねたゴムホースや、消火器や油差などが掛かっている。頭のほうに戸口があって、そこから薄緑に染まった陽の光がさしこんでいる。頭をもたげると、戸口を半ば塞ぐような位置にプリムスの後部が見えた……湖水の分れ道で久美子が拾われた、れいの大池の車だった。

「ガレージ……」

ロッジの横手にあるガレージのコンクリートの床の上にマトレスを敷き、裸身にベッド・カヴァーを掛けて寝かされているというのが現実らしい。

髪がグッショリと濡れしおり、枕とマトレスに胡散《うさん》くさい汚点《しみ》がついている。足が氷のようだ。

「寒い……」

と呟きかけたひょうしに、咽喉のあたりに灼けるような痛みを感じた……それで、いっぺんに記憶が甦った。石倉に首を絞められ、水藻のゆらぐ仄暗い湖水の深みで必死に藻掻きながら、死というものの顔を、まざまざとこの眼で眺めた恐怖と絶望の瞬間。

「ああ」

久美子は悚《すく》みあがり、われともなく鋭い叫声をあげた。

まさに絶えようとする時の流れ……必死に抵抗していたのは、一秒でも長く命をつなぎとめようという、ただそのための藻掻きだった。

死ぬことなんか、なんでもないと思っていたのは、なにもわかっていなかったからだ。あの辛さの十分の一でも想像することができたら、自殺しようなどという高慢なことは考えなかったろう。

「あたし助かったんだわ」

自分というものを、こんなにいとしいと思ったことがなかったような気がし、久美子は感動して眼を閉じた。

「気がつかれましたね」

隆は久美子の顔をのぞきこむようにしてから、仔細らしく脈を見た。

「もう大丈夫ですが、覚醒したら、臨床訊問をするといっていますから、念のためジガレンを打っておきましょう」

久美子は無言のまま、マジマジと隆の顔を見あげた。なぜか、ひどく寛大な気持になり、怨みも憎しみも感じない。湖底の活劇は、遠いむかしの出来事のようで、いっこうに心にひびいて来なかった。

「こんなこともあろうかと思って、いろいろ用意してきたのですが、お役にたったようで、私も満足です」

注射器に薬液をみたして久美子の上膊に注射すると、撫でさするようなやさしさで、そこを揉みつづけた。

「宇野さん、よけいなお節介をして、あなたを死なせなかったのを、怒っていられるんじゃないですか……もし、そうだったら、お詫びしますが、私としては、あの場合、どうしたってあなたを死なせるわけにはいかなかった」

意外なことを聞くものだ。久美子はムッとしかけたが、相手になることもないと思って、返事もせずにいた。

「引揚げようとすればするほど、深く沈もうとなさる。最後は、水藻にしがみついて離れようとしないんだから、強《きつ》かった」

隆の眼頭に、一滴、キラリと光るものを見て、久美子はあわてて眼をそらした。

「溺れかける父を見捨てて、泳ぎかえってくるような、非情な方だと思っていましたが、まったくのところ誤解でした……そんな方だったら、父にしても、あれほど強くあなたに惹かれることはなかったろうし……はじめから、わかりきったことだったのです」

久美子は、そっと溜息をついた。

「死んだ私の母のことは、あなたもよくごぞんじのことでしょうが、テレビではじめてあなたを見たとき、死んだ母の若いときの顔によく似ているし、名が宇野久美子だから、父のいうK・Uという女性は、あなたではないかと思ったことがあります。父には言いませんでしたが、私があなたのどこに惹かれるのか、よく知っているので、父の心情は、手にとるようにわかりました……父は不幸な再婚を後悔していたし、家庭がみじめになればなるほど、あなたのほうへ向いて行ったその気持も……」

久美子は、たまりかねて遮った。

「ああ、そのことなら、もう結構よ」

隆は、はっと眼の中を騒がせると、搏たれたように急に口を噤んだ。

「そんなことより臨床訊問……このうえ私からなにを聞きだそうというのかしら。言うだけのことは言いつくしたつもりだけど」

「あの連中がコソコソ言っているのを耳に挟んだのですが、あなたの供述書で逮捕状を請求したら、こんな不完全な内容で令状が出せるかと、令状係の判事に拒絶されたそうです。早急に死体があがる見込みがないので、伊東署の捜査本部を解散して、東京へ引揚げるといっていますから、訊問といっても、行掛り上、一応、形式をととのえるという程度のことではないでしょうか。そのほうはたいしたことはないでしょうが、私が心配しているのは、あなたのことなんです……心臓衰弱の気味だから、乗物に乗るのは、ちょっと無理です。傍にいてあげられればいいのですが、病院の仕事があるので、私は夕方までに東京へ帰らなくてはなりません……母はあなたをロッジへ入れないなんて、愚にもつかないことをいっていますが、気になさらないで、ロッジで今日一日静かにしていらして、いい頃にお帰りになるように」

言い憎そうに眼を伏せ、

「おしつけがましいのですが、今朝のようなことはしないと約束していただきたいのです。さもないと、私は東京へ帰ることができません。それでは困るから……」

と、つぶやくようにいった。

ロッジの二階の大池の部屋に運びあげられると、加藤主任がやってきて、そばの椅子に掛けた。

「やっと人間らしい顔色になった。一時は、だめかと思ったんだが」

はじめからこんな調子でやってくれたら、逆《さか》らうことはなかったのだ。久美子は愛想よく微笑してみせた。

「なんのつもりで、呼吸《いき》のとまるまで水にもぐったりするんだ？　人騒がせにもほどがある。なにをしようと勝手だが、捜査の邪魔をすることだけは、やめてもらいたいね」

「はずみでやったことなんだけど……お手数をかけました」

「君には手を焼いた。とても面倒は見きれないから、さっさと、どこへでも行ってくれ」

膝の上に書類をひろげて、

「いま、これを読むから、相違した点がなかったら、署名して拇印をおしてくれたまえ」

「それは供述書というやつなの」

「そんなむずかしいもんじゃない……捜査調書の抜萃……宇野久美子に関係のある部分だ。われわれの仕事は、確認という形式を踏まなければ体《たい》をなさないのだから、どうしようもないのだ。概略だよ、いいね……東洋放送の宇野久美子、すなわち君は五月二十日、郷里の和歌山市に帰る目的で、二十一時五十分、東京駅発、大阪行の一二九号列車に乗ったが、途中で気が変って……ここは君が供述したとおりになっている……翌、二十一日、三時五十四分に豊橋に下車。七時〇分の東京行に乗った。十一時三十分、熱海駅着、十一時四十分の伊東行に乗車、十二時十二分、伊東駅着……店名失念の駅前食堂で中食、遊覧の目的で徒歩で湖水に向った……二時すぎ、湖水の分れ道、その附近で雨に逢った……雨の中を歩いていると、東洋相互銀行……通称、東洋銀行の取締役頭取……大池忠平の運転するプリムスが通りかかり、宇野久美子にたいして乗車をすすめた……宇野久美子はプリムスに乗ってそのまま大池所有のロッジに至った。一晩だけならお宿《やど》をしようというので一泊することにきめた。六時半ごろ大池と夕食をし、食後一時間ほど湖畔を散歩し、八時近く、ロッジに帰ると、大池はすでに二階の寝室に引取って広間には居なかった。宇野久美子はその後、大池忠平を見ていない……翌、二十二日、午前八時ごろ、湖水会の管理人、石倉梅吉が自転車で大池の在否を聞きに来たので、宇野久美子は不在だと答えた。同日、十時ごろ、石倉から、大池さんは湖水に投身自殺されたらしいという報告を受けた……だいたい、こんなところだ」

そういうと、畳紙の写真挟みから手札型の写真を出して久美子に渡した。

「それが大池忠平の顔写真だ……湖水の分れ道で君を拾ったのがその男だったはずだ。写真を見て確認してくれたまえ」

久美子は仰臥したまま、写真を手にとって見た。

「これはあたしを拾ったひととちがうようだ」

よく似ているが、誰か別な人間の顔だ。

プリムスに乗っていた大池忠平の顔には、生活の悪さからくる陰欝な調子がついていたが、写真の顔はどことといって一点、翳りのない明るい福々とした顔をしている。額の禿げかたもちがう。プリムスのひとの額は、面擦《めんずれ》のように両鬢《りょうびん》の隅が禿げあがっていたが、写真のほうは、額の真甲《まっこう》から脳天へ薄くなっている。額のほうはいいとしても、首のつきかたも肩の張り方も、ここがこうと指摘できるほど、はっきりとちがうが、それを言いだせば、またむずかしくひっかかってくる。

久美子は浮かない顔で考えこんでいたが、どうしたって真実を告げずにすますわけにはいかないので、思いきっていった。

「確認するもしないも、写真のひとが大池忠平にまちがいないのなら、ロッジにいたのは、確実にべつなキャラクターだわ」

主任は眉をひそめて、背筋をたてた。

「大池じゃないって？」

「よく似ているけど、はっきりとちがうのよ」

そうして、異なる印象のニュアンスを、できるだけくわしく説明した。

主任は薄眼になって聞いていたが、やりきれないといったようすで、クスクス笑いだした。

「さすが、芸術家の観察はちがったもんだね。お話は伺ったがデリケートすぎて、われわれにはよくわからない。レンズには収差というものもあるし、額のあたりにハイ・ライトがかかると、実際より強い感じになることもある……あまり世話を焼かせずに、署名したらどうだ」

「それでいいなら、喜んで署名するけど、キャラクターだけのことではなくて、ほかにも、いろいろと妙なことがあったのよ」

鍵のかかるバンガローなんか一つもないのに、鍵を預っている男が吉田へ行っているから、バンガローは使えないだろうといったこと、部屋の中はうっとうしいくらいの陽気なのに、むやみに松薪をおしこんで、煖炉を燃やしつけたこと、大池のボートならロッジの近くの岸にあるべきはずなのに、一町も離れたところに繋いであったこと、なにかの方法で催眠剤を飲ませられたらしくて、翌朝まで酩酊状態が残っていたこと……心にかかっていたことを、ありったけ吐きだしたが、主任は笑うばかりで相手にもならなかった。

石倉があらわれるかと、ひそかに怖れていたが、いそがしいのか、石倉はあらわれず、伊東署の連絡係の若い巡査が心をこめて夕食の世話をしてくれた。

食慾はなかったが、無理をして、パン粥を一杯食べた。

「おいしかったわ」

「食が細いねえ。もうすこし、やったらどうだ」

「心臓のところが重っ苦しくて、食べられないのよ」

「そうか。無理をしちゃ悪いな」

しみじみとして、残っていられるなら、残っていてもらいたかったが、七時ごろ、おだいじにと言って帰って行った。

夜になると、対岸の草地でジャンボリーがはじまった。キャンプ・ファイヤーを囲んで讃美歌やボーイ・スカウトの歌を合唱している。

降るような星空の下、釉薬《うわぐすり》を流した黒い湖の面に、ちりばめたようにキャンプ・ファイヤーの火の色がうつり、風が流れると、それが無数の小さな光に細分され、眼もあやにゆらゆらとゆらめきわたる。

久美子は子供たちの合唱を聞くともなく聞きながら、空の中にある満々と張りつめたもののたたずまいをぼんやりとながめていたが、そのうちに、なんともつかぬ嫌悪の念に襲われて、枕に顔を伏せた。

昨日まで、あんなにも心を惹かれた湖の風景が、なぜか嫌らしくて見てやる気もしない。安らかな方法で自殺しようなどと、あてどもないことを考えていたが、そんな方法はありえないことを身をもって学んだ。父のように肝臓癌で阿鼻叫喚のうちに悶死するにしても、たぶん、もう二度と自殺しようなどとは考えないだろう。

久美子は自嘲するようにニヤリと笑った。

「たいへんなことになった」

自殺という作業を完成しようと、それだけにうちこんできたが、その目標が失われたので、することがなくなった。古びた生活の糸で、昨日と明日の継ぎ目を縫いつづけなくてはならない。夢や希望がなくなり、憎しみだけがふえ、ひねくれた、意地の悪い、ご注文どおりのオールド・ミスになっていくのだろう。

子供たちはジャンボリーに飽き、湖水めぐりを始めたらしく、高低さまざまな歌声が湖畔の南側をまわってロッジのほうへ近づいてくる。

久美子は強いて眼を閉じたが、今日一日のさまざまな出来事が頭の中で波うって、どうしても眠ることができない。心臓には悪いが、ブロミディアにたよるしかないと思い、ベッドから這いだし、ジャンパーをとりに階下の広間におりた。

ジャンパーの胸のかくしから、ブロミディアの容器をとりだし、水をとりに厨のほうへ行きかけたとき、風呂場につづく裏口のほうで、うさんくさい足音が聞えた。

ガレージの横手をまわり、芝生の縁石を踏みながら裏口に近づいて来る。

「誰だろう」

遅いというほどの時間ではないが、玄関をよけて裏へまわりこんでくるのが納得がいかなかった。久美子は広間の中ほどのところに佇み、秘密めかしい訪問者の入ってくるのを辛抱強く待っていた。

煖炉の右手の扉のノッブがそろそろと動き、音もなく開いたドアの隙間から黒い人影が広間に辷りこんできた。

「ああ」

大池忠平と名乗ったあのスポーティな紳士だった。全身びしょ濡れになり、芯のぬけた、とほんとした顔で立っている。

「こんどこそ殺《や》られる……」

久美子は声にならない声で悲鳴をあげながら、片闇《かたやみ》になった階段の下へ逃げこんだ。

偽装自殺が成功するかしないかという瀬戸際に、危険をおかしてロッジへ入りこんでくる以上、なにをするつもりなのかわかっている……今朝、石倉がやりかけたことを、大池忠平が完了しようというのだ。

風の中に歌声がある。

カンテラを持って、湖畔を練り歩いている子供達の歌声が、湖の東岸のほうへ遠退いて行く。小さな湖をへだてた、つい向う岸に、三百人近くの人間の集団がキャンピングしているのに、危急を告げることも助けを求めることもできないという自覚は、世にも残酷なものだった……

大池は腕組みするような恰好で胸を抱き、脇間《わきま》の扉口のそばに影のように立っていた。ものの十分ほどもしてから、服の袖で額の汗を拭うと、片手で胸をおさえ、壁にすがりながら壁付燈の下まで行ったが、力がつきたように、そこで動かなくなってしまった。

「どうかしたんだわ」

久美子の恐れていたようなことは、なにもなかった。

壁付燈の光に照らしだされた大池の正体は、意外にもみじめなものだった。湖岸の泥深いところを歩きまわったのだとみえ、膝から下が泥だらけになり、靴にアオミドロがついている。濡れた髪を額に貼りつかせ、土気色《つちけいろ》になった頬のあたりから滴《しずく》をたらしているところなどは、いま湖水からあがってきた、大池の亡霊とでもいうような、一種、非現実的なようすをしていた。

「う、う、う……」

大池は肩息をつきながら、家宅捜索でめちゃめちゃにひっくりかえされた広間の中を見まわし、マントルピースの端に縋って食器棚《ビュッフェ》のほうへよろけて行ったが、曳出しに手をかけたまま、ぐったりと食器棚に凭れかかった。

「ああ、誰か……」

たいへんな苦しみようだ。久美子は闇の中に立っていたが、放っておけないような気がして、大池のそばへ行った。

「大池さん、あたしです。どうなすったの」

大池は嗄れたような声でささやいた。

「ジガレンの注射を……」

大池は心臓発作をおこしかけている。

どんな嫌疑を受けても、犯した罪がなければ、いつかは解けると多寡を括っていたが、この二日、警察とのやりあいで、そうばかりはいかないらしいことをさとった。一人だけでいるところで死なれでもしたら、どんなことになるかわかったものではない。

「ともかく、長椅子に行きましょう」

大池を長椅子のところへ連れて行くと、上着を脱がせ、クッションを集めて座位のかたちで落着かせた。洗面器に井戸水を汲んできてせっせと胸を冷やしたが、こんなことでは助かりそうもなかった。

「応急薬といったようなものはないんですか、あるなら探して来るけど」

大池は食器棚を指さした。

「……ジギタミンと、赤酒を……」

食器棚の曳出しにはそれらしいものはなかったので、浴室へ行って、壁に嵌込んだ鏡付のキャビネットの中を見た……「ジギタミン」というレッテルを貼った錠剤の瓶がガラスの棚の上に載っていた。日本薬局方の赤酒は、赤い封蠟をつけてウイスキーの瓶のとなりに並んでいた。

「安心なさい。ジギタミンも赤酒もあったわ」

コップの水を口もとに持っていくと、大池は飛びつくようにして錠剤を飲みこんだ。

三十分ほどすると、大池は眼に見えて落着いてきた。荒い息づかいがおさまり、脈のうちかたもいくらか正常になったが、寒いのかとみえて、鳥肌をたててふるえている。

燃えさしの松薪を集めて煖炉を燃しつけにかかると、大池は恐怖の色をうかべて呻いた。

「煙突から炎をだすと石倉がやってくる」

大池が石倉を恐れているのは意外だった。

「石倉が来れば、困ることでもあるの」

大池は返事をしなかった。

「大池さん、まあ、聞いてちょうだいよ……雨の中で拾われたのはありがたかったけど、ロッジに泊めてもらったばっかりに、さんざんな目に逢ったのよ」

そんなことをいっているうちに、われともなく昂奮して、この二日の間の出来事を洗いざらいしゃべった。どうでもいいつもりでいたが、深いところでは、やはり腹をたてていたのだとみえ、しゃべりだすと、とめどもなくなった。

「あなたは生きているんだから、自殺干与や殺人の容疑はなくなったわけだけど、今夜、二人だけでいたことがわかると、共犯だなんだって、またむずかしいことになるのよ……逃げまわるのは勝手だとしても、あたしがK・Uなんて女でないことを証明していただきたいのよ。どんな方法でもいいから……」

大池がまじまじと久美子の顔を見かえした。

「K・Uなんて女性は、はじめっから存在しない。あれは君代が警察をまごつかせるために、考えだしたことなんだ……こんな目にあわなかったら、明日、伊東署へ行くつもりだったが……いや、早いほうがいい。宇野さん、すまないが、警察の連中を呼んで来てくれないかね。その辺に張込んでいるんだろうから」

「警察のひとはみなひきあげたふうよ……連絡係の警官が、明日の朝、八時ごろ、見にくるといっていたけど」

大池は気落ちしたように、がっくりと首をおとした。

「私の冠状動脈は紙のように薄くなっている。こんど発作をおこしたらもう助からない……

明日の朝まで十二時間……それまで保合《もちあ》ってくれるかどうか、辛い話だよ」

大池は自首することにきめたらしい。すこしも早く警察と連絡をつけたいふうだが、湖水の近くで電話のあるところは、キャンプ村の管理事務所か伊東ゴルフ場のクラブ・ハウスだけ。どちらも二キロ以上あって、いまの久美子の健康状態では、とてもそこまで出掛けて行くことは出来ない。

久美子は落着かなくなって、玄関のほうへ行った。子供達でも通ったらと、脇窓のそばで聞耳をたてていたが、対岸のキャンプ村では、みんなテントに寝に入ったとみえ、笑い声ひとつ聞えない。久美子はあきらめ、脇窓のカーテンをひいて、大池のそばに戻った。大池は自分だけの思いに沈みこんでいるふうで、欝々と眼をとじていた。

夜の十時近く、捜査本部になっている伊東署の捜査主任室に、本庁の畑中刑事が入ってきた。薬罐の水を湯呑についで飲むと、奥のデスクで丸山捜査主任と打合せをしていた加藤捜査一課のそばへ行った。

「おう、畑中君、さっきの電話連絡、聞いたよ……出て来たそうだな。女を泳がせた甲斐があったと、丸山さんと話していたところなんだ……どこから出て来た？」

「湖水からあがって来ました」

「山林《やま》へ入ったんじゃなかったのか」

畑中刑事は照れくさそうに頭へ手をやった。

「山林のほうばかり警戒していたので、鼻先へ突っかけられて、あわてました」

「対岸からボートでやって来たのか」

「いや、そうでもなさそうです。こちらの岸をずっと見てまわりましたが、ボートらしいものは着いていませんでした」

加藤捜査一課は納得しない顔で問いつめた。

「妙な話だな……どういうことなんだい」

「星明りで、はっきりとアヤは見えなかったが、どこかやられたらしくて、フラフラになっていました……ガレージの横手からまわりこんで、勝手口からロッジへ入りました」

「女はどうした？」

「お見込みどおりでした。時間の打合せがあったのだとみえまして、女のほうが先に二階から降りて、ホールで待っていました」

「おかしいね、それを、どこから見たんだ」

「玄関の脇窓から」

加藤捜査一課は背筋を立てると、頭ごなしにやりつけた。

「絶対にロッジの近くへ寄りつくなといったろう？……まずいことをするじゃないか。感づかれると、やりにくくなって困るんだ」

「いや、どうも……立っていたところに、偶然に窓があったもんですから」

「感づかれたらしいようすはなかったか」

「君が大丈夫だろうと思います」

「……女は大丈夫というなら、大丈夫だろう……つづけたまえ」

「……女は大池を長椅子に寝かせると、洗面器に水を汲んできて大池の胸を冷やしていました。薬だの酒瓶だの、いろいろと持ちだして来て、熱心にやっていたふうです……私の見たのはそれだけ」

「それだけ、というのは?」

「女が窓のカーテンをひいたので、私のいる位置から、なにも見えなくなったということです」

加藤捜査一課は刺戟的な冷笑をうかべながら、

「大池とあの女がロッジで落合えば、どんなことをするぐらいのことは、ここにいたって想像がつく」

と、しゃくるようなことをいった。

「君はそんなことを報告するために、伊東までやって来たのか」

「いや、ちょっとお話したいことがあって」

「どんな話だね?」

「ロッジへ入って来たのは、大池忠平でなくて、名古屋で工場をやっている、弟の大池孝平です」

捜査一課は下眼《しため》になって、なにか考えていたが、煙草に火をつけると、胡散くさいといったようすで問いかえした。

「忠平でなくて、孝平か」

「そうです」

「えらいことを言いだしたな……それは確信のあることなのか」

「兄の忠平は顔写真でしか知りませんが、孝平のほうなら、たびたび名古屋の家へ宅参《たくまい》りして、いやというほど顔を見ていますから、間違えるはずはありません」

捜査一課は丸山捜査主任のほうへ向きかえると、癇のたった声で投げだすようにいった。

「あのプリムスは、大池忠平が東京を逃げだすとき、乗って行ったやつだったんで、ちょっと、ひっかかった。ちくしょう、味なことをしやがる」

丸山捜査主任は渋い顔でうなずいた。

「それは、あの女が言ってましたね……ロッジで逢ったのは、顔写真の男とはちがうようだって……あれは正直な発言だったんですな……皮肉な女だ。てんで舐めてかかっている。あれはマレモノだよ」

「うまく遊ばれたらしいね」

畑中刑事が捜査一課にたずねた。

「部屋長さん、二人をひっぱっちゃいけないんですか。あんなことをしておくと、なにかはじまりそうな気がするんですが」

「どういう名目でひっぱるんだ？　ひっぱったって留めておくことはできないぜ……兄が自殺するというので、おどろいて飛んできた、なんていうだろうし……弟のほうには、いまのところ、共犯だという事実はなにもあがっていない」

「じゃ、女のほうだけでも」

「だめだろうね……相当、こっぴどくやったつもりだが、洒々《しゃあしゃあ》としていた……それゃ、そうだろう。大池の弟とツルンでロッジに泊りこんだって、とがめられることはないはずだから」

そういうと、クルリと丸山捜査課長のほうへ向きかえた。

「丸山さん、これゃ捜査の対象にならないね。二課はどうするか知らないが、われわれは、明日、引揚げます。書置一本に釣られて、こんな騒ぎをしたと思うと、おさまりかねるんだが、どうしようもないよ」

そこへ本庁の木村刑事が、婦人用のスーツ・ケースをさげてブラリと入ってきた。

「部屋長さん、遅くなりました。ちょっと聞込みをしていたもんだから」

「なんだい、そのスーツ・ケースは」

「これですか。これは宇野久美子の遺留品です」

「そんなもの、どこにあったんだ？」

「大阪行、一二九列車の二等車の網棚の上に……二等車の乗客の中に、宇野久美子のファンがいた。宇野久美子がスーツ・ケースを提げて入って来たので、宇野久美子だと思いながら見ていると、このスーツ・ケースを網棚に放りあげて、前部の車室に行ったきり、大阪駅へ着いても帰って来ない。それで車掌に、これは東洋放送の宇野久美子のスーツ・ケースだから、東京へ転送してくださいと頼んだというのです」

「開けてみたまえ」

木村はジッパーをひいて、スーツ・ケースの内容をさらけだした。灰銀のフラノのワンピースに緋裏《ひうら》のついた黒のモヘアのストール、パンプスの靴とナイロンの靴下が入っていた。

「つまり、これは宇野久美子がアパートを出るときに着ていたものなんだな」

「そうです。管理人の細君が確認しました」

「豊橋駅はどうだった」

「木谷刑事をやりましたが、ちょっと奇妙なことがありました。駅の広報係が、その汽車に乗り遅れたから、待たずに、先に行ってくれと、東洋放送の宇野久美子宛のアナウンスを依頼された。その女は、ナイロンのジャンパーに紺のスラックスを穿き、ベレエをかぶって、絵具箱を肩にかけていたというんです」

「なんだ、それは宇野久美子自身じゃないか。どういうことなんだろう」

「さあ、どういうことなんでしょう……変った聞込みが二つありました」

「どうぞ」

「宇野久美子のジャンパーのポケットに、ブロムラール系の催眠剤が入っていたといわれましたが、三年前、大池忠平の前の細君が、ブロムラール系の催眠剤の誤用で死んでいます」

「どこで聞きこんだ？」

「大池忠平の身元調書に、細君が中毒死したという記載がありましたので、主治医を探して聞きだしました……もうひとつは、これも二年前の秋、声優グループの仲《なか》数枝という女が、宇野久美子の部屋で自殺しています。宇野久美子の行李の細引で首を締めて、一気に裏の竹藪へ飛んだというんです……結局、自殺ということになりましたが、一時は、絞殺して、二階の窓から投げ落したんじゃないかという嫌疑が濃厚だったそうです」

「それだけか」

「いまのところは、これだけですが、洗えばまだまだ、いろいろなことが出てきそうです」

　大池は、身体の深いところを測るような、深刻な眼つきで、ジギタミンを三錠ずつ、一時間おきに飲んだ。動悸もおさまり、普通に話ができるようになったが、胸中の不安はいっこうに薄らがぬふうで、見るもみじめなほど悶えていた。

「大池さん、十時間や十二時間、すぐ経ってしまってよ……一人でいるのが不安なら、朝までおつきあいしますから、イライラするのはよしなさい……だいじょうぶ、死にはしないから」

「自分の身体のことは、私がよく知っている。とても明日の朝まで保《も》ちそうもない。だめだという感じだけで参ってしまうんだ……頭のたしかなうちに、言っておきたいことがある。宇野さん、聞いてくれないかね」

聞きたいことなど、なにもない。だまっていてくれるほうが望みだったが、大池のあわれなようすを見ると、そうは言いかねた。

「聞いてあげてもいいわ。それで、あなたが気が休まるなら」

「私が何者だか、君はもう察しているだろう。二十日の朝、名古屋の私のところへ、君代が東京から長距離電話で、こんなことをいってきた。半年近く逃げまわって、忠平が疲れきっているから、すこし休ませてやりたい。忠平のところへ石倉をやって、この湖水で自殺するという遺書を書かせたが、形のないことではしょうがないから、伊豆へ行ってロッジで一晩《ひと》、泊ってくれれば、あとは石倉がいいようにこしらえるから、という話なんだ」

「石倉って、どういう関係のひとなんです？」

「石倉は君代の弟だ……トンネル会社へ融資する形式で隠しこんだ資産を、捜査二課では三千万から六千万の間と踏んでいるらしいが、どんな操作をしたって、そんな芸当ができるわけはない。その十分の一もあればいいほうだ、わずかばかりの隠し財産に執着して、時効年まで逃げまわるなんて、バカな話だと思うんだが、世間ではそろそろ忘れかけているのに、下手に捕って、むしかえされるのではかあいそうだという気持もあった……企画は、まったく他愛のないようなことなんだ……兄が乗り捨てたプリムスが豊橋のガレージにある。それでロッジへ乗りつける。煖炉をたいて煙突から煙をだす。石倉はそれを見るなり吉田へ行く。その日、湖水の近くにいなかったというアリバイをつくるために、知合いの家に泊って、翌朝、早く帰ってくる。私は夜明け前、ボートで対岸へ行って、バンガローに隠れている。石倉がいいころにハイヤーを廻してよこす。修善寺へ抜けて、夕方の汽車で名古屋に帰る……」

「バンガローに行きたいといったのに、行かせなかったのは、そういう事情があったからなのね」

「お察しのとおり……夕食後、君は散歩に出て、一時間ほどして帰ってきた……十一時頃、私が二階から降りると、君は病的な鼾をかいて、長椅子で昏睡していた。そのときの印象は、もう助かりそうにもないように見えた……枕元のサイド・テーブルに下部《しもべ》鉱泉の瓶とコップが載っている……私がロッジに来る前に、鉱泉に催眠剤を仕込んでおいた奴がある。湖水の分れ道で君を拾ったことは、誰も知らないはずだから、目当ては、当然、私だったのだと思うほかはない……泊ってくれるだけでいいなどと、うまいことをいってひっぱりだして、私を殺して湖水に沈めるつもりだったんだ」

「その話は妙だわね。あたしはこうして生きているわ」

「ブロムラール系の催眠剤十五グラムは、健全な人間には致死量にならないが、特異質や身体異常者……たとえば、妊婦とか、心臓、腎臓の疾患者は、その量で簡単に死んでしまうというんだ。私のような冠疾患者《かんしつ》があの鉱泉を飲んだら、当然、死んでいたろう」

「鉱泉を分析してみたわけでもないでしょう。そこまで考えるのは、すこし敏感すぎるようね」

「前例がある……兄の前の細君の琴子と、トンネル会社をひきうけていた水上という男が、催眠剤の誤用で死んでいる。琴子は妊娠中で、水上は腎臓をやられていた。君代ぐらい催眠剤を上手に応用《アダプト》するやつもないもんだ。感服するほかはないよ」

「いやな話だわ。あの奥さん、そんなひとなの」

「そんな女なんだ……こんどの破産詐欺も隠し資産も、みんなあの女が手がけたことだ……琴子の場合はこうだった。琴子は胸の悪いところへ妊娠して、不眠で苦しんでいた。そのとき女子薬専を中退したばかりの君代が、派出看護婦で来ていた。琴子は君代に催眠剤をくれというが、やらない。そこが読みの深いところで、気の弱い兄が情に負けて、いずれ、こっそり催眠剤をやるだろうと見込んでいた……予想どおり、兄は君代に隠してブロムラールを〇・三やった……〇・三で死ねるわけはないのだが、琴子は昏睡したまま、とうとう覚醒しなかった……兄は琴子を殺したのは自分だと思いこんでいるもんだから、君代に退引《のっぴき》ならない弱点をおさえられて、思いどおりに振廻されることになった」

「それで、こんどはあなたの番になったというわけ?」

「ひどい話だ。まごまごしていると、なにをされるかわかったもんじゃない。漕ぎだしたように見せかけるために、もやいを解いてボートを突きだし、今日の夕方まで林の中に隠れていた……ボーイ・スカウト大会のジャンボリーが終ると、子供達の附添や父兄が帰るので車が混みあう。誰かの車に便乗させてもらえれば、うまく検問を通れそうだ……日が暮れてから、ロッジへ来てみると、ボートはあるがプリムスはない。ボートは苦手だが、急がずにやれば向う岸まで行けそうだ。そう思ってボートに乗った。石倉もさるもので、林の中から這いだしてから、私がどういう行動をとるか見抜いて、ボートの底に仕掛けがしてあった……栓を抜いて牛脂《グリース》でも押込んであったんだろう。ものの二十メートルも漕ぎださないうちに、ブクブクと沈んで、否応なしに泳がされた……私の心臓にとって、泳がされるくらい致命的な苦行はない。もう十メートルも遠く漕ぎだしていたら、心臓麻痺で参っていたろう」

大池はめざましく昂奮して、見ていても恐しくなるような荒い呼吸をついた。

「こういう目にあってみると、いったい、なんのせいで、兄があんなふうに逃げまわっているのか、よくわかった。兄は警察を恐れているんじゃなくて、君代や石倉を恐れているんだ……水上が妙な死にかたをしたので、こいつはあぶないと気がついたんだ。些細な隠し資産を誇大に言いふらしているのも、あの二人に隠れ場所をおしえないのも、そうしておけば、殺されることはないと考えたからなんだ……戦後、悪党というものの面《つら》を数かぎりなく見たが、あいつらほどの奴はいなかった。こちらもいろいろと古傷を持っているから、警察と係りあうのはありがたくないが、こんどばかりは、もう黙っていない」

発条《ぜんまい》のゆるんだ煖炉棚の時計が、ねぼけたような音で十一時をうった。

話を終りにさせるつもりで、久美子はおっかぶせるようにいった。

「大池さん、十一時よ……あと七時間……いままで保《も》った心臓なら、明日の朝まで保つでしょう。しゃべるのはそれくらいにして、すこし眠ったらどう」

胸にたまっていたものを吐きだしたので、気持が楽になったのか、大池は素直にうなずいた。

「眠れるかどうか、やってみる……赤酒をください。三十ＣＣぐらい……心臓というのは気むずかしいやつでね、交際《つきあ》いきれないよ」

久美子はコルクの栓を抜き、いいほどにタンブラーに赤酒を注いで渡した。大池は小鳥が水を飲むように、時間をかけてチビチビと赤酒をすすりこむと、眠るつもりになったらしく、クッションに頭をつけて眼をとじた。

なんとなく静かな顔つきになったと思ったら、大池は鼾をかきはじめた。

湖水のほうから来る風が、潮騒のような音をたてて林の中を吹きぬけてゆく。風の音と鼾の音が一種の階調をつくって、ひとを睡気《ねむけ》にさそいこむ。久美子は床に坐り、長椅子の端に額をおしつけて、うつらうつらしていた。

鎧扉をあおる風の音で眼をさました。ちょうど十二時だった。

大池は調子の高い鼾をかき、なにか操《あやつ》られているように、グラグラと頭を左右に揺っていた。薄眼をあけ、動かぬ瞳で空間の一点を凝視している。ただごとではなかった。

「大池さん……大池さん……」

肩をゆすぶりながら、大池の手の甲に、コルク抜きの先を、思いきり強く突きたててみた。なんの反応もない。

「とうとう……」

久美子が恐れていたのは、このことだった。

赤酒になにか曰《いわ》くがあったのだろうが、そんな詮策はどうでもいい。さしあたっての急務は、なんとかして大池の命をつなぎとめることだ。さもないと、えらい羽目になる。こういう状況では、どんな嫌疑をかけられても、釈明する余地はないわけだから。

ともかく医者を呼ぶことだ。煙突から炎をだせば、石倉がやってくるといっていた。石倉は敵だが、いま利用できるのは石倉のほかにはない。

久美子は煖炉の燃えさしの上に紙屑や木箱の壊れたのを積みあげ、ケロシン油をかけて火をつけた。威勢よく燃えあがった松薪の炎が、鞴《ふいご》のような音をたてて吸いあげられていく。

久美子は煖炉の前の揺椅子に掛け、浮きあがるような気持で石倉を待っていた……

三日後、朝の十時ごろからはじまった取調べが、夕方の五時近くなってもまだ終らない。伊東署の調べ室で、加藤捜査一課と久美子が、永久につづくかと思われるような、はてしもない言葉のやりとりをくりかえしていた。

窓のない、一坪ばかりの板壁の部屋で、磨ガラスの扉で捜査主任の部屋につづいている。たえずひとの出入りするバタバタいう音や、ひっきりなしに鳴る電話の音が聞えて来る。

長い沈黙のあとで、加藤捜査一課が、ぼつりと言った。

「なにか言ったらどうだ」

久美子は冷淡にやりかえした。

「なにも言うことはないわ」

「こちらには聞きたいことがある」

「疲《くた》びれたから、これくらいにしておいてください」

「なにも言わないことにしたのか」

「なにも言いたくないの。言ってみたって無駄だから」

「無駄か無駄でないか、誰がきめるんだ」

「あの晩のことは、全部、話したわ。あたしに都合の悪いことでも、隠さずに言ったつもりだけど、てんで信用しないじゃありませんか。このうえ、精を枯らして、捜査の手助けをすることもないから」

「手助けか。よかったね……おれは反対の印象をうけているんだ。君ほどのハグラカシの名人はいない。捜査一課の加藤組は、君にひきずりまわされて、ふうふう言っている。もう、かんべんしてくれよ……大池の弟を殺《や》ったのは君なんだろう？　あっさり吐いたらどうだ」

「じゃ、あっさりいうわ。大池の弟を殺したのは、すくなくとも、あたしじゃありません。大池君代か石倉梅吉……そちらをお調べになったら？」

「大池孝平の身体からジキトキシンとブロムワレリル尿素が出てきた……君はブロミディアという薬を持って歩いていたが、あれはブロムラール系の催眠剤じゃないのか？」

「そうよ」

「あの赤酒は、孝平の兄の忠平が持薬にしていたものだ。前からロッジに置いてあって封蠟に日本薬局方の刻印がついていた……栓を抜いたのは誰だ？」

「あたしです」

「コップに注いだのは？」

「それも、あたしです」

捜査一課は、乾いたような低い笑い声をたてた。

「それで話はおしまいじゃないか。こんな明白な罪状を、どうして君は認めようとしないんだ？　それじゃ、虫がよすぎるというもんだぜ」

捜査一課は椅子から立つと、ドアをあけて、「スーツ・ケースを」と怒鳴った。連絡係の警官がスーツ・ケースを持って入ってきて、それを丸テーブルの上に置いた。

「大阪行の二等車の網棚へ捨てた君のスーツ・ケースだ。豊橋駅のホームで広報係の駅員に、アナウンスを依頼した事実もあがっている。湖水に絵を描きに来るのに、こんな手の混んだことをするのはどういうわけだ？　納得のいくように話してもらおう」

癌になる前に、自分という存在を、上手にこの世から消してしまおうというのは、久美子の心の中の恥部で、できるなら隠しておきたいことだったが、ここまでおし詰められれば逃げきれるものではない。久美子は父が肝臓癌で死んだことから、放送局の屋上で「肌色の月」を見て、もういけない、と思い自殺を決意するまでの経過をありのままに話した。

「宇野久美子が自殺したと騒がれるのは、やりきれないと思ったから。そんな単純なことだったんです。この気持、おわかりになるでしょう？」

「自殺するにはいろいろな方法がある。場所もさまざまだ……ぜひ、あの湖水でなくてもいいわけだね？」

「あの湖水をえらんだのは、あそこで死体が揚ったためしがないと聞いたからです」

捜査一課は背伸びのようなことをすると、灰皿に煙草の火をにじりつけて、椅子から立ちあがった。

「話にしては、よく出来た話だ……よかろう。癌研で徹底的に調べてもらってやる。そのうえで、ご相談しよう」

著者の逝去により『肌色の月』は右のところで中絶されましたが、以下は幸子夫人が結末をまとめられたものです。その間の経緯は「あとがき」を御覧ください。

宇野久美子は、冷い留置場の壁に背をつけたままじっと眼をつぶって、急転回したこの数日間を思いかえしてみた。

スタジオの屋上で、月が肌色に見えたばかりに、久美子の運命が軌道からはずれてしまった。あの夜の月が灰真珠色《パール・グレー》だといった仲間の眼のほうがどうかしていて、本当はやはり肌色だったのかもしれない。晴れているけれど、どこかはっきりしない、うるんだような春の中空にかかった月……眼をつぶると、まだはっきりと瞼にやきついているような月だった。

昨日、加藤捜査一課につれられて、癌研で徹底的な検査をうけたが、すべてが久美子の思いすごしでなんの病源もみつけだされなかった。それのみか、肝臓癌で悶死した父、その不幸な死の系列から遁れるために、自分で自分を始末する目的で、あの湖へ行ったという久美子の心の恥部までが、すっかり嘘とされてしまい、よく出来た作り話とされ、大池忠平とのっぴきならない関係にある女ということが一層深められ、捜査一課の得意げな顔が、煙草の煙の奥に揺れていた。

　弁明すればするほど事実が作り話とされ、偶然が事実となって容疑が濃くなってゆく。ひき廻されて久美子の肉体は疲れはててしまったが、かえって鋭い神経がコツコツと動きだす。

　大池孝平の死体からブロムラール系の催眠剤がでた。自分の常用しているブロミディアもそうであるが、私はあの人に飲ませた覚えはない……そうだ、あのとき、隆という青年が、

「煖炉のそばの薪箱の中にこんなものが落ちていました。すごい薬ですね」

といって、二階の寝室の夜卓の上にブロミディアの小さな容器をのせていった。あのときはうろたえたが、私のはべつにポケットに入っていた……隆か、忠平か、孝平か、君代か、石倉か、あの大池家の人達の中にブロミディアを使う人がたしかにいる。

「隆という青年があれを持ってきたとき、これを飲んで死んでくれという意味ではなかったのか……私は、湖水のなかでたしかに沈められかけた。浮きあがろうとすると、男の強い力で足をひく、首をしめる……でも、あの青年は、私を看病し、はげましてくれた。あのときだって、うるさいほどの親密の色をみせてくれた……」

　君代か、石倉か？　自分の直感が、大池孝平の死の直前の証言によって確かなものにされたが、その証言を聞いたのは久美子ひとりなので、どうすることも出来ない。

「私を自由にしてくれたら、必ず探しだしてみせるのに……」

　久美子は、自分自身を始末するという大事業より、こんな目にあわされた口惜しさでいっ

ぱいだった。
「十一番、大池隆から差入れですよ」
婦人看守が、小さな包みを置いて行った。
わずらわしかったが、受取ってひらいてみた。サンドイッチだ。なんのために隆がいまご
ろサンドイッチを差入れてくれるのだろう。
「こんどこそ殺《や》られる……」
直感的に冷いものが背筋を走る。ひととき呆然としていたが、だんだん廻りだしてきた久
美子の頭の中に一つのことが湧いてきた。
「そうだ、これを検査してもらおう。取合ってくれないかもしれないが、やってみよう。直
感なんだから、どうしようもない……」

隆がいく日ぶりかで病院から戻ると、女中のきよが、

「隆さま、またコロが死んだんですよ」

といって、走りだしてきた。

「コロが？　急にかい」

「ええ、昨夜、奥さまがご飯をやっていらしたのですが……そのときはなんでもなかったと
おっしゃって、今朝がた、お庭の隅に埋めましたんですよ」

「家の庭も犬の墓場だな。何匹になるかな」

「そうでございますね、四匹ですか？　どうして、こうすぐ死ぬんでしょうね。なにか、気味が悪くなってきますわ」

隆もちょっと嫌な気持になりかけたが、

「お義母さんは？」

といって話題をかえた。

「石倉さんが、おみえになっていらっしゃいます。お客間に」

またか、と思ったが、そのまま二階の自分の部屋に入ると、ベッドの上にひっくりかえった。

このわずかの期間に四匹の犬が死んでいる。病気になったようすもなく、簡単に死んでしまう。なにかがあるかもしれない。隆は暗くなりかけてきた部屋の一隅をみつめたまま、頭の神経を動員して考えつづけた。

自分の母も産後間もなく催眠剤の誤用で死んだと父がいった。トンネル会社の水上も催眠剤の誤用……こんどの叔父の孝平も催眠剤……隆にはなにかわかりかけてきたように思うが、最後のところで行きづまる。ただ催眠剤の誤用が、偶然にもせよこんなに自分の廻りにつづくのはふしぎだと思った。そのうちにふっと心をよぎったものがある。この長い年月にわたって一連の関係したものがあるにちがいないと思いはじめた。

父。いや父は、母の死後、おそれて催眠剤を使わない。義母。義母は女子薬専を中退して母の看護婦になってきた……そして石倉。石倉は義母の弟で、引揚げてきて困っているとき、父が湖水会の管理人にしてやった。満洲にいた頃はなにをやっていたのか、義母だけしか知らない。

この姉弟二人が、気の弱い父に破産詐欺をさせたのかもしれない。叔父の孝平を父の身代りにつかい、捜査の中心を湖に集めて、その間に父をどうかするつもりとも考えられる……するといくらかでもそれとなく感づいたもの、宇野久美子も、自分もその中にやられるかもしれない。いま階下に石倉が来ているとすれば、きっとなにかがある。

隆は考えをそこに落着けると、元気よく起きあがり、夕闇のせまった庭を廻り、客間の前に黙って立っていた。

かん高い君代の笑い声がふっととまって、

「まあ、隆さん、いつ、帰っていらしたの」

と、テラスの扉を開けてくれた。

「おや、隆さん、さっきからここに?」

石倉がどきっとしたような声をだした。

「ええ」

「ちょうどよかったわ。さあ、サンドイッチをおあがんなさい。お紅茶を入れてきますからね」

「いいですよ、お義母さん、すぐ行きますから。僕はね、石倉さん、あなたにいちど聞いてみようと思っていたんですが……どうして、宇野久美子を船から落して溺れさせようとしたんですか」

「急に、なにをおっしゃるんです。なんで、私がそんなことを、私はあなたと一緒にあの人を助けたじゃありませんか」

「いや、助けるふりをして、実は沈めていたんだ。きっとそうなんだ」

石倉の顔がさっとひきしまってきた。

「理由は？」

「それは知りません。ただ、あなたはあの人が邪魔だったんだ、きっと……」

隆は若さの一本気でそういいきった。

「まあ、隆さん、あなたは……」

君代がちょっとけわしい顔になったのを後に残して、隆が客間から出てくると、

「隆さま、警察の加藤さんという方から、すぐ来てくださいという電話でございますよ」

女中のきよが心配そうに言った。

「うん、すぐ行くよ。心配しなくても大丈夫だよ。この家には僕の席はないらしいよ……きよ、コロの埋めたところは、どこだい」

隆は声を低めてきよに聞き、そのほうへ行った。

それから一時間ほどして、調室の扉をノックして隆が入ると、加藤捜査一課は、

「やあ、どうも、お呼びだてして……さあ、どうぞ」

と愛想よく椅子をすすめてくれたが、眼の底がきらりと光って、隆の顔色をよんだ。

「あなたは今日、宇野久美子に差入れをしましたね」

「僕が今日？　僕はいちども差入れなぞしません……もっとも、おあいして励ましてあげたいと思ったことはありますが……病院のほうに泊ることが多くて、今日やっと暇がでたのですが、いそいでしなければならないことができて、また病院に帰るところです」

といって、膝の上の鞄をそっとおさえた。

「じつは、今日、あなたからだといって、宇野久美子に差入れられたサンドイッチを、どうしてもしらべてくれと宇野がいうので、分析したんですが、その中にプトマインが入っていたので……プトマイン中毒をおこす量がね……あなたは医者ですから、そういうことをやりやすいし……あなたの名前ですから」

言葉は鄭重であるが、その中には、お前がやったろうという力がこもっていた。

どうやら自分にも敵の罠がじりじりとまわってきたことを隆はさとった。そうだ。やはり……自分のカンが間違っていないかも知れない。やってみよう。

「加藤さん、僕に一日の暇をください。逃げも隠れもしません。これだけは是非やってみなくてはならないんです。宇野さんのためにも、僕のためにも……もし、だめなら、ここでだっていいんです。おどろかないでください。これです」

隆はそういって、膝の上の鞄をあけて加藤捜査一課に見せた。


君代はけだるさの中でぼんやりと眼をあいた。まだ頭の一部が眠っている感じだった。すべてのことが自分の思い通りに運び、いま成功しようとしている。考えれば、ずいぶん長い年月だった。その成功がやっと眼の前にきた瞬間に、宇野久美子という人物が入ってきて、自分の筋書通りに動かない。すべての役者がまごつき、たいへんな時間がつぶれ、警察が大騒ぎしている。

いくども石倉に催眠剤を使わせたが、その都度、覚醒してくる。いままでにこんな失敗をしたことがないのだが……久美子がブロミディアの常用者であることが最近わかった。でも、今度こそは大丈夫と自信を得た。いくども研究して実験して、確かめてやったのだから。うまくゆけば、ついでに隆もいっしょに……やっと成功する。君代の顔に本能的な笑いがうかびあがってきた。

けたたましい犬の声、石倉の怒号する声、君代はうとうとまどろんでいたが、現実にひきもどされてはっと飛び起きる。

窓辺によって庭を見ると、石倉が一匹の犬を追いまわしている。

「梅さん、どうしたのよ」

「あの場所を掘りかえすんだ。こん畜生！」

君代もいそいで庭に下り、コロを埋めたところへ行ってみるが、掘りかえされた跡があるのでぎょっとする。

「梅さん、場所をかえたほうがよさそうね」

石倉がシャベルを持って来て掘りかえすが、どこまで掘っても見あたらない。

「へんねえ……たしかに、ここなのよ」

「おかしいなあ……」

石倉に焦りがみえ、額に汗をうかせて、あちこちを掘りかえす。

「ないの？」

「へんだなあ……」

君代と石倉が顔を見合せると、後から、

「コロですか？　コロの死骸なら、隆君が、昨夜のうちに運んで解剖しましたよ」

聞きおぼえのある声がかかった。二人ははっとして振りむくと、加藤捜査一課と刑事が立っていた。

「プトマインを犬で実験してから、サンドイッチに仕込むなんて……本当に念の入ったことじゃないですか、恐しいことだと思いませんか、え？」

　さわやかに晴れ渡った高い空に白い雲が浮び、澄みきった風が通ってゆく。沿線の白壁の土蔵の軒も陰が深く、柿の木に赤い実がついているが、葉の数も少く、秋が更けてきたことを思わせる。

　吹く風も肌寒く、ホームに立っている久美子も隆もコートの襟を合せる。いま、小さな鞄を一つさげて、郷里の和歌山へ帰ろうとしている。あまりにも問題が大きすぎ、テレビ女優で立ってゆくにはどうにもならなくなった。郷里に帰って、じっくりと考えて、今後のことをきめようと思っている。

　隆のおかげで、無実の罪は消えたが、考えると、本当に恐しい渦の中に巻きこまれてしまったものだと、ぞっとする。

「まだ、だいぶ時間がありますから、ちょっと煙草を買ってきますね」

「ええ、どうぞ」

　隆が休暇をとって、どうしても郷里まで送ってくれるという。強く辞退したら、

「また、豊橋あたりで途中下車でもすると困るから」

　といって、久美子を苦笑させた。

　言われるまでもなく、もう真直ぐに郷里へ帰ろう。自分は健康体であることに自信をもっ

た。新しく生きてゆこうとする力が生れてきた。あのときとはぜんぜん反対の気持で汽車を待っている。もう、あんなことになるなんてこりごりだ。

「私を最後まで信じてくれた隆さんのためにも、これからなにかしてあげなければ……」

鋭い汽笛の音がして上り列車が入ってきた。ここで乗りかえる人も多い。その人の群の中に、美しいすらりとした黒の洋装の女の人が眼に入った。こんな田舎の駅ではめずらしい。そこだけに大きな花が咲いたような明るさだった。久美子はたのしい思いでながめていたが、そのあとからゆく初老の紳士をどこかで見た覚えがある。

額の真甲から脳天へ薄くなって……すこしも翳りのない福々しい明るい顔……肩の張りぐあい……後恰好が隆によく似ている……そうだ、加藤捜査一課がロッジで、

「お前が会ったのはこの人だろう。これが大池忠平だ」

といってみせたあの顔写真の人にちがいなかった。すると、あの女のひとがK・U、自分なぞくらべものにならない美しい人だったので、久美子はほっとする気持で見送った。

大池忠平がたしかに生きているという確信は、いつの頃からか久美子の心にあった。

「やっぱりそうだった」

久美子は自分の直感があたったうれしさで、ちょっと確かめたい衝動にかられて立ちあがり、二、三歩行きかけた。

「お待ちどおさま」

隆が明るい声で帰ってきた。その辺で父とすれちがったと思われるような時間の差でしかない。

「どうしたんです。その顔は……」

「え？　いいえ、なんだか、ここにこうしている自分が信じられないようで……」

「また、そんなことを……すんでしまったことは忘れましょう。あなたの人生も、僕の人生もこれからなんです」

澄みきった空気を深く吸いこんで、隆は満足そうに笑って言った。

この人は新しい希望を持ってこれで幸せらしい。大池忠平はいつまで逃げ廻って行くのだろう。それはそれでまたK・Uと共に楽しい幸せもあるだろう。

人の噂も、その中にまた新しい種をみつけて動いて行く。大空の白い雲のように、湧いてはまた消えて行くのだ。

久美子はもうなにも言わずにおこうと思った。列車が走りこんでくる。久美子はなにかたのしい気持になって、隆のあとにつづいて列車に乗りこんだ。

予言

安部忠良の家は十五銀行の破産でやられ、母堂と二人で、四谷町《たに》の陽あたりの悪い二間《ま》きりのボロ借家に逼塞していた。姉の勢以子《せいこ》は外御門《そとみかど》へ命婦《みようぶ》に行き、七十くらいになっていた母堂が鼻緒の壺縫いをするというあっぷあっぷで、安部は学習院の月謝をいくつもためこみ、どうしようもなくなって麻布中学へ退転したが、そこでもすぐ追いだされ、結局、いいことにして絵ばかり描いていた。

二十歳になって安部が襲爵した朝、それだけは手放さなかった先考《せんこう》の華族大礼服を着こみ、掛けるものがないのでお飯櫃《はち》に腰をかけ、「一の谷」の義経のようになって鯱《しやち》こばっていると、そのころ、もう眼が見えなくなっていた母堂が病床から這いだしてきて、桐の紋章を撫で、ズボンの金筋にさわり、

「とうとうあなたも従五位になられました」

と喜んで死んだ。

安部は十七ぐらいから絵を描きだしたが、ひどく窮屈なもので、林檎しか描かない。腐るまでそれを描くと、また新しいのを買ってくる。姉の勢以子は不審がって、

「なにか、もっとほかのものもお描きになればいいのに」
といい、おいおいは気味悪がって、
「林檎ばかり描くのは、もう、やめてください」
と反対したが、安部がかんがえているのは、つまるところ、セザンヌの思想を通過して、あるがままの実在を絵で闡明《せんめい》しようということなので、一個の林檎が実在するふしぎさを線と色で追求するほか、なんの興味もないのであった。

安部は美男というのではないが、柔和な、爽やかな感じのする好青年で、一人としてこの年少の友を愛さぬものはなかった。仲間の妹や姪たちもみな熱心な同情者で、それに、われわれがいいくらいに嗾《け》しかけるものだから、四谷見附や仲町あたりで待伏せするようなのも三人や五人ではなく、貧乏な安部のために進んで奉加につきたいのも大勢いたが、酒田忠敬の二女の知世子《ちよこ》が最後までねばりとおして、とうとう婚約してしまった。

酒田はもとより、知世子自身、生涯に使いきれぬほどのものを持っているので、そちらからの流通で安部の暮しもいくぶん楽になり、四年ほどはなにごともなく制作三昧の生活をつづけていたが、安部が死ぬ年の春、維納《ウィーン》で精神病学の研究をしていた石黒利通が、巴里《パリ》のヴオラールでセザンヌの静物を二つ手に入れ、それを留守宅へ送ってよこしたということを聞きつけた。

セザンヌは安部にとって、つねに深い啓示をあたえる神のごときものであったから、そう

と聞きながら参詣せずにおけるわけのものではない。紹介もなく、いきなり先方へ乗りこむと、石黒の細君が出てきて、

「まだ、どなたもごぞんじないはずなのに」

と、ひょんな顔をしたが、こだわりもせずにすぐ見せてくれた。

一つは白い陶器の水差とレモンのある絵で、一つは青い林檎の絵であった。画集ではいくども見たが、ほんものにぶつかったのははじめてなので、これがセザンヌのヴァリュウなのか、これがセザンヌの青と黄なのか、物体にたいする適度の光、じぶんと物体の間にあるなんともいえぬ空気の適度の量、セザンヌが好んだといわれる曇り加減のしっとりとした午後の光線までありありと感じられ、ただもう恐れいるばかりだった。

それ以来、安部は石黒の留守宅に入りびたっているようだったが、むかしの待伏せ連が、「安部さんも案外ね」というようなことをいいだすようになった。安部が石黒の細君とあやしいというのだが、どうしたいきさつからか、石黒の細君がヴェロナールを飲んで自殺するという大喜利《おおぎり》が出、それを毎夕新聞が安部の名と並べて書きたてたので、だいぶうるさいことになった。

いちど安部に誘われてその絵を見に行き、石黒の細君なるものに逢ったが、臙脂《えんじ》の入った滝縞のお召に古金襴の丸帯をしめ、大きなガーネットの首飾をしているというでたらめさで、絵を見ているわずかな間に酒の支度が出来、

「お二人とも、きょうは虜《とりこ》よ」

などと素性の察しられるようなことをいいながら椅子に押しつけると、安部の手をひっぱったり、しなだれかかったりして、しきりに色めくのだが、安部はすうっとした恰好《じ》で椅子に掛け、飲むでもなく飲まぬでもなく、ゆったりと笑っている。石黒の細君は焦れたのか照れたのか、いきなりわっと泣きだし、なにかいいながらむやみに顔をこするので、鼻のあたまや頬がひっぱたかれたように赧《あか》どす色になった。もともと眉が薄く、眼がキョロリとしているので、上野の動物園にいたオラン・ビン・バタンという赤っ面の猿そっくりの面相になり、とても見られたざまでない。手も足も出るどころか、どんなものずきな男でも、懐手でごめんをこうむってしまうだろうという体裁だった。

石黒の細君とのとやかくのいきさつについては、安部は、「べつに、なにもなかった」というだけで弁解もしなかった。知世子は健康で美しく、知世子はべつにしても、そういう種類の情緒なら、安部の周囲にありあまるほどある。雪隠《せっちん》でこっそりと饅頭を食うようなケチなことをしないのが安部の本領なので、おおよそ考えたって、世間でいうようなものでないことは、安部を知るくらいのものはみな承知していた。石黒の細君の自殺もへんなもので、嫌われたぐらいで突きつめるような人柄とも見えない。そのころ、石黒はシベリヤの途中まで来ていたが、それが日本へ帰りつく前に安部を陥落させようと、あれこれ手管をつくしているうちに、ついお芝居に身が入りすぎたというようなことだったのだろう。

それから十日ほどして石黒が帰ってきた。一面、滑脱で、理財にも長《た》け、落合にある病院などもうまくやり、理知と世才に事欠くようにも見えなかったが、内実は、悪念のさかんな、妬忌《とき》と復讐の念の強い、妙に削《そ》げた陰鬱な性情らしく、新聞社へ出かけて行って安部の讒訴をしたり、なんとかいう婦人雑誌に、「自殺した妻を想う」という公開状めいたものを寄稿し、安部が石黒の細君を誘惑したとしかとれないようないいまわしをするので、世間では、なにも知らずに安部を悪くいうようになった。

酒田は腹を立てて告訴するといきまいたが、なんといっても、亭主の留守へ入り浸ったという一条があるので、強いことばかりもいえない。それで、仲間と伯爵団の有志が会館へ集まっていろいろ相談した結果、このままでは、懲罰委員会というようなことにもなりかねないから、いっそ早く結婚させて、二人をフランスへでもやってしまえということになり、式は十一月二十五日、日比谷の大神宮、披露式は麻布の酒田の邸でダンス付の晩餐会、船は翌二十六日横浜出帆の仏国郵船アンドレ・ルボン号と、ばたばたときまってしまった。

結婚式の前日、結納から帰ったばかりの柳沢と二人でいるところへ、安部がモネのところへ持って行く紹介状をとりにきて、しばらくしゃべっていたが、思いだしたように、

「石黒って奴はえらい予言者だよ。僕は今年の十二月の何日かに、自殺することにきまっているんだそうだ」

と面白そうにいった。

前日、石黒から手紙がきたが、それが蒼古たる大文章で、輪廻《りんね》とか応報とかむずかしいことをながながと書いたすえ、つらつら観法《かんぽう》するところ、お前は何日に西貢《サイゴン》へ着くが、その翌日こういうことがある。何日にはジブチでこういうことが起る。何日にはナポリでこういうことをするが、その場の情景はこうと、アンドレ・ルボン号が横浜を出帆する日から向う何十日かの毎日の出来事を、そのときどきの会話のようすから、天気の模様までを眼で見るように委曲をつくし、トド、なにかむずかしいいきさつののち、安部が知世子と誰かを射ち殺し、その拳銃で安部が自殺する段取りになっていると、予言してよこしたというのには笑った。

「なにを馬鹿な、でたらめをいうにもほどがある。摩訶《まか》止観《しかん》とか止観十乗《じょう》とかいって、観法というのはむずかしいものなんだ。静寂な明智をもって万法を観照するというから、一種の透視のようなものだが、そんなことが出来たのは増賀《ぞうが》や寂心《じゃくしん》の頃までで、現代には止観文《もん》を読めるようなえらい坊主は、一人だっていやしないよ。どうして石黒のような下愚《げぐ》が」

と、いきまくと、安部は出来るなら和解したいと思って石黒を披露に招んだが、それがかえって気に障ったのかもしれないといった。

柳沢は煙草をふかしながら聞いていたが、

「寂心や増賀のことは知らないが、ダニエル・ホームのようなやつなら、欧羅巴《ヨーロッパ》にうようよしているぜ」といいだした。

「いま石黒の話が出たようだが、石黒には、前にこんな話があるんだ。墺太利《オーストリー》の代理公使をしていたカレルギー伯爵と結婚して墺太利へ行った、れいのクーデンホフ光子夫人ね、あのひとが維納の近くに住んでいるが、そこへよく日本人が集まる。テニスのデヴィス・カップ戦がすんだあと、S選手と女流ピアニストのTがベルリンから遊びに来ていたところへ石黒がやってきたら、SとTが顔色を変えて石黒をやっつけはじめた。なんでも、Tの友達の女のひとに、石黒が悪いことをしたというんだが、あまりこっぴどくやっつけるので、光子さんが見かねて仲に入ったくらいだった。それから間もなく、Tがベルリンでくだらない交通事故で死んでしまった。見ていた人の話だと、止れの標識が出ているのに、夢遊病者のようにふらふらと前へ出てやられてしまった。あまりわからない話なので、一時は自殺だという評判が立ったくらいだ。その翌年だよ、日本へ帰る途中、なんの理由もなく、Sがマラッカ海峡で船から投身したのは」

「えらいことをいいだしたね。二人がへんな死に方をしたのが、石黒に関係があったというわけなのか」

「さあ、どうかね。僕はただ石黒が、動物磁気学のベルンハイムの弟子だったことを知っているだけだ……しかしまあ、どういうんだろう。話はとぶが、ロマノフの皇室をひっかきまわした、れいのラスプーチンね。あれはメスメルの弟子なんだが、あいつを排斥しようとたくらんだやつは、みなへんな自殺をしているんだ。宮廷だけでも、十人はいたそうだ」

「他人の心意を、勝手に支配出来る能力が存在するというのは、愉快じゃないな。でも、そういう心霊的な力が、ほんとうにあり得るのだろうか」

「あり得るんだよ。のみならず、そういう人間は、それくらいのことは、わけなくやれるので困るんだ。僕はシャルコーやベルンハイムのことを調べたから知っているが、それがどういうものだと、理解のいくように語りわけることはいるまい。信じられない人間は、信じなくともかまうことはない。SやTの場合だけでも、まぎれもなく、そういうことが現実にあったのはたしかだ」

　翌日、三時過ぎに式が終って、二人は麻布の邸へひきあげたが、四時から披露式がはじまるので、知世子は美容師が待っている部屋へ着換えに行った。安部は一人で居間にいると、四時近くになって、小間使が松濤の石黒さまからといって、金水引をかけたものを持ってきた。四寸に五寸くらいのモロッコ皮の箱で、見かけに似ず、どっしりと持ち重りがする。なんだろうと明けてみると、コルトの二二番の自働拳銃が入っている。まったく、いやはやというほかはないので、どんな顔で石黒が水引をかけたろうと思うと、くだらなくて腹を立てる気にもなれない。御厚意は十分に頂戴したからと、礼状をつけて小包で送り返してやろうと考えているところへ、知世子が入ってきた。びっくりさせるにもあたらないから、それをそっとズボンのヒップへ落しこみ、そのうちに時間が来たので、階下へ降りた。

玄関を入ると、正面のリンブルゴの和蘭《オランダ》焼の大花瓶に、めざましく花をつけた薔薇の大枝を一と抱えほども投げ込みにし、その前に安部と知世子が立ってニコニコ笑いながら出迎えをしていた。そこへ酒田が来て、二人のほうを顎でしゃくりながら、

「なかなかいいじゃないか」

と自慢らしくいう。大振袖を着た知世子も美しいが、燕尾服を着た安部も見事だ。安部を知世子にとられたとも思わないが、やはり忌々しい。

「これゃ、ちょっと口惜しいね」

すると後にいた松久が、

「あまり、いい気になるといけないから、すこし、たしなめてやろう」

といって知世子のところへ行った。

「知世子さん、安部を一人でとってしまった気でいては困るよ。あなたには、いろいろ怨みがかかっているんだ、男の怨みも女の怨みも……気をつけなくっちゃいけない」

知世子は、ええ、それはよう く承知していましてよ。もう、さんざどやされましたわ、と、うれしくてたまらないふうだった。

二人は五時頃まで玄関に並んで、出迎えをしたり祝詞を受けたり、華々しくやっていた。

そのうちにホールで余興がはじまり、おもだったひとも来つくしたようなので、脇間に集まっている女子部時代の仲間に知世子をひきわたし、安部はホールへつづく入側《いりがわ》になった廊下

のほうへ歩いて行った。

一方は広い芝生の庭に向いた長い硝子扉で、一方はホールの窓がずうっとむこうへ並び、そこからシャンデリアの光があふれだしている。暮れ切ったが、まだ夜にならない夕なずみの微妙なひとときで、水色に澄んだ初冬の暮れ空のどこかに、夕焼けの赤味がぼーっと残っている。樹のない芝生の庭面《にわづら》が空の薄明りに溶けこみ、空と大地のけじめがなくなって、曇り日の古沼のように茫々としている。はかない、しんとした、妙に心にしむ景色だった。安部は眠いような、うっとりとした気持で、人気のない長い廊下を歩いていると、ふいに眼の前に人影がさした。おどろいて右へよけようとすると、むこうも右へよける。反対に動くと、むこうもそっちへ寄る。二、三度、ちんちんもがもがやっているうちに、たがいに立ちすくんで、睨みあうようなかたちになった。

こんな羽目になると、たいていなら、やあ、失礼とかなんとかいって笑いほぐしてしまうものだが、相手はひどく機嫌を損じたふうで、むっとこちらの顔ばかりねめつけている。窓と窓との間の、薄闇のおどんだツボに立っているので、あいまいにしか見えないが、眼の強い、皮肉らしい冷やかな感じのする、とりつき場のない男だ。安部は気むずかしいやつだと思ったが、その瞬間、これは石黒だなと直感した。

石黒なら、これくらいな渋味を見せても、ふしぎはないわけだが、明日、日本を離れるのだから、和解出来るものなら和解しておきたい。石黒がなにかいいだしたら、すまなかったくらいのことはいうつもりでいたが、石黒は狭く依怙地になっているとみえて、和らぐ隙をくれない。しょうがないので、失礼だが、石黒さんではありませんかと切りだしかけると、ちょうどむこうもなにかいいかけ、こちらがひかえると、むこうもひかえる。そんなことをやっているうちに、気がさすと、もういけない。キッカケをとちった芝居で、まずい幕切れになった。

安部は気持にひっかかりを残したままホールへ入ると、ちょうど余興のかわり目で、十二聖徒の彫刻をつけたエラールのハープがステージにおし出され、薄桃色のモンタントを着た欧洲種らしい二十五六の娘が、いいようすでハープを奏きだした。うしろの椅子に正親町《おおぎまち》と松久がいたので、その間に割りこんで古雅な曲をきいていると、どうしたのか、あたりが急に森閑として、なんの物音も聞えなくなった。安部は、淋しいなとつぶやいていると、ステージの端のほうへ裃《かみしも》を着た福助がチョコチョコと出てきて、両手をついてお辞儀をした。安部は、

「おや、福助さんが出て来た」

とぼんやり見ていたが、こんなところへ福助などが出てくるわけはない。きょうはよほど疲れているなと思って、しばらく息をつめていると、間もなく福助はいなくなり、へんに淋しい感じもとれた。

老公のテーブルスピーチなどがあり、賑々しく派手な晩餐会で、八時からホールでダンス

がはじまった。十二時すぎにそれも終り、みなを送りだして二階の居間へひきとったのは、もう一時近くだった。知世子は疲れたようなようすもなく、幸福でしょうがないというふうに、安部の胸へ顔をおしつけたりしてから、いそいそと着換えの手伝いをはじめたが、ズボンに入っていた拳銃を見つけると、顔色を変えて安部のほうへふりかえった。安部は言訳をしようとしたが、こんなものを石黒が送ってよこしたなどとは申せない。結婚式の夜、新郎のズボンのヒップに、拳銃が入っているなどというのは平凡なことではないから、説明はむずかしい。これは弱ったと思ったら、安部の顔色も変った。知世子は利口だから、なにもたずねなかったが、明るかるべき大切な初夜に、それで暗い翳《かげ》のようなものを残した。

アンドレ・ルボン号は真白に塗った一万六千噸の優秀船で、ポール・クローデル大使が同じ船でフランスへ帰るので、にぎやかな出帆だった。夕方、チャイム・ベルが鳴ったので、食堂へ出ると、一等の日本人は安部と知世子の二人きりで、食卓はチンダルという墺太利公使館の書記官と、マカオの名家だというフェルナンデスという若い葡萄牙《ポルトガル》人の四人の組合せになっていた。夫婦も、とりわけ新婚ということになると、水入らずで二人が組みあうようにはからうのが普通だが、婦人客の少い航海だったので、知世子のような若い美しい夫人を、亭主だけに独占させておくのは公平でないと、事務長は考えたのかも知れない。チンダルは墺太利の古い貴族だそうだが、いつも固いカフスをつけている作法のやかましいやつで、話といえば宗教論ばかり。フェルナンデスのほうは、揉上げを長くし、洒落たタキシードを着、うるんだような好色じみた眼をもったジゴロ風の色男で、立つにも坐るにもうやうやしく知世子の手に接吻し、支那からマカオをひったくったアルヴァーロ・フェルナンデスは私の大祖父で、銅像は、いまもマカオにあります、などと愚にもつかぬことを口走るので、安部は最初の一日から食慾をなくしてしまった。

外国船の生活は、一人で孤独を楽しむようなことは絶対に許さない、念入りな仕組みになっているもので、九時の朝食にひきつづいて十一時のビーフ・ティ、一時の昼食、三時のアイスクリーム、五時のお茶、七時のアペリチフ、八時の正餐、十時のディジェスチフと、一日に二十四品目もおしつけられるのに、酒場の交際、ポォカア、デッキゴルフ、カクテル・パァティ、日曜日の弥撒《みさ》、ティ・ダンス、サパァ・ダンス、運動競技、福引と、手を代え品をかえ、出席しないと、事務長から催促の電話がくる。知世子のほうはたいへんで、西貢を出帆した夜、船長のアトホームに敬意を表して和服で出たら、これが大喝采で、以来、ティ・ダンスにもサパァ・ダンスにも義務のようにひっぱりだされ、午後と夜は、ほとんどラウンジか舞踊室で暮し、安部とはたまに食堂で顔が合うくらいのものであった。

船はマラッカ海峡からまだ荒れ気味の印度洋へ入ったが、安部は馴れない暑さで弱っているところへ、印度洋の長いうねりにやられて不機嫌になり、アンドレ・ルボンというちっぽけな枠にはまった社交と、一日中、鏡の上に坐って、人から見られる自分の姿ばかり気にしているような生活が、我慢のならぬほどうるさくなり、船酔いを口実にして食堂へ出ず、船室に籠って、汗もかかずに端然と絵ばかり描いていた。

欧洲航路の外国船には、婦人帽子商とか婦人小間物商とかと名乗り、高級船員や乗客のそのほうの御用をうけたまわる女たちがかならず二人や三人は乗っているものだが、コロンボを出帆する頃から、船の社交というものがそろそろ正体をあらわしかけ、そういう婦人連が二等からやってきて、公然とダンスにまじり、西貢から乗ったあやし気なフランス人が、徒党を組んで、朝から甲板で、アブサントをあおるという狼藉ぶりになった。

コロンボを出帆してから三日目の明け方、安部がふと眼をさますと、そばに寝ているはずの知世子がいない。となりの化粧室にでもいるのかと見てみたが、そうでもない。待っていたが帰って来ないので、水を一杯飲んで寝てしまった。翌朝、起きだしてからたずねると、知世子は、

「どこへも行きはしなくってよ。夢でもごらんになったんだわ」

と笑い消してしまった。昨夜、水を飲んだコップが夜卓の上にある。夢であるはずはなかったが、言い張るほどのことでもない。しかし、へんな気がした。

ジブチへ入港したのは十二月の二十四日だった。ジブチはいかにもアフリカじみた、暑い殺風景な港だったが、長い航海にみな飽きあきしていたので、船でレヴェーヨンをしたのは、ほんの老人組だけで、乗客のほとんど全部が、夕方から上陸して、ホテルへ騒ぎに行った。

知世子も事務長達といっしょに町へ行ったが、朝の五時頃、前後不覚に泥酔して、フェル

ナンデスに抱えられて帰ってきた。靴はどこへやったのか跣足で、ソワレの背中のホックがはずれて白い肩がむきだしになり、首から胸のあたりまで薄赤いみょうな斑点がべた一面についている。安部は礼をいってフェルナンデスにひきとってもらったが、いくら安部でも、蕁麻疹だろうか、蚤の痕だろうかなどと、見当ちがいするほど単純でもない。蚤は蚤でも、タキシードの襟にカーネエションの花をつけた大きな蚤なので、安部もむっとしないわけではなかったが、西洋の女蕩しというものは、どれほど執拗で抜目がなく、そういうものにたいして、日本の女性がいかに脆く出来ているかということも承知している。こんな結構なエピキュールの園に四十日もいたら、頭のしっかりした人間でも、いくらか寸法が狂ってくるのは当然なことで、つまりは、こういう、いかがわしい習俗の中で暮すようになっためぐりあわせが悪いのだと、無理やり、そこへ詮じつけた。

地中海へ入ると、急に温度が下った。海の形相がすっかり変って、三角波が白い波の穂を飛ばし、ミストラル気味の寒い尖った風が、四十日目の惰気をいっぺんに吹きはらってしまった。安部は急に食慾が出て、久振りに食堂へでかけて行くと、半白の上品な顔をした給仕長が安部を見るなり、給仕の一人になにかささやいてから、安部のところへ来て、

「只今、只今」

と、うろたえたようにいった。見ると、いまささやかれた給仕が、隅の補助卓にナップを掛け、食器を並べ、おおあわてに安部の食卓をつくっている。なるほど、食卓の組合せが変

って、チンダルは大卓へ移り、知世子とフェルナンデスが奥の二人卓《ににんたく》で向きあって食事をしている。つまるところ、ここにはもう安部の食卓はないというわけなのであった。

奥の二人は気がつかなかったが、食堂にいる人間はみなフォークの手を休め、たがいに眼配せをしながら、入口に突っ立って食卓の出来るのを待っている安部をくすぐったそうに見、おゆるしが出るなら、いつでも噴きだしますといった顔つきだった。そのうちに知世子が気がつき、急に立ち上ろうとしたが、フェルナンデスは行くほどのことはないというふうに、腕をとってひきとめるのが見えた。

安部はそのまま船室へひきとったが、考えてみると、毎日、むっつりと絵ばかり描いていて、そうなるように、知世子をむこうへ追いやった形跡もないではない。フェルナンデスなどというもくぞうは、どうなったってかまうことはないが、なるたけ、知世子を傷つけずにすむような解決にしたいと思った。

それで、頃合いをはかってバァへ行ってみると、知世子は奥の長椅子にフェルナンデスと並んで掛け、相手の肩に手をかけて、なにかしきりにかきくどいている。安部は痩せて小さくなった知世子の顔を見ると、思ったよりみじめなことになっているらしくて、知世子がかわいそうになった。

安部が二人のそばへ行くと、知世子はあげた眼をすぐ伏せ、観念したように身動きもしない。フェルナンデスは椅子から立ちあがると、微笑して腰をかがめ、病気はもういいのか、印度洋と紅海の暑さには、誰でもやられる、というようなことをいいながら、白い歯を見せ、流し眼をつかい、口髭をひねり、こういう種類の女蕩しが、当然、果すべき科《しぐさ》を、残りなく演じてみせた。安部は、

「あなたがいてくれたので、家内が退屈しないですみました。どうもありがとう」

と礼をいうと、フェルナンデスは、明日、ナポリへ着いたら、世界的に有名なカステル・ウォヴォ（卵の城）の魚料理へご案内しようと、いま奥さんに申しあげていたところですが、あなたもご一緒に、いかがですかと誘った。

翌日、午後二時頃、カプリを左に見ながらナポリ湾へ入った。出帆は七時だというので、大急ぎで上陸し、暑いさかりのカンパーニャ平原を自動車で飛ばしてヴェスヴィオの下まで行き、またナポリへ戻って、急傾斜の狭い町々を駆けまわってから、海へ突きだした古い城壁のある、島の生臭い屋台店の並んだ坂の上の「チ・テレース」という料亭へおしあがった。三人はテラスへ出て、夕陽に染まりかけたヴェスヴィオを眺めながらヴィーノを飲んでいると、エオリアンという小さなハープとマンドリンを持った二人連れの流しがきて、いい声で唄をうたった。

そのうちに安部は、テラスにこうして坐っていることも、このナポリ湾の夕焼けの色も、流しの音楽も、すぐそばで揺ぐ橄欖《かんらん》の葉ずれの音も、なにもかもひっくるめて、このままのことが、たしかに過去に一度あったような気がしてきた。どういうところからこういう情緒

がひき起されたのかと、気の沈むほど考えているうちに、いつかの石黒の手紙の中に、この景色があったのではなかったかと、ふとそう思うと、われともなく吐むねをつかれた。ちょうどそれを読み終ったところへ、知世子が入ってきたので、なにげなく机の上のスケッチ・ブックの間へ挟んだようだったが、そのスケッチ・ブックなら、船の倉庫室の大トランクに入っている。安部は船に帰ってあの手紙を読みかえし、事実かどうか確かめてみたいという苛立ちで、あたりの景色が眼に入らなくなってしまった。

船へ帰ると、知世子は匆々《そうそう》に着換えてラウンジへ出て行ったので、安部はクロークの大トランクを開けてみると、果して、手紙はあの日のままスケッチ・ブックの間に挟まっていた。あの時は、笑ってすませられるようなものだったが、あらためて読みかえしてみると、とても、可笑しいなんていうだんではない。いつかの明けがた、知世子がふいに居なくなったこと、知世子が泥酔して帰ってくること、安部が食堂でみなの物笑いになること、ナポリでは魚料理へ行くが、その料亭の名は「チ・テレース」と、その日その時の情景や状況が、自身で日記をつけたように、いちいち仔細に書きつけてあるので憔《やつ》れてしまった。

どういうお先走りな心霊が、こんな細かいことまで見ぬいてしまうのか。理窟はともかく、なにもかもみな的中しているのだから、どうしようもない。あの時の記憶では、十二月の何日かに、知世子と誰かを射ち殺し、じぶんもその拳銃で自殺すると書いてあった。今日までの毎日が、石黒の予言通りに運んで来たのなら、これからも、やはりそのように動いて行くと思わざるをえない。先を読んでみようと思うと、手紙は卵の城から帰ってきたところで無くなっている。安部はスケッチ・ブックを振るったり、床を這ったりして探したが、ない。思えば、あの時、残りの何頁かを、畳んだまま机の上に残してきたような気もする。

船はナポリを出帆したらしく、窓の中で雲が早く流れている。その雲を眼で追っているうちに、もう絶体絶命だという気持が胸に迫ってきた。

石黒の予言には十二月の何日とあった。きょうは二十九日だから、十二月は、あとまだ二日と何時間ある。あの二人が、どんなまずいところを見せつけたって、絶対に逆上しないと決心しても、生《なま》の神経を持っているのだから、次第によってはどんな馬鹿をやらかすか知れたものではない。安部は汗をかき、煙草の味もわからなくなるほど屈託していたが、どうでも生の神経が邪魔だというなら、今から二日半の間、見も、聞きも、感じもしないような状態に、自分を置けばよろしかろうと考えをそこへ落着けると、つまらない思いつきが、とほうもない良識のような気がして上機嫌《ういきよう》になった。そこで適当にジアールを飲んでおいて、給仕にアブサントを持ってこさせ、茴香とサフランの香に悩みながら、あおりつけあおりつけしているうちに、まもなく混沌となった。それからいくどか覚醒したが、そのたびにアブサントをひっかけ、ジアールを飲み、とうとう夜も昼もわからなくなってしまった。

何度目かに、ふと目をさまし、朦朧とあたりを眺めると、部屋の家具の配置が変っていて、どうも自分の船室のようでない。はてなと腰を浮かしかけると、なにか膝から辷り落ちて、床で音をたてた。見ると、石黒が送りつけてよこした、れいの二二番のコルトだった。安部はあわててヒップへしまいこみ、いつの間にこんなものを持ちだしたのだろうと、重い頭で考えているうちに、なんともつかぬ情景をぼんやりと思いだした。

知世子が大きな眼で安部を見ながら、

「あなたは、はじめっから、あたしを殺すつもりでいらしたのね。今日まで待たなくとも、披露式の晩に、お殺しになればよかった」

といった。あれはなんのことだったのだろう。

正面の寝室の扉がよくロックされず、船がローリングするたびに、ひとりでに開いたり閉ったりしている。気中《きあたり》がして、中をのぞいて見ると、寝台の上にフェルナンデスが俯伏せになり、知世子のほうは、ひどくちぐはぐな恰好で床《ゆか》の上にのびている。馬鹿な念は入れなくとも、二人の魂魄はもう肉体にとどまっていないことが、一と眼でわかるような状態になっていた。安部は流血の場からそろそろと退却し、船室の扉に鍵をかけて冷たい風の吹き通る遊歩甲板へ出ると、今晩もまたお祭りがあるのだとみえ、舞踏室のほうからさかんなジャズの音がきこえてくる。

安部はブールワークに凭れて星の光のきらめき落ちる暗い海を眺め、どうせ自殺するにちがいなくとも、なにからなにまで、石黒の予言どおりに動いてやることはない。せめて最後の一点だけを、自分の力で狂わせてやりたい。コルトでなく、海へ飛びこんで死んでやろうと、真面目になってそんなことを考え、力まかせにコルトを海へ投げこむと、二十年の瘧《おこり》がいっぺんに落ちたようにさっぱりした。なにしろ面白くてたまらない。ざまあ見ろといいながら、靴をぬいでブールワークにのぼり、その上に馬乗りになって、マラッカ海峡で投身したSも、たぶんこんな具合だったのだろうなどとニヤニヤしていると、むこうの通風筒のうしろから、紙の三角帽をかぶった船客が三人、よろけながらやってきて、やあ、コキュ先生がこんなところで一人で遊んでいると、無理やり、ひきずりおろして舞踊室へかつぎこんでしまった。

今日はどういう趣意のパァティなのか、よくもまあこんなに振り撒いたと思うくらい、色とりどりのコンフェッチが、食卓にも床にも雪のように積もり、天井から蜘蛛の巣のように垂れさがった色テープの下で、三角帽や紙の王冠をかぶった乗客が、しどろに踊っている。

安部は酔いくずれそうになっているそばのフランス人に、今日は、いったいなんの会だとたずねると、今日は聖《サン》シルヴェストルの聖日さ、除夜さ、つまり十二月三十一日さ。あと十分もすれば、歳が一つふえるのさ。どうも、はばかりさま、というようなことをいった。

安部はなんということもなくその辺のテーブルにおしすえられ、誰が注いでくれたともわからない三鞭酒《シャンパン》をガブガブ飲んでいると、事務長が笑いながらやってきて、新しい年のスタータァの役を、あなたにおねがいするといった。どんなことをするのかとたずねると、午前零時にピストルを射ち、それを合図に、三鞭酒をみなの頭にふりかけて、おめでとうをいうんです。私がここにいて、秒針を数えますから、「さあ」といったら射ってください。硝薬だけで、弾丸は入っていませんから、ご心配なく、といって安部の手に拳銃をおしつけた。

十二時五十九分になると、船長はコルクをゆるめた三鞭酒の瓶を高くあげ、事務長は三〇……二〇……と秒針を数えはじめた。安部は、すこしばかり石黒にからかってやれと思って、銃口を曖昧に自分の胸に向け、合図と同時に笑いながら曳金をひいた。その途端、左の鎖骨の下あたりにえらい衝撃を受け、眼の前が、芝居のどんでんがえしのように、日本を発《た》つ前の晩の披露式のホールの景色になった。みな椅子にかけ、ステージで欧洲種の娘がいいようすでハープを奏いている。眼を落す前に、自分の過去を一瞬のうちに見尽すというが、すると、おれはやはり死ぬんだなと、ぼんやりとそんなことを考えているうちに、大地がぐらりとひっくりかえった。


余興のハープがはじまるころ、安部がブラリとやってきて、正親町と松久の間に掛けたが、しばらくすると、ポケットからハンカチをだして、しきりに汗を拭く。煖房はしてあるが、暑いというほどではない。松久が、

「おい、どうした」

と低い声でたずねたが、安部は返事もしない。感興をもよおしているふうで、熱心にハープを聞いていたが、終りに近いころ、ヒップから拳銃を出して、しげしげと眺めはじめた。

これはへんだと、正親町と松久が眼を見合せた瞬間、銃口を胸に向けたまま、いきなり曳金をひいてしまった。松久が、

「馬鹿なことをするな」

といって支えようとするはずみに、安部は椅子といっしょにひっくりかえって、胸からたくさん血を出した。それでみな総立ちになった。そこへ知世子が飛んできて、

「しっかり遊ばして」

と安部を抱き起した。安部はしげしげと知世子の顔を見ていたが、渋くニヤリと笑うと、

「石黒にやられた。死にたくない、助けてくれ」

といった。

すぐ病院自動車で大学へ運んだが、鎖骨の下から肩へ抜けた大きな傷で、ついて行った人間だけで、ともかく輸血した。病室へ帰ると、安部は元気になり、酒田に、

「へんなことをやっちゃった。船はいやだから、シベリアで行く。一日も早くモネのところへ行きたいから、査証のほうをたのむよ」

と気楽なことをいった。

「よしやっておこう。それはいいが、どうして、あんな馬鹿な真似をしたんだ。驚かせるじゃないか」

と酒田がいうと、安部は澄んだ美しい眼で、

「石黒の催眠術にひっかけられたんだ。ホールへ入る前、廊下で石黒にひどく睨みつけられたから、たぶん、あの時だったんだろう……だが、面白いには面白い。ハープを一曲奏き終える間に、これでも、ちゃんとナポリまで行ってきたんだぜ」

と、くわしく話してきかせた。安部は死ぬとは思っていないから、ひとりではしゃいでいたが、われわれは、もう長くないことを知っているので、なんともいえない気がした。

母子像

進駐軍、厚木キャンプの近くにある聖ジョセフ学院中学部の初年級の担任教諭が、受持の生徒のことで、地区の警察署から呼出しを受けた。

年輩の司法主任が、知的な顔をした婦人警官を連れて調室に入ってきた。

「お呼びたてして、どうも……」と軽く会釈すると、事務机を挟んで教諭と向きあう椅子に掛けた。尾花が白い穂波をあげて揺れているのが、横手の窓から見えた。

「こちらは少年相談所の補導さん……この警察は開店早々で、少年係がおりません。臨時に応援にきてもらったので」

「司法主任がおっしゃったように、事件を大きくしようというのではありませんから、ご心配なく」

「私どもはたいした事件だとは思って居りません。廃棄した掩体壕のなかに、生憎と、進駐軍の器材が入っていた関係で、やかましいことをいっておりますが、器材といっても、旧海軍兵舎の廃木なんですから、ちょっと火いじりをしたくらいのことで、放火のどうのと騒ぐのはおかしいですわ……ですから、理由はなんだっていいので、あそこでギャングの真似をしていたとか、キャンプ・ファイヤをやろうと思ったとか、書類の上で、筋が通っていればすむことなんですが、石みたいに黙りこんでいるので、計らいようがなくて困っておりますの」

「私のほうでも、これ以上、とめておきたくないのですが、書類が完結しないので、返すわけにいかない……先生はクラスの担任で、本人の幼年時代のことも知っていられるそうですから、家庭関係と性向の概略をうかがって、それを参考にして、適当な理由をこしらえてしまおうというので……」

「いろいろとご配慮をいただきまして、ありがとうございました」

教諭が丁寧に頭をさげた。

「では、さっそくですが」

婦人警官が机の上の書類をひきよせた。

「和泉太郎、十六年二カ月、出生地サイパン島……聖ジョセフ学院中学部一年B組、アダムス育英資金給費生……父はサイパン支庁の気象技師で、昭和十五年の死亡。母は南洋興発会社の内務勤務。戦災による認定死亡、となっております……本人の方ですが、十六年二カ月で中学一年というのは、どういうわけなのでしょう。学齢にくらべて、進級が遅れているようですが」

「あの子供は終戦の年の十月に、戦災孤児といっしょにハワイに移されて、ホノルルの有志の後援で、八年制のグレード・スクール……日本の小学校にあたる学校に六年居て、今年の二十七年の春、学院の中学部に転入してきました。学齢からいえば、三年級に入れるところですが、日本語の教程が足りないものですから」

「アダムス育英資金というのは」

「資金というようなものではありませんが、便宜上、そういう名称をつけているので……アダムスというのは、ハワイ生れの二世の情報将校で、サイパンで戦災孤児の世話をしていましたが、将来、神学部へ進むという条件で、五人ばかりの孤児に、ひきつづいて学費を支給しているのです」

「父は本人の四歳の時に死んでおりますから、ほとんど記憶がないのでしょう。母というのは、どういう人ですか」

「東京女子大を出た才媛で、会社のデパートやクラブで働いている女子職員の監督でしたが、その間、軍の嘱託になって、『水月』という将校慰安所を一人で切りまわしていました。非常な美人で……すこし美しすぎるので、女性間の評判はよくなかったようですが、島ではクイーン的な存在でした」

「慰安所の生活というと、猥雑なものなのでしょうが、本人はそういう環境で成長期をすごしたのですね」

「そうじゃないのです。いまも申しましたように、母親というのは、美しすぎるせいか、なにかと気が散って、子供なんか見ていられない、いそがしいひとなので、独領時代からいるカナカ人の宣教師に、預けっぱなしにしてありました」

「悪い影響はたいして受けていないとおっしゃるのですね」

「その方の知識は、全然、欠如していて、あの齢の少年なら、誰でも知っているようなことすら、ほとんど知りません……一例ですが、映画というものを見たことがない。映画については幻燈が動く、という程度の概念しかもっていないのです。バイブル・クラスの秀才といったところで、日常を見ていると、子供にしては窮屈すぎるようで、かえって不安になることがあるくらいです」

「考課簿の操行点も、『百』となっていましたが……でもねえ先生、私どもの方には、まるっきり反対な報告がきているんですよ。こんどの事件は別にして、かんばしくないケースが相当かさなっています……五月三日の夜、本人は女の子の仮装で……セーラー服を着て、赤いネッカチーフをかぶっていたそうですが、そういう恰好で、銀座で花売りをしているところを、同僚につかまって注意を受けております……こちらの地区では、基地のテント・シティの入口でタクシーをとめて待っていて、朝鮮帰りの連中を東京へ送り込む……パイラーそつくりのことをしていますわ。それから、最近、泥酔徘徊が一件あります。十月八日の朝六時前後、相模線の入谷駅の近くの路線をフラフラ歩いていて、あぶなく始発の電車に轢かれるところでした」

一座が沈黙して、暫くは、枯野を吹きめぐる風の音だけが聞えた。

「先生は、長い間、本人を見ていらしたのですから、おっしゃるような子供だったのでしょう」

婦人警官が慰めるような調子でいった。

「つまり、最近になって、急に性格が変った……原因はなんであるか、想像がつきませんが、やっていることの意味は、いくらかわかるような気がします。女になってみること、泥酔してみること、パイラーの真似をしてみること、禁止に抵抗するという点で、通じあうものがあるのですね……現れかたはそれぞれちがいますが、禁止に抵抗するという点で、通じあうものがあるのですね……本人には、なにか煩悶があるのではないでしょうか。たとえば、過去の思い出に不快なものがあって、無意識に破壊を試みているといった……そういう点で、お気づきになったことはありませんか」

教諭はうなずきながら答えた。

「ご参考になるかどうか知りませんが、あれは、母親の手にかかって、殺されかけたことのある子供なんです。麻紐で首を締められて、島北の台地のパンの樹の下で、苔色になってころがっていました……それにしても、ほどがあるので、首が瓢箪になるほど締めあげたうえに、三重に巻きつけて、神の力でも解けないように、固く細結《こま》びにして、おまけに、滑りがいいように、麻紐にベトベトに石鹼が塗ってあるんですね……むやみに腹がたって、なんとかして助けようじゃないかということになって、アダムスと二人で、二時間近くも人工呼吸をやって、息が通うようになってから、ジープで野戦病院へ連れて行きました……サイパンの最後の近い頃、三万からの民間人が、親子で手榴弾を投げあったり、手をつないで断崖から飛んだり、いろいろな方法で自決しましたが、そういうのは、親子の死体が密着しているのが普通で、子供の死体だけが、草むらにころがっているようなのは、ほかにひとつもありませんでした」

「辛い話ですな」司法主任が湿った声をだした。

「母親に首を締められて殺されたという思い出は、戦争というものを考慮に入れても、子供としては、たいへんな負担でしょう。ショックも、相当あとまで残るでしょうし」

教諭が椅子から腰をうかしながらいった。

「あれは、どこにおりましょうか。どういうことだったのか、よく聞いてみたいので……気のついたこともありますから」

「かまいませんよ。いま、ご案内します」

どうぞこちらから、と婦人警官が左手の扉を指した。

太郎は保護室といっている薄暗い小部屋の板敷に坐って、巣箱の穴のような小さな窓から空を見あげながら、サイパンの最後の日のことを、うつらうつらと思いうかべていた。

薄暗い部屋のようすが、湿気が、小さく切りとられた空の色が、おしつけられるような静けさが、熱の出そうな身体の疲れが、洞窟にいたときの感じとよく似ている。

洞窟の天井に苔の花が咲き、岩肌についた鳥の糞が点々と白くなっていた。洞窟の口は西にむいてあいているので、昼すぎまでじめじめと薄暗く、夕方になると急に陽がさしこんできて、奥の方に隠れている男や女の顔を照らしだした。

骨と皮ばかりになった十四五の娘が、岩の窪みに落ちた米粒を一つ一つひろっては、泥を拭いて食べている。そのむこうの気違いのような眼つきをした裸の兵隊は、オオハコベを口いっぱいに頰ばり、唇から青い汁を垂らしながらニチャニチャ嚙んでいる。そういう人間どものすがたも、間もなくまた薄闇のなかに沈む。そうして日が暮れる。

「そろそろ水汲みに行く時間だ」

太郎は勇み立つ。洞窟に入るようになってから、一日じゅう母のそばにいて、あれこれと奉仕できるのが、うれしくてたまらない。太郎は遠くから美しい母の横顔をながめながら、はやくいいつけてくれないかと、緊張して待っている。

「太郎さん、水を汲んでいらっしゃい」

その声を聞くと、かたじけなくて、身体が震えだす。母の命令ならどんなことだってやる。

磯の湧き水は、けわしい崖の斜面を百尺も降りたところにあって、空の水筒を運んで行くだけでも、クラクラと眼が眩む。崖の上に敵がいれば、容赦なく狙撃《ねらいう》ちをされるのだが、危険だとも恐しいとも思ったことがない。水を詰めた水筒を母の前に捧げると、どんな苦労もいっぺんに報いられたような、深い満足を感じる。

あれは幾歳《いくつ》のときのことだったろう。ある朝、母の顔を見て、この世に、こんな美しいひとがいるものだろうかと考えた。その瞬間から、手も足も出ないようになった。このひとに愛されたい、好かれたい、嫌われたくないと、おどおどしながら母の顔色をうかがうようになった……

太郎は頭のうしろを保護室の板壁にこすりつけながら、低い声で暗誦をはじめた。

「旅人よ……行きて、ラケダイモンに告げよ……王の命に従いて……我等、ここに眠ると」

最後の日に近いころ、母がひと区切りずつ口移しに教えながら、いくども復唱させた。

「ラケダイモンというのは、スパルタ人のことなの。二千年も前に、スパルタの兵隊が、何百倍というペルシャの軍隊とテルモピレーというところで戦争をして、一人残らず戦死しました。その古戦場に、こういう文章を彫りつけた石の碑があったというんです……スパルタ人は偉いわね。あなただって、負けちゃあいられないでしょう」

母は親子二人のギリギリの最後を、歴史のお話とすりかえて夢のような美しいものにしようとしている。

太郎は、「いよいよ死ぬんだな」とつぶやき、自分の死ぬところをぼんやりと想像してみた。眼の下の磯や断崖の上から、親と子が抱きあったり、ロープで身体を結びあわしたりして、毎日いく組となくひっそりと海に消えて行く、あんな風に母と手をつないで死ぬのだと思うと、すこしも悲しくはなかった。

夕焼けがして、ふしぎに美しい夕方だった。母が六尺ばかりの麻紐を持って、太郎を洞窟の外へ誘いだした。

「大勢のひとに見られるのは嫌でしょうから、外でやってあげます」

首を締められて、一人で死ぬと考えたことはなかったが、あきらめて、母の気にいるように、うれしそうに身体をはずませながら、けわしい崖の斜面をのぼって行った……

婦警が迎いにきて、太郎をいつもの刑事部屋へ連れて行った。

板土間のむこうの一段高い畳の敷いたところに、ヨハネという綽名のある教師がいた。サイパンにいるときは砂糖黍畑の監督だった。

太郎が膝を折って坐ると、ヨハネはいつもの調子でネチネチとやりだした。太郎は神妙に頭を垂れたまま、板土間の机で書類を書いている、警官の腰の拳銃を横眼でながめていた。

「あのピストルとおなじピストルだ」

洞窟にいるとき、海軍の若い少尉が、胴輪のついた重い拳銃を貸してくれたっけ。

「お前は女の子のセーラー服を着て、銀座で花売りをしていたそうだ」

とヨハネがいった。

「当り」……と太郎は心のなかでつぶやいた。ヨハネでも、やはり言うときは言うんだな。女の子に化けたのは、たった一度だけだったけど、誰から聞いたんだろう。あのときの婦警かしら。セーラー服を借りた二年A組のヨナ子がしゃべったのかもしれない。

「お前は他人の金で勉強するのが嫌になった。それで、自分で学費を稼ぎだそうと思ったんだね。先生は、お前の自主性にたいしては敬意をはらうが、花売りをすることには、賛成しない」

「外《はず》れ」……と太郎はまたつぶやいた。花売りの恰好はしていたが、花なんか売っていたんじゃない。ヨハネはなにも知らないのだと思うと、うれしくなってニッコリ笑った。

母が銀座でバァをやっていることは、ホノルルで聞いて知っていた。

東京に着いた晩、すぐその店をつきとめた。子供が公然とバァに入って行くには、花売りかアコーデオン弾きになるしかない。誰だってすぐ考えつくことだ。毎日曜の夜、母の顔を見るために、花売りになってそのバァへ行った。八時から十時までの間に、五回も入ったことがある。店があまり繁昌していないので、母は苛々《いらいら》していた。

「しつっこいのねえ。いったい何度来る気……うちには花なんか買うひといないのよ」

と甲高い声で叱りつけた。その声が好きだった。一度などは、女給に襟がみを摑んでつまみだされた。それでもかまわずに入って行った。

「お前は、毎土曜の午後、朝鮮から輸送機で着くひとを、タクシーで東京へ連れて行った。アルバイトとしては、金になるのだろうが、お前の英語が、そんな下劣な仕事に使われていたのかと思うと、先生は情けなくなる」

「それは誤解」……アルバイトなんかしていたんじゃない。母のバァがあまりさびれているのので、すこしばかり賑かにしてやったんだ。見えないところで、母の商売に加勢することで、満足していたが、それはよけいなことだった。

十月の第一土曜日の夜だった。フィンカムの近くの、運転手のたまりになっている飲み屋へ車をたのみに行くと、顔馴染の運転手がこんなことをいった。

「あそこのマダムは、おめえのおふくろなんだろう。坊や、おめえはたいした孝行者なんだな。おめえが送りこんだやつと、おめえのおふくろが、どんなことをしているか、知っているのか」

太郎がだまっていると、その運転手は、

「知らないなら、教えてやろう。こんな風にするんだぜ」

といって、仲間の一人を抱き、相手の足に足をからませて、汚い真似をしてみせた。

その夜、太郎は母のフラットへ忍びこんで、ベッドの下で腹ばいになっていた。夜遅く、げっそりと瘠せて寄宿舎へ帰ると、臥床《バース》の上に倒れて身悶えした。汚い、汚すぎる……人間というものは、あれをするとき、あんな声をだすものだろうか……サイパンにいるとき、カナカ人の豚小屋が火事になったことがあったが、豚の焼け死ぬときだって、あんなひどい騒ぎはしない……母なんてもんじゃない、ただの女だ。それも豚みたいな声でなく女だ……いやだ、いやだ、こんな汚いところに生きていたくない。今夜のうちに死んでしまおう、死にでもするほか、汚いものを身体から追いだしてやることができない……ロッカーから母の写真や古い手紙をとりだすと、時間をかけてきれぎれにひき裂き、塵とりですくいとって炊事場の汚水溜へ捨てた。なにか仕残したことはないかと、部屋のなかを見まわしたが、しておかなければならないようなことは、なにもなかった。

「することなんか、あるわけはない。ぼくには、明日というのがないんだから」

始発の電車が通る時間まで「ちょっと眠っておく」という簡単な作業のほか、自分の人生には、もうなにもすることがないのだと思うと、その考えにおびえて、枕に顔を埋めてはげしく泣きだした。

「果してお前は堕落した。酔っぱらって相模線のレールの上を歩いていて、電車に轢かれかかったそうだな。酒まで飲むとは、先生も思わなかった」

「半当り」……酒なんか飲んでいなかったが、酔っていたのかもしれない。

夜が明けかけていた。ホームと改札口にパッと電燈がついた。間もなく始発が入ってくるというしらせだった。太郎はサック・コートをぬいで草むらに投げ出すと、レールの間にうつ伏せに寝て、電車が轢いてくれるのを待っていた。意外にも、電車は背中の皮にも触れずに通りすぎて行った。保線工夫が太郎を抱いてホームへ連れて行くと、駅員にこんなことをいった。

「上着を着ていたら、キャッチャー（排障器）にからまれて駄目だったろう。丸首シャツにパンツだけだから助かったんだ」

太郎はどうしても死にたいので、野分の吹く夜、厨房用の石油を盗みだして寄宿舎の裏の野原へ行くと、崩れかけたコンクリートの掩体壕へ入って、肩と胸にたっぷりと石油をかけた。何本かマッチを無駄にしたところで、やっと袖口に火が移ったが、気力のない炎をあげただけで、すぐ風に吹き消されてしまった。いくどかそんなことを繰り返しているうちに、石油のガスにやられて気を失ってしまった。厨房ストーヴに使う新式のケロシン油は、いきなり火になるむかしの石油のような引火性がなく、じれったいような緩慢な燃えかたをするものだということを、太郎は知らなかった。

「どういう目的で、アメリカの資材に火をつけようとしたのか。警察では、正直にさえいえば、ゆるすといっている」

資材があったことなんか知らない。資材どころか、自分の身体に火をつけることすら出来なかった。

太郎は、だしぬけに叫んだ。

「死刑にしてください……死刑にしてくれ、死刑にしてくれ」

「まあ、静かにしていろ」

ヨハネはそういって、あわてて部屋から飛び出して行った。気がちがったと思ったのかもしれない。

死刑――こんなうまい考えが、どうしてもっと早くうかばなかったのだろう。なにかうんと悪いことをすると、だまっていても政府が始末をつけてくれる……

若い警官が入ってきた。バンドを解いて拳銃のサックを畳の上に投げだすと、

「疲れた」

といって、どたりと上り框にひっくりかえった。

太郎は膝を抱いて貧乏ゆすりをしながら、眼の前にある拳銃をじっと見つめていた。

板土間の警官は、こちらに背中を見せて、せっせと書きものをしている……若い警官は、あおのけに寝て眼をつぶっている。

「いまならやれる」

太郎はバンドの端をつかんで、そろそろと拳銃のサックをひきよせた。サックの留めをはずした。拳銃をぬきとって、音のしないように安全装置をはずすと、立ちあがっていきなり曳金をひいた。

正面の壁が漆喰の白い粉を飛ばした。若い警官は板土間へころがり落ちた。机の前の警官は椅子といっしょにひっくりかえった。太郎は調子づいて、いくども曳金をひいた。

「この野郎、なにをしやがる」

警官が起きあがって、そこから射ちかえした。

鉄棒のようなものが、太郎の胸の上を撲りつけた。太郎は壁に凭れて長い溜息をついた。

だしぬけに眼から涙が溢れだした。そうして前に倒れた。

『肌色の月』単行本あとがき

久生幸子

昭和三十二年十月六日、午後一時四十分、十蘭が食道癌で逝ってしまった。

ムードのあるスリラー小説をという大きな望みをかけて「肌色の月」を書きはじめたのが二月の下旬。ヒロインの久美子の自殺の動機が癌である。その頃、自分の食道にも癌腫が出来ていて、これが絶筆になるなんて思ってもいなかったろう。そして、告別の日が、「肌色の月」の映画の封切日とは、皮肉な運命だと思いかえされる。

完結しない最後の一回を気にし、毎日、なんとかしてまとめようと頑張って、出来なかったものを、私が簡単に書いてしまったので、

「なんだ、こんなもの」

といって、そのつまらなさをどこかで苦笑しているにちがいない。

聞かされていた筋を書きならべただけのもので、それを肉付するだけの力は私には到底ない。

映画の結びとはちがうものになってしまったが、映画と小説のゆきかたのちがいで、十蘭

が書いても、この筋には変りなかったろう。どんなに自分の手でまとめあげたかったろうと思うと、心残りである。

春のお彼岸の頃から食べ物が胸につかえると言いだした。

「いちどにたくさん口に入れるからよ……もっとすこしずつ……そしてね、よく嚙んで食べてごらんなさい」

「このくらいか……ちょぼちょぼで、お姫さまみたいだ……うまくないよ、こんなの」

「そんな無精髯のお姫さまなんかあるもんですか……すこうしずつね……」

大きな声で笑いながらすこしずつ食べるが、ひと口ごとにつかえて返ってくる。面倒だといって腹をたてることもあった。

「もしかしたら食道癌かもしれないぞ……『文春』に食物がつかえたら一応は癌だと思えと載っていた」

冗談めかして言っていたが、もしやという不安は心から離れなかった。

痛みも苦しみもないので、そう思いながらも反対する気持が強かった。そう考えたくなかったのかもしれない……

それから毎日、食道狭窄についてしらべた。色々あるなかで、癌腫がもっとも直接な原因になる場合が多いことがわかった。

「鎌倉の病院でまごまごするより、いっそ癌研に行くかな」

「そうね、そうしましょう」

「いますぐというわけにはいかないよ。すぐ入院しろと言われたら連載が中止になってしまう。『肌色の月』だけでも書きあげて行こう」

そう言って頑張って仕事をつづけたが、日と共にだんだんつかえるのがひどくなり、自分でもこれはだめだと思ったらしい。あと一回で完結する「肌色の月」に心を残して診察に行った。

曇りがちで、ときどき薄陽がさしかけるが、六月にしては肌寒いような日であった。

途中、電車の中で、覚悟ができていたのか、動揺していたのか、

「もし癌だと言われたら、もう治療なんかしないで頑張って仕事をするんだ。一年くらいかな……二年、もつかな……」

といくども同じことを言っていた。私は不安で考える力もなくだまってうなずいていた。

診察のあとで院長先生が、

「癌じゃないと思いますが、一部が非常に狭くなっているのは事実ですから、入院なさったら……そしてしらべましょう」

「えっ、入院ですか、弱ったな。いまやりかけの仕事があるんですが、十日ほどあとじゃいけませんか」

「ええ、そりゃ病室があいていませんから……五日か一週間はかかりますよ」

「ああ、ありがたい。よかったなあ……」

と後にいた私のほうをむいて、安堵したように笑った。

たとえ癌であっても、直接、癌だと言わないということを知りながらも、やはり、そうでないと言われたことはうれしかった。

「さあ、五日の間に書きあげるぞ」

次の日から意気込んで机に向うが、やはり思いは病気のほうにむき、もしや……いや、ああ言ったからやはり癌じゃない、といってひとりで診断していた。

今日は入院通知の電話がくるか、明日はくるかと不安な気持になり、気ぜわしい数日を送り、けっきょく仕事が手につかないまま、六月の二十日に入院した。

むし暑く曇っていたせいか、なにか牢獄にでもいれられたような淋しい気持にさせられ、落着かないままに夜になってしまった。

電燈は薄暗く、狭い窓から入る風は騒音をはこんでなま暖く、逃げ場のない一部屋で苦悶した。

朝日がカッと照りつける。夜明けの二時間くらいやっと静かになっただけで、もう魚河岸に通うトラック、オート三輪がけたたましい音をたてる。

「おおうるさい。弱ったな。これじゃ仕事が出来ないぞ、困ったことになったもんだ」

絶え間のないクラクションと車の軋る音で、おたがいの話も消されてしまうので焦立つ。

七月に入ってすべての検査が終った。その結果、食道炎による食道狭窄ということになった。

「おれは幸せだよ。癌研で癌でないと言われたら、絶対、癌じゃないにきまっている。これ以上、たしかなことはないだろう」

と、つくづくと喜んでいた。

私も嬉しかった。一抹の疑いは持っていたが、先生の言う通りを信じた。もし癌であったら、きっと私にだけは話してくれるだろうと思っていたからだ。

暑い夜、病室の窓枠で四角にくぎられた空に土黄色の大きな月が登りはじめた。

「へんなお月さまね」

「うん、あれが肌色の月だよ。オークルさ」

そして、しばらくしてから低い声で言った。

「おれは癌でだけは死にたくなかったよ……最後まで意識があって、阿鼻叫喚のうちに悶死するなんて、辛いだろうな……実際、それを眼でみたものじゃなくちゃわからないよ。久美子がそうなる前に自殺しようと思ったのは当然なんだ」

と、すぐ小説の中に入って行く。よほど気になっているものらしい。

癌でないことを信じきって、すこしでも通るようになることを願って治療にあたった。

「慾はいわないよ。せめてお粥ぐらい自由に通ってくれればいいんだ」

毎朝、望みをかけて、ゴクリと勢いよく水を飲んでみるがだめ……それどころか中旬ごろになって、ぴたりと嘘のように通らなくなってしまった。昨夜まで細々と通っていた流動食も、牛乳も、水も、唾すら通らない。

食前五分前の水薬も通らない。注射をし、それでも、ティ・スプーン一杯の重湯を飲むのに三十分以上もかかる。そしてしばらくすると、痛みも苦しみもなく簡単に返ってくる。希望をもってひと舐めする重湯、見ている私も通ってくれるようにと祈りながら、真剣になってゆく。

「おや、通ったらしいな……いや、ちがうかな……うん、やっぱりだめだ」

といって吐いてしまう。だんだんと焦りが眼にみえて、たまらない気持になった。

毎日、二時間半から三時間近くかかるリンゲルと葡萄糖の点滴を、辛いなあといって、おなじ姿勢を我慢する。

毎週月曜日の朝に計る体重。減っていると、手首の太さを日にいくどとなく指で計って、痩せてゆくのを気にする。毎週三百匁ぐらいずつ減ってゆく体重をごまかすのに気をつかった。

二十二日、入院して一カ月目に胃瘻の手術を受けた。注射だけで持っていた衰弱しきった身体にはたいへんな重荷だったらしく、手術がすんでもその場から動かすことも出来ず、薄暗い廊下で、私はたった一人で心細い思いをしながら汚れた壁をみつめていた。

多量の輸血、酸素吸入……あわただしい先生と看護婦さん達の出入りに、もうだめかしらといくども心に思ったが、聞くだけの勇気もなく、三日ほどじっと見守るだけだった。

胃瘻から食事を送りはじめるとだんだん元気になり、体力もついてきてほっとした。


八月に入ってから暑い日がつづく。溝臭《どぶ》いがよく風も通る。

「馬鹿だよなあ、全く。暑いさかりを東京で暮すなんて……ちゃんと鎌倉に家があるんですよ」

といって、暑さと退屈さを嘆いた。

この月のはじめに放射線科の部長先生の診察をうけた。

「十五回ぐらいレントゲンをかけてみましょうか。好きなものは口から食べて、嫌いなものは胃瘻から入れたらどうです」

隔日にかけても九月の五日に終る。あと一カ月の辛抱、そして食物が通る！　大きな希望と期待をかけて、火木土と一週に三回、大塚の分院にレントゲン深部治療に通いはじめた。暑さと、手術後の回復しきれない身体にかけたレントゲンの影響は大きく、疲れやすくなってきた。

この頃はまだ元気があって、夜になると車で映画を見に病院をぬけだすこともあった。ある夜「八十日間世界一周」を見に行った帰り、

「おれも、こんどはああいう冒険小説を書こう。おれの書くものはどうも早すぎる……南極記はもう三年も前に書いたし……しょうがないな」

とつくづくといっていた。

レントゲンの回数が増えるごとに疲労がはげしく、色々の予期しない症状が出てきた。十五回で通る！　それを目標にして疲れるのも苦にせずに通い、帰って来ると、赤鉛筆で暦を消して、あと何回と指折りかぞえてその日を待ったが、結果はおなじだった。

「仕事をしなきゃならないなあ……一回の休載はいいよ。二回となると作家の義務にかけるよ。ましてスリラーだからな。今月は休みたくないもんだ……」

久美子のこと、大池のこと、隆のこと、石倉のこと、考えをまとめてゆくが、絶え間のない外の騒音に乱され、時間で動く病院の生活に中断され、畜生！　といって腹をたてる。

「これではいつまでたってもできないよ。土曜日から火曜日の朝まで家へ帰してもらおう。その三日でやってしまうんだ」

仕事をするために、毎週末三日間、病院から外泊をもらって鎌倉の家へ帰ることにきめたが、帰ってくると疲れてなにも出来ず、そのまま病院に戻る結果になって、体力だけがマイナスになっていった。

下旬頃から心悸亢進を起すようになり、定期的にくる心臓発作に悩まされ、一時もそばを離れることができなくなった。

「ひとりになると恐しくてたまらない。しずんで行きそうで、そのまま死んで行くみたいなんだ」

といって、私の手を強く握る。私にはなかなか理解できなかった。

「お前にはわからないんだよ。なった者じゃなくっちゃ……」

と焦立つこともあった。

心臓発作のため安静が必要となって、分院へ通うのも担架で運ばれるようになり、外泊することもできなくなった。

「大塚の病院へ移ろうよ。なんといってもここよりは静かだから、きっと仕事ができるよ」

そういって、分院へ移ったものの、病院の規則と外部の騒音はなくならなかった。

いつの間にか肌にふれる風も朝夕はひやりとするようになった。やはり九月だ。

遠くなって、お見舞にきてくださる方も少く、淋しがった。たまに来てくれる姉達に、

「そうだ、あれがあったろう、なにを食べないか。あれをとってやれよ」

といって気を配る。

「いま、すぐお茶を入れるよ」

まるで、女の私が言うことがなくなるほど細かいところまで気をつかった。姪や甥には、

「トランプをしようか」

といって、寝ながら相手になる。そんなにまでしてくれなくともと涙がこぼれた。

「病人くさいと陰気になるから」

一日おきに髯を剃り、髪ののびるのを気にし、お風呂に入れないのを苦にした。毎夜、アルコールをお湯にたらして身体を拭くと、

「おほう、いい気持だ」

といって喜ぶ。丈夫なときは、なんだかんだと面倒くさがって、月に二度ぐらいしかお風呂に入らない人だったのに……

上旬に一週間ほど梅雨のような雨がつづいて、寒かった。

「秋ってこんなもんじゃないが、何日降っている？」

「こっちへ移ってきた日からで、もう十日ほど」

「洗濯物が乾かないだろう、困ったな」

この二日ほど前から寝汗がひどく、ちょっととろとろしただけでも絞るほどの汗を上半身にかく。顔からは流れ、手からは噴きだしている。一日に五、六回換えるので、着換えの浴衣を心配しているらしい。

「汗をかくから、眠らないことにしよう」

と頑張っているが、すぐうとうととする。

もう自分で起きあがる力もなくなっていて、着換えさせるのがたいへんだった。

「おい、今年一杯入院するなんて、かなわないから、中止して家へ帰ろうよ。これ以上レントゲンをかけたら、本当におれは死んじゃうよ。家へ帰って養生して、健康になったらまた春ぐらいに出直して来よう……なあに、いけなきゃ、アメリカへでも行ってなおすさ」

十四回目のレントゲンがすんだとき、こういいだした。十四回で通らないものが、十五回で通るとは思えないと言って、どうしてもかけなかった。

「いまならまだ医者を信用する。十五回でだめなら、あと五回やってみましょうといってずるずるとのばされるんじゃ、おれは医者を信用しなくなる……そのためにもやめるんだ」

そういわれても、私は最後の一回に未練があった。もしかその一回で通るかもしれないという望みを捨てかねた。

「馬鹿だな。十四回だって、十五回だって同じだよ。奇蹟でも起らないかぎり、はい、十五回で通りました、なんてうまくゆくもんじゃないよ。十五回で通るものなら、十回目ぐらいからすこしずつの徴候があるもんだよ」

といって、黙ってしまった。

「けっこう胃嚢だけで一生やってゆく人もあるんだから、無理することもないよ。おれだけが食うことをあきらめればいいんだろう。それより、早く帰って仕事をしよう」

また、しばらくしてから、

「なおってももともとさ。食えるようになるだけだよ、馬鹿馬鹿しい……でも残念だな」

こともなげに言っているが、声も低く、その淋しさが伝ってきて、泣けそうになった。

「病院に来て四カ月……家にいれば、うんと仕事が出来たのに、馬鹿らしいな」

「でも暑いときは、けっきょく出来ないからおなじでしょう」

いつも夏の間は、暑い暑いといって、机に向っているが仕事がはかどらない。東京にいる頃は六月になると、さっさと軽井沢に移って仕事をしていたが、鎌倉に来てからはその必要もなかった。今年はその期間を利用してフランスに行って来ると張切っていたのは、このお正月だった。

「フランスに行ってから、こんなことがはじまったらたいへんだったな」

「でも、ご飯でないからつかえなかったかもしれないでしょう」

と話したこともあった。

もう病院の食事にも小さな松茸を使う季節になってしまった。

茸類の好きな人で、八百屋が心得て、だまっていても初物を届けてくれる。それを自分で指図して作らせる。そして子供のように喜んで食べたのを思いだす。

「おれがもし食えるようになる時は、松茸がなくなるし……」

といって残念がった。

空しくすごした四カ月。やりたいこと、書きたいことがたくさんあったろうが、昨日あたりから新聞をみるのも億劫《おっくう》がった。だんだん無口になり、怒りっぽくなり、なにかじっと考えるようになってきた。

また雨になりそうな日の午後、久美子役の乙羽信子さんと、制作者の山崎さん等、東京映画の方々がたずねてきてくださった。

朝から顔色が悪く、輸血のあとだったので心配したが、機嫌よく話してくれてほっとする。試写会をしてくださるといったが、

「いや、明日はもう鎌倉へ帰ります。帰ってから歩いて見に行きますからいいですよ」

といって、たのしみにして別れた。

「お前も栄養食をもっと研究しなくちゃならないよ。お前の手に一人の人間の生命をあずかっているんだから」

と私に注意をあたえた。

家へ帰って養生さえすれば回復すると思っていた。心臓の発作も、レントゲンの影響と思っていた。私もそう信じていた。

姉がたずねて来て、それとなく、癌だと話してくれたが、私は信じなかった。頭から否定してしまった。そう思いたくなかったのかもしれない。

「癌じゃないから癌研にいる必要はないんだ。近い中に帰ります。ただ癌研に来て幸せだったのは癌でないといわれたことと、胃腰をつけてもらったことなんだよ。食道のそばに淋巴腺ができて、そいつがおしているんだ。ほんの鳩の卵ぐらいの小さなやつなんだ。るいれきの一種のようなもんだよ」

来る人ごとに口癖のようにそういって、説明していた。

夜に入ってから咳をするたびにチョコレート色のものをだした。それがだんだん冴えてきて鮮血になってしまった。喀血だった。私もおどろいたが、本人にとってもたいへんなショックだったらしい。

「だれにも言っちゃいけないよ。退院できなくなるからな、いいか?……おれは結核になったのかな……それとも、レントゲンをかけて崩れた組織がでてきたのかな? これが出て、通ったりして……」

ちょっと希望のあるほのかな微笑をした。

次の日の朝、部長先生の回診のとき、

「先生、私は肺癌じゃないですか」

と、ちょっとひきしまった顔で質問した。昨夜のこともあるので、私はどきっとした。

「いやあ、ちがいますよ。肋膜に水がたまっていますから、心臓が圧迫されて苦しいんですよ」

と一笑に付してしまった。それで、十蘭も私もほっとして、いよいよ癌でないことを話しあってよろこんだ。

だが、肋膜の水は癌から排泄された水で、喀血は、肺に癌がひろがってきたためだとは、ぜんぜん知らなかった。

夕方からすこし暖くなり雨風になってきた。明日、退院出来ないのではないかと心配しはじめた。

「家へ帰るといいぞ。うんと養生して、またやりなおすさ……こんなものが、なんだ……」

口惜しそうだったが、家へ帰れることを本当によろこんでいた。それと反対に、私は、家へ帰って悪くなったらどうしようという不安におそわれた。

雨があがって、明るい十月の朝になっていた。

「さあ、帰るんだぞ」

私の心配なぞなくなるような元気さだった。

「家でなら、ゆっくり口述だって出来るよ、なあ」

といって喜んでいる。仕事のことになると明るい顔になって声もはずむ。仕事、そして仕事、自分の健康よりも、その仕事のために、衰弱しきった身体で二時間も車に揺られて帰る冒険をしようとしている。

小説を書くこと、この人にとって最上の楽園であったのかもしれない。自分の小説の筋を語って涙を流し、大きな声で笑う。本当にたのしんで、すっかりその中に溶けこんでしまう。羨しいといつも思った。

車が進むと、だんだん陽の光も強くなって夏のように暑くなった。汗がひどく、着物がびっしょりだが、車の中でどうすることも出来ないので気の毒だった。

保土ケ谷をすぎる頃から呼吸がみだれ、顔色が土気色に変ってきてだまって眼をつぶっている。もう、だめかしらと思った瞬間がいくどもあった。

江の島がやっとみえだしてきてほっとする。家まであとほんのわずか……それが、二時間にも三時間にも感じられるほどながかった。

「さあ家ですよ、もう門が見えてます」

蒼い顔にやっと安堵の色がみえ、眼をあけた。

玄関へ入ると、そこから動かすことも出来ないほど呼吸が荒れ、咽喉がゴロゴロとなる。

「さあ、早く胸をひやして……先生を呼ぶんだ」

こんな苦しい息の中でも、あれこれと指図をする。やはり私はとり乱してまごまごしていたのかもしれない。

「この痰がきれないと、俺はえらいことになるんだ。死ぬんだぞ」

発作で痰がからんでくるといつもそういう。

あまりにも色々のことを知りつくしている人……爪の色を見、痰がからむのを気にし、自分で自分の脈を計って首をかしげる。

夜になって、またひどい心臓発作がおこる。ついている医師に、

「先生、本当のことを言ってください。もうだめですか……死ぬんですか……」

といって医師の顔色をよみ、枕辺にいる者の顔色をうかがう。泣いているやつがいれば自分はだめだと察しようとしている。みんな涙をこらえるのに一生懸命で言葉もでず、胸がつぶれそうだった。

この夜になって、私ははじめて癌であることを医師の口からきいた。

「食道癌から肺癌にひろがっています。おそらくもう……頼りは心臓だけですが、だいぶ弱ってきてますから……」

水をかぶったような寒気がした。否定しつづけてきたことが大きな現実の壁となって迫ってきた。そんなことがあってたまるものかと否定しながらも、とうとう覚悟しなければならないときがやってきたと思ったら、何日も我慢していた涙が溢れ、かくすことも出来ず、大きなマスクをかけて病室に入ったが、すぐ見破られてしまった。

「医者はなんといった。もう、だめだと言ったか、それともあと何日ぐらいといった」

「そんなこと、なにも……」

「おれは子供じゃないんだからな、嘘をつくのだけはやめろよ、はっきり言え……こんなこ

とじゃ死なないから安心しろ。死んでたまるか」

といって、私の肩を叩いた。

あとからあとから涙が流れ、枕元の酸素を調節しながら顔をあげられなかった。


珍らしくよく晴れた朝。

黄がかった芝生のうえを赤蜻蛉がかすめて飛んで行く。

「いい天気だな。これが本当の秋さ……無理しても家へ帰ってきてよかったね……さあ、本を読みはじめなくっちゃ……そうだ、髯を剃るかな……あとで爪を切ってくれ」

朝から発作もおきずおだやかに話も出来る。

「髯なら、明日でもいいくらいですよ……」

「でも、医者がくるだろう」

髯を撫でて苦にしていたが、たいぎなのかそのままなにも言わなくなった。

午後になってうとうとしていたが、

「おれはいま『八十日間世界一周』のつづきを夢でみていたよ。おれのはな、アルプスの山越えからべつに発展するんだぞ……面白かったなあ」

といって、眼を輝かせた。

夕方近くなってから、苦しそうな息づかいになってきたが、咳をするとよく痰がきれる。

「ほら、大きいから親玉だ」

といって、大きな痰をだす。

「こんどは、さっきの連れで子供だ。親子づれだな、きっと」

小さな痰をだす。

「こんど親玉がでたら、ご褒美に、氷を一つください」

といって、みなを笑わせ、自分でも笑って、ガリガリとおいしそうに氷を嚙んだ。私もつられてコップでごくごくと水を飲んでしまった。黙ってみていたが、

「おれもな、水だけはそうやって、ごくごくと飲みたいよ。うまいだろうなあ……それだけが残念だ……」

ああ悪いことをしてしまった。ほんの心のゆるみから、なさけないことをしたとくやまれたがもう追いつかなかった。

「車の中はつらかったなあ、もうすこしで弱音をだして、病院へもどろうと言うところだったよ。やっぱり帰ってきてよかったなあ」

にっこりと言った。この分なら、まだなおるかもしれないと望みにあかりをつけた。

「今日はおさまっているから、早く寝るよ」

といいだしたので、八時ごろにあかりを暗くする。寝ぐるしいのか、何度も寝返りをうって、溜息をつく。

「あまり動くと、また発作がおきますよ」

「そうだなあ……今夜は大丈夫だろう……寝巻を着て寝たほうが休まるよ」

もう一週間もごろ寝している私のことを心配しているのに、どうして時間の問題だと考えられよう。こんなにしっかりしている。この人が死んでゆくなんて……寝られないままに涙を流し、嗚咽の声をこらえる。

午前三時ごろ、

「おい、どうもおかしい、注射してくれ。ビタ・カンかな……」

という。私は医師の指示していった通りに順序を追って注射を打った。いつもならおさまる発作がおさまらない。にわか看護婦の私はぶるぶると震えてきた。夜があけたら医師を呼ばなくてはだめらしい。いよいよその時期がきたのかと思うと、力と共に血がひいてゆくような気がした。

五時半……姉が立ちかけると、

「どうして、医者を呼ぶの、あぶないのか」

「いいえ、早く楽になったほうがいいと思って……」

落着かない腰をおろす。

六時半……まだおさまらない。苦しくなってきたとみえ、自分から医者を呼ぼうといいだした。

「先生、どうも早くから申し訳ありません」

と挨拶してから、

「ひとつ、楽に呼吸《いき》ができるようにしてくださいませんか……ああ、苦しい……なんとかしてください……私も一生懸命頑張りますから……たのみます……」

八時……すこし、眠ったようだが楽にならない。

「おい、先生に、ご飯をさしあげなさい……」

「ええ、もう、さっきさしあげたんですよ」

「お茶は……」

こんな苦しい息の中で、いつものようにこまかいところまで神経がうごく。泣くにも泣けないような気持にさせられた。

十時……手足が冷くなってきた。注射の吸収も悪くなってくる。みんなで温めて揉むがうるさがってふりほどく。呼吸がだんだん短くはげしくなってくる……痰がからんでくる……睡気がついてきたらしい。一生懸命にまばたきをしていたが、とつぜん眼をあいて言った。

「おい、手を叩いておこしてくれ。いま眠ったら死んでしまう。たいへんだ、早く……早く……叩いてくれ……」

私は涙をのんで手を叩くが、その手はもう爪の色もなく、冷えきって固くなりかけている。

ただ、ただ涙がこぼれ、出来るなら代ってやりたい。こんなに生に執着のある人を死なせるなんて、残酷のような気がする。

「先生……もう一本……注射……おねがいします……」

もう痰をだす力もなくなっていたが、医師の顔をみつめて言った。注射を打ってもらうと、片手をあげて、拝むような恰好で、医師に礼を言った。

「ああ、楽になってきたなあ……」

「そう、よかったわね」

楽になっているのではない。医師の労をねぎらっての言葉なのだ。周りの者に心配させまいとする言葉なのだ。

十二時……すこし、うとうとする。脈もだんだんと弱くなる。もうだめかしら。顔をあげると、医師もだまって首を振る。どうしようと思ったとき、

「おい、おれは、いつ、助かったんだ」

大きく眼をあいてはっきりと言った。

「助かったって……はじめからどうもしないでしょう。ただ、眠っただけですよ」

「そうか……」

本当につらかった。

この頃はもう危篤の報が伝っているらしく、大勢の人がつめかけてきているようす、ざわ

めき、ごたごたした空気が感じられる。

「どうして、今日は男どもが集っているんだ……それにしても、今日はながかったなあ……つらかった……」

また眠る。いつもなら一時間位でおさまる発作がもう九時間もつづいている。どんなにつらかったろう。汗で浴衣がびっしょり。無意識にいくどものべてよこす手が、静脈注射を打つときと同じように拳をにぎっている。姉と顔を見合せてただ涙を流すばかり。

生きようとする精神力。ただそれだけで冷くなった身体は呼吸をつづける。

もう涙をとめることも、声をのむことも出来ず、可哀想に、可哀想にと私はくりかえすだけで精一杯だった。

どんなに生きたかったろう。それ以上の言葉も、それ以外の言葉も頭にうかんで来なかった。残念だったろうと思うと、心残りはそれだけ。そして仕事がしたかったろう。会心の作というのも残さずにがいないが、それ以上に仕事に執着があった。老母のことも、私のことも思っていたにはちしてもらいたかったと、私の思いもやはりそこにゆきつく。新しい抱負も持っていた。心ゆくまで仕事を

一時四十分……息をひきとった。最後まで苦しんだが、やっと楽になったのか安らかな顔になった。残された淋しさよりも、可哀想でたまらない気持でいっぱいだった。

急に雨の粒が大きくなってはげしくガラス戸を叩き、強い風が庭の木をゆすぶって吹きぬけてゆく。

新聞記者が、電話で社へ報告をしている声が他人事のようであったが、車の停る音、砂利を踏むあわただしい足音、人声がだんだん身近に迫ってくるのを聞いているうちに、やはり本当に逝ってしまったのだと、ひしひしとした淋しさが身体をおそってきて、あたらしい涙が溢れてきた。

ここに絶筆の「肌色の月」に、最も愛した作品「母子像」「予言」を加えて追悼としたい。

（昭和三十二年十一月十八日）

『肌色の月』中公文庫版解説

中井英夫

鬼才、という言葉がふさわしい作家は、決して多くはない。ここ四十年ほどでいえば、太宰治と三島由紀夫の活躍の初期に、その言葉がしきりに用いられたが、いかにもそれはその二人に、二人だけに似合っていた。だがもう一人、いわゆる文壇とはほとんど無関係なところで、鬼才の名を冠するほかない、強烈な個性を持った作家が仕事を続けていた、それが久生十蘭である。昭和八年、四年ぶりにフランスから帰国して、当時のしゃれたメンズマガジンだった「新青年」誌上に、本名の阿部正雄のほか怪しげな変名・筆名を用いてユーモア小説やインタビュー記事を連載していたが、昭和十一年の長編『金狼』から久生十蘭名となった。フランスで師事したシャルル・デュランのもじりその他諸説があって、由来は定まらない。翌十二年の『ジゴマ』や『ファントマ』の擬古体の流麗な翻訳、続く波乱万丈の長編『魔都』の連載で一躍その名を知られたが、なおその後しばらく、昭和二十五年までの戦争を挟んだ十数年間は、ありあまる才能にまかせて現代物・時代物、それも『顎十郎捕物帖』のたぐいから推理、諷刺、実録と何でもこなす活躍ぶりで、その変幻自在さに魅せられはしても、そのままでは単に読物小説界の奇才ぐらいの評価で終ったかも知れない。だがそのころから何かが違ってきた。小説の中にひとすじ澄明な水脈《みお》が流れ、湖底から響く神秘な鐘の音とでもいうような、沈鬱でいながら明るい、重厚でありながら爽かな韻《ひび》きが加わってきた。もともとその文体は独自な魅力に溢れ、これこそがスティルだといいたい確かさを持っていたが、それがさらに磨きぬかれて、抑制のきいた簡潔さを見せ始めた。二十五年十月の時代小説『無月物語』はそのはしりであり、翌年に第二十六回の直木賞を受けた『鈴木主水』は輝かしいその成果である。

五、六年後に迫ったその死をひそかに自覚し出したかのように、仕事はさらに慎重になり、一字一句をゆるがせにしないその態度はいよいよ厳しいものとなったが、そうはいっても森鷗外やメリメと相かよう、乾ききった、それでいて対象を一刀のもとに抉り出さずにいない鋭さを持つ――持ってしまったということは、作家にとって必ずしも倖せとは限らない。遅筆はいよいよ決定的に、完璧な小説への憧憬はほとんど狂気染みて、一度発表したものを徹底して削り取り塗りつぶす作業ばかりが続けられ、その努力は痛々しいとしかいいようがない。あげく三十二年の十月、荒れ狂う癌細胞は容赦もなくこの稀有な作家の肉体を蝕み尽して、五十五歳の中道に斃れることとなった。

*

ここに収められた『肌色の月』は、その三十二年の四月号から八月号まで雑誌「婦人公論」に連載され、ついに最終回を書きあげることなく終った絶筆の長編である。十二月にこの文庫とまったく同じに、夫人の手によって結末が書き加えられ、「あとがき」と二つの短編が添えられて中央公論社から箱入りの単行本が刊行されている。最晩年の、となればいま述べたように澄みに澄んだ文体で構築されているかというと、あいにくそうはいえない。もともと連載の初めに「ムードのあるスリラーを」という注文だった由だから、短編ほど突放した無表情な書き方が出来ないのは無論だろうが、筆の運びはむしろさばさばと軽く、筋もまたあらかじめ考え抜かれていたとは思えぬ箇所も見受けられる。たとえば大池の長男隆は、結末では宇野久美子の唯一の味方になり、郷里の和歌山まで共に旅行するほど親昵《しんじつ》なようすを見せるが、それならば最初の出場《でば》で、

……視点の定まらない、爬虫類の眠ったように動かぬ眼になる、あの瞬間の感じとか、

……死んだように動かない嫌味《いやみ》な眼

とかのひどい形容をするのは、読者のめくらましにしてもフェアでなく、たとえどういい繕ったにしても後にしこりとなって残る筈だが、久生の長編の奇妙な魅力もまたそこにあって、初期の長編『金狼』も『魔都』もともにスリラー仕立てながら、いわゆる本格推理の約束ごとなどてんから無視し、ただもう多彩な人間模様を描く、ただそのために殺人が扱われている。『肌色の月』も従って推理小説風な、論理的な謎ときとは初めから無縁で、廻るた

び情景が変る手のこんだ走馬燈やメリーゴーラウンド、ないしは一振りするたび景色の一変する万華鏡の楽しさだけを当てにして読まれるべき作品であろう。夫人の手になる結末部分は久生以上の乾いた文章でそれなり興味深いが、これで本人の魔法の鞭が一閃したなら、先にいった隆の描写も、久美子が実は癌でなかったという、いささか強引なひっくり返しもごく自然に納得できる、不思議な説得力が具《そな》わったに違いない。何より、もし最終回を気力を絞って書き上げていたなら、久生自身の癌にも奇蹟が起って、晴れ晴れと旅に出られるほどになってくれたのではないかと思えるほど、この暗合は痛ましい。

だが一方からいえば、久生ほど徹底して物語作者であり続けようとした作家は稀れで、終生その久生十蘭という幾分奇異な筆名を仮面として顔に貼りつけ、決して素顔をあらわにしようとしなかった。身辺雑記のたぐいは徹底して語らず、文学観を吐露したこともなく、ただ自分の織りなす〝譚〟の向う側に身を潜め続けたとなれば、その〝譚〟が逆に久生の肉身をひそかに冒し始め、ついには滅ぼすという無気味な出来事もあるいは当然かも知れない。むしろその暗合こそ久生十蘭が己れの物語に殉じた証しとさえ思われる。

それにしても五十五歳。いよいよ新しい境地に進み、本当の代表作もこれから生まれようという矢先に、神は何というひどい手違いをするものかという嘆きは、夫人の書かれた「あとがき」に残りなくあらわれている。何べんこれをくり返して読み、何べん泣いたことだろう。この一冊には三編ならぬ四編の小説があると思わせるほどに、この「あとがき」は久生を愛する者を打ちのめし、切り裂く。一人の優れた作家――というより、ひたすら生きて仕事をしたいと念じ続ける夫と、それを全身全霊で支えようとする妻の凄絶な闘病記は、久生が徹底したその旗手だっただけに〝譚〟とはついに何なのか、地下の久生の魂も愕然と色を変えるばかりに文学の本質を問い直す手記である。別のところに夫人が書かれた文章によれば、久生は仕事中は絶対に食事をせず、せいぜいスウプの一口か、濃い茶を一杯飲むだけで、これという段切りがついたあとやっと、ぎりぎりの空腹で食事するのを楽しんだという。その習慣があるいは軀にどうだったといえもしないが、作家としてこれほど厳しく自分を律するとなれば、病魔のつけ入る隙も却って生じたとしても不思議ではなく、しきりに久生にまねぼうとしながらその執筆態度とはあまりに遠いいまの私は、己れの日常を面伏せに顧みるほかはない。

＊

短編『予言』は昭和二十二年八月、雑誌「苦楽」に発表された。久生が自分で〝もっとも愛した〟由ながら、私にはいまもって〝もっとも優れた〟作品とは思えず、旨さはいつものとおりながら、心霊の不可思議さに酔うことも適《かな》わず過ぎている。ここでは明らかに物語の語り手が別にいて、主人公と会話も交しているのだが、その名はついに明されず、私という一言さえも出てこない、久生が得意とし、しばしば用いもした手法に拠っているが、同じ手法の『勝負』（昭二五）ほど冴えてもいず、文章も嫌味に堕しかねない寸前というのが不満なのだ。そうはいってもどんな会話の端々《はしばし》までが『肌色の月』と同じく紛れもない久生だということは、取り立てて論じられずとも大変な作家だと思わずにいられない。固有名詞の出てこない文章を十行なら十行ほど無署名で出して、はっきり誰の作と当てられるほど確かな、魅力のある文体を持つ作家さえいまは少ないが、まして日常会話まで独自の彩りに輝くという困難な作業を、久生はりっぱに果たし貫いたのである。

『母子像』は昭和二十八年の七月、「読売新聞」に掲載されたが、これはニューヨークのヘラルド・トリビューン紙の世界短編小説コンクールという試みに応じた作品で、日本では他にも数人の著名作家が執筆した。これがみごと一等になったというのは、あらかじめ外国語で読まれることを計算しぬいた筋立てと運びと、いっさい感傷をさし挟まぬ淡々とした叙述の中に、実の子の首を苔色になるまで締めあげる母親の悪女ぶり、その美しさに手も足も出なくなった思春期の少年心理を鏤めたさりげなさが、洗われた星のように輝いて見えたからに相違なく、これを翻訳した吉田健一氏の英文もさぞ魅力にとんでいたことと思われる。二十六年の直木賞とこの賞とは、晩年を飾った二つの冠で、当時のごく少数の熱烈な久生ファンにとっては、わがことよりも嬉しいニュースだったに違いないが、その死後は十年あまりほど埋もれた形となり、もともと生前の著書も少ないこととて、古書店にも見かけることのない〝異色作家〟の一人になっていた。それが昭和四十四年から、他の小栗虫太郎とか夢野久作といった人びとともに俄かに注目を浴び、現在では三一書房の全集七巻、出帆社のコレクシオン・ジュラネスク三巻に加えて、さまざまな形で復刊が相次いでいる。

しかし、凝りに凝って愛読者でもたまには辟易する難解な面と、小説のおもしろさを追求し続けたあげく、ついに向う側へ突き抜けてしまったと思えるほど読者を意に介しない作風は、いまもってそれほど多くのファンを摑んだとも思われず、広いジャーナリズムの上ではたぶんいつまでも風変りな、あまり売れない、むやみに博識な作家として扱われ続けることだろう。そしてそれこそ久生自身も願っていた境地かも知れず、熱烈な久生ファンがひそかに快哉を叫ぶのもまたその点である。その限り久生は、自分たちだけのために惜しげもなく豊醇な美酒の庫を開いてくれる小説の達人《アビルテ》なのだから。

編者解説

日下三蔵《くさかさんぞう》
（文芸評論家）

光文社文庫《探偵くらぶ》シリーズの既刊『黒い手帳』に続く久生十蘭のミステリ作品集成の第二巻『肌色の月』をお届けする。本来は二〇二二年のうちに刊行するつもりだったが、大幅に遅延してしまったことをお詫びいたします。

今回の二冊は、二〇〇一年四月にちくま文庫《怪奇探偵小説傑作選》の第三巻として私が編集した『久生十蘭集　ハムレット』に作品を大幅に増補して二分冊としたものである。短篇が中心だった『黒い手帳』に対して、本書には短い長篇二作を収録した。

その一篇『金狼』は久生十蘭の名前で初めて発表された作品であり、もう一篇の『肌色の月』は完結を目前に著者が逝去して絶筆となった作品である。つまり、本書には十蘭の作家活動の最初と最後が収められており、『黒い手帳』の収録作品は、すべてその間に収まる訳だ。

各篇の初出は、以下のとおり。

金狼　「新青年」昭和11年7〜11月号
妖術　「令女界」昭和13年1〜9月号
妖翳記　「オール讀物」昭和14年5月号
酒の害悪を繞つて　「京城日報夕刊」昭和15年1月18、19、21日付
白豹　「新青年」昭和15年9月号
肌色の月　「婦人公論」昭和32年4〜8月号（未完）
予言　「苦楽」昭和22年8月号
母子像　「読売新聞」昭和29年3月26〜28日

阿部正雄は博文館で「新青年」の編集長を務めていた旧友・水谷準の勧めで一九三四（昭和九）年から同誌に執筆を開始、翻訳、ユーモア小説、著名人インタビューと縦横の活躍を見せた。

三六年の長篇スリラー『金狼』で初めて久生十蘭という筆名を使い、以後はこの名前をメインに作品を書き始める。都筑道夫は桃源社版『眞説・鐵假面』（69年7月）に寄せた解説の中で、この作品について、以下のように書いている。

ピエール・マックォルランのファンタスティックなアナーキスト小説『女騎士エルザ』La Cavalière Elsaを下敷にして、容疑者同士の犯人さがしを趣向にした作品。純粋推理のおもしろい場面がある

しかし、現在では、『金狼』の下敷になったのは『女騎士エルザ』ではなく、同じピエール・マッコルランの別の作品「La tradition de minuit」であることが、十蘭の遺品から判明している。なお、この作品は国書刊行会から刊行中のシリーズ《マッコルラン・コレクション》の第三巻に『真夜中の伝統』として収録される予定である。

『金狼』は戦前には単行本化されず、一九四七（昭和二十二）年九月に新太陽社から初めて刊行された。短篇「墓地展望亭」を併録。「墓地展望亭」は既刊『黒い手帳』に収録済である。

その後、三一書房版『久生十蘭全集Ⅶ』（70年5月）、講談社版『大衆文学大系24　夢野久作・久生十蘭・橘外男』（73年4月）、国書刊行会版『定本　久生十蘭全集1』（08年10月）などに収められた他、宝石社の探偵小説誌「別冊宝石　78号　久生十蘭・夢野久作読本」（58年7月）にも再録されているが、単体で刊行されたことはなく、もちろん文庫化されるのも本書が初めてとなる。

なお、本書の編集段階において、『金狼』には現在では許されない差別的な表現があるか

ら、収録は取り止めてほしい、という要請が編集部からあった。該当箇所は、本編の冒頭、第一節の殺人現場の「そのすべてから、むせっかえるような屠殺場の匂いがたちのぼってい た」という描写である。

日本では家畜の屠殺や食肉業に携わる人々が差別に苦しめられてきた歴史がある。そのため、「屠殺」という言葉を「屠畜」と言い換えたり、「屠」という漢字自体の使用を避けて「と殺」と表記していた時期もあったが、現在では言葉を改変する例は少なくなっている。しかし、凄惨な事件現場の比喩として「屠殺場のような」と表現することは極めて差別的であり、現代の作家が書いた作品であれば、修正や変更を求められてしかるべきであろう。ただ、推理小説は殺人事件を扱うことが多いため、こうした差別問題が周知されていなかった戦前から昭和後期までの作品には、しばしば「屠殺場」が比喩として用いられてきた。

現代から遡って、それらの描写を削除したり、作品自体を封印することは、差別の存在自体を「なかったこと」にしてしまい、むしろ問題の解決に資さない、というのが、私の考えである。

そうした描写を含んだ作品を再刊することによって、差別を助長、温存、再生産する意図はまったくなく、作品は作品として楽しんだうえで、書かれた時代故のさまざまな問題点も孕んでいることを、読者の一人一人に考えて欲しいと思う。

今回は関連団体に作品の該当箇所および本書巻末の差別問題についての断り書きを確認し

ていただき、これなら問題ないでしょうとのお言葉をいただいたことで、当初の構成案の通りに刊行することが出来たが、これは古い作品を復刊する際には、常につきまとう問題といえる。私は今後も埋もれた作品を次の世代の読者に手渡す作業を続けていくつもりだが、作品と一緒に差別や偏見を残すようなことにならないよう、細心の注意を払わなければならない、と改めて思っている。

久生十蘭は短篇を得意とする作家ではあったが、それでも戦争をはさんだ二十数年間の作家活動で、十五篇以上の長篇、連作長篇を遺している。内容はユーモア小説、伝奇小説、従軍小説、歴史小説、少女小説と多岐にわたったが、ミステリ系の作品は、初期と後期に集中している。『金狼』（36年）、『魔都』（37〜38年）、『十字街』（51年）、『真説・鉄仮面』（54年）、『あなたも私も』（54〜55年）、『われらの仲間』（55〜56年）、『肌色の月』（57年）といった作品群である。

『顎十郎捕物帳』（39〜40年）、『平賀源内捕物帳』（40年）などの時代ミステリでは、かなりトリッキーな話を書いている十蘭だが、現代もののミステリでは本格推理小説として書かれたものはなく、波瀾万丈の冒険小説か、サスペンス・タッチのスリラー作品が多い。絶筆となった『肌色の月』もスリラー長篇である。

中央公論社の月刊誌「婦人公論」に連載されたが、完結を目前にして著者がなくなったため、残されたノートを元に幸子夫人が結末を書き上げて完結させたもの。五七年十二月に中央公論社からハードカバー函入りの堅牢な単行本として刊行された。帯には大佛次郎の推薦文「最後の傑作」を掲載。

友人たちの哀惜のうちになくなった久生十蘭の最後の作品が、この「肌色の月」である。病苦が投げる影と闘いながら彼はこの作品の完成に力をそそいだ。稀代の才能と教養を持ち、筆を進めるのに小心なくらいに慎み深かった彼が一代の終の日に咲かせて残したのがこの花なのである。手に取って眺めて頂きたい。

「婦人公論」五七年十二月号に掲載された幸子夫人のエッセイ「消えた『肌色の月』――食道癌に倒れた夫久生十蘭」を「あとがき」として収めた他、「予言」「母子像」の二篇を併録。十蘭の執筆分と夫人の加筆部分の境目に置かれた二行の注記は、この単行本で付されたもの。同書は七五年八月、単行本版収録の全篇に中井英夫氏の解説を加えて、中公文庫に収められた。幸子夫人の「あとがき」、中井英夫氏による「解説」は、いずれも本書にも再録させていただいた。

ちくま文庫版『怪奇探偵小説傑作選3　久生十蘭集　ハムレット』を二分冊にするにあたって、「予言」「母子像」の二篇だけを本書に回したのは、中公文庫版『肌色の月』の構成を再現するためであった。

『肌色の月』は単行本の刊行を待たずに東宝で映画化され、五七年十月八日に公開された。十蘭逝去（十月六日）の二日後である。監督・杉江敏男、脚本・長谷川公之、配役は宇野久美子に乙羽信子、大池孝平に千田是也、大池君代に淡路恵子、大池隆に石浜朗、池谷理恵に石井好子、石倉梅吉に千秋実、神保警部に田島義文、加藤主任に多々良純、滝二郎に仲代達矢という布陣であった。

また、二回テレビドラマ化されている。一回目はNHKの「少年ドラマシリーズ」で「霧の湖」として七四年九月九日から十八日まで全六話を放映。出演は宇野久美子に上原ゆかり、大池忠平に木村功。少年向けの放送枠であるため、この作品では宇野久美子は家出して事件に巻き込まれる高校生ということになっている。

二回目は日本テレビの二時間枠「木曜ゴールデンドラマ」で「殺意の家」として八二年十一月十七日に全一回が放映された。出演は宇野久美子に片平なぎさ、大池忠平に高橋昌也、大池隆に沖雅也、隆の母の琴子に佐々木すみ江、元看護婦の君代に宮園純子、刑事に中尾彬。副題に「母を殺したのは父?恋人?義母?その真相は!!」とあり、この作品での久美子は大池家で起こった事件の容疑者にされるテレビレポーターに改変されている。

「妖術」「妖翳記」「酒の害悪を繞って」「白豹」の四篇は、ちくま文庫版に未収録で、今回、新たに追加したものである。

「令女界」は宝文館の少女誌。「妖術」は初出誌では「探偵長篇」「探偵小説」として連載されたものの、推理小説ではなく、心霊現象、超常現象を扱った作品である。本書にも収めた代表作のひとつ「予言」は、「妖術」の一部を改めて短篇に仕立て直したもの。

文藝春秋の月刊誌「オール讀物」に発表された「妖翳記」は薔薇十字社の《コレクシオン・ジュラネスク》『黄金遁走曲《フューグ・ドレエ》』（73年5月）に初めて収録された。紀田順一郎、東雅夫の両氏が編んだ創元推理文庫のアンソロジー『日本怪奇小説傑作集2』（05年9月）にも採られている。

京城日報社の「京城日報」は京城（現在のソウル）で発行されていた新聞で、日本統治時代の朝鮮において朝鮮総督府の準官報的な役割を果たした。「探偵小説」と銘打たれた「酒の害悪を繞って」は、同紙に掲載後、内地の「北國新聞夕刊」にも同年二月九日、十日、十一日、十三日、十四日に掲載されている。『定本 久生十蘭全集 別巻』（13年2月）に初収録。

「新青年」に掲載された「白豹」は株式会社幻影城の探偵小説専門誌「幻影城 28号」（77年3月）の全集未収録作品特集に再録された。この全集は六九年から七〇年にかけて全七巻が刊行された三一書房版《久生十蘭全集》のことである。『定本 久生十蘭全集3』（09年4月）に初めて収録され、河出書房新社から刊行された特集本『文芸の本棚 久生十蘭 評する言葉も失う最高の作家』（15年2月）にも再録された。

残る二篇のうち、「予言」が掲載された苦楽社の月刊誌「苦楽」は、大佛次郎が発行していたもの。こうした縁もあって、『肌色の月』の単行本には、大佛が推薦文を寄せているのである。

新潮社の新書判叢書《小説文庫》から出た短篇集『母子像』（55年10月）では、カバーそでに、こんな著者のコメントが載っていた。

「母子像」をのぞく七篇は、敗戦後の最もみじめな時代に書いた。派手めかしたアナーキーな小説になったのは、あまりにも貧窮した世相一般に愛想をつかしたせいである。

小説の主人公は、いずれも非日的で、心象風景は、みないくらか西洋の暈《かさ》をかぶっている。この偏《かたよ》りは、西洋趣味というようなものではなくて、そのころの旅行制限の、息苦しい閉鎖状態から脱出したいという、願望のあらわれだったらしい。

この作品集の収録作品は、「母子像」「予言」「姦」「白雪姫」「手紙」「蝶の絵」「野萩」「西林図」「春雪」の九篇。コメントと数が合わないが、当初は全八篇の予定だったのかもしれない。

二〇二二年十二月現在、『顎十郎捕物帳』全篇を収めた創元推理文庫《日本探偵小説全集》

第八巻『久生十蘭集』（86年10月）の他、長篇『魔都』が同じく創元推理文庫、『十字街』が小学館のペイパーバック叢書《P+D BOOKS》で入手可能。光文社文庫の二冊を読まれた方で、これらの作品をまだ読んだことのない方は、ぜひ続けて手に取っていただきたいと思う。

※『黒い手帳』の編者解説で「地底獣国」の初出時の著者名義を本名の「阿部正雄」としましたが、これは「安部正雄」の誤りでした。お詫びして訂正いたします。また、この解説の執筆に当たって沢田安史氏から貴重な情報を提供していただいた他、国書刊行会『定本久生十蘭全集』の江口雄輔氏による解題を参考にさせていただきました。記して感謝いたします。

《本書中の差別表現について》

本書の著者・久生十蘭は、1930年代半ばから1957年にかけて執筆活動を行った直木賞作家です。

本書には、今日の観点からは、許容されるべきでない差別的な呼称・用語・表現が多数含まれています。

2019年4月に施行された東京都国立市の「国立市人権を尊重し多様性を認め合う平和なまちづくり基本条例」の第2条（基本原則）には「全ての人は、人種、皮膚の色、民族、国籍、信条、性別、性的指向、性自認、しょうがい、疾病、職業、年齢、被差別部落出身その他経歴等にかかわらず、一人一人がかけがえのない存在であると認められ、個人として尊重されなければならない」と書かれています。条文中に「…被差別部落出身その他経歴等にかかわらず…」と明記された画期的な条例です。しかしながら、明記せざるを得ないということ自体、被差別部落出身者に対する差別が、現在でも根強く、連綿と続いていることの証左でもあります。

本書収録の「金狼」21頁に、「血飛沫が壁紙と天井になまなましい花模様をかいている。……そのすべてから、むせっかえるような屠殺場の匂いがたちのぼっていた」という表現があります。これは、屠殺場を殺害現場とオーバーラップさせ、屠殺場が〝罪もない牛や豚が殺される残酷な場所〟とイメージさせる、典型的な差別表現であり、「と場」で働く人たちへの職業差別的描写でもあります。もちろん、屠殺場という呼称自体は、差別語ではありません。しかしながら、前述のように、誤解や偏見を助長するような表現とともに使用されることの多い、配慮の必要な用語であるのも確かです。

本作が発表されたのが1936年であり、また著者がすでに故人であることを考慮しても、現代の観点からは必然性と配慮に欠けた表現であるのは間違いありません。

1991年に、全国と場・食肉市場労組連絡協議会が「と場差別図書確認会」にあたって配布したビラには、このような一節があります。

「…私達の知らない所で『私達の仕事場は人殺しの場』になり、『私達は恐ろしい残虐非道な人間』となってしまうという事態が、こうした差別図書を通して次々と生み出されています。私達が『黙っていればいずれ無くなる』とおとなしくしていても、私達とは関係無いところで、何百何千万という読者に、空気を吸うがごとく、と場差別が植え付けられ、再生産されているのです。（後略・原文ママ）」

日本では「屠畜」に関しては、社会的誤解と偏見に基づき、歴史的にもいわれなき差別を受け続けてきました。現在でも、屠畜に携わる人々は様々な差別に苦しめられています。

また、本書には、職業や境遇についての呼称や、特定の地域・民族に関しての不適切な用語が使用されています。日本統治時代の台湾で起こったセデック族による霧社事件につき、「タイヤール族」によるものとの誤った記載もなされています。

さらに、身体・知的障害に関して「低能」「智能不全」「不適者」「癈疾」「白痴」「痴呆」などの用語を使用するほか、適切な行動ができない様子を「痴《たわけ》のよう」、暗い中で周囲をさぐるさまを「盲人《めくら》のようにぶざまに突出していた私の両手」など不適切な比喩表現を用い、心臓等の疾患を持つ人を「身体異常者」、眼球震盪症を「無気味な病気」とするなど特定の疾病への偏見に基づく記述もなされています。「気狂い」「気が違った」「気違い」「狂人」「廃人」など精神障害への差別を助長するような比喩表現も多用され、こうした疾病・障害が遺伝するとの誤った考えに基づく「劣性家系」との記載もあります。

これらの表現は原典出版から80年以上が経過していることを考慮しても、許容されるべきではありません。今日もインターネット上をはじめとして横行する人種・民族・ジェンダー・性的マイノリティ等に関するヘイトスピーチと差別…。けっして過去の問題ではないのです。出版を生業とする者として、表現の自由は最大限尊重されるべきだと信じておりますが、同時にマイノリティや弱者に対して、最大限の配慮をするのも当然のことです。

しかしながら編集部では本作品群が成立した当時の時代背景、および作者がすでに故人であることを考慮した上で、これらの表現についても底本のままとしました。

本書中で使用された呼称・用語・表現を単に削除したり、安易に言い換えたりするのではなく、そこから学び、広く議論の場を設けることで、今日ある人権侵害や差別問題を考える手がかりになり、ひいては作品の歴史的価値・文学的価値を尊重することにつながると判断したものです。本書の出版にあたり、より良い人権社会へと続く道を、読者の皆様と共有したいと考えています。

【編集部】

◎底本

金狼　『定本　久生十蘭全集1』　二〇〇八年十月　国書刊行会
妖術　『定本　久生十蘭全集1』　二〇〇八年十月　国書刊行会
妖翳記　『定本　久生十蘭全集3』　二〇〇九年四月　国書刊行会
予言　『肌色の月』　一九七五年八月　中公文庫
母子像　『肌色の月』　一九七五年八月　中公文庫
肌色の月　『肌色の月』　一九七五年八月　中公文庫
単行本あとがき（久生幸子）　『肌色の月』　一九七五年八月　中公文庫
中公文庫版解説（中井英夫）　『肌色の月』　一九七五年八月　中公文庫
白豹　『定本　久生十蘭全集3』　二〇〇九年四月　国書刊行会
酒の害悪を繞つて　『定本　久生十蘭全集別巻』　二〇一三年二月　国書刊行会

光文社文庫

肌《はだ》色《いろ》の月《つき》　探偵《たんてい》くらぶ

著者　久《ひさ》生《お》十《じゅう》蘭《らん》

2023年3月20日　初版1刷発行

発行者　三宅貴久
印刷　萩原印刷
製本　ナショナル製本

発行所　株式会社　光文社
〒112-8011　東京都文京区音羽1-16-6
電話　(03)5395-8149　編集部
8116　書籍販売部
8125　業務部

落丁本・乱丁本は業務部にご連絡くだされば、お取替えいたします。
ISBN978-4-334-79508-5　Printed in Japan

組版　萩原印刷